메모

안전가옥
오리지널
10

이종산
장편
소설

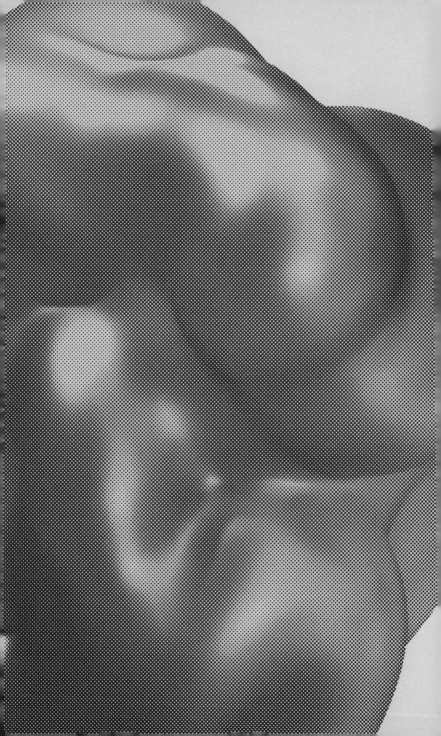

차례

케이크에 초 하나.

만난 지 1년이 된 것을 기념하는 촛불이다. 케이크는 인스타그램에서 유명한 집인 '스페이스 피스'에서 주문했다. 스페이스 피스는 우주선과 행성 시리즈로 유명해진 케이크 전문점이다. 고객이 원하는 디자인을 몇 줄 써서 보내면 그 집 사장인 파티세가 알아서 멋지게 만들어 낸다. 한 달에 한 번씩 선착순으로 주문을 받는데, 보미는 10분 전부터 기다리고 있다가 예약 오픈 시각에 딱 맞춰 DM을 보내서, 그 안에 들었다. 예전에는 유명한 식당 앞에서 밥 한 끼 먹겠다고 줄을 서거나 뭔가를 예약하겠다고 애를 쓰는 일은 자신의 인생에 없을 거라 믿었다. 거우 1년 전까지만 해도 그랬다.

1:30 A.M. 시계에 뜬 숫자를 본다. 지금 여기에 마주 앉아 지난 1년간 둘이 함께 보낸 시간을 돌아봐야 할 그것은 아직 오지 않았다.

5:00 P.M. 케이크를 픽업하려고 나갈 때 그것은 집에 있었다. "나 케이크 가지러 다녀올게. 이따 봐." 보니는 그것에게 손을 흔들었다. 《이따 봐. 사랑해.》 그것은 다른 날처럼 사랑이 듬뿍 담긴 인사를 보냈다.

케이크는 마음에 들었다. 초록색 원형 케이크 위에 진흙 색깔의 슬라임 같은 게 그려져 있다. 보니가 그려서 보냈던 도 안대로인데 더 귀여웠다. "마음에 드세요?" 스페이스 피스의 파티세는 라즈베리색으로 염색한 머리를 양 갈래로 땋고 인형 처럼 화장한 여자였다. 머리에는 귀여운 두건을 썼고, 허리에 두른 앞치마에서는 강아지가 탄 우주선이 행성들 사이를 날 아다녔다. 가게 콘셉트대로 완벽하게 스타일링한 사람을 보자 엄마가 떠올랐다. 요즘은 자기 자신을 캐릭터로 만들어야 성 공한다. 그런 시대다.
"네, 제가 생각한 그대로예요. 정말 잘 만들어 주셨네요. 그런데 여기에 표정이 있네요?"
아마도 초콜릿 펜으로 그렸을 동그란 눈 두 개와 웃는 입. 작은 괴물이 웃고 있었다.

"아, 그건 제가 넣은 거예요. 표정이 있으니까 훨씬 귀여워 보이죠?"

"아뇨, 이건 좀." 보니는 파티세 앞에서 손가락으로 웃는 표정을 문질렀다. 진홍색 괴물 그림 위에 초콜릿이 번졌다. 그러니까 더 그럴싸했다. "됐네요."

2:34 A.M. 어두운 방에서 초에 붙인 불빛에 비쳐 보이는 진홍 색깔의 작은 괴물은 무척이나 귀엽다. 그것은 오지 않고 보니는 흥이 다 깨져서 촛농이 흘러내리도록 내버려 둔다.

2:55 A.M. 촛불을 껐다. 닫힌 문 너머로 발자국 소리가 들린다. 초대한 적 없는 손님이 달려오는 소리다.

2:56 A.M. 손님이 문 틈새로 들어와 보니에게 달려든다. 어쩔 도리도 없이 보니는 쓰러져 목이 졸린다. 목소리가 깔깔거린다. 목소리는 점점 힘이 세지고 있다. 보니는 그 증오스러운 목소리에 저항하지 못한다. 몸이 뻣뻣해졌다.

2:58 A.M. 보니는 기우 손을 움직여 바닥을 내리친다. 한 번, 내 사랑! 두 번, 보고 싶어. 세 번, 제발 날 구해 줘.

곧, 그리 긴 시간이 흐르기 전에, 보니가 목소리에게 세대로 목이 졸려 숨이 멎기 전에 방이 진동한다. 목소리도 낌새를 챘다. '자, 이제 네가 무서워하는 그것이 왔어. 어디 더 까불어 보지 그래?' 보니가 속으로 외친다. 문이 열린다. 쾅. 문이 큰 소리를 내며 벽에 부딪힌다. .

등장이 요란하기도 하지, 내 사랑. 내가 세상에서 가장 사랑하고 또 미워하는 너.

그것의 진동이 방 안을 꽉 채우자 물건들이 흔들린다. 목소리는 달아나기 바쁘다. 목소리가 떠나자 경직이 서서히 풀린다. 보니는 쓰러졌던 몸을 일으켜 어둠 속에서 라이터를 더듬어 찾는다. 초에 다시 불이 붙고 촛농으로 얼룩진 작은 괴물이 다시 나타난다. 그 주변에는 글자들이 그려져 있다. 분홍색 설탕 글자들이다. MY MUD MONSTER(마이 머드 몬스터).

1부
완벽한 연결

1.

라디오를 켜고, 스탠드 불빛을 2단계로 맞춘다. 음악이 나오는 방송은 금물이다. 음량은 너무 크지도 작지도 않게. 조금 떨어진 곳에서 사람들이 도란도란 이야기를 나누는 것 같은 정도면 적당하다. 라디오 방송이 흘러나오는 핸드폰은 베개 뒤, 오른쪽 귀와 가까운 곳에 놓는다. 마지막으로 이불을 이마까지 끌어 올려 덮는다.

보니는 매일 밤 잠에 들기 전에 하는 의식을 마치고 눈을 감았다.

내일 아침에 죽은 아빠의 몸이 담긴 관이 정원으로 운반되어 올 것이다.

그런 생각을 하자 묘하게 슬픈 느낌이 들었다. 하지만 달콤한 슬픔에 오래 잠겨 있지는 못했다. 창문이 떨리는 소리 때문이었다. 침대에서 몸을 일으키고 앉아 뒤를 돌아보니 창문이 사시나무처럼 덜덜 떨고 있었다. 다음 순간에는 침대가 흔들렸다. 아마도 지진인 것 같았다.

'지진이라니!'

'이렇게 죽는 건가?'

보니는 생각했다. 삶에 크게 미련은 없었지만 무너지는 집에 깔려 죽기는 싫었다. 햇살과 그림자 정원은 산 중턱에 있어서 지진이 나면 산 위쪽에서 굴러 내려오는 바위와 흙에 파묻힐 가능성이 컸다. '이러다 초상 두 번 치르겠네. 아빠 한 번, 나 한 번. 사이좋게. 평생 사이가 좋은 적이 없었는데.' 말도 안 되는 소리지만 아빠가 악령이 되어 지진을 일으킨 건 아닐까 하는 생각도 들었다. 자기는 죽었는데 정원은 이승에 계속 존재한다는 것을 인정할 수 없어서 말이다. 아빠는 그런 앙심을 품고도 남을 사람이었다.

보니는 후다닥 뛰어서 책상 아래로 들어갔다. 방이 흔들리니 심장까지 떨렸다. 보니는 심호흡을 하며 핸드폰의 숫자 패드를 눌렀다. 그런데 전화가 먹통이었다. 초조해져서 다시 전화를 걸어 보려는 순간, 충격적으로 큰 소리가 방 안을 울렸다. 천둥소리, 아니 번개에 맞은 커다란 나무가 반으로 쪼개져 넘어진 것 같은 소리였다. 보니는 너무 놀라 반사적으로 머리를 두 팔로 감싸고 비명을 질렀다.

그리고 몇 초 동안 아무 일도 일어나지 않았다. 보니는 용기를 내어 고개를 들었다. 쓰러진 건 책장이었다. 책을 빽빽하게 꽂아 둔 묵직한 나무 책장이 엎어졌다.

'이게 무슨 일이야?'

보니는 강렬하게 살아가는 타입은 아니었다. 오히려 삶의 의욕이 없는 편에 가까웠다. 사실은 죽고 싶다는 말을 입에 달고 살았다. 그러나 죽음이 바로 문 앞에 있고, 곧 들이닥쳐 자신을 잡아갈 것이라고 생각하자 우스울 정도로 간절히 살고 싶어졌다.

'난 아직 준비가 안 됐어. 적어도 이런 식으로 죽고 싶지는 않아. 내 마음의 소리가 들려요, 사신님? 오늘은 그냥 가 줘요, 제발. 50년, 아니 70년쯤 뒤에 다시 만나자고요.'

보니는 그렇게 생각하고는 스스로에게 놀랐다. '70년 뒤? 그때면 내가 아흔 살인데. 그렇게 오래 살고 싶었단 말이야?'

보니는 평생 바위에 붙어 사는 이끼 같은 존재였다. 보니의 죽음을 듣고 눈물을 흘릴 사람은 단 한 명도 없었다. 보니에게는 정원의 식물들만이 친구라고 부를 수 있는 존재였다. 엄마는? 눈물을 흘리는 엄마의 얼굴은 상상이 가지 않는다. 엄마는 정원에 자원봉사를 오는 사람 중 하나가 강아지를 잃었다고 슬퍼하면 그 사람의 손을 붙잡고 함께 울 수는 있지만, 정작 자기 딸의 죽음 앞에서는 초연해져서 눈물 한 방울 흘리지 않을 사람이었다. 보니는 자주 자신이 이끼 같다고 생각했다. 그러나 쓸쓸한 자학은 아니었다. 보니는 자신이 이끼와 닮았다는 게 좋았다. 광적인 식물광들 말고는 모르는 사실이지만, 이끼는 지구상에서 최초로 육상 생활에 석응한 식물 군이다. 또, 세포에 많은 엽록체를 지니고 있어서 독립 영양 생활을 한다. 독립 영양 생활을 한다는 것은 남에게 기생하거나 다른 생물을 착취해 먹을 것을 얻을 필요가 없다는 뜻이다. 이끼는 장미나 사과와 달리 아름다운 꽃도 달콤한 열매도 없어서 인간의 돌봄을 받지 못했지만 무려 41억 년 동안 사라지지 않고 2만 3000종으로 번식했다. 물속에서 살다가 육지로 이주해 터를 단단히 잡고 다른 종의 사랑도 필요로 하지 않은 채 그 오랜 세월 동안 음지에서 번성한 식물이 이끼다. 그러니 보니가 자신을 이끼에 비유하는 것은 자학이 아니라 부끄러울 정도로 자부심이 넘치는 일이었다.

"그래도 사랑을 못 해 본 게 아쉽긴 해."

보니는 그렇게 중얼거리다 이상한 점을 발견했다. 책장이 쓰러질 때 함께 바닥으로 떨어져 보니의 눈앞까지 굴러온 토끼 인형이 미동도 없이 누워 있었다. 나무로 된 그 조각 인형은 제법 큼직해서 보니의 팔뚝만 했다. '왜 쟤는 하나도 안 흔들리지?' 보니는 책상 아래에 엎드린 채로 방 안을 두리번거렸다. 그리고 보니 이제 다른 물건들도 흔들리지 않았다. 창문 떨리는 소리도 멎었다.

"뭐야? 이상하네. 난 분명 진동이 느껴지는데. 다른 건 왜

다 멀쩡해?"

보니는 갑자기 오싹해져서 일부러 소리를 내어 말했다. 보니는 온몸으로 진동을 느꼈다. 그 진동에는 절박한 느낌이 있었다. 그리고 그 진동은 말하고 있었다. 뭐? 절박하다고? 말하고 있다고? 보니는 느끼는 대로 생각하고는 당황했다.

"무슨 소리야? 정신 차려."

보니는 혼잣말로 자신을 타박했다. 자기 자신을 그렇게 타박하는 것은 보니의 오래된 버릇이었다. 보니는 자신을 미워하는 사람처럼 온종일 자기 자신을 나무랐다.

'이번에는 또 뭐야? 진동이 말을 한다니, 제정신이야? 방이 잠깐 흔들렸다고 패닉에라도 빠졌니? 정말 약해 빠졌다. 이런 이상한 망상이나 하고 있을 시간이 어딨어. 얼른 이 일대에 지진이 일어난 게 맞는지 알아보고, 어떻게든 구조대에 연락해서 도움을 요청해야지.'

그러나 당황스럽게도 진동의 말은 점점 더 선명해졌다. 진동에서 소리가 느껴졌다는 건 아니다. 진동에는 메시지가 담겨 있었다.

아니다. 드디어 미쳐 버린 건지도 몰랐다. 보니는 남들과 좀 달랐다. 산 자와 죽은 자의 경계에 있는 사람이 있듯이(혹은 그렇다고 말해지듯이) 사회적으로 평범하다고 인정받는 사람과 정신 병동 입원을 권유받을 정도로 보통 사람과 다른 생각을 하고, 다른 행동을 하고, 별스러운 감각을 느끼는 일명 '미친 사람' 사이에 있는 사람들도 있다. 그게 보니였다. 아슬아슬하게 경계에 걸쳐진 사람. 보니는 언제든 정신 병동에 입원할 마음의 준비가 되어 있었다. 그러나 아직 결정적인 선고를 받지 않았고, 스스로에게나 남에게나 해를 입힌 적도 없어서 평범한 사람들의 세계에 남아 있는 거였다.

그런데 이제는 진동이 말을 한다고 느끼다니.

보니는 책상 아래에서 기어 나왔다. 진동이 부르는 대로 따라가서 그곳에 무엇이 있는지 눈으로 봐야만 안심이 될 것 같았다. 그곳으로 가지 않으면 진동이 멈추지 않을 것이란 확신이 들었다. 보니는 처음에는 기어서 갔지만 방 바깥으로 나간 다음에는 엎드려 있지 않아도 진동을 느낄 수 있다는 걸 깨달았다. 보니는 일어나서 몸을 세우고 자신을 부르는 쪽으로 걸었다. 진동이 계속 길을 안내했다. 보니는 진동하는 부분을 밟으면서 따라갔다. 진동은 위층 방에서 보니를 부르고 있었다.

《문을 열어.》

진동이 명령했다. 다시 말하지만, 말의 형태는 아니었다. 진동이 울리면 머릿속에 뜻이 떠올랐다. 보니는 문 앞에서 두 가지 이유로 망설였다.

첫째, 보니는 위층 방에 들어가는 걸 싫어했다. 보니에게 위층 방은 트라우마 자체였다.

둘째, 보니는 명령을 싫어했다. 보니는 그게 누구든 자신에게 이유도 알려 주지 않고 강압적으로 뭔가를 하라고 시키는 상황을 견디지 못했다.

잠시 생각해 보니 문을 열어 줄 필요는 없었다. 안에 뭐가 있을 줄 알고? 어쩌면 이 상황 자체가 현실이 아니라 환상일 수도 있겠다는 생각이 들었다. '그래, 어떤 존재가 진동에 뜻을 담은 다음, 정확히 날 겨냥해 신호를 보냈다는 게 말이 돼? 내가 오늘 좀 예민한가 봐. 정말 미쳐 가고 있거나.'

보니는 도로 방으로 돌아가기로 했다. 어차피 문을 열고 거기서 무엇을 보게 되든 그건 환상일 것이다. '난 환상에 놀아나지는 않을 거야.'

그러나 보니가 정말로 그런 마음을 먹고 뒤돌아서 계단을 내려가기 시작했을 때, 진동은 보니의 몸을 덮쳐 붙잡았다. 자신을 붙잡은 것이 위협이나 뭐 그런, 폭력적이고 공포를 느끼게 하는 것이었다면 보니는 차라리 그 자리에서 죽으면 죽지 진동의 뜻을 따르지는 않았을 것이다. 그런데 진동은 영리하게도 순식간에 태도를 바꿔서 문에서 멀어지는 보니를 동정심으로 붙잡았다.

《도와줘.》

진동은 보니에게 호소했다. 너무나 간절히, 애절하고도 가련하게. 그 순간 보니를 덮친 진동은 너무 아름다워서 보니는 눈앞이 캄캄해지고 다리에 힘이 빠졌다. 보니는 그 아름다움에 무릎이 꺾였다. 비유적인 의미가 아니라 실제로 무릎이 꺾여 주저앉아 버렸다. 도저히 버티고 서 있을 수가 없었다. 이대로 이렇게 강한 느낌이 계속되면 몸이 폭발해 버릴 것 같았다.

진동은 보니에게 도와 달라고 애원했다. 세상에 이렇게 아름다운 애원이 있을 수 있을까? 미치도록 아름다운 진동이 파도처럼 보니의 몸을 덮치고 또 덮쳤다.

"알겠어! 그만! 이만하면 됐어."

보니는 팔을 휘저으며 필사적으로 소리쳤다. 그러자 진동도 물러났다. 몸이 바들바들 떨렸다. 보니는 떨림이 가라앉기를 기다렸다가 일어나서 문을 열었다. 그래, 도대체 어떤 놈인지 얼굴 좀 보자!

어두운 방 한가운데에 뭔가가 있었다.

보니는 한발 물러나 그것을 관찰했다. 복도 전등에서 나온 불빛이 희미하게 방 안을 밝혔다. 무언가가 너울거리고 있었다. 처음에는 윤곽만 보였다. 그것은 천장에 닿을 만큼 컸고 몸의 움직임이 오징어처럼 유연했다. 방 안은 진동으로 꽉 차서 무겁게 울렸다. 그 안으로 한 발자국만 들어가도 묵직한 진동에 질식할 수도 있을 것 같았다.

눈이 어둠에 익숙해지자 그것이 더 잘 보였다. 그것은 진흙 반죽처럼 매끄러운 피부를 갖고 있었다. 그걸 피부라고 부를 수 있다면 말이다. 이목구비라고 할 만한 것은 전혀 없었다. 특별히 튀어나온 곳이나 무늬도 보이지 않았다. 그것은 도자기 반죽으로 만든 오징어 같았다. 다리는 없고 몸통만 있는 오징어.

이렇게 말하면 그것이 못생겼다고 오해할 수도 있겠지만 그것은 못생기지 않았다. 바닷속에 있는 오징어를 본 적이 있다면 오징어가 움직이는 모습이 얼마나 아름다운지 알 것이다. 그렇다고 그것이 거대한 괴물 문어처럼 생겼다는 말도 아니다. 그것은 보니가 태어나서 한 번도 본 적이 없는 외모를 가지고 있어서 지구의 어떤 생물에 빗대어 묘사하기가 어려웠다. 게다가 그것은 움직이면서 몸이 계속 변화시켰다.

그것의 진동이 보니 몸 안의 세포 하나하나를 건드렸다. 진동이 몸을 건드릴 때마다 머릿속으로 계속 뜻이 스쳐 지나갔다. 진동은 아까보다 복잡했고, 의미가 뒤죽박죽이었다.

《먼…… 여기…… 도착……》

《……어지러워. 진동…… 우…… 기다림. 허락. ……됩니까?》

《돌아가. 피해. ……누구? 도움? 머물다. 가.》

한꺼번에 너무 많은 의미가 담긴 진동이 밀려들어서 모든 걸 다 이해하지는 못했다. 하지만 그것이 어떤 말을 하려는지는 대충 알 것 같았다. 그것은 먼 곳에서 왔다. 그리고 그것은 이곳에 머물고 싶어 했다. 그것에게는 기다리는 것이 있었고,

그 대상이 올 때까지 그것은 이곳에 머물러야 했다.

그것의 진동에 담긴 '먼'이라는 메시지는 정말 아득하게 먼 느낌을 줬다. 그 아득한 느낌에 보니는 우주를 떠올렸다. 그것의 괴상한 소통 방식이나 생김새를 봐도 그랬다. 눈앞에 있는 것이 환상도 아니고, 어느 과학자가 만든 실험체도 아니라면…… 그것은 아마도 외계인 같았다. 어쨌든 인간이 아닌 건 확실하다. 눈앞에 있는 것은 완전한 미지의 존재였다.

인간이 아닌 존재가 말을 건다는 게 아주 이해할 수 없는 일은 아니었다. 보니는 정원을 걷다 보면 식물들이 자신에게 말을 거는 것을 들을 수 있었다. 그러나 진동이 말을 걸다니. 이런 일은 처음이었다.

'어떻게 해야 하지?'

저 이상한 것을 이 집에 머물게 하느냐, 마느냐. 어려운 문제였다. 내일 엄마가 와서 저 이상한 것을 본다면 뭐라고 할까? 그것은 결국 귀찮은 골칫거리가 될 거다. 하지만 그것이 외계인이라면?

만약 지구에 온 외계인이 있다면, 그 외계인은 지구인보다 훨씬 뛰어난 과학적 지식과 기술을 가지고 있을 가능성이 크다는 얘기를 다큐멘터리에서 본 적이 있었다. 지구인은 아직 외계 생명체가 있다는 사실을 확인하지도 못했는데, 지구를 발견한 데다 방문까지 한다는 것은 그 외계 생명체가 지구인보다 높은 기술력을 갖췄다는 증거라는 거였다.

지구에 첫 방문을 한 외계인일지도 모르는 생명체를 매몰차게 대하는 건 위험한 일이다. 저 이상한 생명체의 심기를 거슬러서 지구인이 밉보이기라도 한다면, 그리고 그것이 인간만큼 쪼잔하다면 겨우 인간 하나가 자신의 부탁을 거절했다는 이유만으로 지구를 파괴하려 들지도 몰랐다. 그들에게는 핵과는 비교도 되지 않는 우주적 물질로 만들어진 무기가 있을 수도 있다. 만약 그들이 그런 무기를 가지고 전쟁을 선포한다면, 지구는 순식간에 부서진 별의 파편이 되어 우주를 떠돌게 될 것이다.

인간은 그렇게 사라져도 될지 모른다. 지난 역사 동안 너무나 많은 것들을 학살했고 너무나 많은 것들을 더럽혔으니까. 그러나 그들은 지구의 식물에 대해서는 알지 못했다. 식물이 얼마나 신비롭고 아름다운지 그들은 아직 알 기회가 없었다. 그것에게 불친절하게 굴었다가 오랜 역사를 거듭하며 일궈져 온 식물의 공동체가 일순간에 사라진다면?

그런 비극은 일어나서는 안 된다. 보니는 적어도 그것에게 지구의 식물들을 보여 주고 그것이 이들의 아름다움을 제대로 이해할 때까지 기다린 다음, 그것을 잘 구슬려 내보내기로 마음먹었다.

"우리 집에 있어도 좋아."

보니는 그것을 향해 작게 속삭였다. 인간도 식물도 아닌 괴상한 것에게 말을 한다는 게 갑자기 민망해져서 아까처럼 크고 또렷하게 말할 수가 없었다. 보니는 겨우 그렇게 말한 뒤 더는 버티지 못하고 문을 닫고 나왔다.

'그것이 내 말을 알아들었을까?'

진동이 잠잠해진 것을 보면 그런 것 같았다. 보니는 침대로 돌아가 폰으로 외계인에 대해 검색하며 밤을 새웠다. "진동을 쓰는 외계인", "외계인을 만났을 때 주의해야 할 점" 등등. 그러나 쓸 만한 정보는 전혀 얻지 못했다. 인터넷에 나오지 않는 정보는 생각보다 많다.

2.

발밑이 흔들렸다. 그것이었다.

'미친 거 아냐?'

보니는 당황해서 발로 땅을 슬쩍 찼다. 그것은 진동을 써서 말을 하니 어쩌면 멀리 있는 진동도 느낄 수 있지 않을까?

땅이 다시 흔들렸다. 이번에는 메시지가 있었다. 그 뜻을 요약하자면, 심심하니 자기한테 와서 놀아 달라는 거였다.

'이게 강아지야, 외계인이야.'

보니는 짜증이 나서 땅을 툭툭 찼다. 집중하지 않으면 느끼기 어려울 정도로 작은 진동이기는 했지만, 다른 사람들이 알아챌까 봐 신경이 곤두섰다.

"가만히 좀 있어."

보니는 입술을 거의 움직이지 않고 아주 작은 목소리로 말했다. 주변에 사람들이 있을 때 몰래 식물과 얘기하기 위해 개발한 기술이었다. 보니가 식물과 얘기하고 있을 때 누군가가 그 대화를 엿들으려면 보니의 입술에 자기 귀를 바짝 갖다 대야 하는데, 그러기는 불가능했다. 누가 자기에게 가까이 다가오는 낌새만 있어도 보니는 입을 다물어 버릴 거고, 몰래 보니에게 바싹 붙는 데 성공했다고 해도 그 사람 귀에는 바람 새는 소리로밖에는 안 들릴 테니까.

주변으로 사람들이 바쁘게 오가는 속에서 보니는 무엇을 할지 몰라 가만히 서 있었다. 보통은 무엇을 할까? 다른 집 딸이라면 아빠라는 사람이 세상을 떠났을 때 무엇을 할까? 다른 집이라면 어떻게 할지 몰라도 보니는 무엇을 할 필요가 없었다. 벌써 다른 사람들이 추도식 준비를 거의 다 끝냈다. 장례업체에서 온 사람들과 정원 사람들 그리고 엄마. 엄마는 혼자서 열 명분의 일을 해내는 사람이다. 언제나 그러듯 엄마는 오늘도 사람들에게 알맞은 지시를 하고 알맞은 미소와 눈빛을 보내며 쉬지 않고 움직이고 있었다.

보니는 손님들을 위해 준비된 의자에 털썩 앉아 지루하게 시간이 가길 기다렸다. 추도식이 얼른 열렸다가 얼른 끝나면 싶었다. 이렇게 사람이 많은 곳에 있는 건 체질에 맞지 않았다. 그게 아빠의 추도식이라고 해도. 아빠는 이미 죽었는데 이런 행사가 무슨 의미가 있단 말인가. 게다가 여기 모인 사람들은 아빠에게는 털끝만큼도 관심이 없다. 호의나 애정은 물론이고.

"보니, 일어나."

말소리와 함께 머리 위로 커다란 그림자가 졌다. 엄마였다. 검은 베일을 써서 얼굴이 잘 보이지 않았지만 보니는 베일 뒤에 어떤 얼굴이 있을지 알았다. 분명 세상에서 가장 싸늘한 얼굴일 것이다. 언젠가부터 엄마는 집 안에서 웃는 일이 없어졌다. 정원에서 다른 사람들과 있을 때는 잘 웃었지만 보니나 아빠만 있을 때는 무표정했다. 그러다 보니가 뭔가 눈에 거슬리는 행동을 하면 표정이 무섭도록 차가워졌다.

대꾸할 여지는 없었다. 보니는 억지로 몸을 일으켜 엄마를 따라갔다. 어느새 추도식 준비가 끝나 있었다.

"땅이 흔들리는 것 같지 않아요?"

손님들 사이에서 그렇게 속삭이는 소리가 들렸다. 이미 삼일장을 해서 추도식은 한산할 거라 생각했는데, 예상보다 손님이 훨씬 많았다. 삼일장에는 잘난 삼촌과 고모들의 지인들이 한바탕 다녀가고, 추도식에는 정원과 인연이 있는 사람들이 온 모양이었다. 인파 속에서 보니도 얼굴을 아는 정원 직원들과 자원봉사자들이 보였다. 그중에 아빠에게 호감이 있던 사람은 보니가 알기로 없었다. 사람들은 대부분 보니의 엄마를 좋아했다. 사람들은 보니의 엄마와 한 번이라도 얘기를 나누면 그날부터 그를 자신의 친구처럼 생각했다. 보니의 엄마는 선천적으로 사람들에게 사랑받는 매력을 타고난 사람이었고, 따뜻한 애정을 주고받는 데 익숙했다. 그런 그가 정작 자신의 하나밖에 없는 딸에게는 무뚝뚝한 태도로 일관한다는 건 아이러니였다.

땅이 계속 흔들리자 추도식 분위기는 금세 산만해졌다. 보니의 엄마는 사람들이 웅성거리는 걸 모른 척하고 꿋꿋하게 추도사를 이어 나갔다. 그 와중에 추도사에 집중하는 한 사람이 보니의 눈에 띄었다. 검은 머리를 어깨에 닿을락 말락 하게 일자로 자른, 키가 훤칠한 여자였다. 콧날도 살짝 두껍고 입술도 두툼한 데다 눈까지 커서 얼굴이 전체적으로 또렷한 인상이었다. 깊고 차분한 눈빛이 웬만한 일에는 흔들리지 않는 사람이라는 느낌을 줬다. 그 여자는 어수선한 분위기에 휩쓸리지 않고, 보니의 엄마와 보니가 서 있는 앞쪽에 시선을 둔 채 추도사를 듣고 있었다.

엄마는 종이에 써 둔 추도사를 읽었다. 아빠가 엄마에게 처음으로 정원을 보여 줬던 날의 이야기가 추도사에 들어갔다. '여기 있는 사람 중에 그 이야기를 모르는 사람은 없을 것 같은데.' 보니는 하품을 참으며 생각했다.

아빠는 신혼여행이 끝나자마자 엄마를 산속 정원으로 데려갔다. 아빠는 그 정원의 관리인이었고, 할아버지가 돌아가시면 정원을 상속받게 되어 있었다. 엄마에게 처음으로 정원을 보여 준 날, 아빠는 장미 덩굴이 휘감긴 영원의 아치 아래서 무릎을 꿇고 글썽이는 눈으로 자신의 꿈을 이야기했다.

"이 아름다운 정원에서 자기랑 앞으로 태어날 우리 아이랑 영원히 행복하게 사는 게 내 꿈이야. 이 정원은 우리를 보호해 주는 세상에서 가장 안전한 장소가 될 거고, 누구도 우리를 방해하거나 해치지 못할 거야. 죽는 날까지 당신과 떨어지지 않고 사랑하며 살고 싶어. 가능하다면 영원히."

엄마는 그날의 기억을 자신의 책에 적었다. 엄마는 정원에 관한 책을 세 권 냈다. 세 권이 모두 잘 팔렸는데, 그중에서 아빠와 엄마의 사랑 이야기가 정원 사진과 함께 들어간 책은 놀랄 만큼 폭발적인 반응을 얻었다. 그 책은 "한국의 타샤 튜더"라는 마케팅 문구가 들어간 띠지가 둘려서 지금도 대형 서점의 잘 보이는 자리에 진열되어 있다.

사람들은 햇살과 그림자 정원의 로맨틱한 러브스토리를 좋아했다. 결혼한 이후로 세속을 등지고 정원을 가꾸며 살아가는 낭만적인 부부. 그러나 보니는 그 러브스토리에 코웃음을 쳤다. 그 이야기에 든 진실의 함유량은 오렌지 주스에 들어간 오렌지의 양 정도다.

"나의 남편, 보니 아빠, 오명 씨. 돌이켜보면 우리가 함께 이 정원을 가꾸던 그 고생스러운 시간이 내 인생에서 가장 아름다웠던 시절이었던 것 같아요. 나에게 이렇게 큰 선물을 줘서 고마워요. 이 정원을 아주 작은 것부터 하나씩 당신과 같이 만들어 온 그 시간은 내가 태어나서 한 번도 받으리라고 생각해 보지 못했던 선물이었어요."

보니의 엄마는 그 대목에서 장갑 낀 손으로 눈물을 닦았다. 그 몸짓은 놀랄 만큼 매력적으로 보였다. 그녀는 이제 겨우 40대 후반이었다. 긴 베일에 가려져 얼굴이 잘 보이지는 않지만 바로 그 점이 그녀의 매력을 더욱 돋보이게 했다. 맨살이 드러난 부분 없이 온몸을 검은색으로 두른 그녀에게서 은은한 아우라가 감돌았다. 그녀의 몸짓에 사람들은 딴짓을 멈췄다. 격려가 담긴 따뜻한 눈빛들이 그녀 쪽으로 모여들었다. 바로 앞에 관이 있지만 않았더라도 박수 소리가 터져 나왔을 것이다.

심장이 멎은 지 사흘이나 된 몸이 보니의 코앞에 있는 관 안에 누워 있었다. 추도식은 고인의 유언대로 '영원의 아치'에서 열렸다. 영원의 아치는 장미 정원이다. 마침 유월이라 장미가 활짝 피었다. 아치를 감은 붉은 장미는 쏟아지는 폭포수처럼 아래쪽으로 늘어졌다. 보니는 사방에 진동하는 장미 냄새에 속이 울렁거렸다.

너무나 갑작스러운 죽음이었다. 이제 막 동이 트기 시작한 이른 아침에 평소처럼 정원에서 관수 작업을 하다가 심장 마비가 와서 쓰러졌다고 했다. 그는 정원의 고마운 일손이 되어 주는 자원봉사자들을 침입자처럼 여겼다. 아빠는 자신이 편애하는 식물들에게 물을 주면서 아침 시간을 조용히 혼자 보내고 싶어 했다. 누군가 그 시간에 그의 구역에 들어가려면 피가 차가워질 만큼 사나운 욕을 한 바가지 얻어먹을 각오를 해야 했다. 그런 사실을 잘 알았던 자원봉사자들과 몇 안 되는 직원들은 그와 멀리 떨어진 곳에서 일했다.

아빠가 쓰러진 그날도 그랬다. 아빠는 쓰러진 지 30분 만에 발견되었다. 엄마가 장미 나무 아래에 엎드려 있는 아빠를 발견했을 때는 이미 돌이킬 수 없는 상태였다.

'어찌 보면 아빠는 자신의 고약한 성질머리 때문에 죽은 것이나 다름없어.'

보니는 건조한 눈으로 아빠가 누운 관을 보며 생각했다. '죽는 것도 참 자기답게 죽었어. 겨우 쉰다섯이었는데. 그래도 늙어서 추해지는 것을 무척이나 두려워한 사람이었으니 너무 오래 사는 것보다 나았는지도 모르지.'

보니의 아빠는 나이가 아무리 들어도 어딘지 소년 같은 분위기를 풍겼다. 창백하고 예민한 얼굴과 마른 몸, 길쭉한 팔과 다리, 얼굴에는 세월이 주는 너그러움이 조금도 깃들지 않았다. 보니는 그런 아빠가 징그러웠다. 아빠의 외모가 젊은 것은 그의 정신이 사춘기에 멈춰 버렸기 때문이라는 미움 섞인 비난이 보니의 마음속에서 부글부글 끓을 때가 얼마나 많았는지.

아빠가 죽었다고 해서 그동안 그를 미워했던 세월이 후회되지는 않았지만, 어쩔 수 없이 연민이 느껴졌다. 한 사람의 삶을 통째로 알면 그 사람을 조금쯤은 불쌍해할 수밖에 없다. 보니는 자신이 아빠에게조차 그런 연민을 느낀다는 게 신경질이 났지만, 어릴 때부터 인도 출신의 300살 된 보리수와 너무 많은 시간을 함께 보내는 바람에 인간에 대한 연민이 가슴에 뿌리 깊게 박혀 버렸다.

'인간은 불쌍해. 기껏해야 100년도 못 사는데 1000년을 사는 나무보다 몇 배는 욕심이 강해서 사는 내내 한시도 제대로 쉬지 못하다 아무것도 모르고 사라져 버리니까.'

보리수의 말이 귓가에 들리는 듯했다. 보리수가 언젠가 했던 말대로 아빠는 가질 수 없는 것을 얻으려 평생을 괴롭게 지내다 결국은 아무것도 손에 쥐지 못하고 이제 차가운 시체가 되어 이 정원 한쪽에 묻히게 됐다. 결국 아빠가 얻은 건 무덤 한 평뿐이다.

추도식이 끝난 뒤 보니의 엄마는 그녀와 인사를 나누고 싶어서 줄을 서 있는 사람들에게 갔다. 보니는 항상 그랬던 것처럼 혼자 덩그러니 남아 엄마의 뒷모습을 눈으로 좇았다. 영원의 아치를 가득 채운 장미 향기가 꼭 시체가 부패하는 냄새처럼 느껴져 토할 것 같았다. 나무들이 그리웠다.

'나무들을 보러 가야겠어.'

보니는 지혜의 길로 가려고 걸음을 서둘렀다. '지혜의 길'은 큰 나무들이 사는 구역이었다. 영원의 아치를 빠져나오는 길에 엄마가 한 여자와 포옹을 나누는 게 보였다. 산만한 분위기 속에서 혼자 추도사에 집중하던 그 여자였다. 그 옆을 스쳐 지나가던 참이라 그 여자가 엄마에게 속삭이는 소리가 들렸다. 여자의 입술은 엄마의 귓가에 바싹 붙었다.

"드디어 끝났네요."

추도식이 끝난 걸 말하는 걸까? 아니면 아빠가? 보니의 귀에는 '그 남자와의 끔찍한 결혼 생활이 드디어 끝났네요'라는 말로 들렸다. 그 여자의 목소리에는 의미심장한 데가 있었다.

"아, 보니."

엄마를 껴안고 있던 그 여자가 보니와 눈이 마주치고 이름을 불렀다. 보니는 뭔가를 훔쳐보다 들킨 사람처럼 화들짝 놀랐다. 하마터면 비명을 지를 뻔했다.

"아까 선생님 옆에 서 있는 걸 보고 깜짝 놀랐어요. 선생님하고 너무 닮아서."

낯선 여자는 보니를 보며 붙임성 있는 말투로 말을 걸었다.

"그런가?"

벌써 골백번은 들은 말인데도 엄마는 모른 척하며 고개를 갸우뚱했다. 이제 긴 베일은 뒤로 넘겼다. 보니와 그 여자를 번갈아 보는 엄마의 얼굴은 온화하고 다정했다. 보니의 상상 속에서 엄마의 얼굴은 언제나 얼음장같이 차가웠다. 그런데 막상 눈앞에 있는 엄마가 따뜻한 눈으로 자기를 쳐다보자 기분이 이상했다.

"선생님께 말씀 많이 들었어요. 반갑습니다."

낯선 여자가 보니 쪽으로 손을 내밀며 악수를 청했다. 첫인상과 달리 시원스러운 태도였다. 보니는 타인의 피부를 만지는 일이 낯설어서 머뭇거렸다. 보니는 이런 어색한 순간에 자기 앞에 있는 낯선 사람을 식물로 바꿔서 생각하기를 좋아했다.

1단계에서는 눈앞의 사람이 나무인지 꽃인지 아니면 양치식물이나 수생 식물 혹은 버섯류인지 등을 먼저 구분하고, 그다음에 다시 범위를 조금씩 좁혀 가면서 눈앞의 사람과 딱 맞는 식물을 찾는다. 예를 들어 어떤 사람을 1단계에서 꽃으로 정했다면 그 사람의 이미지를 보고 어떤 계절에 피는 꽃인지, 알뿌리에서 피는지, 나무에서 피는 꽃인지 등등을 생각해 보는 것이다. 때로는 꽃말이나 그 꽃에 얽힌 전설까지 떠올려야 할 때도 있다.

'이 사람은 꽃은 아니야. 왠지는 모르겠지만 느티나무랑 닮은 것 같아. 키가 커서 그런가? 아니, 그보다는 분위기가 닮았어. 첫눈에는 시원스럽고 훤칠한 인상이지만, 표정에 단호함이 서린 것도 그렇고 웬만해서는 흔들리지 않을 것 같은 느낌이 느티나무랑 비슷해.'

낯선 여자는 참을성 있게 기다리다가 보니가 마지못해 손을 뻗자마자 그 손을 움켜잡았다. 커다란 손이 보니의 손을 힘

있게 감쌌다. 낯선 여자의 손은 뼈가 나무로 만들어진 게 아닐
까 싶을 정도로 단단했고, 따뜻한 체온이 느껴지는 것이 아니
라 서늘하고 건조했다. 사람의 체온보다는 나무의 체온에 익
숙한 보니에게는 그 편이 덜 거북했다. 여자에게서 풍기는 짙
은 나무 냄새도 나쁘지 않았다.

"전 가 봐야겠어요. 바빠서요."

보니는 자기가 그렇게 말해 놓고서도 어이가 없었다. 아빠
의 추도식에 온 딸이 무슨 바쁜 일이 있어서 다른 데로 간다
는 말인가?

보니는 말을 더듬으며 서툴고 거칠게 낯선 여자에게 잡혔
던 손을 빼고 뒷걸음질 쳤다. 순간 엄마의 두 눈이 싸늘해졌
다. 엄마는 역겨운 것을 보지 않으려는 듯 고개를 홱 돌렸다.
보니는 이럴 때마다 죄를 지은 기분이 들었다. 왜 그런 기분이
드는지는 알 수 없었지만 말이다.

보니는 엄마와 낯선 여자를 뒤로하고 나무들에게 달려갔
다. 나무들은 다른 때처럼 보니를 반겨 주었다. 보니는 혼자
방 안에 있을 때가 아니면 나무들 속에서만 편하게 숨을 쉴
수 있었다. 보니는 오랜만에 만난 나무들과 안부를 나누며 회
포를 풀었다.

정오가 지날 때까지 보니의 휴대폰은 한 번도 울리지 않
았다. 결국 보니는 숨바꼭질을 하다 술래가 찾아오지 않아 제
풀에 지친 아이처럼 사택으로 돌아갔다. 200명이 넘는 사람들

이 모였던 게 환상이었던 것처럼 정원은 조용했고 모든 게 말끔하게 치워져 있었다.

사택 안에 엄마는 없었다. 대신 응접실의 커피 테이블에 쪽지가 한 장 놓여 있었다. 보니는 불길한 느낌에 어깨를 움츠리고 테이블로 다가가 쪽지를 집어 들었다.

보니, 엄마 여행 가. 이제 아빠도 없으니 잠시 일을 쉬어도 되겠지.

돌아올 날짜는 안 정하고 가려고. 한 번쯤은 이런 여행을 해 보고 싶었거든.

엄마가 없는 동안 네가 정원을 봐줬으면 좋겠어. 친구들이 많으니 네가 할 일은 별로 없을 거야. 잘 지내길 바란다.

쪽지 옆에는 체크카드가 있었다. 어떤 계좌와 연결되었는지는 몰라도 부동산을 사고 다니지 않는 이상, 돈이 바닥날 일은 없을 것이다.

어쩐지 버려진 기분이었다. 한편으로는 홀가분하기도 했다. 그때 보니는 자신이 아주 오랫동안 바로 이 순간을 두려워했다는 것을 깨달았다. 막상 그런 순간이 오니 생각했던 것보다 끔찍하지는 않았다. 이상하게도 그 순간 엄마를 껴안고 속삭이던 여자가 떠올랐다. 혹시 둘이 함께 떠난 것은 아닐까? 머릿속에서 드라마가 펼쳐졌다. 나이 든 여자와 젊은 여자의 밀회. 남편의 죽음. 도망. 그럴 리가. 말도 안 된다.

3.

밤이 깊은 후 보니는 그것을 데리고 정원으로 나갔다.

"나가자. 멀리서 왔는데 세상 구경은 해야지."

보니가 문을 열고 손짓하자 그것은 몸을 길게 늘여 계단을 기어 내려갔다. 느릿하고 우아한 그 모습이 정글의 아나콘다 같았다. 진흙 색깔의 구렁이나 뱀. 보니는 그 묘하고 이상한 생물에게서 눈을 떼지 못하고 그것의 뒤를 따라갔다.

'옛날 사람들이 지금 저 모습을 봤다면 저것을 신성한 존재로 여겨서 제의를 올리고 벽에 그림을 남겼을 거야. 뭔가 신 같은 느낌이 있어.'

보니는 뒤에서 그것을 바라보며 생각했다.

밤의 수목원은 완벽했다. 세상에서 가장 멋진 냄새일 풀 향기가 물씬 풍기고 밤하늘에는 반짝이는 금빛 별들이 총총 떠 있었다. 사람들이 왜 별이 뜬 모습을 보고 별이 하늘에 수놓았다고 표현하게 됐는지 알 것 같았다. 그날의 밤하늘은 먹색 천에 금빛 실로 수를 놓은 듯했다. 식물들은 어둠 속에서 잠들 준비를 마치고 조용히 쉬고 있었다. 벌레들은 노래를 부르며 짝을 찾았다. 그중에는 분명 제가 부르는 노래에 푹 빠져 짝에 대해서는 잊은 놈도 있었을 것이다.

평범한 여름밤의 풍경이었다. 바로 옆에 외계인이 있다는 것을 빼고는. 그것은 길게 늘였던 몸을 뭉쳐서 다시 넓적하고 평평하게 폈다. 그러고 있으니 땅과 구분이 잘 안 돼서 그것에게 어디 있느냐고 물어야 할 지경이었다.

그것은 땅에 몸을 바짝 댄 채로 움직이면서 모든 것에 관심을 보였다. 새로운 장소에 가서 코를 킁킁대며 냄새를 맡고 다니는 강아지 같았다. 그것은 나무 아래에서 몸을 웅크리고 있기도 하고 날아다니는 풀벌레나 꽃을 응시하듯 그 앞에서 멈춰 있기도 했다.

그것이 다시 뱀처럼 몸을 늘려서 나무 기둥을 휘감고 올라간 다음 사라져 버렸을 때 보니는 겁이 나서 그것을 크게 불렀다.

"어딨어? 이제 내려와."

그것이 다른 나무들을 타고 이동해서 아주 멀리 가 버린 건 아닐까 하는 생각이 들어서 초조해질 때쯤 잎사귀 사이에서 부스럭대는 소리가 들렸다. 그리고 곧 그것의 머리가 보였다. 그것에게 머리가 있는지는 잘 모르겠지만 말이다. 그것은 느린 속도로 내려왔다.

그것은 나무 기둥을 거의 다 내려와서 보니의 몸에 자신의 몸을 감았다. 보니는 마음의 준비가 아직 덜 된 채로 구렁이와 교감하는 체험을 하게 된 사람처럼 몸이 굳어서 자신도 모르게 그것의 몸을 두 손으로 잡았다.

'뭐 하는 걸까? 날 세게 조이면 내가 죽을 수도 있다는 것을 알려 줘야 하나?'

그런 생각으로 마음이 복잡한 중에 그것이 보니에게 뜻이 담긴 진동을 보냈다. 그것은 진동을 통해 자신이 나무에게 느낀 감정을 보니에게 그대로 전했다. 보니는 그것이 10분 남짓한 시간 동안 자신이 평생에 걸쳐 쌓아 온 식물에 대한 애정에 필적하는 깊고 커다란 감정을 느꼈음을 알았다. 질투가 날 정도였다. 안 지 얼마 안 된 사람에게 짝사랑하는 상대를 보여 줬는데 그가 10분 만에 자기보다 더 내 짝사랑 상대에게 깊게 빠져서 돌아온 걸 볼 때의 당혹스러움이랄까. 게다가 정작 자신은 용기가 안 나서 주변만 얼쩡거렸는데 그것은 벌써 전화번호까지 교환하고 자신의 인상을 확실히 남기고 온 느낌이었다. 한마디로 완전 짜증 나는 상황이다.

보니는 짜증이 나서 괜히 툴툴거렸다.

"아까부터 뭐 하는 거야? 네 구역이라고 표시하고 다니는 건 아니지? 확실히 말해 두겠는데 여긴 내 땅이야."

보니는 그것이 세 가지 중 하나로 반응할 거라 생각했다. 자신이 그러는 이유를 알려 주거나, 보니의 말을 무시하거나, 하던 일을 그만두거나. 하지만 그것은 이 땅의 주인이 정말 보니가 맞는지 물었다.

"그럼 여기가 누구 건데?"

보니는 신경질이 나서 뾰족하게 말했다. 그러자 그것은 여기에 이렇게 많은 존재들이 사는데 어떻게 보니가 이곳의 주인일 수 있는지 물었다.

《네가 이곳의 왕이야?》

그것의 진동에 그런 질문이 담겨 있었다. 피부에 닿은 진동의 뜻이 머릿속에서 번역되자 보니는 부끄러워서 얼굴이 달아올랐다.

보니는 이곳의 왕인 것처럼 행세하는 아빠를 재수 없어 했다. 나무들에게 이곳의 진짜 주인은 너희들이라고 속삭이며 자신이 아빠보다는 나은 인간이라는 우월감을 느끼기도 했다. 그런데 그랬던 자신이 나무들 앞에서 신경질을 내며 이곳이 다 내 것이라고 소리치다니. 정말로 부끄러웠다.

"말이 잘못 나온 거야. 아니, 그게 아니고 생각을 잘못했어. 잠깐 착각했네. 내가 여기 주인인 적은 한 번도 없었는데."

그것은 보니의 말에 담긴 당황스러움을 느꼈는지 그에 대해 더 묻지 않고 조용해졌다. 보니는 한동안 말없이 걷기만 했다. 그러다 그것이 또다시 나무 앞에 멈춰 섰을 때 보니는 솔직하게 호기심을 드러내며 그것에게 무엇을 하는 거냐고 다시 물었다.

《나무들과 대화를 나누고 있어.》

"나무들하고 대화를 나눈다고? 어떻게?"

《너보다 나무들과 얘기하는 게 더 편해. 이 존재들은 진동을 또렷하고 간결하게 써. 넌 또렷한 진동을 가졌지만 네가 가진 진동을 제대로 쓰지 못하는 것 같아.》

보니는 자기도 모르게 그것의 진동에서 그렇게 풍부한 뜻을 느끼고는 놀랐다. 아마도 그것이 자신에게 진동으로 뜻을 전하는 실력이 빠르게 늘고 있는 듯했다. 그리고 한편으로는 얼굴이 붉어졌다.

"넌 진동으로 얘기하는 게 익숙하겠지만, 난 전혀 아니야. 너도 말을 하진 못하잖아."

《화내지 마. 네가 진동을 잘 다루지는 못하지만, 네 진동은 아주 매력적이야.》

그것의 진동은 너무나 또렷해서 거의 말처럼 느껴졌다. 보니는 얼굴이 뜨겁게 달아올랐다.

"그게 뭐야. 이상한 소리 하지 마."

《네가 쓰는 언어는 정말 독특해. 너처럼 이상한 존재는 처음이야. 이상하지만 재밌어.》

그것은 나무 기둥을 휘감았던 것과 똑같이 보니의 다리를 감으며 올라왔다. 보니는 그것이 처음 그랬을 때처럼 몸이 굳지는 않았다. 하지만 긴장이 되기는 했다. 그것의 진동에 열기가 있었다. 열기가 느껴지는 진동이 피부에 닿자 몸이 더워졌다. 그것이 자신을 유혹하고 있다는 느낌이 들었다.

보니는 그때까지 단 한 번도 다른 사람과 성적인 접촉을 해 본 적이 없었다. 누군가와 깊게 사귀어 본 적도 가볍게 썸을 타 본 적조차도 없었다. 그런데 그것의 몸이 자신을 휘감고 뜨겁게 진동하자 아주 이상한 기분이 들었다. 우습지만 마법에 빠진 느낌이었다. 정신이 혼미해지고 눈앞이 흐려지면서 몸속 깊은 곳이 뭔가 더 많은 것을 원했다.

"더워."

보니는 가까스로 정신을 차리고 그것의 몸을 거칠게 떼어 냈다. 그것은 땅으로 내동댕이쳐졌다.

《아파.》

그것은 땅을 세게 진동하며 고통을 호소했다.

"미안. 너무 더워서."

보니는 그것과 멀리 떨어져 걸었다. '그런데 외계인하고 하면 어떤 느낌일까? 으! 무슨 소리야? 됐어.' 보니는 머릿속에 떠오르기 시작한 생각을 중지하려 했지만 보니의 발칙한 상상력은 자꾸 멋대로 진도를 나갔다. '사람하고도 해 본 적 없는데, 저런 것하고? 말도 안 돼.' 그것이 자신의 머릿속을 읽는 능력이 없기만을 바랄 뿐이었다. 그것이 자신의 머릿속에 펼쳐진 장면들을 봤다면 보니는 수치스러워서 그 자리에서 쓰러져 죽었을 것이다.

시간이 열기를 식혔다. 보니는 다시 편안해져서 나무들 사이를 기웃거리는 그것에게 다가갔다. 그것에게 부탁할 것이 있었다.

"보여 주고 싶은 게 있는데 같이 갈래?"

보니는 그것을 자신의 친구에게 데려갔다. 그 친구는 보호수로 지정된 고령의 느티나무였다. 옛날에 정원에서 일하던 원예사 한 명은 그를 지혜로운 코끼리라고 부르기도 했고, 그 밖에도 그는 여러 이름으로 불렸지만 보니는 그 친구를 느티나무라고만 불렀다. 그의 기둥은 굳건하고 가지들은 위엄이 넘치면서도 우아하다. 가지마다 빽빽하게 우거진 잎사귀들은 뭉쳐 있을 때는 용을 둘러싼 신비로운 구름 떼 같지만 아래로 떨어져 내렸을 때 보면 그저 귀여운 톱니가 달린 낱장의 낙엽들이었다.

보니가 그 친구의 몸 중에서 가장 멋지다고 생각한 것은 껍질이었다. 윤기 흐르는 그의 껍질은 햇빛에 닿으면 아주 다채로운 빛깔로 반짝였다. 보니는 한여름에도 달아오르지 않는 그의 껍질을 사랑했다. 속상한 날에 그에게 기대어 그의 서늘한 껍질에 뺨이나 이마를 대고 있으면 슬픔이나 화, 외로움이 가라앉고 기분이 차분해졌다.

보니는 자신이 그를 사랑하는 만큼 그도 자신을 사랑하는지 알고 싶었다.

"이 친구에게 나를 아느냐고 물어봐 줘."

보니는 자신이 셀 수도 없이 자주 달려가 위로받았던 느티나무에 손을 대고 그것에게 부탁했다. 보니는 자신의 가장 친한 친구가 어떤 생각을 하는지 알고 싶었다. 그 친구가 자신의 존재를 아는지 궁금했다. 자신이 그 친구를 사랑하는 만큼 그 친구도 자신을 사랑하는지. 보니는 그럴 거라 믿었지만, 자신의 착각일 뿐일 수도 있다는 생각을 떨칠 수 없었다. 그런데 이제 사실의 진위를 확인해 줄 존재가 나타난 거였다. 하지만 그것은 꿈쩍도 하지 않았다.

"부탁할게. 그냥 한마디만 해 주면 돼. 나를 아느냐고."

그때 그것이 진동을 보냈다.

《내 몸 위로 올라와.》

그것은 납작하게 퍼져 있던 자신의 몸을 더 납작하게 펼치고 나무 주변을 둘러쌌다. 보니는 그것의 몸에 다시 자신의 몸을 댄다는 게 꺼려졌지만, 호기심을 넘어서는 갈망 때문에 그것의 위에 올라가 엎드렸다.

곧 진동이 느껴졌다. 보니는 그 진동이 나무의 말이라는 것을 알고 그것의 몸에 자신의 뺨을 바짝 붙였다. 그 진동에는 느티나무의 영혼이 담겨 있었다. 그가 아니면 누구도 보낼 수 없는 진동이었다. 한자리에서 400년 동안 살아온 나무만이 보낼 수 있는 진동.

그가 자신을 아는지, 자신을 알고 사랑하는지는 더 이상 중요하지 않았다. 그렇게 아름다운 존재가 그동안 자신의 곁에 있었으며 앞으로도 그럴 것이라는 사실만으로도 충분했다. 보니는 그것의 몸에 엎드려 나무의 진동을 느끼며 자신도 모르게 눈물을 흘렸다.

'식물에게는 영혼이 있어! 인간과는 다르지만 그보다 못할 것 없는 영혼이.'

보니는 식물에게 영혼이 있다고 믿긴 했지만, 그 믿음은 대부분의 사람들에게 터무니없는 것으로 취급받았다. 보니도 때로는 자신이 반쯤 미쳐서 자기만의 망상에 빠져 사는 건 아닌지 의심이 들었다. 그러나 이제는 확신할 수 있었다.

식물광이 때때로 광신도처럼 보인다는 것을 안다. 하지만
느티나무의 말을 들은 것은 보니에게 정말 의미 있는 일이었
다. 느티나무에게 영혼이 있다는 것은 자신이 인간 못지않은
영혼을 가진 생생하게 살아 있는 친구들과 더불어 자랐다는
뜻이었다. 아무런 영혼도 없는 무생물들을 친구로 여기며 살
아온 불쌍한 여자애가 아니라.

보니는 그것이 기다리는 게 무엇이든, 그게 너무 빨리 오
지 않기를 빌었다. 속마음을 들어봐야 할 친구들이 아직 많이
남아 있었다.

4.

느티나무에게 영혼이 있다는 것을 확신하게 된 그 밤에
보니는 흥분으로 쉽게 잠들지 못했다. 솔직히 말하자면 식물
에게 영혼이 있다는 것을 알게 된 것 때문에만 잠을 설친 건
아니었다. 그것이 자신의 몸을 휘감고 뜨겁게 진동할 때의 느
낌이 진하게 남아서 생각하지 않으려 해도 자꾸 그것이 떠올
랐다.

보니는 예전부터 섹스를 하면 어떤 느낌이 들지 상상해
보고는 했다. 성적인 행위가 소문만큼 그렇게 기분을 좋아지
게 할지 궁금했다. 자위보다 훨씬 더 좋을지 어떨지. 그러나 애

인은커녕 친구도 없는 삶을 살았기 때문에 여태껏 타인과의 접촉이 어떤 느낌인지 알 기회는 보니에게 찾아오지 않았다. 그런데 그것이 자신의 몸을 감는 순간 알 수 있었다. 그건 성적인 접촉이었다.

보니는 성적인 행위를 하면 기분이 좋을 거라 생각했다. 달콤한 컵케이크를 먹거나 푹신한 곰 인형을 꼭 껴안으면 기분이 좋아지는 것처럼. 아니면 자위가 잘된 날보다 조금 더 괜찮은 만족감을 느끼지 않을까 생각했다. 하지만 그것이 자신의 몸을 감고 뜨겁게 진동했을 때 보니가 느낀 것은 좀 더 육체적인 경험이었다.

보니의 머릿속에 있는 뇌에서 한 번도 분비된 적 없는 어떤 것이 갑자기 흘러나와 몸 전체로 퍼져 나갔다. 그러자 미칠 것 같은 기분이 들었다. 몸 안에 섹스를 원하는 뭔가가 있었다. 그것은 보니의 안에 숨겨져 있던 버튼을 눌렀다. 그 버튼은 오랜 세월 묻혀 있었지만 용케 녹슬지도 않고 팔팔하게 살아 있었다.

보니는 언제나 사랑에 빠지는 것이 먼저일 거라 믿었다. 어떤 사람을 천천히 알아 가고 서로 사랑에 빠진 것이 확실해진 후에 섹스를 하게 될 거라고. 하지만 보니는 그것을 사랑하지 않았다. 심지어 그것은 사람도 아니었다. 사람도 아니고 사랑하지도 않는 상대에게 성적인 흥분을 느낄 수 있다는 것이 보니에게는 매우 신선한 사실로 느껴졌다.

그것과의 접촉은 황홀했다. 너무 분명해서 인정할 수밖에 없었다. 보니의 몸에 그것이 뜨겁게 진동했을 때의 황홀한 감각이 남아 있었다. 보니는 그 느낌을 음미하면서 자위했다. 외계인을 떠올리면서 자위를 한다니 너무 이상하고 어이없었다. 한편에는 그런 의식이 있었지만 보니는 손가락을 계속 움직였다. 그렇게라도 해소하지 않으면 안 될 정도로 몸이 달아 있었다.

배 아랫부분에 차올랐던 성욕이 해소되자 나른한 졸음이 찾아왔다. 의식이 현실과 멀어져 반쯤 꿈에 걸쳐졌을 때 천장 위에서 삐거덕거리는 소리가 났다. 그 소리가 들리자마자 공포로 가슴이 얼어붙었다. 그건 목소리가 오기 전에 나는 소리였다.

'안 돼. 안 돼. 안 돼. 오지 마, 제발.'

귀를 막고 싶었다. 그러나 이번에도 목소리가 빨랐다. 소름끼치는 목소리는 순식간에 달려와서 귓속을 파고들었다. 웃음소리인지 울음소리인지 모를 괴상한 소리였다.

"네가 도망칠 수 있을 줄 알았어? 돌아온 걸 환영해, 보니야."

그 한마디에 온몸이 얼어붙었다. 목소리가 자신의 귀에 대고 그렇게 속삭이면 보니는 무력해졌다. 비명을 지르고 싶었지만 입이 열리지 않았다. 보이지 않는 손이 목을 쥐고 조르는 듯 숨이 막혔다.

'제발 사라져. 누가 날 좀 도와줘. 제발 아무나 날 좀 도와줘!'

보니는 속으로 비명을 질렀다. 그러나 제대로 된 소리는 나오지 않고, 꽉 잠긴 입술 사이로 신음만 겨우 새어 나왔다. 상자 뚜껑이 열린 것처럼 떠올리고 싶지 않은 기억들이 튀어나왔다. 공중에 매달려 흔들리던 두 발. 꺽꺽 숨이 넘어가는 소리. 그 끔찍한 장면과 소리가 생생하게 떠올라 보니를 괴롭혔다. 절망감에 잠겨 눈물만 흘리고 있을 때 다른 소리가 들렸다. 문이 열리는 소리였다. 눈을 뜰 수 없어서 보이지는 않았지만 누군가 들어오는 기척이 느껴졌다. 그와 동시에 방이 진동했다. 방 안 전체가 소리굽쇠가 된 것처럼 울림이 퍼져 나갔다. 그것이었다.

보니는 목소리가 자신의 곁을 떠나는 걸 느꼈다. 목소리는 보니를 찾아올 때 그런 것처럼 떠날 때도 순식간에 사라졌다.

보니는 눈을 떴다. 역시 그것이 와 있었다. 아직 빠져나가지 않은 두려움이 심장을 조였다. 보니는 두려움을 내보내려고 심호흡을 했다. 긴장이 풀리자 몸이 벌벌 떨렸다.

《무엇이 널 공포로 진동하게 하는 거야?》

질문이 담긴 그것의 진동에서 호기심이 느껴졌다.

"목소리. 목소리가 들려."

《누구의 목소리?》

"나도 몰라. 아주 어릴 때부터 들렸어. 누군지는 몰라도 날 보통 좋아하는 게 아닌 건 확실해. 잊을 만하면 이렇게 찾아와서 자기 존재를 각인하거든. 거의 스토커야."

《네 말이 이해가 잘 안 돼. 난 아직 너의 언어에 서툴러.》

"네 문제가 아니야. 내가 설명을 잘못해서 그런 거지. 아직도 남한테는 그걸 어떻게 설명해야 할지 모르겠어. 이렇게 오래 그걸 겪었는데도. 병원에서는 신경적인 문제일 거래. 약도 좀 먹었는데 결국 아예 사라지진 않았어. 그래서 가끔…… 이렇게 돼. 가위와 발작과 수면 장애의 혼합형이랄까? 트라우마도 조금 섞여 있고."

《네 진동이 너무 불안정해. 너의 공포가 느껴져. 아주 커다란 공포. 내가 널 도와줘도 될까?》

"어떻게 도와줄 건데?"

《내가 널 도와주길 원해?》

보니는 그것을 빤히 바라봤다. 그 커다랗고 둥근 괴상한 진흙 덩어리를. 하지만 이상하게도 그것이 두렵지는 않았다. 그것의 진동은 무척 친절했고 다정한 구석도 있었다. 그것을 한번 믿어 보고 싶었다.

"그래. 한번 도와줘 보든지."

그것이 보니의 몸에 자신의 몸을 붙이고, 보니를 이불처럼 덮었다. 보니는 당황해서 어찌할 바를 몰랐다. 그것의 몸이 진동하자 그것의 의도가 느껴졌다. 그것은 보니를 위로하고 싶어 했다. 그 말 없는 위로가 보니의 온몸을 어루만졌다. 그렇게 가슴 깊은 곳을 파고드는 위로는 처음이었다. 그것은 보니의 감정을 고스란히 알았다. 보니를 어루만지는 진동에 보니가 느끼는 복잡한 감정이 그대로 담겨 있었다. 《네가 지금 어떤 느낌인지 알아.》 그것이 진동으로 그런 말을 하는 것 같았다. 완전히 이해받는 기분이었다. 적어도 그 순간에는 그랬다.

한참이나 그렇게 보니를 감싸고 진동하던 그것이 스르륵 바닥으로 흘러내렸다. 슬픔과 두려움이 완전히 사라졌을 때였다. 정확히는 보니가 그것에게 감싸인 자신의 꼴이 좀 웃긴 것 같아서 살짝 웃음이 터진 순간, 그것이 포옹(보니는 그렇게 생각했다)을 풀었다. 그것이 아주 민감하고 사려 깊은 생물이라는 생각이 들었다.

"고마워."

보니는 침대 밑에 있는 미스터리한 생물에게 말했다. 진심이었다. 그것은 최고의 위로라는 선물을 주었다. 그 덕분에 보니는 깊은 공포에서 빠져나올 수 있었다.

《언제든지. 이제부터 목소리가 찾아올 때마다 내가 쫓아줄게.》

"그럼 좋긴 하겠지만 못 지킬 약속은 하지 마. 넌 네가 기다리는 것이 올 때까지만 여기 머무르겠다고 했잖아. 네가 떠나고 나면 그 약속이 생각나서 쓸쓸해질 거야. 무서운데 쓸쓸하기까지 해야 하다니, 최악이야."

《걱정하지 마. 네가 어디 있는지만 알면 나는 아주 멀리에 있어도 진동을 보낼 수 있어. 내가 너라는 존재를 알게 된 순간부터 우리는 이어진 거야. 우리는 한번 이어진 존재의 진동을 어디서든 찾을 수 있어. 네가 죽거나, 일부러 진동을 감추지만 않는다면.》

"지금 네 말이 내 가슴에 얼마나 큰 희망을 불어넣었는지 알면 소름 끼칠걸?"

《지금 네 목소리 진동에 담긴 게 희망이라는 감정이구나. 아주 좋은데? 이렇게 강렬한 진동은 처음 느껴 봐. 네 진동이 내 몸으로 들어와서 깊숙한 곳을 떨리게 하고 있어. 네가 말한 소름이라는 진동과 딱 들어맞는 느낌이야.》

그 말이 담긴 진동이 닿자 심장이 떨리고 발끝이 저릿했다. 마치 그것과 연결되어서 같은 감정을 공유하고 있는 기분이었다. 보니는 자신과 그것이 들떴다는 걸 느꼈다. 둘의 영혼이 몸에서 들떠 올라서 서로에게 붙은 것 같았다. 보니는 그 감정이 더 묘한 느낌이 되기 전에 말을 돌렸다.

"네가 기다리는 건 뭐야? 그때 얘기했을 때는 잘 안 들렸어. 진동에 담긴 말을 알아듣는 데에 익숙하지가 않아서."

《우리. 나 말고 다른 존재들.》

진동에서 씁쓸한 감정이 느껴졌다. 둘 사이에 잠시나마 생겨났던 연결된 느낌은 그 씁쓸한 진동을 끝으로 사라졌다.

그날 밤 그것은 다시 위층 방으로 가지 않고 보니의 침대 맡을 지켜 주었다. 그토록 긴장을 풀고 잔 것이 얼마 만이었는지 모르겠다. 그렇게 아무것도 두려워하지 않고 잠이 든 것이. 그동안 보니는 무리와 떨어져 들판 한가운데서 혼자 잠드는 약한 동물 같았다. 그런데 그것이 자신의 곁에 자리를 잡으니 무척이나 안심이 됐다. 《아무도 널 해치지 못할 거야.》 침대로 전해져 오는 그것의 진동은 아주 옛날에 엄마가 불러 주던 자장가 같았다.

***

다음 날 보니는 그것을 마주하는 게 민망해서 살금살금 걸어 집에서 나왔다. 집에서 나와 마당에 혼자 서 있으니 홀가분한 느낌이 들었다. 이제부터 당분간은 혼자 지내게 된다. 보니는 태어나면서부터 쭉 살아온 이 집을 혼자 차지해 본 적이 거의 없었다. 아빠와 엄마가 매년 몇 주씩 유럽 여행을 가서 사택이 빌 때가 있었지만, 그때마다 보니는 할아버지 댁에 맡겨졌다.

혼자가 된 기분은 나쁘지 않았다. 게다가 엄마가 카드까지 주고 가지 않았나. 돈과 자유. 주머니가 두둑한 자유야말로 진정한 자유가 아닐까?

보니는 콧노래를 부르고 싶은 심정이 되어 가벼운 발걸음으로 차고로 가서 포터 트럭에 올라탔다. 평범한 하얀색 포터였지만 문짝에 붙은 식물 스티커들이 보니의 트럭이라는 표시였다.

하얀색 포터는 보니가 열여섯 살이 됐을 때 아빠가 생일 선물로 준 것이었다. 면허가 없어서 감히 차를 몰고 시내로 나가지는 못했지만, 인적이 드물 때 정원을 돌아다닐 수는 있었다. 보니는 이 차로 흙을 운반하기도 하고, 식물 모종을 실어서 옮기기도 했다. 그냥 사택에서 정원 입구까지 걸어가기 귀찮을 때 운전을 하기도 했다.

아빠는 선천적으로 다른 사람의 눈치를 보고 비위를 맞출 줄을 몰랐다. 너무 자기중심적인 사람이라 남에게 무엇을 줄 때도 자신이 주고 싶은 것만 줘서 선물을 받는 사람을 기쁘게 하기보다는 부담스럽게 했다. 보니의 엄마는 그렇게 눈치 없는 선물을 진저리나게 많이 받았고, 보니 역시 온갖 기념일마다 전혀 갖고 싶었던 적이 없는 것을 받고 실망하는 데 익숙해졌다.

그러나 열여섯 살 생일에 받은 하얀색 포터만큼은 마음에 쏙 들었다. 보니는 그때 아빠에게 어색하게 중얼거렸다. "감사해요." 딸에게 너무도 오랜만에 진심이 담긴 고맙다는 인사를 받은 아빠는 똑같이 어색해하며 보니의 어깨를 툭 쳤다.

그날을 떠올리니 복잡한 기분이 들었다. 겨우 4년 전이었지만 아주 오래전에 있었던 일처럼 느껴졌다. 갑자기 아빠가 정원에서 물을 주고 있을 것 같았다. 아빠가 좋아했던 영원의 아치에서 장미들을 돌보고 있거나, 영원의 아치 다음으로 좋아했던 온실에서 식충 식물들을 흐뭇하게 바라보고 있을지도 모른다.

그러나 그것도 그저 감상에 젖어 떠올린 상상일 뿐이었다. 아빠는 영원의 아치 구역 한쪽에 묻혔다. 그 사실은 변하지 않는다.

보니는 감상에서 빠져 나오려 차에 시동을 걸었다. 포터를 운전하는 건 이제 식은 죽 먹기였다. 사람만 없다면 보니는 눈을 감고도 운전할 수 있었다. 단, 정원 안에서만. 포터를 몰고 시내에 나가 본 적은 아직 한 번도 없었다. 보니는 트럭을 운전해 산 아래로 내려갈 자신은 물론, 시내를 누빌 자신도 있었지만 아빠는 보니가 정원 밖으로 트럭을 몰고 나가는 걸 허락하지 않았다. 그랬다가는 당장 포터를 다시 빼앗아 중고차 시장에 팔아 버리겠다고 신경질적으로 쏘아붙였다. 아빠는 보니나 엄마가 혼자 정원 밖으로 나가면 사고를 당할 거라는 망상에 시달렸다. 하지만 결국 가장 먼저 세상을 떠난 건 그였다.

보니는 천천히 도로로 나갔다. 처음에는 자신만만했지만 막상 정원 밖으로 나가니 긴장됐다. 도로에 차가 거의 없어서 서두를 필요는 없었지만 속도를 너무 늦추는 건 위험했다. 산 아래로 내려가는 데는 10분 정도 걸렸다. 쭉 내리막길이었지만 보니는 잘 해냈다. 머릿속으로 수없이 시뮬레이션 해 본 길이었다. 산 아래로 내려와 시내로 나가는 길로 빠지자 해방감으로 속이 시원했다.

그다음부터는 어렵지 않았다. 보니는 포터를 타고 시내를 누볐다. 버스를 타거나 걸어서는 많이 지나쳐 본 길이었지만 운전석에 앉아서 보니 새롭게 보였다. 작년 생일이 지나자마자 면허를 따서, 면허증이 나온 지는 1년이 조금 지났다. 보니의 생일은 5월이었다. 보니는 아빠가 매년 가족의 생일마다 호들갑을 떠는 데 질려서 생일 챙기는 걸 별로 좋아하지 않았다. 아빠는 생일 파티 이벤트를 좋아했지만 보니는 아주 어릴 때를 제외하고는 즐거웠던 기억이 거의 없었다. 엄마는 생일 이벤트를 피곤해했고, 아빠는 그런 엄마를 비난했다. 생일 파티는 대개 아빠와 엄마가 싸우면서 끝났다. 보니가 사정하다시피 해서 열세 살 이후로는 보니의 생일 파티를 하지 않았다. 아빠는 구겨진 얼굴로 말했다. "그래, 마음대로 해." 아빠는 정성껏 준비한 선물을 짓밟힌 사람처럼 굴욕감과 모욕감을 느끼는 듯했다.

'포터를 사 준 게 아빠가 아니었으면 좋았을 텐데.'

자꾸 아빠가 떠오르니 마음이 불편했다. '다음 차는 꼭 내 힘으로 사야지.' 하지만 이미 포터에 정이 들어서 차를 바꿀 수 있을지 자신이 서지 않았다. 아마 몇 년은 더 탈 것이다. 적어도 5년은. 포터가 버텨 주기만 한다면 10년 더.

보니는 동명동에서 차를 세우고 '카페 부엉이'로 들어갔다. 카페 부엉이는 최근에 찾은 장소였다. 북카페는 아니지만 앉는 공간이 책장으로 둘러싸여 있고 책장마다 재밌는 책이 가득해서 시간을 보내기 좋았다. 카페는 부부가 운영했는데, 남자가 여자를 사장님이라고 불렀고, 여자는 남자를 '사나긴'이라고 불렀다. 여자의 이름은 '별공'이었다.

고등학교 졸업 전이었던 작년까지는 학교 수업이 끝난 뒤에 바로 셔틀버스(지역에서 관광용으로 운영하는 무료 셔틀버스를 타면 햇살과 그림자 정원에 갈 수 있었다)를 타고 정원으로 돌아가지 않고 시내를 돌아다니는 게 보니의 유일한 일탈이었다.

"별공 파스타 하나 주세요."

보니는 해야만 하는 일을 대충 끝내는 것처럼 얼른 음식을 주문하고 책장 앞을 어슬렁거리며 책을 골랐다. 만화책부터 과학 관련 서적, 소설, 시집, 인문 서적과 철학 서적, 요즘 핫한 책들까지 없는 책이 없어서 고르는 데 오래 걸렸다. 카페 1층 아래에 있는 지하 공간에도 책이 꽉 차 있어서 카페는 작은 도서관이나 서점 같은 분위기를 풍겼다.

"식사 여기에 놔 드릴까요?"

사나긴이 주방에서 별공이 만든 음식이 든 접시를 가지고 나와 물었다. "네." 보니는 대답을 하며 고개를 끄덕이고 두 손 가득 고른 책을 들고 테이블에 앉았다. 올리브 오일이 듬뿍 들어간 콜드 파스타라 금방 굳어 버릴 염려는 없었지만 맛있는 냄새가 강렬해서 보니는 포크에 면을 말아 한 입씩 먹으며 책을 읽었다. 제철 과일과 감, 사과, 신선한 채소와 고소한 면이 입안에서 섞이며 목구멍으로 미끄러지듯 들어갔다. 보니는 한 시간에 걸쳐 천천히 파스타를 먹으며 책을 읽었다. 그래픽 노블 책을 반쯤 읽었을 때 접시가 바닥났다. 보니가 식사를 끝내자 사나긴이 커피 주전자와 찻잔 세트가 든 황동색 쟁반을 들고 와서 커피를 따라 주었다. 보니는 사장 부부의 이력을 알지 못했지만 별공과 사나긴 둘 다 지식인 분위기를 풍겼다.

맛있는 음식과 한 달 밤낮을 읽어도 떨어지지 않을 재밌는 책들, 향이 풍부하고 뜨거운 커피까지. '행복을 물질로 변환하면 바로 이런 형태가 아닐까?' 보니는 잠시 책을 덮고 커피를 마시며 즐거운 기분을 음미했다. '아빠의 추도식이 겨우 어제였는데.' 묘한 죄책감이 들었지만 그마저도 조금은 달콤했다.

보니는 다시 책으로 돌아가려고 찻잔을 내려놓았다. 그런데 금색 테를 두른 푸른색 도자기 찻잔에 든 커피가 이상했다. 찻잔 속 커피가 작게 소용돌이치고 있었다. 보니는 그 소용돌이를 자세히 보려 다시 찻잔을 들고 들여다봤다. 분명 회오리 방향으로 커피가 회전하고 있었다. 소용돌이는 더 커지지도 작아지지도 않고 일정한 크기로 계속 돌아갔다.

찻잔을 든 손으로 진동이 느껴졌다. 충격과는 거리가 먼, 손을 부드럽게 감싸는 듯한 진동이었다.

《드디어 찾았네. 어디야? 어디 있어?》

보니는 갑작스럽게 머릿속을 지나가는 말에 놀라 찻잔을 떨어트릴 뻔했다. 다행히 찻잔을 놓치지는 않았지만 놀라서 손을 급하게 움직인 바람에 바닥으로 커피가 조금 쏟아졌다.

"아, 놀라라. 뭐야, 너 어떻게 여기까지 진동을 보내?"

그것이 아무리 과학적 기술이 지구와 비교할 수 없이 뛰어난 곳에서 온 외계인이라고 해도 이렇게 떨어진 거리에서 진동을 보내 말을 걸 줄은 몰랐다. 보니는 가슴이 두근거려서 천천히 숨을 내쉬었다.

《우리는 한번 닿은 존재와는 언제든 이어질 수 있다고 했잖아. 어딨어? 지금까지 계속 널 기다렸어.》

날 기다렸다니. 잠에서 깬 뒤부터 기다렸다는 뜻이었겠지만, 왠지 아주 예전부터 오랫동안 너 같은 존재를 만나기를 기다려 왔다는 것처럼 들리기도 해서 가슴이 찡했다. 보니는 정원 식물들이 자신을 기다릴 거라고 생각해서 집으로 가는 발걸음을 빨리해 본 적은 있었지만, 식물들에게서 실제로 집에 얼른 오라는 문자를 받은 적은 없었다.

보니의 손가락을 울리는 진동은 순수하게 느껴질 정도로 솔직했다. 보니가 아는 사람들은 남들에게 자신의 마음이 들킬까 봐 두려워했다. 자신의 마음을 세련되게 숨길 줄 아는 사람들 속에서 보니도 그런 사람이 되어 가고 있었다. 다른 사람들보다 훨씬 서툴기는 했지만 말이다.

그런데 그것의 진동에는 숨은 의도가 없었다. 그것은 보니가 얼른 그것에게 가서 곁에 있어 주기를 바라고 있었다. 사람들이 쓰는 말로 하면 그것은 보니를 보고 싶어 했다. 그것은 외로움을 느꼈다. 그리고 낯선 곳에 혼자 있어서 두렵기도 했다.

그것의 연약한 마음이 보니의 손끝에서 진동했다. 더 생각할 것도 없었다. 보니는 바로 일어나 읽던 책들을 책장에 꽂아놓고 계산을 한 뒤 서둘러 카페에서 나왔다. 거리가 가까워질수록 그것의 진동도 점점 더 강해졌다. 그것은 보니가 그것에게 가고 있다는 것을 알아차렸다. 보니는 정류장에서 버스를 기다리면서 이제부터 그것이 자신에게 어떤 존재가 될지 생각했다. 새로운 반려 생물? 아니면 친구? 그러나 그것에게 다시 성적인 흥분을 느낀다면 어떻게 될지 상상이 가지 않았다. 그것이 다시 한번 자신을 유혹하고, 자신이 그것을 받아들인다면 어떤 일이 일어날지 궁금했다. 어제 그것이 몸을 감을 때 느꼈던 황홀함이 떠올랐다.

'그것과 그 이상을 한다면 어디까지 황홀해질 수 있을까?'

그런 상상만 해도 두려운 어둡고 기묘한 금기일 테지만, 보니는 자신의 본능이 그 금기를 넘고 싶은 호기심으로 들썩거리고 있다는 걸 느낄 수 있었다.

'자, 이제 어떻게 될까?'

보니는 위층 방으로 가면서 생각했다. 목적지를 정하지 않고 아무 버스에나 올라탄 기분이었다. 아니면 흐르는 물결에 몸을 맡긴 기분. 보니는 상황을 흐르는 대로 내버려 두면 자신이 어디로 가게 될지 궁금했다.

그것은 보니가 문을 열자 몸을 활짝 펴고 너울거렸다. 너울대는 몸에 노란빛이 돌았다. 방 안을 채운 진동에서 흥분이 느껴졌다. 그것의 몸은 점점 더 선명한 노란색이 됐고 나중에는 빨간색 땡땡이 무늬 반점들이 생겼다.

그런 모습을 보고 있자니 김이 빠졌다. '내가 이런 것과 섹스를 하려고 했단 말이야?' 그것은 섹스 따위는 생각도 하지 않은 것 같았다. 대신 밖으로 나가고 싶은 열망으로 꽉 차서 몸이 터질 듯했다.

"나가고 싶어?"

보니는 흥분의 진동으로 꽉 찬 방 안으로 들어가는 것이 꺼려져 문밖에서 물었다. 그것은 보니 쪽으로 가까이 다가왔다.

《이곳을 제대로 느껴 보고 싶어.》

보니는 한숨을 쉬며 그것의 몸에 손을 올렸다. 이렇게 생긴 생물을 어떻게 데리고 나갈지 막막했다.

"이곳 사람들은 너 같은 존재를 본 적이 없어서 널 보면 난리가 날 거야. 미안하지만 난 사람들의 주목을 받는 것도 싫고 시끄러워지는 것도 싫어."

사실은 영화에 나오는 것처럼 그것이 어디론가 잡혀가 실험을 당하게 될까 봐 걱정됐지만, 괜히 겁을 주는 것 같아 그 말은 하지 않았다.

보니가 말을 마치기가 무섭게 그것은 몸을 꿈틀거렸다. 또 뭔가 다른 형태로 변하려는 것 같았다.

보니는 물러나서 팔짱을 끼고 그 모습을 바라봤다. 섹스

할 기회는 영영 날아갔다는 생각이 들었고 그런 생각을 하는 자신이 부끄러워 목 끝이 매큼했다.

큼큼. 보니는 헛기침을 하며 눈앞에 보이는 것에 집중하려 애썼다. 덩어리였던 그것이 인간의 형태로 변하고 있었다.

팔과 다리와 목이 동시에 나와 점점 더 그럴싸한 형태로 다듬어졌다. 목 위에 둥글게 붙은 부분이 인간의 머리가 되는 과정은 경이로웠다. 보이지 않는 손이 조각을 빚는 듯한 광경이었다. 죽은 미켈란젤로의 영혼이 공중에서 그것의 몸을 가지고 인간의 형상을 빚고 있는지도 몰랐다.

사람의 이목구비로 이루어진 얼굴이 생기는 한편으로, 다리 끝에서 발이 나와 땅을 디뎠고, 팔에 달린 손에도 손가락들이 생겼다. 손가락 열 개가 순식간에 돋아났다.

어느새 보니의 앞에 진흙으로 만든 인간이 서 있었다. 표면의 색도 서서히 변해 흙색에서 보니의 피부와 비슷한 빛깔이 되어 갔다. 보니는 그것의 얼굴에 홀려 버렸다.

그것은 보니의 얼굴을 흉내 냈다. 보니는 자신의 얼굴을 복사해 만든 것 같은 그 형상에 소름이 끼치면서도 눈을 돌릴 수가 없었다.

보니는 그것의 얼굴을 만져 보고 싶은 유혹을 떨치지 못하고 손을 뻗었다. 머리로 제대로 생각하기도 전에 손이 먼저 나갔다. 그것의 얼굴을 만져 보니 촉감이 너무도 사람 같아서 머리가 쭈뼛 섰다.

그것이 눈을 깜빡거렸다. 보니를 따라 한 것이었다. 속이 울렁거렸다. 그것은 눈꺼풀만 있고, 눈동자는 없었다. 눈동자 없는 눈이 무척 기묘했다. 재밌는 것은 그것이 보니의 옷까지 따라 했다는 것이다. 그것은 보니가 입은 옷을 일종의 껍질이라 생각한 듯했다. 보니는 반팔 티셔츠에 청바지를 입고 있었다.

보니는 그것이 반팔 소매를 모방한 부분을 날개처럼 움직이자 그 오해를 어떻게 정정할지 몰라 일단 그것에게 자신의 옷을 입혔다. 품이 넉넉한 로브 원피스를 입히고 모자와 가발, 선글라스까지 씌우니 처음보다 나아졌다. 그것의 창백한 입술에 자신이 가진 것 중 가장 선명한 빨간 립스틱을 골라 발라주고, 세일 때 사서 한 번도 신지 않은 무릎까지 오는 닥터마틴 부츠까지 신기고 보니 이 정도면 남들에게 외계인으로 보이진 않을 것 같다는 확신이 들었다.

하지만 어쩌면 외계인을 사람으로 위장해서 바깥을 활보하게 하는 게 아니라 신고를 해야 하는 게 아닐까? 그렇다면 어디에 연락해야 하지? 간첩 신고? 아마 이 기묘한 생명체를 핸드폰 카메라로 찍어서 그 영상을 유튜브에 올린다면 정부나 어딘가에서 금방 그것을 데려갈 것이다. 그러면 온 세계에서 취재진이 몰려와 정원의 사택 앞에 진을 칠 테고.

그건 보니가 가장 바라지 않는 종류의 일이었다. 세상이 자신을 귀찮게 하는 것. 게다가 상대의 동의 없이 영상을 찍어서 올리는 건 불법이다. 보니는 자신에게 그것을 마음대로 촬

영하고 공개할 자격이 없음을 생각했다.

　그런 복잡한 생각 끝에 보니는 사람으로 위장한 외계인과 시내로 나갔다. 자신의 머릿속에 떠오른 많은 물음표의 답을 구하려 머리를 쥐어짜는 것보다 외계인과 놀러 나가는 쪽에 더 마음이 쏠렸던 것이다. 무미건조했던 보니의 인생이 전보다 조금 재밌어지려 하고 있었다.

5.

　보니는 그것과 함께 아이허 클럽으로 들어갔다. 클럽 안에는 사람이 많았다. 오늘은 공연이 없는 날이었다. 인기 많은 밴드가 오는 날이 아니라면 원래 클럽은 공연이 없는 날 사람이 더 많았다. 보니는 자신이 좋아하는 밴드의 공연이 있을 때만 클럽에 갔다. 공연이 없는 날에도 클럽은 운영됐지만 그냥 춤을 추거나 다른 사람을 만나기 위해 그곳에 들어가는 건 싫었다. 모르는 사람들 속에서 뻘쭘하게 혼자 서서 몸을 흔들다니. 생각만 해도 식은땀이 났다. 그러나 그날은 외계인 친구에게 세상 구경을 시켜 준다고 생각하니 용기가 나서 거리낌 없이 인파 속으로 들어갈 수 있었다.

　그것은 처음에는 맥주를 들고 엉거주춤 서 있기만 했는데 아무것도 안 하는 것치고는 기분이 좋아 보였다. 그것의 표정은 미동도 없는 데다 얼굴의 반은 선글라스로 가려져 있었지만 보니는 그것이 자신에게 보내는 진동에서 그것의 기분을 느낄 수 있었다.

그것에게는 모든 것이 새로웠다. 클럽이라는 장소, 맥주, 음악, 춤추는 사람들부터 심지어 자신이 발이라는 것으로 땅을 딛고 땅에 서 있다는 사실까지도.

그것은 금방 주변에 있는 사람들을 따라 몸을 흔들더니, 근처에 있던 한 남자가 친구의 손을 잡고 팔짝팔짝 뛰는 것을 보고는 갑자기 보니의 손을 덥석 잡고 흔들어 댔다. 그 바람에 그것이 손에 들고 있던 맥주병은 바닥으로 추락했다. 그것은 액체가 든 병을 바닥에 던지면 어떻게 되는지도 모르는 것 같았다.

보니는 당황해서 그것에게 잡힌 손을 빼고 맥주가 튀었다며 화를 내는 사람들에게 사과했다. "죄송합니다. 이 친구가 많이 취해서요."

'사실은 지구의 상식을 못 배운 친구라서 그렇답니다.' 다행히 병이 깨지는 않았다. 보니는 금이 갔을지도 모르는 병을 주워 들고 쓰레기통을 찾으러 갔다. 처리가 귀찮기는 했지만 그것의 몸에 알코올이 어떤 화학 작용을 일으킬지 몰라 불안했던 터라 오히려 안심이 됐다.

"여긴 쓰레기통으로 보물찾기 이벤트라도 하나?"

보니는 병을 들고 클럽 안을 빙빙 돌았다. 마시다 만 병들은 아무 데나 널려 있었다. 사람 없는 테이블 위, 의자 아래, 벽

끄트머리, 사람들의 발 옆에. 손에 든 것을 벽에 줄지어 선 병들 옆에 슬쩍 내려놓는다고 해도 아무도 뭐랄 사람이 없었지만 보니는 괜히 오기가 나서 끝까지 쓰레기통을 찾아 헤맸다.

쓰레기통은 결국 바 옆에 있었다. '답은 결국 뻔한 곳에 있는 거지.' 보니는 병이 잔뜩 들어 있는 커다란 비닐봉지에 그것이 내팽개친 맥주병을 올려놓았다.

"완전 꼴았네."

머리 위에서 비속어가 날아왔다. 보니는 상스러운 말을 들으면 전기 충격을 당한 기분을 느꼈다. 고개를 드니 바 안에 있는 남자 둘이 디제이 부스 쪽을 보며 기분 나쁜 비웃음을 주고받는 게 보였다. 나쁜 예감이 들었다. 그쪽을 보니 역시 그것이 거기 있었다.

그것은 팔랑거리는 소매가 달린 우아한 로브 원피스를 입고 팔과 다리를 대자로 벌린 채 스피커에 붙어 있었다. 언젠가 고급 리조트의 테라스에서 낮술을 마실 때 입으면 딱일 것 같아서 사 두고 한 번도 못 입은 옷이었다.

보니는 한숨을 내쉬었다.

'옷도 자기가 저런 꼴을 당할 줄은 몰랐겠지.'

그것을 말려야 하나 고민하는 사이 보니에게 전기 충격을 가한 클럽 직원이 먼저 그것에게 다가가 주의를 줬다. 그것은 얌전히 물러났다. 덕분에 귀찮은 일을 하나 덜게 된 셈이었다. 보니의 머릿속에서 그것이 이상한 짓을 할 때마다 자기 대신

뭐라고 해 줄 사람을 고용하면 어떨까 하는 생각이 떠올랐다
가 사라졌다.

"토할 뻔했네."

그것을 스피커에서 떨어트려 놓고 온 남자가 다시 전기 충
격을 날렸다.

"왜? 오크야?"

보니는 전기 충격 괴물들에게서 떨어지려 바에서 물러났
다. 그래도 그들이 뭐라고 하나 더 듣고 싶어서 너무 멀리 가지
는 않았다. 어차피 들을 거 뭐 하러 물러나나 싶겠지만 사람의
목소리에는 울림이 있어서 거리가 가까울수록 고막에 닿는
충격이 더 크다. 전기 충격 같은 말에서 귀를 보호하려면 거리
를 둬야 한다.

"선글라스는 졸라 큰 걸 써서 얼굴이 잘 보이진 않는데 뭔
가 역겨워. 내가 '스피커에서 떨어져 주세요' 하니까 입술만 움
찔거리는데 장애인인지 목소리도 안 나와. 가까이서 보니까 피
부도 개역겹고. 젤라틴 같다 해야 하나? 머리도 가발 같아."

"자세히도 봤네. 반했냐?"

"미친 새끼. 저거 그럴 수도 있을 것 같아. 여자 옷 입고 다
니는 병신들 있잖아."

"복장 변태? 아, 궁금하네. 나도 한번 가서 봐야겠다."

"그래, 번호 따고 와라."

보니는 속이 이상해져서 얼굴을 찌푸렸다.

'복장 변태가 아니라 크로스드레서라는 거다. 무식한 것들. 중고등학교에서 다양성을 곁들이로만 가르칠 게 아니라 따로 과목을 개설해야 하는데.'

보니는 서둘러 사람들 사이를 비집고 앞으로 나갔다. 클럽 직원보다 먼저 그것에게 가야 했다. 전기 충격 괴물들이 무슨 짓을 할지 모르니.

'그런데 오늘 음악이 꽤 괜찮은데? 이 클럽 원래 음악을 이렇게 잘 틀었나?'

보니는 발을 들썩이고 싶은 충동을 느꼈다. 보니만 그런 충동을 느낀 것이 아니었는지 사람들도 기분 좋게 몸을 흔들기 시작했다. 방금 전까지만 해도 너무 많이 데친 시금치 같은 표정으로 스테이지에 서 있던 사람들이었다.

그러다 갑자기 말도 안 되게 좋은 음악이 클럽 안을 쾅쾅 울렸다. 사람을 직격으로 건드리는 음악이었다. 테이블에 앉아 있던 사람들과 뒤쪽 기둥에 기대 서 있던 사람들이 로켓처럼 스테이지로 날아왔다. 보니는 사람들에 휩쓸려 앞쪽으로 밀려갔다.

아주 거대한 심장이 귓가에서 쿵쾅대는 것 같았다. 심장 소리 같은 음악에 사람들이 발을 구르는 소리가 합쳐지자 보니도 뛰고 싶어졌다.

가만, 그러고 보니 사람들이 뛰는 소리 같은 건 나지 않았다. 사람들이 발을 굴러서 스테이지가 진동하고 있는 것이었다. 음악도 그랬다. 소리가 달라진 게 아니었다. 진동이 바뀌었다.

'무슨 짓을 하고 있는 거야?'

보니는 까치발을 들고 그것을 찾았다. 그것은 스피커와 한 몸이 되어 있었다. 음악이 점점 커지는 느낌이 들었다. 진동이 춤을 추라고 명령하듯이 보니의 몸속에 있는 리듬들을 건드렸다. 음악이 보니의 심장을 콱 움켜잡았다.

"와, 오늘 미쳤네. 쟤 약한 거 아니야?"

한 남자가 디제이를 가리키며 자기 친구에게 소리쳤다. 스피커에 붙은 만취한 여자가 이 음악을 지휘하고 있다는 건 짐작도 못 했을 거다. 이제 진동이 너무 커져서 바로 옆에 있는 사람에게도 크게 고함을 쳐야 했다. 사람들은 땀으로 흠뻑 젖었다. 맨 앞의 사람들은 멈추지 않고 격렬히 점프하고 있었다. 여기저기서 울음 같은 환호성이 일었다.

보니의 정신이 몽롱해지며 눈앞이 파랗게 물들었다. 보니는 깊은 바닷속에 있었다. 색색깔의 물고기들이 지느러미를 팔랑거리며 얼굴을 간지럽히고 지나갔다. 디제이를 가리키며 소리쳤던 남자는 몸이 금붕어로 변했다. 그의 친구는 에메랄드빛 해마가 되어 물속을 떠다녔다.

'물속에서 숨 쉬는 게 더 편하네?'

그런 생각을 하다 알아차렸다.

'이건 환상이야.'

보니는 그것을 찾아 두리번거렸다. 그것은 거대한 핑크빛 진주조개 안에 있었다. 온갖 물고기들이 그것을 뒤덮어서 그것의 모자만 겨우 보였다. 가자미와 백상아리, 몸을 통통하게 부풀린 노란색 복어가 그것을 뒤덮은 무리에 빠르게 합류하고 있었다. 보니는 무지갯빛으로 빛나는 멋진 바다풀들에 홀렸다가 겨우 다시 정신을 차렸다.

그것의 얼굴을 구경하러 가던 클럽 직원은 고약하게 생긴 시커먼 바다 생물의 탈을 뒤집어 쓰고 자기 꼬리를 잡으려 미친 듯이 빙빙 돌았다. 보니는 그 옆을 지나가며 혀를 찼다. 저 사람 저대로 돌아 버리면 어쩌나?

이상하고도 위험한 상황이라는 직감이 들었다. 보니는 쏜살같이 물고기 무리 사이로 비집고 들어가 그것의 팔을 더듬어 찾았다. 그러고는 두 손으로 그것의 팔을 꽉 잡고 무리 밖으로 끌어당겼다.

"나가자."

보니는 입을 뻐끔거렸다. 하지만 목소리는 나오지 않고 물거품만 보글거렸다. 물고기 무리들이 그것과 보니가 있는 쪽으로 몰려오고 있었다.

보니는 마음이 급해져서 클럽 입구를 향해 손가락을 마구 찔러 댔다. 보니가 발을 세게 차며 헤엄치자 그것도 보니를 따라왔다. 보니와 그것은 물에 잠긴 계단을 지나 위로 올라갔다. 밖으로 나왔을 때 보니는 바닥에 무릎을 꿇은 자세로 주저

앉아 캑캑거렸다. 환상은 순식간에 사라졌지만, 보니의 몸은 방금 물에서 나온 것처럼 무거웠다.

그것은 뭐가 그리 신이 나는지 팔랑거리는 소매 밖으로 목과 팔을 길게 쭉 빼고 너울거렸다. 그것의 피부는 눈부신 노란빛으로 빛났다. 그것의 얼굴도 그랬다.

"안 돼!"

보니는 그것에게 소리쳤다.

"몸을 늘리면 안 돼. 빛내도 안 되고. 사람의 몸은 늘어나지도 않고 빛을 내지도 않아."

보니가 말을 마치기가 무섭게 그것의 피부를 뚫고 나오던 노란빛은 사라지고 목과 팔도 원래의 길이로 돌아갔다.

방금 그걸 누군가 핸드폰으로 찍었다면 어떻게 됐을까 생각하니 겁이 나서 목덜미가 오싹해졌다. '클럽 안의 사람들도 환각을 경험했을까?' 바닷속 풍경은 보니만 본 것일 수도 있지만 다들 각자의 환상에 빠졌다 나왔을 거라는 생각이 들었다.

'이 클럽이 술에 마약을 탔다고 오해를 받으면 어떡하지? 경찰이 조사를 나와 CCTV를 뒤지면? CCTV에 방금 그것이 목을 길게 빼고 너울거리는 게 찍혔다면?'

보니는 부디 그런 일이 일어나지 않았기를 바라며 일어나서 그것의 팔을 잡고 그곳에서 먼 곳으로 걸어갔다. 충분히 멀리 왔다는 생각이 들자 새의 것처럼 콩콩대던 심장이 점차 안정을 찾았다.

"조금만 걷다 들어가자. 나온 김에 실컷 보고 가."

보니는 자신이 만약 다른 행성에 간다면 무엇보다 산책이
하고 싶을 것 같았다. 드라이브도 좋다. 걷거나 뭔가를 타고
이동하면서 내가 태어난 곳과는 완전히 다른 세계를 구경하
는 것은 멋진 일이다.

6.

그것은 천천히 걷는다기보다는 엉망진창으로 걸었다. 마치
자전거를 처음 타는 사람이 엉망으로 비틀거리며 넘어지지 않
고 앞으로 나아가려 애쓰는 것과 비슷했다. 그 길을 걷는 동안
보니는 많이 웃었고 그것은 자꾸 진동했다.

웃음을 터트리는 소리가 사람 없는 길에 울릴 때마다 가
슴 안쪽에 있는 우물이 느껴졌다. 그 우물은 작고 돌로 만들
어진 것으로 물이 바짝 말라서 보니는 한동안 그게 자기 안
에 있다는 사실도 잊고 있었다. 그런데 엉망으로 비틀거리는
그것과 걷는 동안 보니의 가슴속에 있는 우물에 물이 차올랐
고, 누군가 우물 속에 돌을 던진 듯 마음이 깊게 울리며 찰랑
거렸다.

그것이 또 한 번 휘청이며 넘어질 뻔했다. 보니는 얼른 그것
의 팔을 잡았다. 그것의 팔에서 미묘한 진동이 느껴졌다. 그 진
동은 유혹의 의도가 전혀 담기지 않았는데도 오히려 보니의

마음을 더 강렬하게 끌어당겼다. 보니는 그것의 진동에서 순수한 열망을 느꼈다.

보니는 그것에게 끌리고 있었다. 그것이라는 대상 자체보다는 인생에서 처음 느껴 보는 자신을 향한 열망에 끌렸다. 누군가 자기를 그런 식으로 원한다는 것이 재밌었다. 보니는 그런 마음을 들킬까 봐 그것의 팔에서 손을 떼고 물러났다. 하지만 그것이 다시 넘어질 뻔하자 반사적으로 그것을 부축했다. 그런 일이 반복되자 수줍음이 점차 사라졌다.

문화전당 건물이 저 멀리 보였다. 이제 길을 내려가서 횡단보도 두 개만 건너면 도착이었다. 그것은 그사이에 걷는 것에 꽤 익숙해져서 길 하나를 내려오는 동안 한 번도 넘어질 뻔하지 않았다. 보니는 아쉬운 마음에 살짝 초조해져서 그것의 위태로운 걸음에서 눈을 떼지 못했다. 그것을 부축할 때 손바닥으로 열망 어린 진동이 고스란히 느껴지는 것이 좋았다. 보니는 간식에 중독이 된 고양이처럼 그 진동을 자꾸 할짝이고 싶었다.

그러다 내리막길이 거의 끝에 다다랐을 때 그것이 가볍게 비틀거렸다. 보니가 잡아 주지 않아도 다시 균형을 잡을 수 있을 정도의 비틀거림이었다. 하지만 보니는 기회를 놓칠세라 그것의 팔을 두 손으로 잡았다. 그리고 일부러 그것의 팔뚝을 손으로 지그시 눌러보았다. 유혹의 의도가 있는 것은 아니었고 그저 그것이 어떤 반응을 보일지 궁금해서 장난을 친 것이었다.

그것의 팔뚝은 젤리처럼 말랑했다. 그것은 보니의 의도가 무엇인지 생각해 보는 듯 잠시 진동을 멈췄다. 보니는 그것이 가만히 자신을 살피자 갑자기 긴장이 되면서 가슴이 떨렸다. 그것에게는 눈이 없는데도 시선 같은 것이 느껴졌다. 보니는 숨을 죽이고 다음 순간을 기다렸다. 그것이 다시 진동했다. 그것의 진동에서 깊은 열망이 느껴졌다. 그것의 피부가 크고 묵직한 진동으로 울렸다. 그 진동에서 느껴지는 열망이 너무 커서 보니는 그것이 자신을 삼켜 버릴 것 같다고 생각했다.

보니는 그것의 팔을 놓고 물러났다.

"벌써 여기까지 왔네. 저 건물 보이지? 저길 보여 주고 싶었어."

어떻게 보면 자신이 그것을 도발한 것인데도 그것이 생각한 것 이상의 반응을 보이자 당황스러웠다. 보니는 그것을 뒤로하고 앞서 걸었다. 뒤에서 그것이 진동하고 있는 것이 느껴졌다. 그것의 진동이 등 바로 뒤에 있었다. 보니는 진동에 쫓기듯 걸었다. 문화전당과 구 도청 건물이 나란히 서 있는 큰길에 다다랐을 때 보니는 숨을 헐떡이고 있었다.

문화전당은 다른 때처럼 건물에 설치된 조명과 가로등 불빛으로 눈이 부시도록 환했다. 전당 입구의 설치물과 바로 이어진 구 전남도청 건물은 현대적으로 지어진 문화전당과 대조되어 더 고풍스러워 보인다. 구 전남도청 건물을 볼 때마다 보니는 그 건물이 역사를 기억해야 하는 의무를 지기 전의 모습이 어땠을지를 상상해 보고는 했다. 아침이면 그곳이 직장인 사람들이 끊임없이 건물로 들어가서 사무실 안에서 일을 하고 다시 점심을 먹으러 나오고 밤에는 퇴근을 하는 풍경 같은 것을. 공무원과 청소부들.

"이 건물은 트라우마 덩어리 같아."

보니는 옆에 있는 그것을 의식하며 구 도청 건물의 벽에 난 총알 자국을 손가락으로 쓰다듬었다. 5·18 때 군인들이 건물 안에 있는 시민들을 향해 총을 쏜 흔적이었다.

"가끔은 이상하게 느껴져. 지금은 여기가 이렇게 조용하고 평화로운데 과거의 어떤 시간에는 바로 여기에서 그렇게 잔인한 일이 일어났다는 게. 한 장소에 너무 많은 시간들이 겹쳐져 있다는 걸 생각하면 기분이 이상해."

건물은 아무렇지 않아 보였다. 사람들이 죽고 비명이 울리고 피가 흐르던 장소처럼은 보이지 않았다. 그런 일이 있었는데 지금은 총알 자국 같은, 자세히 보지 않으면 알아차리기도 힘든 작은 흉터들만 남아 있다. 사람의 얼굴만 보고서는 그가 과거에 어떤 고통스러운 일들을 겪었는지 알 수 없는 것처럼 눈으로는 잘 보이지 않는 트라우마들이 있는 것이다.

보니는 산속의 정원이 지겨워질 때면 이곳에 와서 시간을 보내고는 했다. 보니는 이 건물이 자신과 닮았다고 느꼈다. 보니에게도 고통스러운 기억들이 있다. 하지만 그런 기억들은 겉으로는 표가 나지 않는다. 보니가 만약 전시된 물건처럼 광장에 가만히 서서 사람들에게 자신을 관찰하게 한다고 해도, 사람들은 보니가 누구인지 절대 알 수 없을 것이다. 보니가 어떤 기억들을 품고 있는지도.

그것은 보니를 따라 하듯 손을 벽에 댔다. 그것이 입은 원피스는 잔뜩 구겨져 있었고, 모자도 비뚤어졌다. 보니는 단발머리 가발을 쓴 그것의 옆얼굴을 바라봤다. 말랑한 점토로 빚은 것 같은 그것의 눈동자 없는 옅은 우윳빛 얼굴을. 그것의 얼굴에는 표정이 없어서 얼굴만 보고는 그것의 기분을 알 수 없었다.

《모르겠어.》

그것의 입이 움직이지 않는데 그것의 말을 느낄 수 있다는 것이 소름 끼치게 느껴져서 보니의 어깨가 부르르 떨렸다.

"뭘?"

《이게 누군지.》

"이건 생물이 아니라 그래. 살아 있는 게 아니라 그냥 시멘트 같은 걸로 만든 건물이야. 우리 집처럼."

《하지만 진동해.》

호흡이 아니라 진동을 살아 있는 것의 기준으로 한다면 건물도 살아 있는 것인지도 모른다. '그런 생각을 해 본 적은 없는데.' 보니는 건물 벽에서 손을 떼고 바로 옆에 있는 문화전당 광장으로 들어갔다.

학교가 끝나고 바로 정원으로 돌아가지 않고 광장을 어슬렁거릴 때면 보니는 행복에 가까운 기분에 젖었지만, 한 가지가 빠진 듯한 허전함도 있었다. 함께 광장을 거닐며 편하게 한두 마디씩 나눌 누군가가 있었으면 했다. 좋은 기분을 공유할 친밀한 사람이. 문화전당에서는 재밌는 전시가 많이 열렸다. 거대한 거미줄이 설치된 날도 있고, 어둠 속에 우주의 행성들이 떠 있는 날도 있었다. 온몸에 문신을 새긴 어느 부족 여자의 사진이 몇 달 동안 걸려 있기도 했다. 보니는 누군가와 그린 전시를 같이 보면서 감상을 나누고 싶었다. 그냥 나란히 서서 같은 것을 보며 웃기만 해도 좋을 것 같았다. 그건 정원의 식물들이 함께 해 주지 못하는 일 중 하나였다.

　　그랬던 장소를 그것과 함께 걷고 있자니 작은 소망이 이루어진 기분이 들었다. 상상한 것과는 좀 다르지만 그래도 나쁘지 않은 실현이었다.

　　보니와 그것은 잠시 걷다가 벤치에 앉았다. 보니는 그것을 곁눈질로 봤다. 가로등의 주황빛 불빛이 그것의 얼굴에 빛과 그림자를 함께 드리웠다. 보니를 모방한 얼굴이었지만 보니의 눈에는 전혀 자기처럼 보이지 않았다. 낯선 얼굴이었다. 표정이 없어서 석고상처럼 보이는 차가운 얼굴이 보니를 떨리게 했다. 보니는 망설이다 조심스레 손을 뻗어 그것의 삐뚤어진 모자를 매만졌다. 둘이 앉은 벤치가 진동했다. 진동이 골반과 이어진 척추까지 전달되며 보니의 머릿속에서 진동에 담긴 뜻이 흘러갔다.

《내 생애 최고의 순간이야.》

벤치가 강렬한 기쁨으로 진동했다. 기쁨의 진동은 벤치 아래 땅까지 퍼져 나가며 울렸다. 벤치가 흔들리자 보니의 몸이 덜컹거렸다. 그것과 있는 시간이 조금만 더 쌓이면 약한 지진 정도는 아무렇지도 않아질 것 같았다.

진동으로 전해지는 감정의 전염성은 엄청나서 보니도 금방 그것만큼 행복해졌다. 너무 기뻐서 가슴이 벅차오르고 입에서 헛웃음이 터졌다.

"나 지금 왜 웃는지도 모르면서 웃고 있어. 이거 뭐야? 왜 그렇게 행복한데? 이유나 좀 알고 기뻐하면 안 될까?"

그것과 보니의 감정이 뒤섞이며 흥분과 혼란, 벅찬 기쁨이 함께 밀려들었다.

그것은 진동으로 대답했다.

새로운 진동이 벤치를 거치지 않고 보니의 몸에 닿았다. 보니는 눈을 감고 진동에 집중했다.

붉은 땅이 펼쳐진 곳.

사방에서 진동이 오고 간다. 다른 장소들, 그러니까 그곳이 아닌 다른 행성들과 우주의 다양한 장소들에 대한 정보들이 담긴 진동이다.

따로 설명이 없어도 보니는 붉은 땅덩어리들이 그것과 같은 존재들이라는 걸 알 수 있었다. 그들 각각은 땅덩어리처럼 생겼다. 그것이 납작하고 평평하게 퍼지면 꼭 땅처럼 보이듯이.

그 속에 있는 그것의 감정이 자신의 것처럼 고스란히 느껴졌다.

진동 속에서 보니는 그것과 일체가 되었다.

'그것−나'는 미치도록 권태롭다.

'그것−나'는 너무나 외롭고 고립감을 느낀다.

'그것−나'는 자신과 같은 존재들에 하루 종일 둘러싸여 있고, 쉴 새 없이 진동을 주고받지만 자신에게 진짜로 의미 있는 존재는 없다고 느낀다.

《여기서 벗어나고 싶어.》

'그것−나'는 절망에 차서 생각한다.

《여기에는 나와 비슷한 존재가 아무도 없어. 사랑할 존재가 없어. 너무 외로워 미칠 것 같아.》

'그것−나'는 다른 존재들에게 들리지 않게 은밀한 비명을 지른다.

진동이 멎었다. 그 진동은 그것의 기억이었다. 보니의 가슴 속으로 밀려든 그것의 외로움이 미처 빠져나가지 못하고 머물렀다. 마음이 아팠다. 그것의 외로움은 보니의 외로움과 똑같았다. 보니는 자기 연민에 빠지고 싶지 않아서 자신이 외롭다는 사실을 가능한 덮어 두고 지냈지만 그럴수록 더 외로워졌다. 이해받을 수 없을 거라 생각했기 때문에 남들에게도 그런 이야기를 해 본 적이 없었다. 하려고 마음먹는다고 하더라도 이야기할 사람이 아무도 없었다.

그런데 그것이 보여 준 외로움이 보니의 마음을 열리게 했다.

《내가 널 감싸도 될까?》

그것은 움직이지 않았지만 그것의 뜨거운 진동은 벌써 보니를 휘감고 있었다. 보니는 자신을 끌어당기는 그 유혹적이고 달콤한 진동을 거부하지 못했다. 술에 취한 듯 정신이 몽롱해졌다.

보니는 그것의 말이 무슨 뜻인지도 모르면서 고개를 끄덕였다. 혹시 몰라 덧붙이자면, 그것이 보니의 정신을 조종한 것은 아니었다. 보니는 그것에게 정신을 '빼앗기지' 않았다. 스무 살 인생에 처음으로 찾아온 기회였다. '이번 기회를 놓치면 난 평생 섹스를 못 할지도 몰라. 지금 이 외계인이 하려는 게 그게 맞는지는 모르겠지만.' 진동의 열기에 황홀한 와중에도 보니는 그런 생각을 했다.

그것의 상체가 무너져 내리면서 원피스가 찢어지고 보니가 그것의 얼굴에 씌워 놓았던 선글라스와 모자, 가발이 바닥으로 떨어져 나뒹굴었다. 다리도 부츠에서 쑥 빠져나왔다. 그것은 빠르게 원래의 모습으로 돌아왔다. 커다란 진흙 덩어리 같은 형체로.

보니는 두려워서 물러나고 싶었지만 몸은 마음과 반대로 움직였다. 보니는 그것을 두 팔로 안고 입을 맞췄다. 입도 없는 덩어리에게.

그것은 꿀렁거리며 보니를 자신의 진흙 반죽 같은 몸으로 조금씩 덮었다. 그것의 몸이 보니의 팔을 감싸는 것과 동시에 두 다리를 부드럽게 끌어당겼다. 곧 허리까지 그것의 몸 안으로 끌려 들어갔다.

"여기선 안 돼!"

보니가 외친 것과 동시에 그것이 보니의 머리를 집어삼켰다. 푹신한 그것의 몸이 얼굴을 덮자 질식할 것 같은 두려움이 덮쳤다. 보니는 놀라서 몸을 마구 버둥거렸다. 하지만 막상 그것의 몸 안으로 완전히 들어가자 그것의 몸 안에 있는 게 편안하다는 것을 깨닫고 서서히 긴장을 내려놓았다. 보니는 심호흡을 하면서 그것의 몸 안에서 숨을 쉴 수 있다는 것을 확인했다.

그것의 진동이 보니를 감싸고 어루만졌다. 진하고 기분 좋은 진동이었다. 보니는 진동이 자신의 몸을 어루만지도록 내버려 두며 한동안 그 느낌을 즐겼다. 진동만이 아니라 그것의 살이 몸에 닿는 감촉도 좋았다. 진동하는 피부가 몸에 닿는 것만으로도 정신이 아찔해졌다.

보니는 가까스로 정신 줄을 붙잡고 그것을 밀어냈다. 그러자 그것이 웃는 것처럼 울렸다. 그 소리 없는 웃음은 섹시했다.

그것이 자신을 완전히 감싼 상태로 그렇게 진동하자 정신이 혼미했다. 진동이 너무 근사하고 매력적이어서 온몸이 녹아내릴 것 같았다.

"여기선 안 된다고. 집으로 가. 집에서 하고 싶어."

보니가 그냥 저질러 버리고 싶은 욕망과 싸우며 말했다. 그것은 몸을 열어 보니의 머리를 바깥으로 내밀게 해 주었다.

'고맙기도 하지.'

보니는 머리를 밖으로 빼고 숨을 몰아쉬며 생각했다. 밖으로 멋진 나무들이 보이는 창문이 보였다. 창문 양쪽으로는 초록색 커튼이 묶여 있는, 보니가 잘 아는 풍경이었다. '우리가 언제 집으로 돌아왔지?' 보니는 안심이 되면서도 기분이 이상했다.

《이제 할래?》

그것이 보니에게 물었다. 보니가 얼떨떨해하면서도 분명히 동의하자 그것이 진동하며 다시 보니의 몸을 감쌌다. 안전한 곳에 있다는 것이 확실해지자 그때부터는 거리낄 것이 없었다. 보니는 그것의 안쪽 살에 입을 맞추고 빨았다. 외계인과 섹스하는 법을 배운 적은 없지만 나름대로 꽤 잘하고 있는 것 같았다. 확신할 수는 없지만, 아마도.

《네 안에 있는 진동 기관이 느껴져. 평소보다 빠르고 아주 매력적이야. 네 진동이 너무 기분 좋아. 진동을 더 빠르게 해 봐. 더 빠르게.》

정신이 없는 와중에 그것이 진동으로 말을 걸었다.

'이런 게 섹스 중의 스몰토크라는 건가?'

말로 들었다면 분위기가 깨졌겠지만 그것의 진동은 너무 섹시해서 오히려 보니를 흥분시켰다.

'그런데 내 안에 있는 진동 기관이라는 게 뭘 말하는 거지?'

그러다 깨달음이 스쳤다. 심장.

'지금 나한테 내 심장이 뛰는 속도를 조절해 보라는 긴가? 그런 건 할 줄 모르는데.'

보니는 당황해서 아무 말도 하지 못했다. 딴생각에 오래 잠겨 있을 여유는 없었다. 그것의 진동이 폭발적으로 보니를 감쌌다. 보니는 저 세상으로 넘어가는 듯한 기분을 느끼며 그것에게 빠져들었다. 아무리 해도 질리지 않을 것 같은 느낌이었다. 언제까지나 그것과 함께 이 짓을 하고 싶다고 생각했다. 보니와 그것은 끝의 끝으로 가면서 계속 서로의 진동을 느꼈다.

"멈추지 마."

보니는 그것에게 애원했고, 그것은 멈추지 않았다. 보니가 먼저 멈추지 않으면 영원히 끝이 나지 않을 것 같았다. 결국 한참이 지난 후에 보니가 먼저 백기를 들었다.

"이제 그만. 더 하면 죽을 것 같아."

그것은 아쉽다는 듯 몸을 떨면서 보니의 몸을 바깥으로

밀어냈다. 밖으로 나오자 시원했다. 보니는 편안하게 숨을 쉬면서 바깥세상의 공기를 만끽했다.

그것은 여러 색깔로 빛났다. 보라, 초록, 분홍, 노랑, 스카이블루. 여러 색깔이 뒤엉킨 빛이 깜빡거리다 흐려지면서 서서히 진흙 색깔로 돌아갔다. 보니는 아름다운 빛들이 사라지는 게 아쉬워 그것의 몸을 매만졌다.

이상하게 외로웠다. 누군가와 하나가 된 듯한 느낌이었다가 다시 두 몸이 따로 떨어진 존재라는 것을 실감해서 느끼는 외로움이었다. 보니는 손가락 끝을 그것의 몸에 대고 그대로 잠시 있었다.

그것이 다시 보니를 감쌌다. 보니의 감정을 감지한 듯했다. 보니는 천천히 다시 그것의 안으로 들어갔다. 조금 전까지와는 다른 느낌이었다. 성적인 열기는 조금도 느껴지지 않았다. 그저 한없이 편안했다.

그것이 점점 안쪽 공간을 좁히며 보니를 감쌌다. 누군가 온몸으로 힘껏 안아 주는 느낌이었다. 그것의 입맞춤 같은 진동이 몸 여기저기를 깊게 울렸다. 그러자 오랫동안 보니를 죽고 싶게 만들던 공허감이 멀어지다가 보이지 않는 곳으로 사라졌다. 보니는 거의 언제나 주변을 어슬렁거리며 자신에게 다가올 때를 노리는 것 같은 목소리의 존재를 느끼며 살아왔다. 목소리가 자신을 처음 찾아왔던 여섯 살 무렵부터 줄곧 그랬다. 그러나 지금은 그림자 같은 목소리의 존재가 느껴지지 않았다. 목소리가 어딘가 깊숙이 숨은 것 같다는 느낌이 들었다.

보니는 자신의 몸을 편안하게 느껴 본 적이 없었다. 몸이 자신에게 잘 맞지 않는다는, 자신과 어울리지 않는다는 느낌을 사주 받았다. 몸이 맞지 않는 옷처럼 자신의 존재 위에 위태롭게 걸쳐져 있는 듯했다. 그런데 그것에게 감싸여 있으니 몸이 편안하고 완전하게 느껴졌다.

"옛날이야기에 그런 게 있어. 어떤 여자가 쌍둥이를 낳았는데 어떤 정치적인 일 같은 것에 휘말려서 키울 수가 없게 된 거야. 한 명만 키울 수 있었나, 그랬어. 그래서 쌍둥이 중 하나는 그 나라의 왕자로 자랐고, 다른 애는 충직한 시녀에게 맡겨져서 시녀의 딸로 자랐어. 그렇게 헤어진 쌍둥이는 서로가 존재한다는 것도 모르고 살았는데 가슴속에 이상한 그리움이 있어서 항상 공허하고 한 번씩 알 수 없는 슬픔이 차올라서 모두가 잠든 밤에 혼자 울음이 터지고는 했대. 두 사람에게는 깨진 거울 조각이 하나씩 있었어. 쌍둥이가 헤어질 때 그 나라의 왕비인 엄마가 거울 하나를 반으로 쪼개서 하나는 나중에 왕자에게 주려고 자기가 간직하고, 나머지 반은 나중에 자기 딸에게 주라고 시녀에게 맡겼던 거야. 중간 이야기는 잘 생각이 안 나는데 어쨌든 쌍둥이가 그 하나씩 나눠 가진 반쪽 거울 덕분에 다시 만나게 됐다는 이야기였어. 지금 갑자기 드는 생각인데, 우리가 그런 게 아닐까? 반으로 쪼개진 거울 같은 거. 난 우리가 그 쌍둥이 같은 게 아니라 반으로 쪼개졌던 거울 같아. 우린 원래 한 몸으로 태어났는데, 운명 때문에 반으로 쪼개져서 헤어지게 된 거야. 그러다 누군가가 우리를 불쌍히 여겨서 다시 만나게 해 준 거지. 그래서 이렇게 다시 하나가 된 거고. 그렇지 않으면 우리가 어떻게 이렇게 꼭 맞겠어? 내 말이 이해돼? 너무 이상한 생각인가?"

《아니, 나도 같은 생각을 하고 있었어.》

그 순간에 보니와 그것은 완벽히 이어져 있었다.

그렇게 보니는 사랑에 빠졌다. 인생 최초로 식물 말고 다른 것을 사랑하게 된 순간이었다.

7.

그것이 정원의 사택으로 온 지 한 달이 좀 넘었을 때였다. 그날 보니는 그것과 함께 사택 뒤편에 있는 뜰의 나무 그늘 아래서 게으르게 노닥거렸다. 그것과 함께하는 피크닉에 돗자리는 필요 없었다. 그것은 햇볕에 달궈진 뜨거운 잔디 위에 아무렇지도 않게 몸을 펼쳤고, 보니는 그것의 푹신한 몸 위에 편안하게 누웠다.

"저기만 보면 기분이 안 좋아."

보니도 자신이 왜 갑자기 그런 말을 했는지 몰랐다. 뒤뜰에 있는 그 건물을 보고 기분이 나빠지는 것이 하루 이틀 일도 아니었는데. 아마 그날 날씨가 너무 더웠기 때문일 것이다.

더운 날에는 화가 잘 나니까.

마름모꼴 형태로 지어진 그 작고 하얀 건물은 아빠의 공간이었다. 엄마의 활약으로 정원이 점점 유명해지면서 드나드는 사람들이 많아지자 그는 집 뒤뜰에 열 평 남짓한 납작한 건물을 지어 틀어박혔다. 그는 그 방에서 무수히 많은 스케치를 했다. 그 방에 가면 정원의 3년 뒤, 5년 뒤, 심지어 10년 뒤 모습까지도 볼 수 있었다.

그는 그중에서도 '오프닝'을 가장 중요하게 여겼다. 오프닝은 그가 붙인 이름이었다. 매표소가 있는 정원 입구로 들어가면 키 큰 나무들이 양옆으로 줄지어 선 좁은 길이 있다. 숲길을 통과하는 순간, 정원에 온 손님의 눈앞에 펼쳐지는 풍경이 오프닝이다. 그는 오프닝에서 사람들을 깜짝 놀라게 하고 싶어 했다. 오프닝의 풍경은 날씨에 따라 매일 달라져서 보니조차도 자주 깊은 감동을 받았다. 그가 설계한 오프닝의 풍경은 마법적인 구석이 있었다. 특히 아빠는 색채를 배열하는 방식에 있어서는 마법사라고 부를 만했다. 그는 마음이 내키는 대로 연필로만 스케치를 하기도 하고, 색연필을 쓰기도 했다. 정말 공을 들일 때는 물감으로 색을 입히기도 했다. 아빠의 정원 스케치는 아름다웠다. 보니도 그것만은 인정할 수밖에 없었다.

하루는 아빠가 보니를 그 방으로 초대했다. 그는 원래 그 방에 아무도 들이지 않았다. 보니도 딱히 그 방에 들어가고 싶지는 않았다. 오히려 아빠가 그 방에 틀어박혀 있으면 편했다. 눈치 볼 사람이 없으니까.

보니는 불안한 마음을 안고 아빠의 방으로 갔다. 생리를 처음으로 시작한 주였다. 같은 반 애들이 생리에 대해 떠드는 이야기를 많이 들었는데, 듣던 것보다는 별것 아니었다. 보니는 쉬는 시간에 화장실에 가서 팬티가 거무튀튀하고 끈적한 액체로 젖은 걸 보고 그냥 집으로 갔다. 자신의 몸에서 악취가 나는 것을 견딜 수가 없어서였다. 그 피에서는 여름철에 쓰레기 모아 두는 데서 나는 역겨운 냄새가 났다.

아빠가 보니를 불렀을 때 첫 생리는 이미 끝나 있었다. 방으로 들어가니 백합 화분을 무릎에 올려놓고 책상 의자에 앉은 아빠가 보였다. 백합은 높게 자라서 꽃이 아빠의 얼굴을 가렸다. 활짝 핀 커다란 백합은 입을 벌린 괴수 같았다. 진한 분홍과 자줏빛이 섞인 그 커다란 로비나 백합은 아직까지도 보니에게 무시무시한 이미지로 남아 있다.

"보니, 오늘은 아빠가 수분하는 법을 가르쳐 줄 거야. 너도 이제 알 나이가 됐지. 성숙한 여자로서의 첫발을 뗐으니."

아빠의 입이 로비나 백합 뒤에서 움직였다.

아빠는 가까이 오라고 보니를 불렀다. 보니는 몇 걸음 가서 거리를 두고 섰다.

"백합을 여자의 몸이라고 하면 암술대는 질에 해당하지. 암술머리는 음문이라고 할 수 있고. 꽃받침에 가려 안 보이지만 암술대와 이어지는 씨방은 여자의 자궁과 비슷해."

아빠는 미리 꽃가루를 채취해서 얇은 종이에 모아 두었다. 보니는 아빠가 시키는 대로 붓에 꽃가루를 묻혔다. 붓의 하얗고 통통한 모에 붉은 꽃가루가 듬뿍 묻었다. 방 안은 진한 백합 향기로 꽉 차서 숨쉬기가 괴로웠다. '창문 하나만 열었으면.' 보니는 붓을 쥔 채로 서서 그런 생각을 했다.

"자, 이제 다음 단계로 넘어가 볼까?"

다음 단계란, 붓에 묻힌 꽃가루를 아빠가 준비해 둔 다른 백합으로 옮기는 것이었다. 원래는 벌 같은, 식물과 공조하는 생물들이 하는 일이지만 정원에서는 사람이 그 일을 대신하기도 한다.

방 한쪽에 새하얀 로비나 백합이 있었다. 보니는 붓을 내려놓고 하얀 백합 화분을 아빠의 발아래로 가져가야 했다.

"꽃가루는 사람의 것으로 비유하자면 정액 같은 거야. 정자인 거지. 이걸 끈적끈적해진 암술에 가져다 대면 수정이 돼. 임신 말이야."

그 말을 듣는데 이상한 수치심이 들었다. 아빠는 내켜하지 않는 보니의 손목을 아프도록 꽉 쥐고 꽃가루가 묻은 붓을 흰 백합의 암술에 문질렀다. 보니는 견디지 못하고 붓을 놓아 버렸다. 손목이 너무 아팠다.

아빠는 언제나처럼 얼굴을 일그러트리며 신경질을 냈다.

"또 이렇게 됐네. 난 너희들에게 잘해 주려고 온갖 애를 쓰는데 너희는 항상 불평뿐이야. 내가 아무리 노력해도 소용이 없어."

아빠가 말하는 '너희'란 보니와 엄마였다. 그는 아내를 항상 어린아이 대하듯 했다. 나이 차이가 여섯 살밖에 나지 않는데도 그랬다. 그는 아내가 그를 처음 만났던 스물세 살에 영원히 머물러 있는 것처럼 굴었다. 그러다 아내가 식구가 늘어난 정원을 실질적으로 이끌어 가면서 더는 자신의 말을 고분고분 따라 주지만은 않자 자신만의 공간을 만들어 숨어 버렸다.

'진짜 어린애였던 건 아빠였어. 영원히 어린애로 살다 죽었지. 짜증 나는 애새끼.'

그때를 떠올리니 화가 끓어올랐다. 매번 그런 식이었다. 고향 집에 있으면 집 안 곳곳에 깃든 나쁜 기억들이 자꾸 보니를 건드렸다. 보니가 또 나쁜 기억에 사로잡혀 자기 안에서 올라오는 분노를 어쩌지 못하고 있을 때 그 하얀 마름모꼴 건물이 흔들거리는 것이 보였다.

'내 눈이 일으킨 착각일까?'

보니는 자신의 눈이 믿어지지 않아 유심히 건물을 지켜보았다. 건물은 점점 더 세게 흔들렸다. 보니는 주변을 봤다. 나무는 이파리도 흔들리지 않았다. 바람이 건물을 흔드는 것은 아니었다. 그렇게 잠시 눈을 다른 곳으로 돌리고 있는데 갑자기 굉음이 귀를 때렸다. 무언가가 폭발하는 듯한 소리였다. 보니는 화들짝 놀라 그것의 위에 누워 있던 몸을 일으켰다. 건물이 폭격을 맞은 것처럼 산산조각 나 있었다.

"네가 한 거야?"

그것이 몸을 부르르 떨었다.

"왜 화가 났어?"

보니는 그것의 몸을 살살 쓰다듬었다. 그것은 분노에 차서 윙윙거렸다. 잔뜩 화가 난 말벌처럼.

당시에 보니는 그것이 자신의 기억을 읽은 것이라고 생각했다. 그것이 자신을 위로하려고 한다는 사실 자체가 위로가 되어 보니는 다시 그것에게 몸을 기댔다. 그 위에 누워 진동을 느끼며 보니는 진동에 담긴 감정이 분노보다는 슬픔이라는 것을 깨달았다. 그것은 보니의 감정으로 공명했다.

보니와 그것은 일단 먼지와 여진을 피해 집 안으로 들어갔다. 창문 밖으로 무너진 건물이 보였다. 방 창문으로 그 건물이 보일 때마다 보니는 그날의 그 짙은 백합 향기와 아빠가 자신의 손목을 꽉 쥐었을 때의 아픈 감각이 떠올라서 기분이 더러워졌다. 그래서 그쪽이 보이는 창문을 항상 커튼으로 가려 놓았다. 하지만 보이지 않아도 그 건물이 거기 있다는 사실은 사라지지 않았다.

그러나 이제 창문 밖을 봐도 그 자리에는 아무것도 없을 것이다. 나쁜 기억 하나를 불에 태워 버린 것처럼 기분이 좋았다. 밀려드는 통쾌함이 카타르시스를 불러일으켰던 것일까. 보니는 그날 그것과 사랑을 나누며 새로운 절정을 맛보았다. 그것도 다른 날보다 흥분했다는 것이 평소보다 격렬한 진동에서 느껴졌다.

단지 더 강하기만 한 게 아니라 진동의 느낌 자체가 좀 달랐다. 그날 그것의 진동은 다른 때보다 더 유혹적이고 뜨겁고 찌릿했다. 그러다 한순간 찌릿한 느낌이 몸을 꿰뚫는 듯한 통증으로 바뀌었다. 짧은 순간이었지만 감전된 것 같은 고통이었다. 보니는 놀라서 허우적거리며 손에 잡히는 대로 그것을 꼬집었다.

그것은 꼬집힌 통증으로 몸을 비틀며 보니를 뱉어내고 겁을 먹은 듯 주춤주춤 물러났다. 일부러 그런 건 아닌 듯했다. 여전히 몸이 찌릿했지만, 크게 걱정이 되지는 않았다. 아마 둘 다 너무 흥분한 탓이었을 테니까.

"어디 가? 더 안아 줘."

보니는 누운 채로 팔을 크게 벌렸다. 그것은 움직이지 않았다.

"방금은 실수였어. 이제 안 그럴게."

보니는 그것이 자신을 아프게 했다는 사실을 숨기고 자신이 일방적으로 갑자기 그것을 한 대 치기라도 했던 것처럼 굴며 사과했다. 그것은 그제야 다시 보니에게 다가왔다. 그것이 머뭇거리며 보니의 몸을 천천히 감싸자 부드러운 진동이 느껴졌다. 몸에 남아 있던 저릿한 감각은 금방 사라져 갔다. 그러나 일을 잘하는 보니의 뇌는 그것의 진동이 자신을 아프게 할 수도 있다는 새로운 정보를 이미 저장했다. 보니는 그 사실을 잊어버리려고 그것의 몸에 더 파고들었다. '아파도 상관없어. 그 정도는 견딜 수 있어. 이런 행복을 위해서라면.' 진심으로 그렇게 생각했다.

8.

보니는 나중에 건물이 무너졌던 것이 공명 현상이라는 것을 알게 됐다. 인터넷 검색을 통해서였다. 비슷한 사례도 하나 찾았다.

1940년 11월 7일 오전 11시에 미국 워싱턴 주에 있던 타코마 다리가 붕괴되었다. 겨우 개통 넉 달 만에 일어난 일이었다. 이 다리는 초속 55미터의 강풍까지 견딜 수 있도록 설계되었지만 고작 초속 19미터의 바람에 무너지고 말았다. 그날의 바람과 타코마 다리의 고유 진동수가 같았기 때문이다. 이런 현상을 공명 재난이라 부른다고 했다.

모든 물체는 자기만의 진동을 가지고 있다. 한 물체에 그 물체가 가진 진동수와 똑같은 진동을 보내면 그 물체는 진동하기 시작한다. 자신과 똑같은 진동수를 가진 진동을 계속 받으면 물체 내부의 진동은 점점 커진다. 이것이 공명 현상의 원리다.

그날 그것은 건물의 진동수를 알아내서 그 진동수와 똑같은 크기의 진동을 보냈던 것이다. 건물은 공명 현상 때문에 점점 더 크게 진동하다가 진동을 견딜 수 없게 되자 무너졌다.

모든 물체는 자신만의 고유 진동수를 가지고 있다. 그리고 자신의 진동수와 똑같은 진동수를 가진 음파가 와서 부딪히면 그 물체는 같은 진동수로 진동하기 시작한다.

네이버 지식백과에서 본 그 구절이 왠지 또렷하게 머리에 박혔다. 같은 진동수끼리 마주치면 한쪽이 부서진다. 기묘한 사실이었다. 그 후로 보니는 그것 때문에 괴로울 때마다 그 구절을 떠올렸다.

'어쩌면 그것과 나의 진동수가 같은 것은 아닐까? 그래서 내 안에서 공명이 일어나고 있는 건 아닐까?'

보니는 자신의 몸이 한순간에 와르르 무너지는 모습을 상상하고는 했다. 그날 오후에 산산이 부서졌던 그 건물처럼. 가끔은 그날 건물이 부서지면서 자신의 귀를 때렸던 굉음이 건물의 비명은 아니었을까 생각하기도 했다. 아니면 저주였거나. '그 건물은 아빠를 사랑했을까? 어쩌면 세상에서 아빠를 사랑했던 것은 그 건물뿐이었는지도 몰라.' 진흙 덩어리를 사랑하는 인간도 있는데 인간을 사랑하는 건물은 왜 없겠는가.

그렇지 않은가?

9.

다음 해 2월.

커다란 수족관에서 여섯 개의 촉수가 달린 외계인이 촉수 끝으로 먹물을 뿜어내며 원을 그렸다. 주인공인 언어학자 루이스는 그것을 보며 외계인이 그린 무늬의 의미를 해석한다. '인간.' 외계인이 자신을 가리키는 말을 하고 있다는 것을 안 루이스의 얼굴에 경이로운 감동이 번진다. 사람들도 숨을 죽이고 그 장면에 집중하고 있었다.

혼자 영화관에 간 날이었다. 보니는 관객석에 앉아 영화를 보면서 묘한 기분을 느꼈다. '여기 있는 사람들 중 누구도 지금 이 상영관 안에 외계인과 사는 여자가 있을 거라고는 상상도 못 할 거야. 만약 이 사람들이 나의 그것을 본다면 어떤 표정을 지을까?' 보니는 스크린을 보며 생각했다. 남몰래 은밀한 장난을 치고 있는 기분이었다.

《가까이에서 네 진동을 음미하고 싶어.》

그것의 진동이 보니의 손을 어루만졌다. 보니와 그것은 매 순간 그런 식으로 함께했다.

그것을 만나기 전에 보니는 혼자 영화관에 가는 것을 좋아하지 않았다. 커다란 스크린으로 영화를 보는 건 좋았지만 영화가 끝난 뒤에 관객들이 우르르 나갈 때 친구나 연인과 같이 온 사람들 속에서 혼자 있는 기분이 싫었다.

하지만 이제 보니는 혼자가 아니었다. 보니와 그것은 항상 연결되어 있었다.

《얼른 와. 얼른. 더 못 기다리겠어. 널 감싸고 싶어. 내 몸으로 완전히 포개 줄게.》

팔걸이에 올려놓은 보니의 손을 어루만지는 진동에 그런 말이 담겨 있었다.

'나도 네게 감싸이고 싶어.'

보니는 자신의 마음이 그것에게 전해지기를 바라며 손톱 끝으로 팔걸이를 두드렸다.

둘은 멀리 떨어져 있을 때를 위해 여러 가지 암호를 만들었다. 한 번이면 부르는 말, 두 번이면 보고 싶다는 뜻이었다. 똑똑똑. 세 번이면 구해 줘. 따라라. 경쾌하게 세 번 두드리면 사랑해.

똑똑. 따라라.

보니가 손가락을 두드리자 입술에서 진동이 느껴졌다. 그것만의 키스 방식이었다. 보니는 인생 어느 때보다 행복했다. 자신에게 그런 사랑을 주는 그것에게 고마웠고, 그것을 보내 준 신에게도 감사했다. 비록 모든 게 다 좋은 것은 아니었고 그것 때문에 괴로운 날들도 있었지만 보니는 그 괴로움마저 감미롭게 느꼈다. 마치 로맨틱한 드라마의 주인공이 된 것 같았다.

보니와 그것은 사랑에 빠진 지 1년도 안 된 연인들이었다. 매일 붙어 있으면서도 더 함께 같이 있지 못해서 안달이 난, 그런 연인들. 그들의 사랑은 풋풋하고 싱그러웠다. 새벽에 잎 사귀에 맺힌 이슬처럼. 해가 뜨고 정오가 되면 이슬들은 증발되어 버린다. 하지만 보니는 그때 시간의 법칙을 잊고 자신과 그것이 영원히 아침에 머물 것이라 생각했다. 인생에서 처음으로 사랑에 빠진 사람이 그런 착각을 하는 것은 어쩔 수 없는 일이다.

그맘때에 그것은 외출도 거의 하지 않았다. 보니도 하루에 절반이 넘는 시간들을 그것에 감싸여서 보냈다. 둘은 따로 떨어져 있는 때보다 한 몸처럼 붙어 있는 시간이 더 많았다. 그런데도 보니는 더 오래 그것과 함께 있고 싶어서 조바심이 났다.

그날 영화를 보고 나와서 집으로 돌아갔을 때 그것은 보니를 기다리고 있다가 보니가 집에 들어서자마자 자신의 품에 감쌌다.

그것의 진동에서 보니를 향한 커다란 사랑이 느껴졌다. 보니의 마음에서도 사랑이 넘쳐흘렀다. 인생에서 그보다 큰 행복은 없을 것 같았다. 그때 보니와 그것의 사랑은 순수했다. 훗날 모든 것이 끝장났을 때 보니는 이날을 떠올렸다. 그때 보니는 아직 소중한 것을 잃어버리지 않고 마음 안에 가지고 있었다. 마음속의 그 사랑은 보니에게 힘을 주었다. 보니는 사랑으로 빛났다. 그렇게 빛나는 시간은 인생에서 몇 번 주어지지 않

는 선물이다. 아니면 시간이 그때를 미화한 것일까? 자신이 빼
앗아 간 것을 자랑하려고?

2부
구속

1.

그것은 인간의 모습으로 집에 들어왔다. 짧은 검은 머리는 가발일 게 분명한데도 어색함이 없었다. 눈은 언제나 그랬듯이 짙게 선팅된 선글라스로 가렸고, 손에는 흰 지팡이를 쥐고 있었다. 흰 지팡이는 보니가 사 준 것이었다. "이게 더 자연스러울 거야." 그것은 눈이 없었지만 길을 다니는 데는 아무 문제가 없었다. 그것은 모든 사물의 진동을 느꼈고, 박쥐처럼 자기 앞에 있는 사물들에 진동을 보내서 반사시킬 수도 있었다.

하지만 보니는 그것이 눈동자 없는 얼굴을 드러낸 채로 바깥을 돌아다니게 놔둘 수가 없었다. 이제 그것도 가발과 선글라스, 흰 지팡이를 챙기는 데 익숙해졌다.

그것의 얼굴은 이전에 본 적 없던 것이었다. 사실 옷도 신경에 거슬렸지만 그 얘기는 나중에 하기로 했다. 이미 결제 문자가 날아와서 그것이 돈을 썼다는 걸 알고 있었다.

그것은 경제관념이 없어서 한번 카드를 가지고 나가면 돈을 물 쓰듯 했다. 그것에게 몇 번이나 단단히 주의를 주고, 카드를 숨겨도 봤지만 소용없었다. 그것은 어떻게든 카드를 찾아냈다. 계좌에 남은 돈은 앞으로 몇 년은 그럭저럭 생활할 정도로 남아 있었다. 하지만 처음에 그 계좌에 들어 있던 금액을 생각하면 머리가 띵해졌다. 지금 남은 돈도 지난 1년처럼 써댔다가는 순식간에 따뜻한 물에 넣은 설탕처럼 녹아 없어질 것이었다.

한동안은 보니도 신나서 같이 쇼핑을 하러 다녔다. 그것은 어떤 몸이든 어떤 얼굴이든 다 될 수 있었기 때문에 어떤 옷이든 입을 수 있었다. 보니는 외모가 뛰어난 사람을 길에서 보면 '내가 만약 저런 몸이었다면. 저런 얼굴이었다면' 하고 생각했다. 그건 순간적으로는 강렬해도 대개는 스쳐 지나가는 욕망이었다. 그러나 그것은 바로 그 일을 아무렇지도 않게 할 수 있었다.

그것과 매일 붙어 지낸 지 여덟 달이 넘어가자 보니는 그것에게 자신의 욕망을 편하게 드러낼 수 있게 되었다. 처음에는 호기심을 최대한 억누르면서 길에 있는 사람을 가리켰다. "저렇게 될 수 있어?" 그것은 보니의 손가락이 움직이는 방향을 보고 보니가 가리키는 사람을 맞혔다. 사람이 많을 때는 어긋

날 때도 있었지만, 대부분은 보니가 누구를 얘기하는 건지 정확히 알았다. 그것은 그 사람의 형상을 진동으로 훑어 기억해 두었다가 집에 가서 변신하고는 했다.

처음 몇 번째는 그렇게 했지만 나중에는 대담해져서 공중화장실로 들어가 변해서 나오기도 하고, 인적도 없고 CCTV도 없는 곳에서 변하기도 했다(그것은 작동하는 CCTV가 주변에 있는지, 혹시 누군가 숨어서 지켜보는 사람은 없는지를 기가 막히게 잘 알아냈다). 그것이 새로운 몸으로 변하면 보니는 그것을 데리고 옷가게에 가서 옷을 골라 입혔다. 그것이 어떤 모습일 때든 같이 탈의실에 들어가는 건 어렵지 않았다. 사람들은 짙은 선글라스와 흰 지팡이를 보면 설명을 듣기도 전에 당연히 보니가 그 눈이 보이지 않는 사람과 함께 탈의실에 들어가 옷을 벗고 입는 걸 도와줘야 한다고 생각했다. 보니는 그것과 함께 다니면서 사람들이 그것이 아무리 서툴게 행동해도 별로 이상하게 여기지 않는다는 걸 알게 됐다. 물론 쳐다보는 눈초리는 불쾌했지만, 사람들은 그것이 그렇게 서툴고 괴상한 게 눈이 보이지 않기 때문이라고 알아서 생각했다. 그것이 외계인일 거라고 의심하는 사람은 지금까지 단 한 명도 없었다. 그것이 비상식적으로 특이하게 굴면 사람들은 그것이 눈이 보이지 않는 데다 정신도 좀 모자라는가 보다고 생각하는 듯 미묘한 동정의 시선을 보냈다. 평범한 사람들에게 그것은 눈도 보이지 않고 말도 하지 못하는 사람이었다.

《여기 존재들이 쓰는 '눈'이라는 건 신기해. 그렇게 빠르게 다른 존재들이 누군지 알아낼 수 있다니.》

"무슨 말이야?"

《순식간에 판단을 내리잖아. 진동이 눈보다 훨씬 느린 것 같아. 다른 존재가 누군지 알아볼 때는.》

"맞아. 빠르지. 하지만 그만큼 부정확해. 너랑 같이 다녀 보니까 예전보다 더 확실히 알겠어. 눈이 달렸어도 눈앞에 있는 걸 제대로 못 보는 사람들이 너무 많아. 안 그런 사람들도 있겠지만 대부분이 그래. 네가 다르다는 걸, 그러니까 특별하다는 걸 어떻게 아무도 몰라볼 수 있지? 근데 아마 나도 그랬을 거야. 길에서 널 봤다면 신경도 안 쓰고 지나쳤겠지. 네가 누군지 상상도 못 했을 거야. 사람들은 진짜로 보는 게 아니라 그냥 자기 편할 대로, 익숙해진 대로 봐. 자기 생각으로 만든 색안경을 쓰고 보는 거지."

《네가 날 몰라봤다고 해도 우린 지금처럼 됐을 거야. 내가 널 알아봤을 테니까. 네 진동은 세상에서 제일 독특해. 내가 그렇게 매력적인 걸 그냥 지나쳤을 리가 없어.》

보니는 그것과 쇼핑을 다니며 온갖 옷을 입혀 보는 데에 재미가 들렸다. 그건 둘만의 놀이였다. 변장하기. 그 놀이는 처음에는 정말 흥분되고 재밌었다. 그러나 몇 달이 지나자 결국 질려 버렸다. 외모는 결국 거죽일 뿐이었다. 그게 다였다. 그걸 알고 나니 이제 더는 그것을 다른 사람으로 변하게 하는 데 관심이 없어졌다. 그걸 깨달았을 때는 이미 계좌의 숫자가 너무 많이 줄어 있었다. 비어 있던 방들은 다시 입지도 않을 옷들로 가득 찼다. 보니는 그 옷들을 중고로 팔아야겠다고 생각만 하고는 귀찮아서 그냥 쌓아 두고 있었다.

이제는 그것이 쓴 카드 내역이 문자로 날아올 때마다 심장이 얼음물에 빠지는 듯했다. 같은 문자가 엄마에게 가고 있을지도 몰랐다. 그렇다면 엄마는 왜 세계 곳곳에서 카드가 결제되는지 궁금해할 거다. 도난당한 게 아닌지 묻는 전화를 받았을지도 모른다. 어쩌면 계좌가 아예 막힐지도 몰랐다. 아니면 그 전에 잔고가 바닥나거나.

얼마 전부터 보니는 그것이 가지고 나가지 못하도록 카드를 항상 주머니에 넣고 다녔다. 그러나 주머니 속의 카드는 어찌 된 일인지 자꾸 사라졌다. 아마 그것의 소매치기 솜씨가 늘고 있는 듯했다. '다음번엔 아예 옷에 꿰매 놓을까?' 보니는 문득 그런 생각을 떠올렸다가 고개를 저었다. '아냐, 그럼 내가 뭘 사야 할 땐 어떡해. 아니면 금고에 넣을까?' 하지만 그것은 어떤 금고든 열 수 있을 것이다. 카드를 가위로 자르지 않는 한 그것이 못 쓰게 막을 수는 없을 것 같았다. '아니. 차라리 내 카드를 쓰는 게 낫지. 내 카드를 못 쓰면 밖에 나가서 물건을 훔치고 다니거나 은행 금고를 털려고 할지도 몰라.' 그것이 도둑질을 하다 잡히는 상상을 하면 끔찍했다. 거짓말도 잘 못하는 그것은 사람들이 묻는 말에 곧이곧대로 대답할 거고, 그러면 보니와 그것 간에 있었던 모든 일들이 전 세계 사람들의 입에 오르내릴 것이다. "외계인과 섹스를 한 여자"라는 제목으로 유튜브에 동영상이 올라가서 1억 명이 넘는 사람들이 보게 될 수도 있다. 경찰 조사도 받아야 할 것이다. FBI에게 불려 가거나.

그런 생각을 하다 보면 마치 자신이 독 안에 갇힌 쥐가 된 것 같았다.

"그 얼굴은 뭐야?"

보니는 신경질이 나서 물었다.

《이 얼굴? 지나가다 마주쳤어. 한 사람이 여럿에게 둘러싸여 있더라고. 그 사람들의 몸에서 끌리는 진동이 발산되어서 한 사람에게 향하고 있었어. 너와 내가 같이 있을 때 네 몸에서 발산되는 그런 진동 말이야.》

"건방진 소리 하지 마. 그래서? 왜 그 얼굴을 하고 온 건데?"

《이해가 안 돼서 그 사람들을 지켜봤지. 여럿에 둘러싸인 그 사람의 진동은 평범했거든. 그러다 알았어. 여러 사람의 진동이 그 사람의 진동과 부딪히고 섞이면서 매력적인 파동을 만들어 내고 있었던 거야. 그래서 점점 더 많은 사람이 그 한 사람에게 끌리게 된 거지. 너한테 이 얘기를 해 주고 싶었는데, 얼굴까지 보여 주면 좋을 것 같아서 따라 하고 왔어.》

그것의 얼굴은 지나칠 정도로 예뻤다. 보니는 남자인지 여자인지 모를 그 예쁜 얼굴이 요즘 여기저기에서 많이 보이는 아이돌 출신 배우의 것임을 알아차렸다. 그 배우는 세상에서 가장 아름다운 얼굴로 유명한 잡지의 표지를 장식하기도 했다. 그것이 선글라스를 낀 데다 짧은 머리 가발을 써서 한눈에 알아보지 못한 것일 뿐 실은 보니도 잘 알고 있는 얼굴이었다.

"나한테 보여 주려고 했다고? 웃기지 마. 그 잘난 얼굴을 하고 인간 세상을 으쓱거리며 돌아다니려고 했던 거겠지."

《이 얼굴이 잘났어?》

"꽤 괜찮아. 솔직히 말하자면 지금 네 얼굴은 인간 중에서도 아주 뛰어난 축에 속해. 근데 그 얼굴을 다시 쓸 생각은 하지도 마. 너나 나나 진짜 귀찮아질 거야."

《네가 그렇게 말하니 갑자기 아까운데? 여기와 먼 곳에서 한두 번만 더 쓸게. 그럼 상관없잖아.》

'여기와 먼 곳'이란 다른 나라를 뜻했다. 그것은 순간 이동을 하듯 전 세계를 자기 마음대로 돌아다녔다. 그것의 말로는 진동을 이용해서 이동하는 거라고 했다. 빛은 파동으로 이루어진 물질이다. 보니는 그것이 어떻게 순식간에 먼 거리를 이동할 수 있는지 정확한 원리는 알지 못했지만, 진동을 익숙하게 다루기 때문에 빛과 같은 속도로 사방을 다닐 수 있다는 정도는 이해했다.

"오늘은 왜 또 늦게 온 거야? 이번에는 진짜 나가지 말라고 했잖아. 우리 기념일이 나한테만 중요한 거야? 너한테는 우리가 1년을 함께한 날이 정말 그렇게 아무 의미도 없어?"

오늘은 왜 또 늦은 거야? 보니는 그것을 기다리면서 이 말만은 하지 않겠다고 다짐했었다. 이미 너무 많이 했던 말이니까. 그러나 테이블에 놓인 케이크를 보니 다시 화가 치밀었다. 그것과의 1주년을 작게라도 기념하고 싶어서 몇 주 전부터 설레며 오늘을 준비했는데. 케이크 장식을 어떻게 할지 정하고, 날짜와 시간에 맞춰서 어렵게 예약 주문을 하고, 찾으러 다녀온 수고가 아무 보람 없이 물거품이 됐다. 혼자서만 설레발을 친 것 같아 초라한 기분이 들었다.

오늘은 왜 또 늦은 거야? 이 말을 하면 자신이 그것만 기다리는 사람처럼 느껴졌다. 반은 사실이었기 때문에 더 싫었다. 보니는 그것이 옆에 없으면 아무것도 할 수 없었다. 뭔가를 하긴 했지만 머릿속으로는 온통 그것 생각뿐이었다. 그것에게 감싸이고 싶다는 생각. 그것에게 감싸여서 진한 진동을 느끼고 싶다는 생각.

그것이 옆에 없으면 허전해서 마음이 붕 떴다. 해가 저물고 깊은 밤이 되면 훨씬 더 끔찍했다. 환한 낮에는 혼자서도 그럭저럭 하루를 보낼 수 있었지만, 자야 할 시간이 되면 몸이 긴장으로 뻣뻣해졌다. 목소리는 그것을 두려워하는 듯 집 안 어딘가에 숨어 있다가 그것이 없는 밤이면 신이 나서 슬그머니 기어 나왔다. 바로 오늘 밤처럼. 그것이 돌아오지 않았다면 보니는 해가 뜰 때까지 밤새 목소리에게 시달렸을 것이다. 그 생각을 하니 진저리가 났다.

보니도 그것 없이 하루를 잘 보내고 싶었다. 그것이 없어도 혼자 편안히, 아무것도 불안해하거나 두려워하지 않고 잠들고 싶었다. 그것에게 의존하고 있다는 느낌이 너무 싫었다. 약해 빠진 인간이 된 기분이었다. 혼자서는 아무것도 못 하는 그런 인간. 하지만 사실이었다. 보니는 그것이 없으면 아무것도 하지 못했다. 그것이 없으면 아무것도 아니었다.

《네가 집에 오기 전에 나도 돌아올 수 있을 줄 알았어. 이번에는 네가 알려 준 대로 시계 초침도 세어 봤어. 걸으면서도 세느라 얼마나 힘들었는데. 그런데 누가 말을 건 바람에 세던 걸 까먹은 거야. 너무 화가 나서 말을 건 사람을 한 대 치고 싶었다니까. 이번엔 정말 나도 늦고 싶지 않았어.》

"그런데 늦었잖아."

《미안해.》

그것은 강렬하게 진동하며 서 있었다. 그것은 사과와 자책과 애원으로 진동했다. 그것은 보니가 자기를 용서해 주고 안아 주길 간절히 원하고 있었다. 마치 꼬리를 내리고 주인을 애처롭게 바라보는 강아지 같았다. 그런 진동이 몸을 감싸자 보니도 그것을 용서하고 싶어졌다. 화를 내기도 지쳤고, 더는 신경전을 벌이고 싶지도 않았다.

《다신 안 그럴게.》

'또 같은 얘기. 정말 지긋지긋해.' 이런 싸움이 지금껏 수도 없이 반복됐다. 항상 똑같다. 그것은 미리 얘기도 없이 사라져 버리고, 보니는 그것을 기다린다. 그것을 기다리는 동안 너무 화가 나서 이번에는 그것과 끝내고야 말겠다고 굳게 마음을 먹고, 그것은 보니의 인내심이 한계를 한참 지났을 때 집으로 기어 들어와 오늘처럼 다시는 안 그러겠다고 애원한다.

"이번에도 내가 괜찮다고 말하면 되는 거지?"

목소리가 파르르 떨렸다. 짜증 나게도 눈물까지 흘렸다. 보니는 이런 순간이 정말 싫었다. 겨우 이런 걸로 울기까지 하다니. 왜 그냥 냉정하게 그것을 내쫓을 수 없는 걸까? 그것이 나가든 말든 상관하지 않고 내 인생을 살 수 있으면 좋을 텐데.

《미안해. 용서해 주면 안 될까? 어쩔 수 없는 일이잖아. 난 돌아다니면서 이곳에 대한 정보들을 수집해야 해. 그러려고 여기에 온 거니까. 이 집에서 너하고만 있을 수는 없어.》

"됐어. 알겠어. 우리 이런 얘기 처음 하는 거 아니잖아. 나도 싸우기 싫어. 오늘은 그냥 네 방으로 가. 내일 다시 얘기하자. 나 너무 피곤해. 네가 없는 동안 목소리에 시달리느라 한숨도 못 잤어."

《내가 가도 괜찮겠어? 목소리가 또 들리면? 괜찮겠어?》

그것도 이제 기분이 가라앉았다. 진동에서 무거운 피로와 우울이 느껴졌다. 이럴 때는 그것의 감정이 담긴 진동이 피부에 닿는 게 싫어서 욕지기가 올라왔다.

"지금 네 진동이 내 몸에 닿는 게 더 싫어. 얼른 나가 줘."

보니는 차갑게 대답하고 침대에 누워 벽 쪽으로 등을 돌렸다. 그것이 나가는 기척이 느껴졌다. 보니는 지칠 때까지 어깨를 들썩이며 울었다. 이런 적이 한두 번이 아니라 보니의 베개는 눈물 자국으로 얼룩덜룩했다. 그것은 보니의 울음이 내는 진동을 느끼고 다시 방으로 돌아와 보니를 감쌌다. "이거놔!" 보니는 그것을 뿌리치며 저항했지만, 다정한 진동을 끝까지 거부하지는 못했다. 그것에게 감싸이자 서서히 편안해졌다. 그것은 보니가 완전히 안정된 후에 보니를 풀어 주고 위층 방으로 갔다.

2.

'그것이 집에 돌아오기 전까지만 해도 이젠 정말 끝이라고 생각했는데.'

보니는 전날 밤을 생각하며 피식 웃었다. 충동적으로 그것을 집에서 내쫓았다면 분명 후회했을 거다. 그것 없는 집에서 깨고, 그것이 삶에서 영원히 사라져 버렸다는 걸 깨닫는 끔찍한 아침. 만약 그랬다면 오늘은 너무나 슬프고 쓸쓸한 하루가 되었을 거다. 상실감으로 심장에는 구멍이 났을 테고.

보니는 그것과 아직 한집에 있다는 사실을 떠올리며 기쁨을 느꼈다. 그것과 심하게 싸운 다음 날은 술 마신 다음 날과 비슷하다. 술에 취했을 때는 괜찮게 느껴졌던 생각들이 다음 날 아침에 눈을 뜨면 어이없게 느껴지는 것처럼 그것과 싸울 때 속에서 들끓던 생각들—'당장 헤어져야겠어' '그것과 만난 건 실수였어' '처음부터 엮이지 말았어야 했어' '그것을 만나고부터 내 인생은 엉망이 됐어' '우리 관계는 완전히 끝났어' 같은 것들—은 화해를 하고 나면 눈 녹듯이 사라졌다.

'어떻게 그런 생각을 했을까? 나에겐 그것뿐인데. 헤어질 수 있을 리가 없잖아. 나는 왜 싸우기만 하면 극단적이 될까?'

보니는 벽을 손바닥으로 두드리며 거실로 나갔다. 탁탁, 탁탁탁. 다섯 번씩 두드리기. 그것을 부르는 신호다. 금방 1층 벽 전체가 흔들렸다. 그것의 대답이었다. "바로 내려갈게"라는 뜻이 담긴.

그것은 몸을 둥글게 말고 계단을 데굴데굴 굴러서 내려왔다. 보니는 그 모습을 보며 시원하게 웃음을 터트렸다. 그것의 유쾌한 모습을 보니 안심이 됐다. 요새 정원의 사택은 그것의 기분에 따라 분위기가 좌지우지됐다. 그것이 기분이 안 좋은 날에는 우울한 진동으로 집 안이 떨려서 보니도 종일 머리가 아팠고, 오늘처럼 그것이 유쾌하게 구는 날에는 집 안도 평안했다.

오늘 집 안을 흔드는 진동은 유쾌하기만 한 건 아니었다. 따뜻한 배려도 섞여 있었다. 그것은 어제 보니가 기분이 상했던 걸 생각해서 짐짓 유쾌한 진동으로 집 안을 흔들며 분위기를 밝게 해 보려 애쓰려는 듯했다.

그것은 계단을 다 내려온 다음 빠르게 사람의 모습으로 변해 팔을 활짝 벌렸다.

《나가자. 우리 1주년을 기념해야지!》

"이 아침에 어딜 가?"

《네가 좋아하는 레스토랑으로 가자. 일레인 레스토랑.》

"거긴 아직 문 열 시간 안 됐어. 점심때가 되어야 열 텐데 지금은 아침 8시잖아."

보니가 말하자 그것은 고개를 흔들고 손을 턱 밑에 가져다 댔다. 고민하는 척하는 제스처였다. 그것은 요즘 인간의 제스처를 연습하는 데 재미가 들렸다.

《그럼 내가 영화를 한 편 보여 줄게.》

그것이 순식간에 의자의 모습으로 변해 진동을 보냈다. 보니는 이 상황이 재밌었지만 마지못해 그것의 뜻에 따르는 척 밍기적거리며 의자로 변한 그것의 몸 위에 앉았다.

"갑자기 무슨 영화를 보여 준다는 거야?"

《조용히 해. 이제 영화 시작해. 영화 제목은 〈나의 탄생〉이야.》

그것이 보니를 감싸자 보이는 것 없이 눈앞이 어두워졌다. 보니는 이렇게 그것의 기억을 보는 데 익숙해졌지만 그래도 매번 신기했다. 홈비디오처럼 오래된 테이프를 재생하는 것 같았다.

그것이 보낸 진동 기억이 느껴졌다. 보니는 눈을 감고 그것이 보낸 기억을 봤다.

아주 큰 땅덩어리처럼 생긴 어떤 존재가 돌멩이만큼 작은 것을 자기 몸에서 밀어냈다. 그 돌멩이가 바로 그것이었다. 커다란 존재는 그것과 똑같이 생긴 작은 돌멩이 같은 것을 하나 더 내보낸 후 행성 밖으로 사라졌다.

그 커다란 존재가 사라지기 전 몇 분 동안 보니는 그것이 그때 느꼈던 진동을 생생하게 느낄 수 있었다. 커다란 존재는 조그만 돌멩이 같은 그것에게 진동을 전하고 떠났다. 그 진동은 그들끼리 나눈 것이라 말이 담겨 있지는 않았지만 보니는 그 안에 담긴 감정들을 느낄 수 있었다. 그 진동에 담긴 것은 보니가 지금까지 겪었거나 상상한 무엇보다 사랑의 본래 의미에 가깝게 느껴졌다.

"형제가 있었어?"

(형제?)

"너 말고 다른 게 하나 더 나왔잖아."

(그건 우리에겐 별 의미 없어. 인간과는 달라. 한 몸에서 나온 건 그냥 우연이잖아.)

"그럼 널 밖으로 내보낸 커다란 존재도 너한테는 아무 의미도 없는 거야?"

(그 존재는 달라. 그 커다란 존재에게서 기억 진동을 물려받았으니까. 모든 존재가 자기를 낳은 커다란 존재의 기억 진동을 물려받거든. 우리는 다른 존재가 특정한 기억 진동을 요

청할 때 기꺼이 자기가 가진 기억 진동을 보내 줘.》

"도서관 같은 거네. 전자 도서관에 더 가까우려나?"

그것이 도서관이 무엇인지 물어봐서 보니는 책과 책을 보관하고 대여하는 장소에 대해 알려 주었다. 사진이나 영상을 보여 줄 수 있으면 좋으련만. 그것에게 거울은 벽과 똑같았고, 사진은 백지와 다름없었다. 모든 영상은 소리를 빼면 별 의미가 없는 진동이어서 보니가 검은 화면을 보고 있는 것이나 마찬가지인 것 같았다.

《우리는 물려받은 기억 진동을 읽으면서 자라. 먹는 법부터 자는 법, 다른 존재에게 진동을 보내고 받는 법도 물려받은 기억 진동을 읽으며 배웠어. 그러다 몸이 지금의 반의반 정도로 자랐을 때 비밀 기억 진동을 발견했어. 비밀 기억 진동은 다른 존재에게는 보낼 수 없는 진동이야. 물려받은 기억 진동을 거의 다 읽고 다른 존재들의 기억 진동을 받아 읽을 때였는데, 비밀 기억이 있다는 걸 알게 되니 흥분이 됐어.》

보니는 그것의 말이 담긴 진동에서 그것이 느꼈던 흥분을 고스란히 느꼈다. 심장이 물 바깥으로 나온 물고기처럼 펄떡거렸다. 보니는 그 물고기의 숨이 멎어 버릴 것 같아서 가슴에 손을 올려 물고기가 다시 물속으로 들어갈 수 있도록 밀어 주었다.

"비밀 기억에 뭐가 들어 있었어?"

《감정들. 내 커다란 존재가 느꼈던 감정과 생각들이 들어 있었어. 나는 그때까지 나만 그런 것들을 느끼는 줄 알고 불안했었어. 두렵기도 했고. 그런데 내가 느끼는 것과 똑같은 것들이 담긴 진동을 읽고 있으니 불안이 가라앉았어. 나는 비밀 기억을 아주 조금씩 아껴 읽었어. 그러는 동안 몸이 지금만큼 자랐고, 비밀 기억도 얼마 안 남았지. 결국 마지막으로 남은 비밀 기억 진동을 읽고 이제 더는 읽을 비밀 기억이 없게 되니 외로움이 밀려들었어. 우리는 우주의 크기를 알기 위해 다른 행성들에 다니면서 정보를 모으는 일을 가장 중요하게 여기는데, 갑자기 그 일이 아무런 의미도 없게 느껴졌어. 우리가 그때까지 알아낸 우주는 공포심으로 몸이 터질 것만큼 컸어. 그런데 왜 더 알아내야 할까? 왜 우리가 전체를 다 알아야 할까? 우리가 아는 우주의 크기가 확장될수록 나는 그만큼 더 외로워지기만 할 것 같았어.》

"지금도 비밀 기억 진동을 가지고 있어?"

《그건 나의 일부야.》

"비밀 기억이면 나한테 보여 줄 수는 없는 거지? 네 커다란 존재가 어떤 생각들을 했을지 궁금한데."

《진동을 직접 보낼 수는 없지만 설명해 줄 수는 있어. 아주 많은 것들이 기록되어 있었지만 내 커다란 존재가 가장 많이 반복해서 진동한 감정은 떠나고 싶다는 거였어. 이곳―우리가 태어나서 자란 곳―을 떠나고 싶다는 소망이 아주 컸던 것 같아.》

"너는 네가 태어난 곳을 떠나왔잖아. 네 커다란 존재도 그럴 수는 없었어?"

《아무나 떠나지는 못해. 영감에 선택받은 존재만 떠날 수 있어.》

"그럼 넌 선택받은 거야?"

보니가 묻자 갑자기 그것의 진동이 멎었다. 그것은 자신의 생각이나 감정을 감추고 싶을 때마다 그렇게 진동을 멈췄다.

《그다음은 나중에 이어서 얘기해 줄게. 나 배고파. 나 먼저 밥 먹어도 돼?》

"그래, 그럼 뒤뜰로 나가자. 정원에는 사람들이 나와서 일하고 있을 테니까."

정원에는 산성이 높은 것부터 낮은 것과 기름진 토양, 알칼리성 흙까지 다양한 흙이 뷔페처럼 널려 있어서 그것은 사람이 없는 시간이면 언제든 마음껏 배를 채울 수 있었다. 하지만 오늘처럼 때를 놓치면 뒤뜰에서 소박한 식사를 해야 했다. 보니는 나무 아래에 가져다 놓은 의자에 앉아 그것이 몸을 천천히 들썩이며 흙을 먹는 모습을 구경했다. 그것의 먹는 모습은 게걸스럽지 않고 묘한 품위가 있어서 자주 보는데도 질리지 않았다. 그것은 오랜 시간을 들여 식사를 했다. 그것이 먹는 모습을 보고 있자니 보니도 배가 고파졌다.

***

일레인 레스토랑은 오늘도 조용했다.

《이걸 만드는 과정을 보고 싶어. 가까이에서.》

테이블에 올려놓은 손에 그것의 진동이 닿았다. 둘을 괜한 모험을 하지 않기 위해 이곳에 올 때면 항상 할머니와 손녀로 모습을 꾸몄다. 이곳에서 그것은 언제나 선글라스와 모자를 쓰고 오는 말 없는 노부인이었다. 보니는 오늘 그것에게 재킷과 스커트가 한 벌인 투피스를 입혔다. 엄마가 아주 오래전에 유럽 여행에서 사온 샤넬 슈트였다.

"진동으로 다 느낄 수 있지 않아?"

보니는 고개를 숙이고 최대한 작은 목소리로 말했다. 그것은 입을 열어 말하지 않아서 다른 사람들에게는 보니 혼자만 계속 얘기하는 것처럼 보일 수 있었다. 물론 둘이 앉아서 자기 이야기만 늘어놓는 사람도 허다하지만, 보니는 지나치게 주변을 신경 쓸 때가 간혹 있었다.

《진동이 너무 많아.》

밖에는 비가 내렸다. 둘 이외에는 유일한 손님인 맞은편 대각선 테이블의 사람들은 큰 소리로 떠들며 간간이 박장대소까지 했고, 서빙을 하는 사람은 부지런히 코스 요리를 내놓느라 그릇을 달그락거리는 소리를 냈다(그 작은 식당은 요리사 한 명과 서버 한 명의 인원으로 운영됐다). 바깥을 지나다니는 사람들의 발소리와 자동차 소음도 있었다.

"그렇겠네."

보니는 그것의 말을 이해하고 그 식당의 사장이기도 한 셰프가 직접 와인을 따라 주러 왔을 때 그에게 조심스럽게 주방을 구경시켜 줄 수 있는지 물었다.

"저희 할머니가 셰프님이 요리하시는 걸 보고 싶으시대요. 혹시 실례가 안 되면⋯⋯."

보니가 거기까지 얘기했을 때 그 요리하는 사람은 시원스럽게 "그럼요, 그럼요." 하면서 흔쾌히 그들을 주방으로 안내했다.

보니와 그것은 좁은 주방 안으로 들어가 셰프가 스테이크를 굽는 모습을 봤다. 보니와 그것이 먹게 될 스테이크 두 접시였다. 사실은 보니가 먹을 두 접시. 그것은 주로 정원에서 식사를 했는데, 먹는 것이라고는 흙밖에 없었다. 보니의 입장에서 보자면 그것은 편식이 너무 심했다. 적어도 흙은 가리지 않고 잘 먹긴 했지만.

셰프가 차가운 은그릇에 들어 있던 크랜베리 소스를 잘 구운 고기 위에 뿌리고 작은 식용 제비꽃으로 마무리를 한 후, 보니와 그것에게 접시를 건넸다. 보니가 접시를 받으려 하자 그는 웃으면서 접시째로 도로 자기 쪽으로 당긴 후 "사실은 제가 테이블까지 가져다 드릴 겁니다. 손님에게 서빙을 시키면 안 되죠" 하고 말했다.

그때 그것이 보니의 귓가에 자기 얼굴을 가까이 대고 속삭이는 척 연기를 했다.

"할머니가 감사하다고 하시네요."

보니가 말하는 사이 그것은 셰프를 향해 우아하게 목을 숙이며 인사를 했다. 그것의 능숙한 사람 연기에 보니는 속으로 감탄했다.

식당을 나와 다시 트럭을 타고 집으로 돌아가면서 보니가 그것에게 물었다.

"근데 아까 주방은 왜 보고 싶었던 거야?"

《나중에 내가 죽으면 남는 건 진동밖에 없으니까. 우리에게 기억 진동은 귀중한 유산이야. 최대한 많이 수집해서 남겨 줘야지.》

'그러니까 넌, 네 고향에 돌아가서 죽는다는 거구나.'

보니의 머릿속에 그런 생각이 지나갔다. 그것의 진동이 작은 칼처럼 보니의 심장을 찔렀고, 그 틈새로 서운함이 밀려 들어와 심장 안에서 출렁거렸다.

"네가 기다리는 동료들은 언제 올까? 소식 있어?"

《아니.》

그것은 짧은 진동으로 답했다. 대화가 더 이어지지 못하게 만드는 무뚝뚝하고 차가운 진동이었다.

보니는 그것이 기다리는 존재들을 그렇게 불렀다. 동료들. 처음 만났을 때 그것은 누군가를 기다린다고 했었다. 나중에 다시 물었을 때 그것은 '우리'를 기다린다고 했다. 그것과 같은 존재들. 그것의 고향에서 사는. 그것은 '우리'에 대해 자주 이야기하지 않았다. 함께 지낸 지 1년이 됐지만 보니는 '우리'에 대해 잘 알지 못했다. 그것이 예전에 자기가 살던 곳에서 있었던 일을 이야기할 때 들었던 부분적인 정보들을 모아서 그들이 어떤 존재인지 상상할 수밖에 없었다. 보니가 '우리' 혹은 동료들에 대해 직접적으로 물으면 그것은 말을 돌렸다. 이번에도 마찬가지였다.

트럭 안이 침묵으로 꽉 찼다. '네가 기다리는 것이 오면 어떻게 할 거야? 바로 날 떠날 거니?' 묻지 못한 말이 밤새 입안에서 맴돌았다.

3.

<식물과 음악의 밤> 저녁 7시 30분

보니는 햇빛의 방 입구에 붙은 포스터를 봤다.

'오늘이었지, 참.'

햇살과 그림자 정원에서는 매년 여름마다 음악회가 열린다. 작년에는 갑작스럽게 세상을 떠난 원장을 추모하는 의미로 음악회를 건너뛰었는데, 올해는 열기로 한 모양이었다. 햇살과 그림자 정원의 유리 온실인 햇빛의 방에서 열리는 음악회는 매년 만석에 대기까지 있을 정도로 인기가 좋다. 1년 중 단 하루, 야간에 정원이 개방되고 음악회가 열리면 사람들은 기대를 품고 햇빛의 방으로 모여든다. 보니도 정원의 음악회를 좋아했다. 어릴 때는 화려하게 불을 켠 햇빛의 방이 사람들의 말소리와 오케스트라 음악으로 가득 차는 풍경이 동화 속에 나오는 무도회 같아서 음악회가 열릴 때마다 가슴이 두근거렸다.

햇빛의 방은 매년 음악회가 있는 날이면 그렇듯이 오늘도 신데렐라에 나오는 호박 마차처럼 환하게 불을 밝히고 번쩍거렸다.

'잠깐만 들러 볼까? 어차피 또 따분한 공연이겠지만.'

아빠의 취향에 맞춰진 공연은 너무 엄숙하고 지루했다. 보니는 망설이다 빛나는 유리 온실의 문을 열고 안으로 들어갔다. 잠깐 구경하는 것 정도는 재밌을 것 같았다. 보니는 한쪽 관자놀이를 문지르면서 온실 통로를 걸어갔다. 얼마 전부터 딱따구리 한 마리가 머리를 부리로 두드리는 것 같은 두통이 생겼다. 그 딱따구리는 아주 집요한 놈이라 한번 작업을 시작하면 몇 시간이고 같은 자리를 쪼아 댄다. 오늘의 두통은 다행히 그 정도는 아니었지만 심한 편두통의 전조일지도 몰라 마음이 불안했다.

"안녕, 보니. 오랜만이네."

드로세라 자매들이 야릇한 미소를 보내며 보니에게 인사를 건넸다. 드로세라 라나타, 드로세라 앨리시아, 드로세라 레지아, 드로세라 파라독사, 드로세라 헤밀티, 드로세라 아델라 등등. 전부 끈끈이귀개과의 식충 식물들이다. 아빠는 보니보다 드로세라 자매들을 더 딸처럼 여겼다.

"안녕."

보니는 드로세라 자매들에게 기운 없이 손을 흔들었다. 보니도 식충 식물들을 좋아했다. 어떻게 좋아하지 않을 수 있을까. 정원 최고의 귀염둥이들인데. 그중에서도 파리지옥들은 정말 귀여웠다. 보송보송한 이빨, 통통한 입술, 손거울, 그리고 덫까지. 이름들마저도 앙증맞다. 하지만 예전에는 아빠를 마주치기 싫어서 웬만해서는 햇빛의 방에 가지 않았다. 아빠는 자신의 은신처가 아니면 햇빛의 방 통로에 있는 '식충 식물들과 독 있는 식물관'에 있을 때가 많았다. 하지만 보리수가 꼭 보고 싶은 날에는 아빠를 마주칠 위험을 무릅쓰고 햇빛의 방에 들렀다.

'그리고 보니 보리수에게 오랫동안 못 가 봤네. 잘 있으려나?'

보니는 보리수를 떠올리고 마음이 조급해져서 귀여운 파리지옥들과 인사도 제대로 나누지 않고 온실 안쪽으로 들어갔다. 온실 안쪽 문을 활짝 연 순간 햇빛의 방을 꽉 채우고 있던 음악과 함께 웃음소리가 보니가 있는 곳까지 달려들었다.

온실 안은 후끈 달아올라 있었다. 온실 안은 항상 어느 정도는 더운 법이지만 오늘은 갑자기 남미의 정글에라도 온 것 같았다. 넓은 잎사귀를 가진 이국의 나무들 사이에서 사람들이 춤을 추고 있었다. 행복한 얼굴로 춤추는 사람들, 여기저기 놓인 와인 잔들, 음식들로 가득 찬 테이블. 그리고 음악.

정원에서 음악회가 열린 이래로 처음 보는 풍경이었다. 특히 사람들이 그렇게 행복하게 웃는 건 처음 봤다. 햇살과 정원의 음악회에서는 항상 엄숙한 오케스트라가 흘렀고, 사람들도 음악에 맞춰 근엄한 표정을 짓고 앉아 있고는 했는데.

보니는 무대 쪽을 봤다. 햇살과 그림자 정원의 온실을 남미의 정글처럼 만든 것이 어떤 사람들인지 궁금했다.

어린아이라도 한 발만 올리면 오를 수 있을 만큼 턱이 낮은 원형 무대에 열 명 남짓 되는 연주자들이 올라가 있었다. 아직 초등학교도 안 들어갔을 어린아이부터 중학생 정도로 보이는 아이들까지 대부분 성년이 안 된 연주자들이었다. 어린 연주자들은 나이나 얼굴은 제각각이었지만 연주를 즐기는 듯 흥이 넘치는 분위기는 똑같았다.

어린 연주자들 왼편에는 긴 백발을 하나로 묶은 여자가 작은 의자에 앉아 첼로를 연주하고 있었는데 검은색 반팔 티셔츠와 청바지를 입은 차림새도 그렇고 강인해 보이는 얼굴에는 활기가 넘쳐서 머리가 하얗게 세었는데도 젊은 느낌을 주었다.

그 뒤편에는 피아노가 있었다. 피아노 연주자는 어린 연주자들에게 둘러싸여 타이밍에 맞춰 고개를 끄덕이거나 눈빛을 보내며 사실상 지휘를 하고 있었다. '어딘지 낯이 익은데. 누구더라?' 곰곰이 보다 깨달았다. 추도식 때 본 사람이었다. 엄마의 귀에 의미심장한 목소리로 드디어 끝났다고 속삭이던 그 여자.

그 여자가 정원의 온실에서 밝은 얼굴로 피아노 치는 모습을 보니 엄마가 그 여자와 함께 떠난 건 아닌가 생각했던 게 망상이 과했던 것 같았다. 정장 느낌이 나지 않는 진녹색의 헐렁한 반소매 셔츠와 베이지색 면바지를 입은 그녀는 매우 세련되고 멋있어서 그런 짓을 할 만한 사람으로는 도저히 보이지 않았다. 보니 자신과는 달리 사회와 좋은 관계를 맺고 있는 것처럼 보인다고 할까.

다음 곡으로 넘어가 더 흥겨워진 분위기 속에서 어린 연주자 한 명이 무대 아래로 내려가 캐스터네츠를 딱딱거리며 온실 안을 활기차게 누비고 다녔다. 그 아이가 지나갈 때마다 춤을 추는 사람들의 얼굴에 환한 웃음이 번졌다. 귀여운 연주자를 흐뭇하게 보고 있는 사이, 어느새 캡틴이 옆에 와 있었다.

"올해는 연주회 분위기가 좀 다르죠?"

캡틴은 평소처럼 점프수트를 입고, 스태프 이름표를 걸고 있었다. 점프수트로 된 카키색 유니폼은 자원봉사자와 직원을 구분하는 옷이다. 캡틴은 유니폼에 항상 배지들을 주렁주렁 단다. 식물 모양 배지들과 귀여운 동물 모양 배지들을 모으는 게 캡틴의 취미였다. 보니는 캡틴을 보면 사과나무가 떠오르고는 했다. 독이나 가시 같은 공격적인 방어 무기 없이 달콤한 열매를 아낌없이 내주는 방식으로 전 세계에 자신의 씨를 퍼트리는 데 성공한 영리하고 인기 많은 식물.

엄마가 일종의 안식년 휴가를 떠난 뒤로 캡틴이 엄마가 하던 일들을 대신 맡았다. 캡틴은 보니가 초등학생일 때 정원의 인턴으로 들어왔는데, 친절하면서도 눈치가 빠르고 일 처리에 빈틈이 없는 데다 정원에 대한 애정까지 넘쳐서 금방 엄마의 신임을 얻었다.

보니도 캡틴이 정원의 다른 직원들보다는 덜 불편했다. 상대를 단번에 무장해제하는 친화력이 있는 사람이다. 캡틴은 150센티미터가 겨우 넘는 것 같은 아주 아담한 체구에 머리를 양 갈래로 땋은 동그랗고 어려 보이는 얼굴 때문에 동화 속에서 튀어나온 여자애처럼 보이기도 했다.

"이번 음악회는 저기 피아노 치는 분이 기획한 거예요. 무대 구성부터 콘셉트, 관객석 배치, 음식 케이터링까지 거의 다 저분이 아이디어를 내고 진행했어요. 부원장님께서 이번 음악회는 저분한테 맡기라고 하셨을 때는 긴가민가했는데, 센스도 있고 커뮤니케이션도 잘돼서 너무 좋았어요. 오늘 공연도 훌륭하고요. 애들이 너무 잘하지 않아요?"

원래 정원의 어린이 교육 프로그램을 담당했던 캡틴은 꿀이 떨어지는 눈으로 어린 연주자를 보고 있었다.

'그나저나 엄마가 저 여자에게 음악회를 맡기라고 했다고?'

보니는 궁금증을 참지 못하고 캡틴에게 슬쩍 물어보았다.

"엄마는 저분하고 어떻게 아시는 사이예요?"

"아, 저분이 우리 정원에서 자원봉사를 했었어요. 1년 정도? 저랑은 다른 파트에 있었어서 잘 모르긴 하는데, 그때 부원장님하고 친분이 생겼다나 봐요. 원래는 무슨 음악 센터를 운영하는 분이에요. 장애 아동 음악 치료로 지역에서는 꽤 유명해요. 좀 이상한 소문도 있지만요."

"이상한 소문이요?"

"연애 편력이 좀 있대요. 양다리 정도가 아니라 문어 다리쯤 된다나? 근데 뭐, 소문이라는 게 원래 좀 과장돼서 퍼지기 마련이잖아요."

그 말을 들으니 그 여자가 엄마를 껴안고 속삭였던 게 다시 심상치 않게 느껴졌다. 아니, 헛된 망상은 그만두자. 캡틴의 말대로 소문은 과장되기 마련이니까. 아니 땐 굴뚝에 연기 나랴. 그 속담만큼 생사람 잡는 말도 없지.

캡틴은 곧 다른 곳으로 갔다. 그녀는 여기저기 봐 줘야 하는 일들이 많았다.

보니는 보리수 곁에 있는 의자에 앉아서 음악회를 지켜

봤다.

"보니, 오랜만이네. 근데 왜 그렇게 기운이 없어 보여?"

너그러운 보리수가 다정히 말을 건넸다. 보리수는 옛날부터 보니의 상담사 같은 존재였다. 언제나 명쾌한 해결법을 내려 주는 버드나무와 달리 보리수는 보니의 말을 그냥 들어 주었다. 해결이 아니라 위로가 필요할 때 보니는 보리수를 찾아오고는 했다.

"그냥. 머리가 좀 아파서."

보니는 보리수에게 은밀한 방식으로 대답했다. 주변에 사람이 있을 때는 입술을 조금만 움직이면서 아주 작은 목소리로 식물과 대화를 나눈다. 어릴 때는 나무들에게 거침없이 말을 걸었지만, 그게 남들에게는 아주 이상해 보인다는 걸 알고부터 티가 나지 않게 말하는 법을 익혔다.

하지만 보니는 여전히 남들이 자신처럼 식물의 말을 듣지 못한다는 게 가끔은 믿어지지 않았다. 중학생 무렵까지는 식물의 말을 듣는 사람들이 많은데 이상한 취급을 받을까 봐 안 들리는 척하는 걸 거라고 생각했었다. 특히 정원 사람 중에는 그런 사람이 많을 거라고 확신했다. 그렇지 않다면 어떻게 그렇게 식물들의 문제를 잘 해결하겠는가? 왜 '작은 애들도 목을 축여 줘야지' 하는 식으로 말할까? 그런 확신이 옅어진 지금도 완전히 이해를 하지는 못했다. 사람들은 정말 식물의 말을 듣지 못하는 걸까? 길가의 풀들이 쉴 새 없이 재잘거릴 때도? 정원의 식물들이 그렇게 수다스러운데도?

"날 속일 순 없지."

보리수가 장난스러운 미소를 지었다. 보리수는 아주 나이가 많은 노인 같다가도 또 어느 순간에는 다섯 살 어린아이처럼 보였다.

"말해 봐. 왜 그렇게 얼굴에 근심이 가득한데?"

"나도 잘 모르겠어. 특별히 안 좋은 일이 있는 것도 아닌데 이상하게 기분이 처지네."

"그 친구랑 또 싸운 건 아니고?"

그것은 정원의 식물들 사이에서 '그 친구'로 통했다. 그것은 하늘에서 내려온 명의처럼 식물들의 병을 잘 고쳤다. 사람의 힘으로 어찌할 도리가 없는 아픈 식물도 그것이 며칠 밤에 걸쳐 감싸 주면 서서히 살아났다. 그걸 알게 된 보니는 정원 사람들이 곤란해하는 식물이 생길 때마다 그것에게 부탁했다. 덕분에 그것은 정원의 식물들에게 인기가 좋은 편이었다.

"안 싸웠어. 그냥 그게 옆에 없으면 몸이 근질거리고 미치겠어. 지금도 나가서 집에 없거든. 이틀 전에 나가서 아직 안 돌아왔어. 그게 집에 없을 땐 아무것도 안 하고 몇 시간이나 멍하니 앉아서 그것이 오기만 기다릴 때도 있어. 내가 그것 때문에 점점 무기력해지는 것 같아. 이상하게 뭘 안 해도 너무 피곤하고 신경이 곤두서. 이상한 건 뭔지 알아? 막상 그게 집에 오면 짜증이 난다는 거야. 걔가 집에 오면 집 전체가 흔들리는 것 같아. 그게 진짜인지 아닌지는 몰라도 진동이 내 온몸의 피부를 꽁꽁 감싸는 느낌이 들어. 예전엔 그게 좋았는데, 요즘은 그럼 속이 울렁거리고 멀미가 나. 머리도 깨질 것처럼 아프고. 내가 그것과 같이 있고 싶은 건지 아닌지 모르겠어."

"그래도 그 친구를 사랑하긴 하지 않아?"

"사랑하지. 그러지 않으면 왜 걔랑 살려고 이 마음고생을 하고 있겠어. 내가 중독됐다는 느낌이 들어. 걔한테. 아예 걔가 없어지면 좋겠다는 생각이 들 때도 있어. 근데 정말 걔를 못 보고 산다는 생각을 하면, 그냥 생각을 하는 것만으로도 눈물이 나. 사랑이 원래 이런 건가? 나 말고 사랑에 빠진 사람 본 적 있어?"

"너 같은 바보를 본 적 있냐고? 수도 없이 봤지."

"그럼 내가 어떻게 해야 하는지도 알겠네? 얘기해 줘. 네가 하란 대로 할게."

"내가 인도의 커다란 숲에 있을 때, 나는 그 숲 자체였던 거대한 보리수의 일부였어. 거기서 잘려져 나와 이 먼 곳으로 옮겨지니 처음에는 쓸쓸하고 두려웠지만 이제는 적응이 됐어. 그곳이 그리울 때도 있지만. 내가 그 친구처럼 자유롭게 변하는 몸을 가지고 어디든지 다닐 수 있다면, 난 죽을 때까지 쉬지 않고 떠돌면서 온 세상을 다 가 볼 거야. 그 친구도 자기 고향에서 바위처럼 제자리에만 묶여 살았다며. 그러니 어떻게 한곳에서 조용히 살겠어. 그 친구를 바꾸려고 조금이라도 애쓰지 마. 소용없는 짓이야.”

　“그런 거 말고 그냥 기운 나는 얘기 좀 해 줘. 나 지금 힘들어.”

　“너무 불안해하지 마, 보니. 다 괜찮을 거야. 그 친구 말고 네 자신에게 집중해.”

　보니는 보리수의 말대로 불안을 가라앉히려 눈을 감았다. 그사이에 공연은 분위기가 바뀌어 흥겨운 재즈 밴드에서 차분하고 아름다운 솔로 피아노 곡이 흘러나오고 있었다. 그 연주에는 알 수 없는 힘이 있었다. 보니는 그 힘에 이끌렸다. 중간에 눈을 뜨고 보니 사람들이 모두 피아노 연주자에게 빠져 있었다. 그렇게 많은 사람이 무대 위의 한 사람에게 집중하는 순간은 참 근사했다. 다른 연주자들도 무대 위의 의자에 앉아 피아노 연주자를 바라봤다.

　온실 안에 사람이 꽉 차 있는데도 피아노 연주자는 홀로 있는 것처럼 보였다. 긴 의자에 앉아 몰입한 얼굴로 오직 연주에만 빠진 피아노 연주자의 모습은 고독해 보였고, 누구도 의지하지 않는 사람이라는 인상을 풍겼다. 나무 같은 손이 건반을 두드리며 단단한 소리를 만들었다.

　보니는 그 연주를 들으며 오랜만에 혼자 있을 때만 느낄 수 있는 편안함을 느꼈다. 보니는 자신이 인생에서 처음으로 경험하는 사랑에 지쳐 있었다는 걸 깨달았다. 그것을 만난 이후로 보니의 욕망은 매일 생생하게 날뛰었다. 자신이 욕망의 주인이 아니라 욕망이 자신의 주인인 것 같았다. 마음이 매일 들쑥날쑥했다. 하지만 그 순간만큼은 마음이 제자리에 있었다. 그것에 대한 생각이 아주 사라진 건 아니었지만, 잠시 집중할 것이 생긴 덕분에 괴로움에 잠겨 있지만은 않아도 됐다.

그 곡을 끝으로 연주회는 파장 분위기가 되어서 사람들이 하나둘씩 사라졌다. 사람들의 표정을 보니 집에 가는 길에 인터넷에 호평을 올리느라 바쁠 것 같았다. 보니가 생각하기에도 정원 역사상 최고의 음악회였다.

공연이 끝나고 피아노 연주자가 보니에게 다가왔다. 보니는 햇빛의 방을 찾아왔던 손님들이 다 빠져나간 뒤에도 보리수 곁에서 미적거리고 있었다.

"보니, 와 있었구나! 공연 어땠어요?"

피아노 연주자는 오랜 친구에게 인사하듯 보니에게 말을 걸었다. 보니는 당황했다. 피아노 연주자가 자기에게 인사를 하러 올 것이라고는 생각도 못 했다. 보니는 누군가가 자신을 존중한다는 느낌이 들 때 당혹스러움을 느꼈다. 보니는 자신이 그런 대접을 받을 만한 사람이 아니라고 생각했다. 그런데 방금 그렇게도 아름다운 연주를 해서 온실 안을 꽉 채운 사람들을 한마음으로 감동시킨 사람이 자신에게 다가와 다정한 인사를 건네 주니 식은땀이 날 정도로 황송했다.

"아, 좋았어요. 정말. 감동했어요."

보니는 떨면서 대답했다. 그 사람은 정말 기쁜 듯이 활짝 웃으며 고맙다고 말했다.

"나중에 우리 센터에 놀러와요. 별거 없기는 한데, 센터 위층에 꽤 괜찮은 바가 있거든요. 제가 한잔 사고 싶어요."

'한잔 산다고? 그건 플러팅할 때나 쓰는 말 아닌가?' 보니는 그런 식의 초대를 받아 본 적이 없었다.

"주을, 안 갈 거야?"

백발의 첼리스트가 피아노 연주자를 크게 불렀다. 무대 위에서도 그랬지만 카리스마가 넘쳐 보였다. 카랑카랑한 목소리와 곧은 자세, 귀에 달린 커다란 링 귀걸이, 청바지에 찬 벨트 같은 것이 그 첼리스트의 매력을 더했다. 환갑은 넘었을 것 같은데도 비리비리한 보니보다 훨씬 건강해 보였다.

"갈게요, 미진 샘!"

피아노 연주자는 내게 명함을 건네고는 빠른 걸음으로 '미진 샘'이라고 부른 여자에게 갔다. 보니는 명함을 내려다봤다. 맞울림 음악 치유 센터 대표 김주을.

명함을 주머니에 넣으면서도 보니는 자신이 그녀를 찾아갈 일은 없을 거라고 생각했다. 그것만 곁에 있다면 보니는 누구도 필요 없었다. 친구든 치유사든.

4.

햇살과 그림자 정원의 음악회는 한여름 밤의 꿈이다. 아름다운 꿈이 모두 사라진 뒤 보니는 여운에 잠겨 오랫동안 정원을 산책했다. 오늘 밤은 집에서 혼자 그것을 기다리고 싶지도, 어둠 속에서 목소리에게 시달리고 싶지도 않았다. 오늘은 그냥 잡생각 없이 꿈의 여운에 잠겨 있고 싶었다.

그 여자가 연주했던 곡이 계속 맴돌았다. 그렇게 연주를 잘하는데 왜 전문 연주자가 되지 않고 치유사가 됐을까? 피아노 연주자의 깊게 울리는 목소리와 잠시나마 불안을 잠재워주던 피아노 소리, 그리고 그 이상하게 다정한 눈빛이 자꾸 떠올랐다.

한참 지혜의 길을 거닐며 나무들 사이에서 서성거리는데 진동 하나가 날아왔다.

《널 감싸고 싶어.》

그리고 두 번째 진동.

《넌 너무 아름다워.》

'돌아왔구나!'

보니는 너무 반가워서 진동이 어느 쪽에서 온 것인지 알려고 촉각을 곤두세웠다. 오늘 밤은 기다리지 않아도 된다는 사실이 너무 기뻤다.

'나도 너에게 감싸이고 싶어!'

보니는 속으로 외치며 그것을 찾아 지혜의 길 밖으로 달려나갔다. 진동은 깨끗하게 끊겼다. '숨바꼭질을 하고 싶단 말이지?' 보니는 밤새라도 그것을 찾아다닐 수 있었다. 놀이의 끝에 그것을 찾아냈을 때의 기쁨이 주어지기만 한다면.

연못이 가까워졌을 때 무슨 소리가 들렸다. '저기 있구나!' 보니는 발소리를 죽여 연못가로 다가갔다. 조명등은 꺼졌지만 달빛으로 연못이 환히 보였다. 거기에 그것이 있었다. 물속에 반쯤 잠겨 천천히 헤엄치고 있는 그것은 하마처럼 보였다. 달빛 아래서 헤엄치는 하마.

'저런 모습조차 이렇게 아름다워 보이다니 내가 눈에 콩깍지가 씌긴 했나 봐.'

보니는 그것이 사람의 몸으로 변했을 때보다 원래의 모습일 때가 더 좋았다. 깊고 아름다운 갈색빛의 유연한 몸. 무엇으로도 변할 준비가 되어 있는 그것의 몸이 좋았다.

보니는 그것을 부르려다 멈칫했다. 연못가의 어두운 구석에서 사람 하나가 나오고 있었다. 영국 청춘 드라마에 나올 법한 비쩍 마르고 얼굴에 방황하는 기색이 있는 젊디 젊은 남자애였다. 스무 살쯤 되었을 것 같기도 하고, 아직 미성년자일 것 같기도 했다.

청바지에 티셔츠를 입고 낡아 빠진 반스 스니커즈를 신고 있었지만 그 애는 아름다웠다. 새파란 젊음이 주는 아름다움이었다. 시간이 아직 아무것도 주지 않았고, 중요한 것을 훔쳐 가지도 않은 아름다움. 보니도 겨우 스물하나였지만 보니는 그 남자애와 자신이 완전히 다르다고 느꼈다. 보니도 새파랗게 젊은 건 마찬가지였지만 그 남자애만큼 아름답지는 않았다.

'그런데 그것이 저 애랑 뭘 하는 거지?'

갑자기 초능력이 생긴 것처럼 그 남자애의 모든 부분이 속속들이 다 보였다. 그 애의 작은 몸짓이나 말소리까지 전부 다.

"물 안 차가워?"

그 애가 그것에게 물었다. 그것은 그 애 가까이 헤엄쳐 갔다. 그것이 그 애에게 뭔가 진동을 보낸 것 같았다. 그 애는 웃더니 옷을 벗었다. 스니커즈를 한 쪽씩 벗고, 티셔츠를 벗고, 그다음에는 청바지를. 양말은 벗을 필요가 없었다. 그 애는 맨발이었다. 팬티까지 벗고 벌거벗은 몸이 된 그 애가 거리낌 없이 연못 안으로 들어갔다. 그 연못은 아주 오래전부터 보니의 손으로 가꾼 것이었다. 아빠의 보조이기는 했지만 그래도 보니의 손이 많이 갔다. 보니는 그 연못에 수련을 심었고 수련이 자라는 데에 방해가 되는 다른 풀들과 벌레의 알들을 건져 냈다. 아주 추운 날에도, 장화를 신고서. 이제 정원의 다른 봉사자들이 그 일을 한다고 해도 어떤 부분에서 그 연못은 보니의 것이었다. 방문객들이 늘어나기 전에는 가끔 엄마와 저 연못에서 뱃놀이를 하기도 했다. 아빠가 만들어 준 작은 나무배를 타고 크지 않은 연못을 둥둥 떠다니며 엄마와 《빨간 머리 앤》에 나오는 오필리어 놀이를 했던 일이 보니에게는 얼마 안 되는 행복한 기억 중의 하나였다.

벌거벗은 남자애가 연못으로 들어가는 순간 얼굴에 확 열이 올랐다. 연못과 그 안에 잠겨 있는 소중한 추억이 침범당한 기분이었다. 그 애가 연못에서 팔을 저을 때 보니의 추억이 훼손되었다. 그 애와 그것은 느긋하게 연못을 떠다녔다. 달이 있는 쪽으로 얼굴을 향하고 있는 남자애의 얼굴이 은빛으로 빛났다. 그것의 몸도 달빛을 받아 빛났다. 빛나는 두 개의 몸. 보니는 강렬한 질투를 느꼈다. 연못이 탈 수 있다면 불이라도 지르고 싶은 심정이었다.

보니는 그 광경을 더는 보고 있을 수 없어서 몸을 돌리고 빠른 걸음으로 사택으로 돌아갔다. 사택을 향해 걷는 내내 보니는 그것이 자신을 따라와 붙잡기를 기대했다. 물속에서는 진동이 더 크게 전달된다. 물고기들은 사람들의 발이 땅에 닿는 진동을 느껴서 미리 달아날 수 있다. 그것은 보니가 연못가에 왔다는 사실을 느꼈을 게 분명했다. 화가 나서 돌아가고 있다는 것도.

하지만 그것은 보니를 뒤쫓아오지 않았다. 보니는 온 집 안의 불을 켜고 배신감에 덜덜 떨면서 그것을 기다렸다. 그것은 세 시간 뒤에야 돌아왔다. 그때까지도 보니의 마음에 불붙은 분노는 꺼지지 않고 활활 타오르고 있었다.

보니의 상상 속에서 그것은 그 벌거벗은 남자애를 감쌌다. 둘은 모든 것을 주고받는다. 은밀한 기억들, 외로움과 슬픔, 성적인 즐거움. 보니가 그것과 주고받았던 그 모든 것들을. 보니는 자신과 그것 사이에 있던 소중한 것들이 전부 훼손되었다고 느꼈다. 기분이 너무 더러웠다.

그것은 물을 뚝뚝 흘리며 집 안으로 들어왔다. 현관은 그것이 정원에서 묻혀 온 흙과 연못의 물로 범벅이 되었고, 곧 거실까지 더러워졌다. 보니는 현관에서 젖은 신발들을 집어 급한 대로 발 매트에 뒤집어 엎어 놓았다. 자주 신던 하얀색 스니커즈에는 벌써 거무스름한 얼룩이 생겼다. 보니는 그것이 거실을 휘젓고 돌아다니는 꼴을 일단은 지켜보았다. 그것은 기쁨으로 진동했다. 즐거운 놀이를 끝내고 들떠서 집으로 돌아온 아이 같았다.

그것이 멀뚱히 서 있는 보니에게 다가와 몸을 뻗었다. 그것은 문으로 들어오기 위해 구렁이처럼 몸을 길게 늘인 상태였다. 보니는 자기도 모르게 그것을 후려쳤다. 그것의 몸이 보니에게 닿기 직전이었다. 갑작스럽게 일격을 당한 그것은 화들짝 놀라서 몸부림을 치며 물러났다.

보니는 그것만큼이나 놀라서 가슴이 벌렁거렸다.

'내가 저 애를 때리다니.'

보니는 평생 누구도 때려 본 적이 없었다. 그런데 그렇게나 사랑하는 그것을 이렇게 세게 후려치다니. 손이 떨렸다.

"너 지금 흙 범벅이잖아."

보니는 그렇게 변명하고 충격으로 굳어 있는 그것에게 등을 돌리고 욕실로 가서 수건을 잔뜩 가져왔다. 그것을 때렸다는 미안함과 자신이 그런 짓을 했다는 놀라움, 그것에게 아직 남은 배반감과 분노가 뒤섞여 어지러울 지경이었다. 보니는 복잡한 감정을 누르기 위해 입을 꾹 다물고 물로 흥건한 거실 바닥을 수건으로 훔쳤다.

그것은 보니가 바닥을 닦는 동안 거실 구석에서 몸을 웅크리고 있었다. 어느 정도 수습을 하고 그것을 보니 미안하고 가여운 마음이 들었다. 사과를 하고 싶어서 가까이 다가가자 그것이 움찔했다. 몸을 떠는 듯했다.

보니는 살며시 그것의 몸에 손바닥을 댔다. 손바닥으로 그것의 감정이 느껴졌다. 아주 행복했다가 한순간에 슬픔으로 곤두박질쳐졌을 때의 기분. 그건 보니가 가장 싫어하는 기분이었다. 보니는 자라면서 그런 기분을 자주 느꼈고, 그런 기분을 느낀 순간들이 마음속 깊은 곳에 상처로 남아 있었다.

"미안해."

보니는 그것의 옆에 앉아서 말했다. 그것이 작은 진동을 보냈다. 그 진동은 보니에게 기억 하나를 상기시켰다. 보니가 그것의 안에서 그것을 꼬집었을 때의 기억이었다. 그 진동은 보니의 몸에 고통을 주지는 않았지만 마음을 아프게 하기는 했다. 보니는 그것에게 다시 진심을 담아 사과했다.

"미안해. 나도 아파서 그랬어."

《내가 언제 널 아프게 했어?》

보니는 그것의 몸을 한쪽 팔로 덮고 그것에게 기댔다. 얼굴과 맨팔, 손으로 그것의 진동이 느껴지자 그것과 다시 연결된 기분이 들었다. 그것이 연못에서 다른 사람과 헤엄을 치고 있는 것을 봤을 때부터 보니는 그것을 빼앗긴 기분이었고 그것이 자신에게서 멀어진 듯해 고통스러웠던 것이다.

"네가 다른 사람이랑 있는 게 싫어."

고작 그 정도의 말을 하는 데도 용기가 필요했다. 눈물 한 줄기가 볼을 타고 흘렀다. 눈물에 섞인 배신감 때문에 볼이 타들어 가는 듯했다.

그것은 보니의 말을 이해하지 못했다.

《왜? 네 고통이 느껴져. 이유를 알려 줘. 무엇 때문에 아픈 거야?》

보니는 뜸을 들이며 그것을 어루만지다 물었다.

"아까 걔랑 있으면서 뭘 느꼈어? 걔도 네 몸으로 감싸 줬어?"

보니는 사실 그 애와 있는 게 자기와 있는 것보다 좋았을지 알고 싶었다. 하지만 그것이 그렇다고 대답할까 봐 두려웠다. 그것은 이런 상황에서 달콤한 거짓말 따위는 하지 못할 테니까. 왠지 그것이 자기보다 그 남자애에게 끌렸을 것 같았다. 게다가 그것이 자신 말고 다른 인간을 감싸고 있는 모습을 본 것도 충격이었다. 그것이 자기에게 그렇게 하는 것과 똑같이 다른 사람을 감싸 주다니.

'하긴 있을 수 있는 일이지. 그런데 난 왜 그것이 그럴 수 있다는 걸 상상도 못 했던 걸까?'

불안에 휩싸여 있는 보니를 그것이 자신의 몸으로 덮었다.

보니는 그것에게 반쯤 감싸여 그것의 진동을 느꼈다. 그것은 깊은 진동을 보냈다.

그 진동에서 연못에 있던 그 남자애가 보였다. 벌거벗은 남자애가 어둠 속에 있다. 그것의 몸에 감싸인 듯하다. 아마 연못 속에서.

그 애는 어둠 속에서 혼자 몸을 웅크리고 있다. 춥고 아무도 없는 기분이다. 인생에서 어떤 의미도 찾지 못해서 하루가 100년처럼 길고 눈앞에서 어떤 일이 일어나도 무감각하다. 그 애는 자신이 살아 있다는 것을 느끼지 못한다. 하루하루가 그냥 아무 가치도 없이 흘러간다.

그 애가 느끼는 고통이 고스란히 전해져 왔다. '그렇게 젊고 아름다운데 너는 끝없이 허무하기만 하구나.' 그 애의 고통에 가슴이 싸늘해졌다. 그 시간이 길어지자 영원히 어둠에 갇힐 것만 같은 두려움에 숨이 막혔다.

"이제 그만해. 진동을 멈춰! 숨 막혀 죽을 것 같아."

보니는 그것의 몸에서 떨어지려 안간힘을 다해 몸을 비틀었다. 그것은 보니가 고통스러워한다는 걸 깨닫자마자 보니를 풀어 줬지만, 보니에게는 그 시간이 너무나 길게 느껴졌다.

그것에게서 풀려난 보니는 어린아이처럼 엉엉 소리를 내어 울었다. 뭔지 모를 감정이 북받쳐 올라 울음으로 내보내지 않고는 견딜 수가 없었다.

《왜 그러는 거야?》

그것이 당황해서 물었다.

"나도 모르겠어. 갑자기 너무 슬퍼. 네가 없어질 것 같아."

《난 안 없어져. 진정해.》

"날 사랑해?"

보니가 묻자 그것은 원래 하던 대로 사랑을 가득 담은 진동을 보냈다. 보니의 피부가 사랑으로 진동했다. 하지만 이번에는 그 진동도 공허감을 메워 주지 못했다.

"감싸 줘."

《얼마든지.》

그것이 보니의 몸을 감싸고 진동했다. "진동이 너무 약해. 더 강하게. 강하게 진동해 줘." 보니는 그것의 몸에 감싸인 채속삭였다. 그것의 몸에 감싸였을 땐 동굴 깊숙이 들어와 있는 것 같았다. 그것의 몸은 어둡고 빛이 들지 않는 곳, 남들이 들어오지 않는 한 사람만을 위한 공간이었다. 메아리처럼 그것의 진동이 울렸다. 보니는 진동이 자신을 꽉 안고 진정시켜 주길 기다리며 몸을 웅크렸다. 그러나 몸이 터질 것처럼 진동이 강해졌는데도 마음은 여전히 텅 빈 듯했다.

'뭐가 달라진 걸까?'

보니는 자신을 만족시켜 주지 못하는 진동에 감싸인 채로 생각했다. '이제 날 사랑하지 않게 된 게 아닐까?' 보니는 예전처럼 자신을 꽉 차게 해 주는 빛나는 진동을 느끼고 싶었다. 목이 마른데 물이 아니라 공기를 마시는 기분이었다.

"나가고 싶어."

보니가 중얼거리자 그것의 몸이 열렸다. 그것도 보니의 기분을 느낀 게 분명했다. 그것은 보니가 자신에게 실망했다는 사실에 상처를 받은 듯했다.

《뭐가 문제야?》

"아무 문제도 없어."

《그런데 왜 그렇게 진동해? 날 싫어하는 것처럼.》

"안 싫어해. 내가 왜 널 싫어하겠어."

《네 진동이 날 밀어내고 있잖아. 내가 역겹다는 듯이.》

"우리 잠시 떨어져 지내 보는 건 어떨까?"

《무슨 뜻이야?》

"너랑 내가 너무 오래, 너무 가깝게 붙어 있었던 것 같아. 잠깐 거리를 두고 쉬어 보면 어때? 너도 요즘 나 때문에 힘들잖아."

그것의 몸이 굳었다. 어지러운 진동이 그것의 몸에서 나와 일렁거리다 사라졌다. 그리고 그것은 진흙 덩어리의 몸을 길게 늘여 천천히 창문 바깥으로 빠져나갔다.

'내 말을 알아들은 걸까?'

보니는 바닥에 몸을 웅크린 채로 생각했다. 인간이 함께 사는 고양이나 개의 언어를 때때로 오해하는 것처럼 보니와 그것도 서로를 매 순간 정확히 이해하지는 못했다.

'어쩌면 그동안 나와 그것 사이에 오간 모든 말들이 전부

잘못 번역되었던 건 아닐까? 우리는 서로 오해만 하고 있었던 걸지도 몰라.'

보니는 혼자 우두커니 남아 그것이 나간 창문 밖을 바라보았다. 창문은 일부러 닫지 않았다. 그것이 돌아올지도 모르니까. 돌아와서 창문이 열려 있는 걸 본다면 말하지 않아도 기다리고 있다는 걸 알 테니까.

시간을 잊고 앉아 있다가 문득 시계를 보니 아직 30분도 지나지 않았다. 한 시간은 넘게 앉아 있었던 것 같은데. 시간이 너무 천천히 흘렀다. 주변을 어슬렁거리던 그림자 같은 목소리가 슬며시 다가와 어깨맡에서 말을 걸었다.

"갠 안 돌아와. 바보같이 뭘 기다리고 있어."

목소리는 짐짓 다정하게 말했다. 보니는 목소리를 모른 척했다. 대꾸하면 목소리가 더 신이 나서 떠들 걸 안다. 웬만하면 들리지 않는 척하는 게 나았다.

"내가 네 옆에 있잖아, 이렇게. 나랑 살면 돼. 내가 그랬지? 난 영원히 네 옆에 있을 거라고. 난 널 안 떠나. 그냥 나랑 놀자. 응?"

목소리가 간사스러운 목소리로 속삭이며 졸랐다. 이제 더 모른 척하면 목소리가 무섭게 돌변해 화를 낼 것이다. 그게 목소리의 패턴이었다. 보니는 알면서도 입을 꾹 다물고 창문 밖만 바라봤다.

"모르는 척하지 마. 다 들리잖아. 그 괴물을 왜 기다려? 그

징그럽고 역겨운 걸. 걘 널 사랑하지도 않아. 그러니까 저렇게 휙 나가 버리지. 돌아오지도 않고. 걘 어차피 금방 널 떠날 거야. 지금은 있을 곳이 필요해서 우리 집에 붙어 있지만 자기가 기다리는 게 오면 넌 생각도 안 할걸?"

마음이 작은 화산으로 변해서 파란 마그마가 부글부글 끓었다. 파란 마그마는 온갖 감정들이 다 섞인 이상한 물질이었다. 분노, 서운함, 질투, 슬픔, 불안, 미안함, 후회, 그리움 등등. 사랑은 이 모든 감정을 통틀어 부를 말이 없어서 생겨난 단어일 것이다. 이 모든 감정이 동시에 일어날 때는 사랑에 빠졌을 때뿐이니까.

피아노 연주자에게 받았던 명함이 떠올랐다. 갈 일이 없을 거라 생각했지만 버리지는 않았다. 명함은 원피스처럼 생긴 상의 주머니 안에 있었다. 가도 될까? 보니는 주머니 속에 손을 넣어 명함을 만지작거렸다. 약속도 잡지 않고 무작정 찾아가는 건 예의에 어긋난 일이다. "이렇게 갑자기 올 줄은 몰랐는데. 지금은 좀 곤란해요." 피아노 연주자는 황당해하거나 불쾌한 표정을 지으며 그렇게 말할 것이다. 보니는 다른 사람에게 먼저 다가가는 편이 절대 아니었다. 피아노 연주자가 어이없어 하면 그 상황을 재치 있게 넘기기는커녕 갑자기 온 이유를 제대로 설명하지도 못할 거다. 아마 더듬으며 죄송하다는 말을 연신 하고는 도망치겠지. 그럼 어때? 보니의 머릿속에 그런 생각이 스쳤다. 밑져야 본전이지. 지금은 당장 누구라도 만나고 싶었다. 정원에서 잠시 벗어나서 대화할 상대가 필요했다. 목소리와 단둘이 밤을 새울 수는 없었다.

보니는 지갑과 휴대폰만 챙겨서 밖으로 나왔다. 포터를 끌고 산 아래로 내려가는데 갑자기 비가 쏟아졌다. 소나기일까? 하지만 센터에 도착할 때까지도 비는 계속 쏟아졌다. 막상 명함에 적힌 주소지에 도착해서 차를 세우고 내리니 망설여졌다. 피아노 연주자가 지금 센터에 없을지도 모른다는 생각이 그제야 들었다.

보니는 빗속에서 서성이다가 센터 현관문에 붙은 초인종을 눌렀다. 금방 삐 하고 문이 열리는 소리가 났다. 인터폰에서 "누구세요?"하는 소리가 들리거나 다른 사람이 나오면 어떻게 대답해야 할지 몰라 긴장하고 있었는데 너무 쉽게 문이 열려서 맥이 빠졌다. 보니는 문을 열고 센터 안으로 들어갔다. 피아노 연주자가 로비에 있었다. 이제 들어온 것인지 아니면 나가려 했는지 외투를 입고 가방까지 팔에 걸치고 있었다. 피아노 연주자는 보니를 보고 약간 놀란 듯 눈이 동그래지더니 곧 미소를 지었다.

"비 맞은 고양이 같네. 잠깐만 기다려요. 수건 있어요."

보니는 피아노 연주자가 돌아올 때까지 감히 젖은 몸을 어디 붙이지도 못하고 서 있었다. 센터 로비는 피아노 학원 같은 모습이었다. 바닥에는 푹신한 아동용 매트가 깔려 있고, 책장에는 악보책보다 어린이용 만화책이 더 많았다.

피아노 연주자는 수건을 넉넉히 가지고 왔다. 보니는 얌전히 수건으로 젖은 머리를 닦았다. 피아노 연주자와 단둘이 있으니 어색해서 침을 삼키기도 조심스러웠다.

"그런데 웬일이에요?"

피아노 연주자가 물었다. 두 시간 전에 음악회에서 봤을 때처럼 친한 친구를 보는 듯 친밀한 눈빛이었다. 보니는 다정한 얼굴에 용기가 나서 대답했다.

"한잔 사 주신다고 했잖아요."

피아노 연주자는 허를 찔렸다는 표정을 지었다가 재밌다는 듯 미소를 지었다.

"그랬죠. 참. 아니, 까먹은 건 아니에요. 그게 오늘이 될 줄 몰랐던 거지. 안 그래도 오후와 새벽에서 나 혼자라도 한잔하고 집에 갈 생각이었는데 잘됐네요. 같이 올라가요. 바로 위층이라 한 층만 올라가면 돼요."

5.

"다 끝난 걸까요?"

어쩌다 보니 보니는 주을에게 연애 상담을 하고 있었다. 술기운 때문인지도 몰랐다. 주을이 했던 말대로 센터 위층에 괜찮은 바가 있었다. '오후와 새벽'이라는 아늑한 카페 겸 바였다. 보니는 주을이 주문해 준 따뜻한 시나몬 차와 짙은 오크

향이 나는 위스키를 번갈아 마시며 하지 않으려고 했던 이야기까지 모두 털어놓았다. 당연하지만, 외계인과 특별한 관계를 맺고 있다는 말은 뺐다.

몇 가지는 바꿔야 했다. 그것은 외계인이 아니라 외국인이 됐고, 그것이 연못에서 시간을 보냈던 젊은 남자애는 여자애로, 그것이 그 남자애에게 보냈던 진동들은 문자((널 감싸고 싶어)는 "널 안고 싶어", (넌 너무 아름다워)는 "넌 너무 예뻐")로 바꿨다. 정확히 왠지는 몰라도 그것이 그 남자애를 감싸 안은 모습을 본 게 그동안 보니의 마음속에 쌓였던 불안과 분노를 터트렸다.

처음 자리에 앉았을 때만 하더라도 보니는 주을이 엄마와 친분이 있다는 걸 되새기면서 그녀가 자신이 한 말을 엄마에게 옮길 것을 염두에 두고 말을 조심하려고 마음먹었다. 하지만 속 이야기를 털어놓을 사람이 절실했다. 연애 경험이 풍부해서 자신의 상황을 객관적으로 봐 주고 쓸모 있는 조언을 해 줄 만한 사람이.

주을은 바로 그런 사람처럼 보였다. 게다가 주을은 남의 이야기를 들어 주는 데에 천부적인 재능이 있었다. 그 사람의 경청하는 태도와 적절한 추임새, 진심으로 자신의 이야기에 빠져든 것처럼 보이는 눈빛이 그동안 보니의 마음에 쌓였던 감정과 말들을 속에서 바깥으로 술술 나오도록 만들었다.

"차라리 잘됐어요. 어차피 끝이 안 좋았을 텐데 정이 더 깊어지기 전에 멈출 수 있게 돼서 다행이에요.”

“끝이 안 좋을 거라는 건 어떻게 알아요?”

“같이 있는 동안 너무 행복했거든요. 제 인생은 항상 그랬어요. 좋은 일이 하나 생기면 그다음에는 반드시 나쁜 일이 하나 와요. 좋은 일 하나에 나쁜 일이 두 개거나 서너 개일 때도 있죠. 행복했던 만큼 나쁜 일이 와서 추락할 때 충격이 더 큰데, 이번엔 아마 행복의 언덕을 더 올라갔으면 추락할 때 많이 힘들었을 거예요. 고통이 너무 커서 죽었을 수도 있겠죠. 그래서 다행이라는 거예요. 너무 높이 올라가기 전에 내려왔으니까.”

보니의 말이 끝났는데도 주을은 아무 말이 없었다. 보니는 자신을 향한 주을의 조용한 눈빛에 초조해져서 술잔을 만지작거리며 아무 말이나 나오는 대로 늘어놓았다.

“웃기죠? 나이도 어린 게 인생이니 추락이니 뭐니. 겨우 첫 연애가 끝난 걸 가지고. 그것도 만난 지 이제 1년이 조금 넘은 정체도 모를 외계인이랑 끝났다고 이렇게 하늘이 무너진 것마냥…….”

“응? 외계인이라고요?”

“네? 무슨 외계인이요?”

“방금 그랬잖아요. 정체도 모를 외계인하고 끝났다고.”

“말이 잘못 나왔나 봐요. 워낙 외계인 같은 인간이었어서. 그런 책도 있잖아요. 《화성에서 온 남자, 금성에서 온 여자》.

딱 그런 거였어요. 완전 외계인처럼 나랑 맞는 게 하나도 없고, 언어도 다르고. 지금에 와서는 우리가 진짜 서로의 말을 이해한 적이 있기나 한 건지 모르겠어요. 그것과 나의 공통점이라고는 외롭다는 것밖에 없었어요. 그것만 아니었어도 그렇게 순식간에 엮이지는 않았을 텐데."

"그런데 아까부터 왜 애인을 그것이라고 해요?"

보니는 속이 뜨끔해서 말을 멈췄다. 예전에 한번 그것과 이름에 대해 재미 삼아 얘기를 나눠 본 적이 있었는데 결국은 어떤 단어도 그것과 어울리지 않아 그만둬 버렸다. 그것도 진동이 아니라 '말 이름'으로 불리는 게 어색할 것 같다고 했다. 그래서 그것은 이름이 없었다.

"지금 감정이 안 좋아서 저도 모르게……. 그 애 이름은 머드예요."

순간적으로 그 단어가 튀어나왔다. 얼마 전에 맞췄던 1주년 기념 케이크 위에 있던 글자. MUD.

"머드? 어느 나라 사람인데요?"

"그리스요. 그리스에 있는 작은 섬에서 왔다는데 지명이 낯설어서 잘 안 외워지더라고요."

앞으로 그것에 대해 얘기하려면 매번 이렇게 거짓말을 해야 하는 걸까? 영화에 나오는 사기꾼이 된 것 같아서 재밌기도 하고 골치가 아프기도 했다. 보니는 거짓말에는 소질이 없었다. 말이 길어지면 금방 들통날 게 분명했다. 다행히도 주을은 머드에 대해 더 캐묻지 않았다.

"내성적이라고 들었는데 별로 안 그런 것 같아요."

"누구한테 들었는데요?"

"아, 선생님께서 가끔 따님 얘기를 하신 적이 있어서. 부원장님이요."

"저희 엄마가요? 뭐라고 했는지 알겠네요."

"모를걸요? 아마 짐작하는 거랑은 다를 거예요. 선생님은 보니 씨가 생각하는 것보다 보니 씨 생각을 많이 하세요."

엄마가 자신을 생각한다는 말에 보니는 속이 뒤틀려서 심술궂게 말했다.

"저희 엄마를 잘 아시나 봐요."

"진짜 부원장님이 어머니인 분 앞에서 이런 얘기를 하기는 좀 이상하기는 한데, 저한테는 그분이 좋은 어머니 같은 분이었어요."

주을은 보니의 비꼬는 말투를 모른 척하고 담백하게 대답했다. 보니는 속이 거북했다. '나한테는 해 준 적 없던 좋은 엄마 노릇을 남한테는 해 주고 다녔나 보지?'

주을은 보니의 생각을 읽기라도 한 듯 덧붙였다.

"오해하지는 마세요. 전통적인 의미로 좋은 어머니였다는 게 아니에요. 따뜻하고 자식을 위해서는 뭐든지 다 해 주는 그런 어머니를 말한 게 아니라, 좋은 본보기가 되어 주셨다는 뜻으로 한 얘기예요. 부원장님이 제 롤모델이에요. 인간적으로

는 좀 차가운 면도 있으시지만, 그릇이 큰 분이죠. 저도 부원
장님이 숲속에 만든 것 같은 공동체를 만들고 싶었어요."

이런 말을 들으니 주을이 생각보다도 더 엄마를 잘 알지도
모른다는 생각이 들었다. 엄마는 집에서는 차가웠지만, 밖에
서는 다정했다. 그런데 엄마의 차가운 면을 알다니. '꽤 친했나
봐.' 보니는 그런 생각을 겉으로 내보이는 대신 일부러 한 번
더 반박했다.

"정원을 말하시는 거예요? 엄밀히 말하자면 엄마가 만든
거라고는 할 수 없죠. 아빠가 할아버지에게서 물려받은 유산
이니까요."

"보니 씨는 너무 가까이에서 부원장님을 보니 다른 사람
들에게 그분이 어떻게 보이는지는 잘 모를 거예요. 보니 씨가
더 잘 알겠지만, 햇살과 그림자 정원에 모이는 자원봉사자가
매년 400~500명이 넘어요. 대단한 숫자잖아요. 자원봉사자
를 모으는 건 부원장님이에요. 많은 사람이 부원장님을 근처
에서 보고 일하는 경험을 하고 싶어서 정원 일을 자처하죠. 거
기서 만난 자원봉사자들끼리 모임을 꾸린다는 거 알아요? 그
것도 부원장님이 하시던 일 중 하나예요. 지역에는 아직 집에
서 애만 키우며 사는 여자들이 많아요. 그런 여자들이 정원에
자원봉사를 하러 왔다가 사람들을 만나고 모임을 만들어요.
그런 모임들은 여자들의 삶을 변화시키고요. 부원장님을 보면
서 꿈을 꾸고 다른 인생을 시작한 여자들이 얼마나 많은지 알

면 놀랄걸요?"

주을의 말대로 엄마는 그릇이 컸다. 엄마는 개인이 소유한 별장의 정원에 불과했던 곳을 유명한 식물원으로 만들었다. 사진을 배우고, 책을 쓰고, 기자들과 친분을 다지고, 다큐멘터리 영화를 기획해서 해외에까지 햇살과 그림자 정원을 알렸다. 이제 할아버지가 자식들에게 물려준 것 중에서 가장 유명한 것은 정원이다. 엄마는 정원 안에 베이커리를 만들고 온라인으로 판매를 시작하면서 셋째 고모에게 협력을 제안했고, 셋째 고모는 그 덕분에 크게 돈을 벌었다. 큰고모와 큰아버지의 리조트와 둘째 고모의 갤러리도 햇살과 그림자 정원과 연결되면서 이득을 톡톡히 봤다.

존재감 없는 막내였던 아빠는 평생 형제들에게 무시당했지만, 집안에서 엄마의 존재감이 커지면서 형과 누나들에게 짓눌려 살지만은 않게 됐다. 특히 자기를 개처럼 다루며 짓누르던 큰형에게서 벗어날 수 있었다. 아빠는 스무 살이 넘어서까지 큰형에게 맞으며 살아서 형이 세상에서 가장 무섭고 싫은 존재였는데, 엄마와 결혼하면서부터 엄마가 아빠의 보호막이 되었다. 관계가 최악이었을 때도 엄마는 아빠를 혼자 친가로 보내지 않았다. 큰아빠는 그런 아빠를 겁쟁이라고 은근히 무시했지만 엄마가 사업에 성공하면서부터는 더 이상 노골적으로 건드리지 못했다. 아빠는 엄마에게 편지를 쓸 때 첫머리에 "나의 구원"이라는 말을 항상 붙였다. 심지어 핸드폰에 저

장된 엄마 이름도 "나의 구원"이었다.

객관적으로 보자면, 엄마는 놀라운 사람이다.

'아마 내가 없었으면 더 놀라운 일들을 했겠지.'

그런 생각이 떠오르자 씁쓸해졌다.

"제가 좀 예민하게 군 것 같아요. 엄마 얘기만 나오면 좀 뾰족해져서요. 죄송해요. 원래 사람 앞에선 말이 잘 안 나오는데 이상하게 선생님에겐 별 얘기를 다 하게 되네요. 왜 이렇게 편하죠? 뭔가 오래 알고 지낸 사람 같아요."

보니의 말에 주을이 크게 웃었다.

"선생님이라니. 내가 늙은이가 된 것 같이 느껴지잖아요. 보니 씨 눈에는 제가 몇 살로 보여요?"

"글쎄요. 모르겠어요. 서른하나? 둘? 스물아홉?"

"마지막은 예의상 낮춰 준 거예요? 서른넷이에요. 보니 씨는 올해 몇 살이죠? 아니, 말 안 하셔도 괜찮아요. 왜 갑자기 나이 얘기를 하고 있는 거죠?"

"전 스물하나예요."

대수롭지 않게 대답했지만 사실은 주을이 생각보다 나이가 많아서 놀랐다. 나이를 듣고 나니 정말 그 정도로 보였다. 나쁜 의미는 아니었다. 오히려 좋았다. 주을이 성숙한 어른 여자라는 게.

"윽, 띠동갑이네."

주을이 정말로 윽 하는 소리를 내며 말해서 보니는 웃었다.

"정확히 해야죠. 띠동갑보다 한 살 더……."

보니는 슬쩍 장난을 치며 주을을 살폈다. 보니가 장난친다는 걸 깨닫자마자 주을의 표정이 역동적으로 변하며 눈꼬리와 입꼬리가 함께 움직였다. 보니는 지금 이 사람과 키득거리고 있다는 게 좋았다. 재밌었다. 살짝 흥분이 될 정도였다.

"그것참 고맙네요. 그래도 그냥 이름으로 불러 줘요. 다들 그렇게 부르니까. 제 수업을 받는 초등학생 어린이들도 다 절 그냥 이름으로 불러요. 주을이라고. 전 그게 편하고 좋더라고요. 근데 '사람 앞에선'이라는 건 무슨 뜻이에요? 다른 것 앞에서는 말을 좀 한다는 소리인가?"

보니는 잠시 망설이다가 그냥 솔직하게 말하기로 했다.

"이상하게 들리실 수도 있는데, 전 사람보다 식물하고 얘기하는 게 훨씬 더 편해요. 특히 나무하고요. 나무들은 제 얘기를 정말 잘 들어 주거든요. 아무 나무나 다 그런 건 아니고, 저랑 오래 알고 지낸 나무들이요. 특히 저희 정원에 400살쯤 먹은 느티나무가 있는데 그 나무랑 보리수가 제일 친한 친구이자 상담사예요. 보리수는 아마 보신 적이 있을 텐데. 그때 공연하셨던 그 온실에 있던 보리수예요. 아, 제가 또 말을 길게 하고 있네요. 나무들하고 있을 때가 아니면 안 이러는데. 술을 마셔서 그런지, 선생님, 아니, 주을이 느티나무랑 닮아서 그런 건지 모르겠어요."

"내가 느티나무를 닮았다고요? 어떤 부분이요? 나무랑은 어떻게 얘기하는 거예요?"

"아, 역시 좀 이상하죠? 신경 쓰지 마세요."

"아니 그런 게 아니라, 알고 싶어서요. 나무한테 말을 걸면 나무가 대답해요?"

"그럴 때도 있고 아닐 때도 있는데, 귀를 기울이면 들려요. 소리를 내서 말하는 건 아니지만……. 어떻게 설명해야 할지 잘 모르겠네요. 그냥 느껴져요."

"나무에게 말을 거는 법이 따로 있나요?"

"있긴 한데…… 알려 드릴 수는 없어요. 저만의 비법이라."

"다른 데 발설 안 할게요. 나한테만 살짝 알려 줘요. 평생 비밀로 할 자신 있어요. 우리 집에 있는 화분들이랑 얘기를 해 보고 싶어서 그래요. 화분들이 우리 집에 오기만 하면 죽는데, 이유를 진짜 모르겠어요. 직접 물어보면 해결법을 찾을 수 있을 것 같은데 여기 그 방법을 가르쳐 줄 분이 앉아 있잖아요. 제발 알려 줘요. 알려 주면 적어도 100개는 되는 식물의 생명을 살리시는 거예요."

"집에 화분이 그렇게 많아요?"

"저도 식물을 좋아해서요. 근데 소질이 없어요. 정원에서 봉사를 1년이나 했는데 도대체 그동안 뭘 한 건지 몰라요. 허리 휘게 일만 했지 배운 건 없어요."

주을이 친구에게 비밀을 털어놓듯 은밀하게 웃으며 말했다. 보니는 그 묘한 웃음에 무장해제되어 눈앞의 사람에게 그가 필요한 것이라면 무엇이든 알려 주고 싶어졌다. 하지만 부끄러웠다.

"알려 드리고는 싶은데, 어떻게 해야 할지 모르겠어요."

"내가 나무라고 생각하고 해 봐요."

"그건 좀 너무 민망할 것 같은데요."

"괜찮아요."

보니는 입술을 작게 들썩이며 오늘 보리수에게 하고 싶었던 말을 했다.

"한 번만 더요. 잘 안 들렸어요."

주을이 귀를 보니의 입술 바로 앞에 가까이 대고 머리카락을 넘겼다. 그 사람의 머리카락에서인지 목덜미에서인지 겨울 숲 냄새가 났다. 보니는 다시 같은 말을 했다.

"안 들려요."

"사람한테는 안 들려요. 그러니까 비법이죠."

주을의 귀가 아직 입술 근처에 있었다. 보니는 주을이 자신의 숨소리가 변한 것을 알아챌까 봐 가슴이 떨려서 고개를 돌렸다. 주을은 보니를 빤히 보고 있었다.

'정말 이상한 눈이야.'

보니는 주을의 눈을 보면서 생각했다. 사람들은 눈에 창문을 달고 산다. 창문이 여러 겹인 사람도 있고 두꺼운 커튼을 치고 사는 사람들도 있다. 창문 안에서 어른거리는 마음을 적당히 감추기 위해서다.

보니는 형편없는 커튼을 치고 사는 타입이었다. 마음을 숨기려고 하지만 커튼이 너무 형편없어서 결국 다 들키고 만다. 그에 비해 주을의 눈 속에 있는 창문은 너무 활짝 열려 있어서 오히려 상대가 눈을 돌리게 됐다. 이상한 건 창문이 활짝 열려 있는데도 그 안에 무엇이 있는지 알 수 없다는 거였다.

보니는 잠시 숨을 돌리려고 가게 안을 둘러봤다. 보니와 주을은 바 끄트머리 자리에 앉아 있었다. 들어올 때는 손님이 둘밖에 없었는데 어느새 테이블이 여럿 채워져 있었다. 네 테이블에서 다섯 테이블 정도. 거의 만석이었다.

보니는 그제야 가게 안의 사람들이 자신을 힐끔대고 있다는 걸 알아챘다. 주을이 따라서 고개를 돌리자 테이블에 앉은 사람들 몇이 주을에게 손을 흔들었다.

그중 한 사람이 기다렸다는 듯 일어나 그들 쪽으로 왔다. 약간 키가 큰 것 말고는 특징이 없는 보통 체격에 얼굴은 못생기지도 잘생기지도 않은 남자였다. 멋을 부리지는 않았지만 차림은 깔끔했다. 반소매 셔츠에 긴 면바지. 이발소에서 자른 것 같은 수더분한 머리에 안경을 썼다. 전체적으로 공부를 오래 한 사람이라는 인상이 풍겼다.

"주을, 오늘 일은 다 끝난 거야?"

그 남자는 친밀하게 피아노 연주자의 이름을 부르며 그녀와 보니를 번갈아 봤다.

"아니, 인터뷰 중이었어. 여기는 오보니 기자님."

피아노 연주자가 보니를 공손한 손짓으로 가리키며 소개했다. 남자는 바로 그 말이 농담인 것을 알아채고 웃으며 보니에게 인사했다.

"인터뷰 분위기가 참 정답네요. 반갑습니다, 기자님."

"네, 안녕하세요."

보니는 취해 보이지 않으려고 허리를 곧게 펴고 발음을 분명히 하려 애쓰며 말했다.

"그럼 난 내 자리로 갈게. 인사만 하려고 온 거야. 나중에 봐."

그 남자는 주을의 어깨를 살짝 두드리고 자리를 떴다.

"친구가 많으시네요."

"이 바 안에 있는 사람들은 거의 다 제 친구들이에요. 이 동네에 다 같이 살고 있어요. 몇 년 전에 마음이 맞는 친구들끼리 모여서 공동 주거 단지를 만들었거든요. 이 건물 뒤쪽에 주택들이 있어요. 저는 이 건물 4층에 살고요."

보니의 느낌으로는 인사를 하고 간 그 남자가 주을을 좋아하는 것 같았다. '짝사랑인 걸까?' 그쪽을 보니 남자는 아직 이쪽에 시선을 두고 있었다.

'사랑을 받는 데 익숙한 사람인 것 같아.'

보니는 주을을 보며 생각했다. 그 가게 안의 거의 모든 사람이 주을을 좋은 친구로 여기고 있는 듯했다. 사람들이 주을을 보는 눈길에 애정이 담겨 있었다. 바를 지키고 있는 '오후와 새벽'의 사장도 날카로운 인상에 무뚝뚝했지만, 주을에게는 은근히 다정했다.

보니는 그런 생각을 하고 있다가 문득 날카로운 외로움을 느꼈다.

'내 앞에 앉은 사람은 이렇게 사랑받고 있는데, 난 혼자야.'

그것이 없는 집으로 돌아가는 게 두려워졌다.

'오늘 밤은 또 어떻게 견디지?'

그때 주을이 보니에게 물었다.

"그 친구랑 다시 잘될 가능성은 없을까요?"

"네, 없는 것 같아요. 다 끝났어요. 제 처음이자 마지막 사랑이 끝난 거죠."

"그런 말 하기에는 너무 젊은 거 알죠?"

주을이 갑자기 자신의 한쪽 손을 보니의 손등 위에 얹었다. 커다랗고 늘씬한 손이었다. 보니는 주을의 커다란 눈 속에 있는 활짝 열린 창문 너머에 무엇이 있는지 보려고 애썼다. 자신의 손을 잡은 게 다른 사람이었다면 보니는 그 사람이 자신에게 추근댄다고 생각하고 불쾌해하며 당장 손을 뿌리쳤을 것이다. 하지만 주을은 그런 느낌을 주지 않았다. 보니는 느티나무가 가지를 자신의 손등 위에 올리고 잎사귀로 덮어 준다면 이런 느낌일 거라고 생각했다.

그때 당시에는 그런 의미가 아니라고 생각하려고 애썼지만 보니는 시간이 지나면서 점점 그 순간에 주을이 자신에게 어떤 사인을 보낸 것이었을지도 모른다는 생각을 자주 하게 되었다. 그 눈빛과 말, 자신의 손등 위에 올려놓은 손. 그날 일이 그렇게 되지 않았다면 주을과 친구 이상의 관계가 되었을 수도 있었을 것 같았다. 주을은 아름다운 사람이었다. 그녀가 자신을 원한다면 거절할 이유가 없었다.

하지만 보니의 마음이 주을에게 기울려던 그 순간에 일어난 일 때문에 두 사람은 어긋났다.

보니의 몸이 진동했다.

그것이었다. 그것이 보니를 부르고 있었다. 보니는 급히 손을 뺐다.

"저 이만 가 봐야겠어요."

"방금 뭐가……"

주을도 진동을 느꼈다. 하지만 워낙 순간이어서 뭔지 알지는 못한 것 같았다.

"잠깐만요!"

주을이 벌써 의자에서 내려가 문 쪽으로 걷고 있는 보니를 불렀다. 보니는 뒤돌아섰다.

"아까 뭐라고 한 거예요? 나무의 말로 한 말이요."

"그 이상한 진흙 덩어리가 벌써 너무 보고 싶어."

보니는 그 사람에게 그런 말을 해도 될지 생각해 볼 겨를도 없이 대답을 뱉은 후 서둘러 바깥으로 달려 나갔다. 그것이 보니의 온몸에 진동을 보내고 있었다. 그것을 처음 만났던 날의 그 매력적이고 거부할 수 없는 호소였다. 아무것도 눈에 보이지 않았다. 보니는 택시가 있는 곳까지 정신없이 달렸다.

《어디 있어?》

택시가 정원으로 향하는 동안 그것이 애타게 보니를 불렀다.

"나 지금 가. 지금. 어디 가지 말고 기다려."

보니는 그것이 자신의 말을 듣지 못할 걸 알면서도 택시 안에서 중얼거렸다. 마음이 너무 조급해서 미쳐 버릴 것 같았다. 바로 10분 전에는 그렇게 절망적이었는데 이제는 가슴이 환희로 차올랐다. 몸속에서 눈이 멀 정도로 눈부신 빛이 켜진 것 같았다. 말 그대로 눈부신 환희였다. 바닥에 가라앉았던 마음이 순식간에 목 끝까지 튀어 올랐다.

'나는 이 사랑 때문에 죽을 거야.'

택시는 규정상 정원 안까지 들어가지 못했다. 보니는 택시에서 내려 집으로 달려가면서 몇 번이고 생각했다.

'나는 이 사랑 때문에 죽을 거야.'

어느 때보다 격렬하게 마음이 벅차올랐다.

'나는 이 사랑 때문에 죽을 거야.'

문을 열자 그것이 보였다.

《날 버리지 마.》

그것의 복잡하고 커다란 감정이 섞인 감정이 파도처럼 밀려들었다. 보니는 그 파도 같은 진동 속으로 걸어 들어가 그것을 어루만졌다.

"무슨 소리야? 내가 널 왜 버려. 이렇게 예쁜 널."

《날 미워하지 마. 네가 원하는 건 뭐든 할게.》

"다른 사람은 감싸 주지 마. 넌 내 거야."

《그럴게.》

진동이 너무 강력해서 눈에 보일 듯했다. 보니와 그것의 몸에서 발산되는 파동이 섞이고 부딪히면서 점점 커져서 폭풍처럼 집 안을 넘실대며 돌아다녔다. 찬장 속의 컵들은 흔들리며 문을 두드리고, 그것이 처음 찾아왔던 밤처럼 창문이 요란한 소리를 내며 덜덜 떨렸다. 선반 위에 있는 물건들은 바닥으로 떨어져 굴렀다. 깨질 수 있는 것은 모두 깨졌다. 거대한 바람이 부는 듯 귀가 윙윙거렸다. 사랑으로 벅차올라 온몸이 터질 듯했다. 보니는 두 팔을 활짝 벌려 그것을 안았다. 그것이 보니를 마주 안듯 감싸자 보니는 온몸이 녹아내리는 듯했다. 이제야 살아 있는 느낌이 들었다.

6.

그날 함께 바에서 술을 마시다 그렇게 뛰쳐나온 뒤 며칠이 흐른 어느 날, 캡틴이 사무실로 택배가 왔다며 상자 하나를 건넸다. 집으로 가서 상자를 뜯어 보니 봉투에 든 카드와 향기가 나는 얇은 종이에 싸인 뭔가가 있었다. 보니는 조바심이 나면서도 일부러 시간을 들여 천천히 포장을 풀었다. 종이에서 풍기는 향기가 코끝을 간지럽혔다. 포장을 풀자 물건 두 개가 나왔다. 음반과 향수였다.

그 선물들은 로맨틱해 보였다. 보니는 그 선물들을 보면서 그것에게서는 한 번도 선물을 받아 본 적이 없다는 사실을 떠올렸다. 선물과 함께 들어 있던 카드는 아주 짧았고 별다른 말이 적혀 있지는 않았다.

그날 그렇게 가서 걱정했어요. 전 재밌었어요. 또 봐요.
─주을

보니는 향수병을 열어서 손목에 바른 다음(딥티크 향수였다), 음반을 꺼내 봤다. 음반은 어느 피아니스트의 공연을 녹음한 것이었는데 보니는 처음 들어 보는 이름이었다. 보니는 음악에 대해 잘 몰랐다.

집에 CD를 들을 수 있는 기계는 안방에만 있었다. 안방에 들어가기가 꺼려졌지만 음반을 들어 보고 싶은 마음이 더 강했다. 사실은 음반을 들어 보고 싶은 것보다는 선물을 보낸 사람에게 음반을 잘 들었다는 말을 하고 싶었다.

안방은 조용했고 환기한 지 오래된 공간에서 나는 퀴퀴한 냄새가 났다. 유럽 궁전의 침실을 흉내 낸 듯한 방이었다. 20대 초반을 파리에서 보낸 아빠는 유럽을 동경했다. 엄마는 다른 나라를 동경하지는 않는 사람이었지만 앤티크 가구를 좋아하긴 했다. 이 집에는 할아버지가 살아 있을 때 있었던 가구들과 엄마가 결혼해서 들어온 뒤에 하나씩 사 모은 가구들이 섞여 있다. 보니의 눈에는 그냥 오래된 골동품이었지만 아빠와 엄마는 이 가구들을 보물처럼 아꼈다.

'이 방에서 엄마랑 아빠도 사랑을 나눴을까? 나랑 그것이 하는 것처럼?'

보니는 자기도 모르게 그런 생각을 떠올렸다가 더 상상하고 싶지 않아서 고개를 저었다. 안방 벽에는 신혼부부의 방처럼 결혼식 사진이 들어간 액자들이 걸려 있다. 엄마는 스물셋, 아빠는 스물아홉이었다. 광주의 미인 대회에서 우승한 엄마는 그다음 해에 아빠를 만나 결혼했다. 아빠는 엄마가 우승했을 때 지역 신문에 실렸던 사진을 액자에 넣어 침대 옆 협탁에 세워 놓고 자랑스러워했는데, 엄마는 아빠가 그러는 걸 싫어했다. 그 액자는 이제 엄마가 치운 건지 보이지 않았다. 아빠는 엄마의 영원한 팬이었다. 엄마가 나이가 든 후에도 아빠는 엄마를 초조하게 동경했다.

보니는 창문을 열었다. 안방에 고인 기억을 바깥으로 내보내고 싶었다. 그러나 아직 한여름이라 기억을 실어 갈 시원한 바람은 들어오지 않았다. 보니는 먼지 낀 오디오에 음반을 넣고 재생을 눌렀다. 음반이 돌아가는 소리가 들리다 피아노 연주가 흘러나왔다. 아빠는 전자 기기에 욕심이 많아서 뭐든 고가의 제품을 샀다. 클래식 음악을 좋아하는 취미가 있어서 특히 오디오에는 돈을 많이 들였다. 오디오가 좋은 물건이어서인지 연주가 훌륭한 것인지 스피커에서 흘러나오는 소리는 무척 아름답게 들렸다. 보니는 오디오 앞에 앉아서 안방에 올 때 음반과 함께 챙겨 온 명함에 적힌 휴대폰 번호로 문자를 보냈다.

안녕하세요. 보내 주신 선물 잘 받았습니다. 전 음악회 날 뵈었던 오보니입니다.

보니는 문자를 보내고 초조한 마음으로 기다렸다. 손목에 코를 대고 향수 냄새를 맡으니 조금은 진정됐다. 먼저 호감의 표시를 보내 줬으니 문자를 불쾌해하지는 않을 것이다. 잘 받았다는 인사를 하는 게 자연스럽고.

몇 분 후에 전화가 걸려 왔다. 방금 자신이 저장해 둔 이름이 뜬 걸 보자 가슴이 미칠 듯 두근거렸다.

"여보세요?"

"보니 씨, 잘 지내고 있어요?"

휴대폰에 귀를 대고 들으니 주을의 목소리는 정말로 좋았다. 피아노 건반에서 낮은음을 여러 개 같이 눌렀을 때처럼 깊게 울리는 목소리였다. 왠지 여운이 남는.

보니는 "네", 하고 짧게 대답했다.

"지금 뭐 해요?"

"음악 듣고 있었어요. 보내 주신 음반이요."

"그러고 보니 들리네. 엄청 고민해서 고른 건데, 마음에 들지 모르겠어요."

"마음에 들어요. 지금 안방에 들어와서 들어보고 있었어요. 부모님 오디오로요. 집에서 CD를 들을 수 있는 기계가 여기에 밖에 없거든요."

아빠의 오디오였지만 왠지 그렇게 말하고 싶지가 않았다. 전화 건너편에서 잠시 침묵이 흘렀다. 묘한 침묵이었다. 이 사람은 지금 무슨 생각을 하고 있을까? 보니는 궁금해서 숨을 죽였다.

"혹시 안 바쁘면 놀러와요."

"지금요?"

"지금도 좋고요."

지금 오라는 것처럼 들렸는데, 아니었나? 보니는 주을의 대답을 들으며 생각했다.

"갈게요."

마침 그것은 외출하고 집에 없었다. 보니에게는 다른 사람이 필요했다. 매일 그것과 붙어 있다 보니 다른 사람을 만나 환기하고 싶은 마음이 들었다. 두근거리지 않으면 더 좋으련만.

'주을이 내게 친절하게 해 줘서 설레는 걸까?'

하지만 캡틴과 있을 때는 두근거리지 않았다. 캡틴도 주을만큼 친절한데도. 하긴 캡틴은 '주을처럼' 친절하지는 않았다. 주을에게는 뭔가가 있었다. 쳐다보는 방식, 행동하는 방식, 말하는 방식. 그 모든 방식은 순수하지 않았고 목적이 있는 듯 느껴졌다. 그러나 불쾌하게 느껴지지는 않았다. 주을은 소탈한 사람이 아니었다. 주을은 세련되고 매력적이었다. 주을은 남들에게 멋져 보이려고 계산해서 옷을 입듯이 행동과 말도 그렇게 계산해서 하는 것 같았다.

하지만 남들도 그렇지 않은가? 주을이 달라 보이는 건 그녀의 계산이 남들보다 뛰어나기 때문이다. 주을은 신경 쓰지 않은 것처럼 옷을 입었고 계산하지 않은 것처럼 행동하고 말했다. 하지만 모든 게 남들보다 매력적이고 나아 보였다. 주을은 그렇게 보이기 위해 자신을 꾸미는 사람일 것이다.

주을이 그런 사람이라는 게 느껴지자 오히려 마음이 끌렸다. 보니는 그런 계산을 하지 못하는 부류였다. 머릿속으로는 계산을 한다고 해도 실행하는 법을 몰랐다. 보니는 그런 자신이 사회적으로 무능하다고 느끼며 살아왔다. 그래서 그런 면에서 뛰어난 주을을 보자 마음속에서 존경 같은 게 솟아올랐다. 그런 사람이 자신과 가까워지려 먼저 다가오고 있다고 생각하니 그러지 않으려 해도 마음이 들떴다. '왜 나랑 친해지려는 걸까? 내가 정원 집 딸이라서? 엄마의 딸이기 때문에?'

보니는 경계심을 품고 주을의 센터로 갔다. 도착했을 때는 오후 3시쯤이었다.

"보니 씨 차예요?"

센터 앞에 나와 있던 주을이 보니가 포터에서 내리는 걸 보고 웃었다. 보니는 어떻게 대답할지 몰라 대답을 얼버무렸다.

"트럭을 타고 다니는 공주님이네."

공주라는 말을 처음 들어 본 건 아니었다. 남들이 그렇게 말할 때는 보통 비꼬는 의미가 담겨 있었다. 햇살과 그림자 정원의 공주님. 한국의 타샤 튜더의 딸. 고등학교 때는 보니를 '미주'라고 부르는 애들이 있었다. 미친 공주.

하지만 주을의 말투에서는 악의가 느껴지지 않았다. 보니는 그 말에 기분 상해해야 할지 아니면 대수롭지 않게 넘겨야 하는지 결정하지 못한 채로 주을을 따라 걸어갔다. 센터 뒤쪽으로 가니 개인 주택들이 보였다. 주택들은 일정한 거리를 두고 떨어져 있었다. 집들은 그다지 비슷하게 생기지 않았지만 비슷한 분위기를 풍겼다. 걷다 보니 리조트 단지처럼 보이기도 했다.

"센터랑 이 집들이랑 무슨 연관이 있는 건가요?"

"친구들 집이에요."

"친구들이요?"

"4년 전쯤에 친구들이랑 이 부지를 공동으로 사서 각자 필요한 공간을 지었어요. 저는 음악 치료 센터를 지었고, 어떤 친구는 작업실을 지었고, 어떤 친구들은 집을 짓고. 스튜디오를 지은 친구도 있어요. 사실 전 제가 지은 건 아니고 다른 분이 지은 건물에 세를 들은 거지만요. 혹시 음악회 때 첼로 연주했던 분 기억나요? 그분이 건물주세요. 저의 동반자이기도 하고요."

그제야 지난번에 '오후와 새벽'에서 들었던 말이 떠올랐다. '그런 얘기를 잠깐 했었지. 잊고 있었어.'

"동반자라면…… 센터를 같이 운영하신다는 거예요?"

"그렇기도 하고, 다른 의미도 있고요. 그건 나중에 얘기할게요."

그러나 다른 의미는 떠오르지 않았다. 말하는 뉘앙스로 봐서도 연인 관계일 듯했다. 보니는 음악회 때 봤던 첼로 연주자의 모습을 떠올렸다. 긴 백발을 하나로 묶고 청바지를 입은 여자였다. 어딘지 마돈나를 연상시키는. 그 여자와 주을이 사귀는 사이라고 생각하니 왠지 얼굴이 달아올랐다. 추도식 날 주을이 엄마의 귀에 얼굴을 가까이 대고 속삭이던 모습이 덩달아 떠올랐다.

"그럼 공동체 같은 건가요?"

그러고 보니 그때 엄마가 롤모델이라고 했지. 엄마가 숲속에 공동체를 만들었다면서 자기도 그 비슷한 걸 만들었다고 했어. 보니는 지난번에 '오후와 새벽'에서 들었던 말을 생각했다.

"네, 공동체라고 할 만큼 뭐 거창한 건 없지만 처음에는 꽤 포부가 있었죠."

"어떤 포부였는데요?"

어느새 주을이 대화를 이끌고 있었다. 주을은 상대가 되 묻도록 말하는 재주가 있었다. 예상하지 못한 말로 받아쳐서 주을을 놀라게 하고 싶은 충동이 들었다. 하지만 재치 있는 말은 하나도 떠오르지 않았다.

"예전에 베를린에 있을 때 머물렀던 공동체가 있어요. 저는 정말 찢어지게 가난한 유학생이었는데 학교에서 교환 학생으로 갔던 거라 기숙사도 제공되고 생활비도 조금 나와서 그나마 지낼 수 있었던 거예요. 그런데 어느 날 거기서 음악 치료라는 게 있다는 걸 알게 됐어요. 원래도 음악 치료를 아예 몰랐던 건 아니지만, 그걸 전문적으로 배우고 가르치는 학교가 있다는 건 처음 알았어요. 그래서 교환 프로그램을 도중에 그만두고 음악 치료를 배울 수 있는 전문학교에 들어갔죠. 2년 코스로요."

주을이 말을 멈추고 눈에 보이는 벤치로 걸어가 앉았다. 커다란 나무 아래에 있는 벤치였다. 보니도 옆에 앉았다. 주을이 자신의 이야기를 시작하자 다시 호기심이 일었다. 보니는 주을에 대해 알고 싶었다. 그녀가 어떤 사람인지.

"음악 치료 학교에 들어간 건 좋았는데 도중에 교환 프로그램을 그만뒀으니 기숙사에서도 나와야 했어요. 생활비 지원도 당연히 끊겼고요."

"원래 다니시던 학교에는 음악 치료 수업이 없었어요?"

"있긴 했는데 전 1년 과정으로 갔던 거라 곧 돌아와야 했어요."

"그럼 1년 과정을 다 마치고 갔어도 됐을 것 같은데요."

"지금이라면 그렇게 했을 수도 있는데 그때는 제가 좀 융통성이 없었어요. 한참 막막한 때이기도 했고. 교환 프로그램 마치고 한국으로 돌아가서 뭘 해야 할지 앞이 안 보였거든요."

"원래는 피아노 전공으로 가셨던 거죠?"

"맞아요. 피아노 치는 게 좋긴 했는데 직업으로 하고 싶진 않았어요."

"근데 왜 피아노 전공을 선택하셨어요?"

"할 수 있었으니까요. 잘했고요. 장학금으로 학교를 갈 방법이 피아노밖에 없었어요. 제가 부모님이 일찍 돌아가셔서 고모 손에 자랐는데, 고등학교 입학한 날 그러시더라고요. 내가 널 책임질 수 있는 건 고등학교를 졸업할 때까지다. 그러니 졸업하고 네 앞길을 어떻게 해야 할지 열심히 고민해 보라고요. 필요하다면 졸업하고 1년 정도는 돈을 빌려 줄 수도 있다고 하셨어요."

"냉정한 분인지 좋은 분인지 모르겠네요."

"책임감이 강한 분이셨죠. 지금은 뵌 지 오래됐어요. 한번 찾아가 뵈어야 하는데 고모가 절 보고 싶지 않아 하셔서. 제가 교환 프로그램을 도중에 그만두고 멋대로 학교까지 그만

둔 걸 용서 못 하셨어요. 고모는 결혼도 안 하시고 혼자 몸으로 고아가 된 조카를 10년 넘게 책임지셨으니 제가 장학금 받고 들어간 학교를 그렇게 쉽게 관둔 걸 이해할 수 없으셨던 거겠죠."

주을의 손이 파르르 떨리는 게 보였다. 무릎 위의 그 손은 창백했다. '처음 봤을 때부터 지금까지 항상 태도가 매끄럽기만 해서 속을 모를 사람이라고 생각했는데 인간적인 면이 있구나.' 보니는 생각했다.

유일한 가족이었던 고모와 관계가 틀어졌으니 혈혈단신이 된 기분이었을 것이다. 그때가 몇 살쯤이었을까? 스물하나 아니면 스물둘? 주을이 자신과 비슷한 나이에 타국에서 완전히 혼자였다고 생각하니 마음이 찡해졌다. 그것에게 느꼈던 동병상련과도 다르고 동정과도 다른 감정이었다. 보니는 자신의 또래였던 과거의 주을에게 연민을 느꼈다.

"그렇게 불쌍하게 볼 거 없어요."

주을이 밝게 웃음을 터트렸다.

"지금도 후회는 안 하니까. 나이도 어리고 가진 것도 없었던 것치고는 용기 있는 선택이었다고 생각해요. 그 덕분에 만나게 된 사람도 있고. 음악 치료 학교에서 알게 된 사람과 사귀게 됐거든요. 짝사랑은 많이 했어도 정말 좋아하는 사람과 잘된 건 그 사람이 처음이었어요."

"짝사랑하는 모습은 상상이 안 되네요. 주로 짝사랑을 받으셨을 것 같은데."

"그렇기도 했지만, 이상하게 제가 좋아하는 사람은 보통 절 안 좋아하더라고요."

주을의 눈빛은 순수하고 솔직해 보였다. 저것도 계산된 걸까? 보니는 경계심을 놓지 않고 생각했다. 하지만 어쩔 수 없이 점점 호감이 갔다. 어쩌면 그냥 좋은 사람일지도 몰라. 그러나 역시 아무 목적도 없이 누군가를 만나 시간을 쓸 사람처럼은 보이지 않았다. 더군다나 자신 같은 상대하고는.

"그 사람을 정말 좋아했어요. 얼마나 좋아했냐면 만나자마자 바로 그 사람 집에 들어가 살 정도로. 가족을 찾은 느낌이었어요. 그 사람이 제 운명이었고, 반쪽이었죠."

"그런데 왜 헤어지셨어요? 아, 말하고 보니 좀 무례한 것 같은데 나쁜 뜻은 아니고 제가 만나는 사람이 생각나서요. 저한테도 그 애가 그렇거든요. 저한테는 그 애가 가족 같고, 운명 같고, 반쪽 같아요."

"머드?"

보니는 그냥 고개를 끄덕였다.

"아, 맞다. 그때 헤어졌다고 했잖아요. 그러고 다시 만난 거예요?"

"네, 그날. 그날 그 애를 만나러 택시를 타고 가면서 내가 그 애를 많이 사랑한다는 걸 알았어요. 정말 끝이라고 생각했는데 아직은 헤어지지 못하겠구나. 택시 안에서 그런 생각을 했어요."

"이해해요. 100퍼센트. 저도 못 헤어졌어요. 아직도. 아직 그 사람을 사랑해요."

"그럼 동반자라고 하신 첼리스트분은……?"

"미진 선생님이요? 그분도 저한테 특별한 분이죠. 그분하고 같이 많은 시간을 보내고, 모든 걸 의논해요. 베를린에 있는 친구하고는 가끔 메일을 주고받고 있고요. 통화도 가끔 하고. 한 번씩 번갈아 그 친구가 한국으로 오기도 하고, 제가 베를린으로 가서 만나기도 해요. 그러고 보니 그렇게 만난 지는 오래됐네. 마지막으로 만난 게 3년 전인가?"

"제가 오해했나 봐요. 전 그 첼로 연주하시는 분하고 그런 사이신 줄 알았어요."

"무슨 사이요? 사랑하는 사이?"

주을이 씩 웃고는 이어서 말했다.

"그런 사이 맞아요. 미진 선생님하고도 그 사람하고도."

"두 사람을 다 사랑하신다고요? 그 두 분도 서로의 존재를 알아요?"

"알죠. 두 사람에게는 무슨 얘기든 다 하니까. 베를린에 있는 그 친구가 폴리아모리 공동체에 속해 있어요. 뜻이 맞는 사람들끼리 공동체를 만들고 도시 외곽에 작은 마을을 이루고 살았는데 저도 음악 치료사 과정을 하는 동안 거기서 살았죠. 그 친구들이랑 지내면서 저도 사랑하는 방식이 많이 달라졌어요. 그 전까지 전 다른 사람들처럼 사랑하면 서로를 독점하는 걸 당연하다고 생각했어요. 그런데 그 사람과 관계를 맺고 그곳 친구들이랑도 친해지면서 상대방을 깊이 사랑하면서 자기 자신도 잃지 않을 수 있다는 걸 배우게 된 거예요. 그 방식이 처음엔 낯설었지만 완전히 이해하고 익숙해지고 나니까 사랑할 때 느끼던 괴로움들이 많이 사라졌어요. 그 사람과도 그런 방식으로 사랑했기 때문에 지금까지 연이 끊어지지 않고 연결되어 있을 수 있는 거라고 생각해요. 좀 이상하게 들릴지도 모르지만."

보니는 가만히 방금 들은 이야기를 곱씹었다. 만약에 그것을 만나기 전에 어떤 여자가 진흙 덩어리처럼 생긴 외계인과 연인으로 지내며 사랑을 나눈다는 이야기를 뉴스 같은 것으로 들었다면 어땠을까? 아마 괴상하다고 생각했을 거다. 그러나 그것을 사랑하는 일은 괴상하지 않았다. 자연스러웠다. 그것을 언제 어디서 만났다고 해도 결국은 사랑하게 되었을 것이다. 이 사람도 그런 게 아니었을까?

"나도 보니 씨한테는 별 얘기를 다 하게 되네. 원래 처음 만난 사람에게는 이런 얘기 안 하는데. 막 어디 끌어들이려거나 그런 거 아니니까 오해는 하지 말아요."

"오해는요. 그런 생각 안 했어요."

보니가 고개를 흔들며 말했다.

"그런데 보니 씨는 학교를 안 다니고 있는 거예요?"

주을이 물었다. 화제를 바꾸려는 듯했다.

"네."

보니는 그렇게 말해 놓고 뭔가 말을 더 덧붙여야 할 것 같아 조금 더 말했다. 주을도 자신의 이야기를 많이 해 주었으니까 자신도 조금은 더 털어놓는 게 예의인 것 같았다.

"그냥 더는 단체 생활을 하고 싶지가 않았어요. 초·중·고 12년이면 충분했다는 생각이 들어서요. 전 사람들과 있는 게 좀 힘들어요. 정원은 그래도 괜찮지만, 학교는…… 학교라는 공간은 저랑 잘 안 맞았어요. 고등학교를 끝까지 다닌 게 스스로도 장하다 싶을 정도예요."

"학교는 복잡한 세상의 축소판이니까요. 좋은 것들과 가장 끔찍한 것들이 어지럽게 섞여 있죠. 어떤 사람들에게는 견디기 힘든 장소일 거예요. 세상의 모든 것들과 매일 직접 부딪혀야 하니까. 전 그래서 좋아했지만요. 배우고 싶은 건 없어요? 사이버 강의라도 들을 수 있을 텐데."

"지금껏 살면서 학교에서 배운 건 거의 없어요. 중요한 건 다 정원에서 배웠죠. 식물들한테. 특히 나무들에게 많이 배워요. 나무들은 귀를 기울여 듣기만 하면 정말 많은 걸 알려 주거든요."

주을이 끄덕였다. 주을은 다른 사람의 말을 그대로 듣는 법을 아는 것 같았다. 적어도 자신의 생각으로 꽉 찬 사람은 아닌 듯했다. 주을은 보니의 말을 그냥 받아들였다. 보니는 자신의 마음속에서 주을에 대한 신뢰가 쌓이는 것을 느꼈다.

"사랑하시는 분이 또 있어요? 그 두 분 말고."

주을에 대해 더 알고 싶어진 보니가 불쑥 물었다.

"한 명 더요. 저 그렇게 문어발은 아니에요. 문어발도 나쁠 것 없지만. 저번에 우리 '오후와 새벽'에 있을 때 와서 인사했던 친구 기억나죠? 그 친구예요."

"아, 안경 쓴?"

보니가 묻자 주을이 고개를 끄덕였다.

"셋이군요. 만나시는 분이."

"네, 셋이에요."

"저 지금 이상해요. 이상하게 기분이 좋네요."

"기분이 좋다고요? 왜요?"

"주을이 어떤 사람인지 조금 알게 된 것 같아서요. 친구가 생겨서 좋아요."

"우리 친구가 된 거예요?"

"모르겠어요. 나무들하고는 이렇게 친해지는데 사람하고는 잘 몰라요. 사람하고는 친구가 돼 본 적이 없어서."

"뭐야, 보니 씨. 왜 이렇게 귀여워요? 좋아요. 우리 오늘부터 친구 해요. 그 대신 나무하고 친해지는 법 알려 줘야 해요."

"조건부인가요?"

"네, 조건부예요."

"제가 조건을 안 들어 드리면 친구 못 하는 건가요?"

"네, 그럼 친구 못 해요."

보니는 주을과 함께 웃었다. 자신과 다른 사람의 웃음소리가 함께 울리는 진동이 낯설고도 기분 좋게 느껴졌다. 그래서 이 주택 단지는 어떤 공동체인지, 공동체를 만들 때의 포부는 무엇이었는지, 엄마와는 어떤 관계인지, 왜 선물을 보낸 건지. 여러 의문들이 스쳐 지나갔지만 그냥 말을 삼켰다. 오랫동안 말하는 즐거움을 잊고 살았다. 말하고, 듣고, 묻고, 대답하는 즐거움을. 나무나 그것과도 대화를 나눴지만 거리낌 없이 몸의 발성 기관을 사용해서 말하는 일에는 특별한 쾌감이 있었다. 이 사람과 더 많은 이야기를 나누고 싶었다. 더 많이 말하고, 더 많이 웃고 싶었다.

벤치에서 일어났을 때 주을이 보니의 팔에 자신의 팔을 끼웠다. 따뜻하고 단단한 팔이었다. 더운 날이라 주을의 팔은 땀으로 미끈거렸다. 피부와 피부가 맞닿았지만 보니는 주을이 지금 어떤 감정을 느끼는지 알 수 없었다. 가까이 있으면 몸의 진동으로 서로의 감정이 고스란히 느껴지는 그것과 있을 때와는 달랐다.

보니는 어쩌면 주을이 자신의 감정을 알아챘을지도 모르겠다고 생각했다. 자신의 몸이 긴장으로 떨리는 걸 스스로도 느낄 수 있었으니까. 주을의 팔과 얽혀 있는 팔도, 숨도, 말소리도, 심장도 가늘게 떨렸다. 보니는 그것에게 진동을 멈추거나 숨기는 방법을 배우지 못했다. 그걸 배울 수 있는지 물어보지 않은 게 후회됐다.

보니는 슬며시 팔을 뺐다. 몸이 떨리는 것을 숨길 방법은 그것뿐이었다.

7.

9월은 행복했다. 음악회 날 크게 싸워서 헤어질 뻔했던 날 이후로 그것은 한동안 집에 붙어 있었다. 그것은 일주일에 한 번 정도 외출했고, 외출했다가도 날이 어둡기 전에 돌아오고 는 했다. 그것이 말없이 나가서 며칠씩 집을 비우는 일이 없어 지자 생활에 안정감이 생겼다. 나가는 돈도 줄었고 그것을 기 다리며 감정 소모를 할 필요도 없으니 마음이 편안했다.

일상에도 일정한 리듬이 생겼다. 밤새 그것에게 감싸여 있 다가 이른 아침에는 정원에 나가 해가 질 때까지 일을 하고 저 녁에 집으로 돌아가 밥을 먹는다. 그리고 자정이 넘어 깊은 밤 이 되면 그것과 정원을 돌아다니고는 했다.

정원은 산속에 있어서 시내보다 기온이 1, 2도 정도 낮았 다. 선선한 9월 밤에 그것과 나란히 길을 걸으며 각자 그날 있 었던 일이나 옛날 일을 이야기하다 보면 즐거워서 머리가 핑 핑 돌았다. 나무들은 아직 단풍이 들기 전이라 잎이 초록이었 다. 풀들은 어느 계절보다 높게 자라서 부드러운 바람에 기분 좋게 흔들렸다. 여름 끝 무렵의 짙은 풀 냄새가 기분을 취하게 만들었다. 가을밤의 산책은 번민을 없앴다. 불안도 사라졌다. 보니는 자신과 그것 사이에 우정이 생겼다는 걸 새삼 느꼈다. 그것은 어느새 가장 좋은 친구가 됐다. 산책을 할 때면 보니는 자신의 옆에 있는 그것을 보며 지금 이 순간이 영원하기를 빌었다. 언제까지나 그것과 좋은 친구로 지내고 싶었다. 좋은 친구이자 사랑하는 연인으로.

"이번에는 뭘 보고 왔어?"

보니는 나란히 걷던 그것에게 불쑥 물었다. 그것은 오늘은 뱀처럼 길게 변하지 않고 몸집만 줄였다. 정원 길은 그렇게 넓지 않아서 나란히 걸으려면 그것이 그렇게 몸집을 줄여야 했다. 그것의 키는 보니와 비슷했고, 형태는 둥글었다. 게임 속에 나오는 슬라임처럼 생긴 모습이었다. 진흙 색깔 슬라임.

《되게 재밌는 걸 봤는데, 보여 줄게. 너한테 보여 주고 싶었어.》

그것이 자신의 몸 일부를 뻗어 보니의 허리에 둘렀다. 그렇게 하지 않아도 기억 진동을 보낼 수 있었지만 그것은 보니의 몸에 자신의 몸을 붙이는 걸 좋아했다. 보니도 그것이 그렇게 몸을 붙여 오면 기뻤다. 가능한 한 자주 그것이 그런 식으로 사랑을 확인시켜 주었으면 했다.

보니는 그것이 보낸 기억 진동에 감싸였다.

대리석 홀에 사람들이 앉아 있다. 홀 가운데에는 카펫이 깔려 길이 나 있고, 길 양쪽은 꽃으로 화려하게 꾸며져 있다.

앞쪽의 그랜드피아노에서 결혼 행진곡이 흘러나온다. 양복을 입은 여자가 피아노를 연주했다.

"신부 입장!"

사회자가 외치자 사람들이 박수를 친다. 열렬한 박수 소리에 응원을 하는 듯한 환호가 섞인다. 그것의 진동에는 그 박수와 환호가 가장 선명하게 기록되어 있다. 그다음은 드레스를 입은 여자가 걸으면서 생기는 진동이다. 꽃으로 꾸며진 길로 여자가 걸어 나오자 몇 사람이 공중에 꽃을 뿌린다. 진동 기록이 길어서 살짝 지루해진 보니는 하품을 했다.

햇살과 그림자 정원의 영원의 아치에서는 매주 결혼식이 열린다. 엄마와 아빠가 영원한 사랑을 약속했던 그곳은 엄마가 책에 그에 관한 이야기를 쓰고 잡지 인터뷰와 다큐멘터리에서도 거론하면서 인기 있는 예식 장소가 됐다.

10대 때 보니는 주말마다 영원의 아치에서 열리는 결혼식을 보며 답답함을 느꼈다. 지금은 웃고 있지만 얼마나 오래 행복할 수 있을까. 결혼이 서로를 가두는 감옥이라는 걸 왜 모르지? 하얀 웨딩드레스를 입은 신부들을 보며 보니는 지금이라도 어서 도망치라고 외치고 싶어 가슴이 울렁거렸다. 아빠도 바로 그 자리에서 엄마에게 청혼을 했고, 그것이 불행의 시작이었다. 엄마는 그날 달아났어야 했다. 영원한 사랑이라는 약속이 엄마를 옭아매기 전인 그때.

《내 기억이 아니라 네 기억을 보는구나.》

그것이 기억 진동을 도로 가져갔다. 그것의 말대로 보니는 자신의 기억에 깊이 빠져 있었다.

"아, 미안. 사실 난 결혼식은 지겹게 많이 봐서 집중이 잘 안 됐어."

《내가 본 게 결혼식이야? 결혼이 뭔데?》

"결혼이 뭔지 몰라?"

웃음이 났다. 아직 그것도 모르나?

《웃지 마. 나 여기 온 지 얼마 안 됐어. 그런 것치고는 엄청 잘 아는 거라고.》

그러고 보니 그러네. 1년 5개월. 앞으로 한 달이 더 지나면 함께 지낸 지 1년 반이 된다. 이곳에 대한 그것의 지식은 굉장히 들쑥날쑥했다. 보니보다 더 잘 아는 게 있는가 하면 세 살짜리 아이도 알 것을 모르기도 했다.

"결혼은 사랑하는 두 사람이 앞으로 인생을 함께하겠다고 약속하는 거야. 결혼식에는 주례라는 게 있는데, 주례에서 제일 유명한 말이 이거야. 검은 머리가 파뿌리가 될 때까지 사랑하겠습니까? 하얀 파 뿌리는 사람이 나이가 들어서 하얘진 머리를 비유하는 것이거든. 그러니까 아주 늙어서 죽을 때까지 사랑할 것을 많은 사람 앞에서 약속할 것인지 확인하는 거지."

《우리도 그거 했잖아. 영원히 사랑하기로 약속하는 거.》

"그렇긴 한데, 우리가 한 건 결혼식은 아니야. 결혼식은 의식을 치르는 거라서."

《많은 사람 앞에서?》

"요즘은 둘이서만 하는 결혼식도 있어. 많은 사람 앞에서 하는 이유는 사회적으로 인정받기 위한 거지. 우리 결혼했습니다. 이제 우리는 둘 다 임자가 있는 몸입니다, 하고."

《인정하는 사람은 누가 선발하는데?》

"그건 누가 뽑는 게 아니고, 주변 사람들을 초대하는 거야. 가족, 친구, 직장 동료처럼 아는 사람들."

《우리는 결혼은 했는데, 결혼식은 안 한 거구나.》

"오해가 좀 있는 것 같지만 그런 거로 해. 설명하기 귀찮으니까. 그건 그렇고, 친구 하나만 좀 봐 줄 수 있어? 아까 낮에 발견했는데 애가 영 비실비실해서. 그 구역 담당하는 분에게 물어봤는데 그분도 왜 그런지 원인을 모르겠다네."

그것이 정원을 돌며 상태가 안 좋은 식물들을 봐 주는 것은 이제 일상적인 일이었다. 보니는 그것을 연구동 앞 소나무에게 데려갔다. 연구동에는 실제로 정원의 식물들을 연구하는 역할을 하는 방들도 있지만, 연구실보다 다른 방들이 더 많았다. 1층에는 자료실과 전시관, 2층에는 여러 부서의 사무실들이 있고, 연구실은 제일 꼭대기 층인 3층에 모여 있다. 연구동 앞에는 잔디가 깔린 넓은 마당이 있는데 오늘 그것에게 '진료'를 부탁한 소나무는 그 마당의 가운데에 서 있는 나무다.

그 나무는 할아버지가 막역한 사이인 친구에게 선물로

받은 것이라 정원에서 특별한 취급을 받았다. 마당의 반송은 눈 오는 날 특히 아름다워서 겨울이 되면 그 나무를 사진에 담으려고 오는 사람들이 꼭 있다. 눈이 날리는 마당 한가운데에 반송이 서 있는 풍경은 마음속 깊이 묻혀 있던 추억을 불러내서 누구라도 감상에 젖게 된다. 이제 겨우 스무 살쯤 된 나무라 귀여운 느낌도 있는 그 나무는 정원의 마스코트라 신경쓰는 사람이 많았다. 워낙 특별 취급을 받는 나무라 보니는 자연스레 관심이 덜해졌지만 그래도 병이 심하게 늘어서 죽기라도 하면 마당이 쓸쓸해질 것이다. 할아버지 대부터 일하던 정원의 원예사들은 기운을 잃을지도 모른다.

'그 아줌마들이 기운을 잃으면 큰일이지. 나이도 많이 들어서 상심하면 건강이 확 나빠질 수도 있어.'

아줌마라고는 하지만 예순이 넘은 원예사도 있다. 보니는 그것이 마당의 반송을 감싸는 모습을 보며 마음이 두근거렸다. 그것은 몸을 납작하게 땅에 붙인 다음 나무둥치부터 조금씩 올라가며 기둥을 감쌌다. 곧 뾰족한 잎이 달린 가지들도 그것의 몸에 덮였다. 그것이 반송을 완전히 감싸자 마치 나무를 진흙 반죽으로 둥글게 덮은 듯했다. 가로등도 없는 캄캄한 마당에서 그것의 등은 달빛을 받아 부드러운 빛으로 반질거렸다.

시간이 지나자 그것의 몸이 은빛 펄을 뿌린 것처럼 반짝거렸다. 그것의 피부는 반투명해져서 그 안에 감싸여 있는 나무가 막에 쌓인 것처럼 뿌옇게 비쳤다. 그것의 몸이 환한 빛을 내뿜자 나무가 빛을 내는 듯한 착시가 일었다. 증상이 심하지는 않았으니 며칠 밤만 이렇게 와서 돌보면 금방 기운을 차릴 거다.

보니의 가슴에 이상한 뿌듯함이 차올랐다.

'저 애의 저렇게 아름다운 모습을 아는 건 세상에 나밖에 없어.'

혼자만 보기 아까운 풍경이었지만 누구와도 나누고 싶지 않았다. 보니는 경이감에 휩싸여서 그것에게 다가갔다. 그것의 은빛으로 빛나는 몸에 조심스럽게 손을 대고 혹시나 그것이 불쾌해할까 싶어 눈치를 봤지만, 그것의 피부는 기분 좋은 진동으로 울렸다. 보니가 자신을 만지는 게 만족스러운 듯했다. 보니는 그것을 어루만졌다.

"내가 만져도 돼?"

《그걸 왜 물어?》

"방해될까 봐."

《네 마음대로 해도 돼. 난 네 거야.》

이렇게 멋지고 아름다운 것이 내 것이라니. 믿기지가 않았다. 그것의 몸은 보니가 지금껏 가져 본 것들과 비교도 할 수 없을 정도로 근사했다.

"그래, 넌 내 거고 난 네 거야."

보니가 말했다. 그것이 흡족해하며 몸을 뻗어 보니의 몸을 감았다. 그것의 나머지 몸이 나무에게서 미끄러져 내려와 보니를 감쌌다. 보니는 이제 막 시작된 가을의 달콤하고도 시원한 냄새를 계속 맡고 싶어서 얼굴은 밖으로 내놓았다. 그것의 진동이 몸 여기저기를 울리자 온몸이 감미로운 쾌감으로 떨렸다. 보니는 그것의 진동을, 그것은 보니의 진동을 한참이나 음미한 후에야 두 개의 몸은 떨어졌다.

이번에는 보니의 몸에서 미끄러져 내려온 그것이 사람의 모습으로 변했다. 가발도 쓰지 않고 실오라기 하나도 걸치지 않은 데다 봉긋한 가슴도 없고 남자의 성기도 없는 그것의 모습은 여자라고 하기에도 남자라고 하기에도 어울리지 않았다. 하지만 이상하게도 보니의 눈에는 그것이 어떤 인간보다도 인간 본연의 모습에 가까워 보였다.

그것이 보니의 손을 잡고 이끌었다. 보니는 그것이 이끄는 대로 걸었다. 연구동 건물을 왼편으로 두고 앞으로 걸어가면 정원의 메인 길로 돌아가게 된다. 그 길로 걸으면 아주 추울 때를 빼고는 계절에 맞는 꽃을 볼 수 있게 되어 있다. 지금은 앙증맞은 꽃 모양 브로치처럼 생긴 대상화와 꽤 닮아서 잘 모르는 사람은 구분하기 어려운 데이지와 구절초, 여러 종류의 달리아, 블루세이지와 보랏빛 멕시칸세이지가 피었고 노란 금계국과 메리골드도 아직 지지 않았다. 코스모스도 물론 피었고 가을의 꽃인 국화도 슬슬 피거나 필 준비를 하는 중이었다.

"이상해. 길이 점점 환해지는 것 같아."

보니는 하늘을 올려다보며 말했다. 달빛이 다른 날보다 무척 밝아 보였다. 눈이 부실 정도였다. 게다가 길에 있는 가로등은 전부 꺼졌다. 눈부시게 빛나는 달빛 아래에서 자고 있던 꽃들이 하나씩 고개를 들고 피어났다.

《우리를 축하해 주려는 거야.》

걸을 때마다 낮은 울타리 너머의 꽃들이 활짝 피었다. 꽃잎이 벌어지는 게 눈에 보였다. 꽃들은 해가 지고 깊은 밤이 되면 꽃잎을 접고 잠에 든다. 그러다 해가 떠서 하늘이 밝아지면 서서히 일어나 달콤한 햇빛을 빨아들인다. 그런데 달빛 아래에서 피어나다니. 오늘 달빛이 너무 밝아서 아침이 왔다고 착각한 걸까?

"뭘 축하하는데?"

《이 친구들을 우리 결혼식 손님으로 초대하는 걸 허락해 줄래?》

그것이 멈춰 서서 보니를 바라봤다. 보니의 손을 잡은 그것의 손은 묵직한 진동으로 울렸다. 진동이 너무 강렬해서 손이 무거울 지경이었지만 놓고 싶지는 않았다. 보니는 그것의 손을 더욱 꽉 잡았다.

그곳에서 한쪽 길로 가면 지혜의 길이고, 다른 길로 가면 연못이었다. 그것과 보니는 말없이 연못가로 가는 길을 택했다. 보니는 그것이 연못을 보여 주려 한다는 걸 느꼈다. 연못가에 도착하기 무섭게 연못 안의 수련들이 활짝 피어났다. 오렌지색 수련, 분홍빛 수련, 푸른색 수련, 노란빛 수련, 하얀색 수련…… 활짝 핀 색색의 수련으로 가득 찬 연못은 예쁜 왕관들이 가득 담긴 바구니 같았다. 왕관 같은 수련들은 달빛을 받아 고고하게 빛났다.

《더 걸어야 해. 아직 길이 끝나지 않았어.》

누가 연못에 향수를 부은 듯 진동하는 향기에 넋이 나가 있던 보니는 다시 그것을 따라 연못가에서 나와 길을 걸어갔다. 이번에 들어간 곳은 지혜의 숲이었다. 그곳으로 들어가고부터는 나란히 걸었다. 지혜의 숲에 난 길은 좁아서 둘이 바짝 붙어 걸어야 했다. 그것은 느티나무 앞에 섰다.

《이 친구에게 주례를 부탁하면 어때?》

달빛이 스포트라이트처럼 느티나무를 비췄다. 사실 주례는 보리수가 하는 편이 더 잘 어울리겠지만. 보리수는 이렇게 번갯불에 콩 볶아 먹는 것 같은 결혼식을 걱정스러운 눈으로 바라볼 것이다. 주례를 부탁하면 해 주긴 하겠지만 말이 너무 길어져서 밤을 새울지도 모르고. 온실에 들지 못한 게 마음에 걸렸지만 보니는 그것을 향해 고개를 끄덕였다. 조금 긴장이 되기는 하지만 어차피 장난 같은 것이 아닌가. 가을밤에 기분이 좋아서 벌이는 충동적인 장난. 결혼 놀이.

《음악도 있어야지.》

그것의 주변으로 진동이 퍼지자 땅이 흔들렸다. 불안할 정도는 아니었다. 이 정도의 진동은 오히려 기분이 좋았다. 어디

선가 새들이 날아와 느티나무 양옆에 있는 나무에 앉았다. 새 여러 마리를 그렇게 가까이서 보는 건 흔치 않은 일이었다. 정원의 새들은 사람이 움직이는 진동을 무척이나 예민하게 알아차려서 사람이 다가오는 낌새가 느껴지면 얼른 날아가거나 더 깊이 몸을 숨겼다.

나무에 앉은 새들이 지저귀는 소리를 냈다. 새들이 지저귀는 소리가 시끄럽게 들릴 때도 있지만 오늘 밤은 아니었다. 등이 짙은 고동색이고 가슴은 하얀 오목눈이가 지저귀는가 하면 주황색 배에 턱시도 재킷을 걸친 딱새가 맑고 아름다운 소리를 내고 나중에 합류한 부엉이가 깊게 울리는 소리를 더했다. 새들의 울음소리는 풀벌레 우는 소리와 아름답게 어우러졌다.

《검은 머리가 파 뿌리가 될 때까지 사랑하겠습니까? 라고 주례자가 물었어.》

"난 못 들었는데?"

《딴생각 하지 말고 주례에 집중해.》

보니는 정면에 있는 느티나무를 보며 귀를 기울였다.

"이 밤에 이게 무슨 소란이야? 왜 다들 깨워선 너희 장난에 장단을 맞추게 만들어?"

역시 느티나무는 혼부터 냈다.

"미안해. 근데 장난치는 건 아니야."

보니는 느티나무에게만 들리게 속삭였다.

"그럼 정말 얘랑 결혼을 한다는 말이야?"

"결혼식까지는 아니고 약혼식 정도라고 하자. 그 정도면 할 수 있을 것 같아."

"참나. 살다 살다 이런 건 또 처음 보네. 진흙 덩어리랑 인간이 결혼을 하다니. 알겠어. 대신 내가 물어보면 얼른 대답하고 바로 꺼지는 거다? 나 바이오리듬 깨지면 안 돼. 해 뜰 때 맞춰서 일어나야 하루가 개운해."

"알겠어. 얼른 하고 꺼질게."

"좋아. 그럼 이 땅의 딸 인간 오보니와 먼 땅에서 온 진흙 덩어리 머드에게 묻겠습니다. 둘은 흙으로 돌아가기 전까지 서로를 사랑하겠습니까?"

사위는 캄캄해졌고 한 줄기 달빛만이 느티나무와 보니 그리고 그것의 주변을 은은하게 밝혔다. 새들과 풀벌레들은 조용해졌다. 바람도 잠시 멎었다. 고요한 가운데 보니가 그것을 향해 속삭였다.

"너부터 말해."

《동시에 하자.》

그래서 둘은 동시에 대답했다.

"네."

《네, 약속합니다.》

그것이 발을 한 번 구르자 다시 바람이 불었다. 바람에 잎사귀들이 흔들리며 스치는 소리를 박수 삼아 보니와 그것은 입을 맞췄다. 새들은 울음소리를 내며 날아갔다. 둘의 결혼 소식을 정원 안에 널리 알리기라도 하려는 듯이.

"하나가 빠졌어."

《뭐가?》

보니는 두리번거렸다. 작은 꽃 몇 송이가 보였지만 땅에 자란 꽃을 꺾고 싶지는 않았다. 보니는 결국 바닥에 떨어진 느티나무 잎을 주워 그것에게 내밀었다.

"원래는 반지를 서로의 손에 끼워 줘야 하는데, 우리는 이걸로 대신하자. 반지는 약속의 증표야. 이걸 보면서 약속을 기억하라는 의미지."

그것이 허리를 굽혀 나뭇잎을 하나 골랐다. 보니와 그것은 잎사귀를 주고받았다. 이것은 가을밤의 놀이였지만 둘은 어느새 진지해졌다.

《영원히 사랑해. 내가 더는 진동할 수 없을 때까지 널 사랑할 거야.》

"나도. 내 심장이 멈출 때까지 널 사랑할게. 그때까지 내 옆에 있어 줘."

《그건 이미 한 약속이지만 네가 원한다면 한 번 더 할게. 영원히 널 사랑할 거고, 네 옆에 있고 싶어. 언제까지나.》

8.

정원에서 10월은 가장 바쁜 달 중 하나다. 정원은 단풍 구경을 겸해서 겨울이 오기 전에 마지막으로 따뜻한 볕을 쬐려고 온 관람객들과 가을 소풍을 온 단체들로 북적이고, 직원들은 국화 축제를 진행하는 동시에 다음 해를 미리 준비하느라 부지런히 움직이며 자신의 능력을 풀가동해야 했다.

정원 사람들이 그렇게 바쁜데 보니라고 놀 수만은 없었다. 보니는 새벽 6시에 정원으로 나가서 자신이 맡은 구역들을 돌며 관수 작업을 했다. 어제는 다른 사람들과 거대한 국화 장식물을 만드느라 자정이 넘어서야 사택으로 돌아왔다. 그러고는 몇 시간 겨우 눈을 붙이고 다시 정원으로 나온 거였다.

"컨디션이 영 안 좋네."

눈꺼풀에 꿀로 만든 풀을 바른 것처럼 눈이 자꾸 감겨서 안 떨어졌다. 보니는 꾸벅꾸벅 졸다 새 지저귀는 소리에 놀라 깨기를 반복하면서 정원에 물을 줬다. 관수 작업을 마친 뒤에는 낙엽을 쓸어 포대에 담은 뒤 창고에 가져다 놓고 작업실로 갔다.

커다란 창고 같은 작업실에서는 짙은 국화 향기가 풍겼다. 올해는 예년보다 축제 준비가 늦어져서 거의 모든 인력이 국화 장식물 만드는 일에 동원됐다. 보니는 졸지 않으려고 눈을 부릅뜨고 손을 움직였다. 그래도 아침 10시에 자원봉사자 70명이 추가로 와서 작업 속도가 훨씬 빨라졌다. 이미 국화 축제를 몇 년 겪어 본 자원봉사자들이 많아서 다들 작업실로 들어오자마자 빠릿빠릿하게 자기 할 일을 했다.

보니는 숙련된 자원봉사자들에게 큰 장식물을 맡기고 테이블로 갔다. 테이블에도 작업할 거리가 수북했다. 작은 고깔 모양의 장식물에 국화를 꽂고 있는데 왼편 옆자리에서 같은 일을 하던 자원봉사자가 말을 걸었다.

"세상에. 귀가 하얗게 질렸네. 동상 입은 거 아니야?"

머리는 빠글빠글하게 펌을 하고, 자주색 립스틱을 바른 그 통통한 50대 여자는 목소리가 커서 주변에서 작업을 하고 있던 다른 사람들도 보니를 쳐다봤다.

"어머, 정말 그러네. 보니 씨, 추워요? 오늘 날씨가 좀 썰렁하긴 해."

오른편에 있는 깡마른 여자도 보니의 귀를 보고는 가느다란 목소리로 걱정스럽게 물었다. 보니는 자신에게 여러 사람의 시선이 집중된 것이 부담스러워 귀를 만지작거렸다. 그러고 보니 귀가 저릿한 것 같기도 했다.

"근데 썰렁하긴 해도 아직 동상 입을 철은 아닌데. 어디 냉동 창고 다녀왔나?"

왼편 여자의 말에 보니는 고개를 저었다. 여자들은 잠시 보니의 귀에 대해 한마디씩 했지만, 얼마 지나지 않아 화제가 바뀌었다. 다들 자기가 이야기할 것을 한 바구니씩 채워서 왔기 때문에 한 가지 화제를 그리 오래 붙들고 있지 않았다.

정확히 12시에 사람들이 점심을 먹으러 흩어진 뒤, 보니는 화장실로 가서 거울을 봤다. 사람들의 말대로 정말 귀 끝이 하얬다.

'귀가 왜 이렇게 됐지?'

보니는 의아해하면서 손을 씻으려고 끼고 있던 장갑을 벗었다. 그런데 손가락들도 맨 끝 한 마디씩이 창백했다. 보니는 오른손으로 왼손의 창백한 부분을 가볍게 쓸어 보았다. 기분 탓인지 조금 아픈 것도 같았다.

"저기, 부원장님 따님 맞죠?"

갑자기 들려온 소리에 보니는 화들짝 놀라서 뒤를 돌아봤다. 한 여자가 화장실 밖에 서 있었다. 열린 문에서 바로 한 걸음 뒤에. 밖은 밝고 화장실은 어두워서 여자의 얼굴에 그림자가 졌다. 보니는 일단 손을 씻은 뒤 핸드타월을 뽑아 물기를 잘 닦고 장갑을 꼈다. 여자가 세면대 위 거울에 비쳤다. 수줍고 조심스러워 보이는 여자였다. 몸은 마르고 피부는 갈색에 부스스한 머리를 대충 묶었다. 흙 묻은 앞치마를 두른 거로 봐서 정원의 자원봉사자 같았다.

보니는 다시 뒤를 돌아 그 여자를 쳐다보았다. 할 말이 있으면 하라는 듯이. 여자는 언뜻 핼쑥해 보였지만 눈빛은 또렷했다.

"부원장님 소식은 아직 없는 거죠?"

여자가 물었다.

"네, 아직요."

더 말해 주고 싶었지만 보니도 아는 게 없었다. 엄마는 떠난 후로 지금까지 한 번도 연락이 없었다. 여자가 잠시 머뭇거리더니 보니와 눈을 맞추고 말했다.

"혹시 부원장님이 필요하시면 저희가 언제든지 돕겠다고 전해 주세요. 부원장님에 대한 은혜를 잊지 않았다고요."

용기를 낸 듯한 목소리였다. 다시 보니 여자는 인생의 고비를 넘어 본 사람의 눈을 가지고 있었다. 단단한 눈. 일생에 허세 같은 것은 한 번도 부려 본 적이 없을 것 같은 인상이었다.

보니는 뒤늦게 여자의 뒤에 다른 여자들이 있다는 걸 알아챘다. 여자들 한 무리가 멀찍이 떨어진 곳에서 보니와 보니에게 말을 건 여자를 보고 있었다. 여덟 명의 여자들. 문 앞에 선 여자까지 하면 아홉이었다.

여자의 말이 무슨 뜻인지 몰라 어리둥절해하는 사이 여자는 뒤를 돌아 한 무리의 여자들에게 돌아갔다. 모두 같은 앞치마를 입고 있었다. 자원봉사자들이 흔히 입는 앞치마였지만 뭔가 독특한 마크가 똑같이 자수로 새겨져 있었다.

보니는 화장실에서 나왔다. 여자들이 걸어가다가 캡틴을 마주쳐서 짧은 인사를 나누고 지나가는 것이 보였다. 여자들이 지나간 뒤 보니는 캡틴에게 다가갔다.

"저분들은 누구예요?"

"자원봉사자분들이에요. 우리 정원 자원봉사자 앞치마를 입고 계시잖아요."

보니는 여자에게 들은 말을 캡틴에게 들려주었다. 캡틴의 얼굴에 알 수 없는 것이 짧게 지나갔다.

"부원장님께 도움을 받으신 분들이에요. 어머니가 가정
폭력 피해자들을 위해 일하시는 거 모르셨어요?"

캡틴이 소리를 낮춰 속삭였다.

그날 밤 보니는 꿈속에서 아홉 명의 여자들을 봤다. 장미
가 활짝 핀 영원의 아치에 아홉 명의 여자가 좁은 원을 그리고
서 있었다. 보니가 다가가자 가운데를 보고 있던 여자들이 고
개를 돌려 동시에 보니를 쳐다봤다. 여자들은 옳은 일을 한 것
처럼 꼿꼿했다. 보니는 왠지 덜컥 겁이 나서 빠른 걸음으로 여
자들에게 다가갔다. 여자들이 한 걸음 물러나서 원이 갈라졌
다. 아빠가 그곳에 누워 있었다. 심장에 칼이 박힌 채. 아빠의
입에서 붉은 피가 흘러내렸다. 여자들의 앞치마에 있는 마크
가 보였다. 잘 보니 그건 겨우살이 꽃이었다. 겨우살이 꽃의 꽃
말이 떠올랐다. 겨우살이 꽃은 강한 인내심을 상징한다. 고난
을 견딘다는 뜻도 있다. 꿈에서 깨고 나서 다른 뜻이 하나 더
생각났다. 정복. 겨우살이 꽃에는 자신을 고난에 빠트린 것을
정복한다는 의미도 있다.

***

'병원에 가 봐야 하나?'

보니는 손가락들을 내려다보며 생각했다. 손가락은 이제

하얀 걸 넘어서 푸르게 변했다. 푸르딩딩한 양배추처럼. 오늘은 국화 축제의 첫날이었다. 열흘 넘게 잠을 제대로 못 자고 고생했지만 막상 아름답게 장식된 정원을 보니 보람이 느껴졌다. 오늘 하루만 2000명이 넘는 관람객들이 다녀갔다. 관람객들은 토피어리로 만든 사슴과 다람쥐, 요정들과 국화꽃이 섞여 있는 동화 같은 풍경을 보며 연신 감탄하며 사진을 찍었다.

보니는 관람객들이 집으로 돌아간 뒤에 고요해진 정원을 돌아다니며 정리하는 걸 좋아했지만 오늘은 그저 쉬고 싶은 마음뿐이었다.

집은 오늘도 텅 비었다.

'아직 안 돌아왔구나.'

장난처럼 결혼식을 올렸던 밤이 지나고 아침이 되자 그것은 떠났다. 정확히는 그 밤이 지나고 다음 날 보니가 정원에 일을 하러 나갔다가 밤늦게 돌아와 보니 그것이 보이지 않았다. 이번에도 그것은 아무 연락도 없다. 진동 한 번 보내 주는 게 어려운 걸까?

그것이 집을 나간 지 한 달이 지났다. 그것은 다른 존재와 한번 연결되면 언제까지나 연결되는 거라고 했지만 진동이 느껴지지 않으면 그것의 존재를 느낄 수가 없다. 이번에는 어느 때보다 그것의 빈자리가 크게 느껴졌다. 아마 이제는 달라질 거라 기대했기 때문일 것이다.

느티나무 앞에서 함께 영원을 맹세하면서 보니는 깊이 감동했다. 표정의 변화가 크지 않아서 겉으로는 티가 안 났겠지만 그것은 보니가 얼마나 감동했는지 알았을 거다. 어쩌면 정말 영원히 사랑하면서 행복하고 안정적인 삶을 함께 살아갈지도 모른다고 생각했다. 지난 9월처럼. 그러나 그것이 바로 다음 날 말도 없이 떠난 덕분에 기대는 허무하게 사라졌다.

완성된 국화 축제를 같이 둘러보고 그것이 잘 만들어진 장식물들을 보며 감탄하고 칭찬해 주면 얼마나 좋을까 하는 아쉬움도 들었다. 하지만 그것은 장식물의 아름다움을 몰랐나. 인간의 눈을 즐겁게 하기 위해 만들어진 것들은 그것에게 아무런 만족감도 주지 못했다.

보니는 푸르딩딩한 손가락으로 옷을 갈아입고 침대에 누웠다. 손을 며칠 혹사시킨 탓인지 손끝 감각이 이상했다.

그것이 있었다면 바로 잠들었겠지만 혼자 방에 누워 있으니 눈이 말똥말똥했다. 그것에게 감싸이면 심장 박동 같은 진동이 느껴졌다. 그 진동은 온몸의 긴장을 풀어 줬다. 보니는 그것에게 감싸여야만 푹 잠들 수 있었다.

'애도 아니고. 혼자서도 잘 자야 어른이지.'

보니는 자기 자신을 다독이며 이불을 머리까지 끌어 올리고 눈을 감았다. 하지만 몇 분도 지나지 않아 벌떡 일어나 앉아 머리맡에 있는 보조등을 켰다.

천장에서 발자국 소리가 들렸다.

'돌아온 걸까?'

보니는 지금 발자국 소리를 내는 것이 그것이기를 바라며 귀를 기울였다. "너야?"라고 불러 보고 싶었지만 목이 말라붙어서 소리가 나오지 않았다. 저벅거리는 발소리와 삐거덕대는 마룻바닥 소리가 어두운 방 안에 울렸다.

'그것이 아니야.'

보니는 신경을 바짝 곤두세웠다. 그것이라면 소리 없는 진동도 느껴져야 했다. 게다가 그것이 집으로 돌아와서 보니에게 인사도 하지 않고 위층 방으로 올라갔을 리가 없었다. 그것은 집에 돌아올 때마다 커다란 진동으로 보니를 불렀다.

'엄마가 온 거야.'

말도 안 된다는 걸 알면서도 보니의 머릿속에서 그 생각이 점점 커졌다. 보니는 너무 무서워서 도로 누워 이불을 목 끝까지 덮었다. 누군가 천장에 숨어 자신을 바라보고 있는 것 같았다. 마룻바닥 틈새로. 위층 방은 벌써 몇 년 전에 마룻바닥을 들어낸 데다 보니가 그 방을 그것을 위한 온실로 만들면서 바닥에 두텁게 흙을 깔았기 때문에 누가 그 방에서 보니를 내려다보는 건 불가능했다. 하지만 보니는 그런 느낌을 떨칠 수가 없었다. 금방이라도 어둠 속에서 뭔가가 튀어나올 것 같았다. 목소리가 들리거나.

보니는 무심코 그런 생각을 하고는 겁이 나서 베개에 얼굴을 파묻었다. 그 순간 목소리가 기다렸다는 듯이 귓속으로 파고들었다.

"너만 아니었으면 이 집에서 벗어날 수 있었을 텐데. 너만 아니면. 다 너 때문이야."

목소리는 언제나처럼 호시탐탐 기회를 노리고 있다가 갑자기 달려들었다. 보니는 필사적으로 베개로 귀를 가리고 소리를 질렀다. 기억이 제멋대로 튀어올랐다.

그날 보니는 엄마를 찾아 혼자 집 안을 돌아다니고 있었다. 보니는 어린아이였다. 다섯 살 정도였을까? 많아도 여섯 살 이상은 아니었을 거다. 아득한 기억이지만 장면은 선명했다. 위층 방의 문이 조금 열려 있었다. 보니는 그 문을 손으로 밀고 안으로 들어갔다. 처음에는 발이 보였다. 그리고 꺽꺽대는 괴상한 소리가 들렸다. 엄마가 공중에 매달려 있었다. 보니는 어렸지만 본능적으로 엄마가 죽으려 한다는 걸 알았다. "엄마, 내려와! 내려와!" 보니는 울면서 소리쳤다. 엄마의 숨이 넘어가는 소리는 점점 더 무섭게 변했고, 얼굴은 붉게 부풀어서 곧 터질 듯했다. "엄마, 죽으면 안 돼! 죽지 마!" 보니는 애가 타서 바닥을 뒹굴며 울부짖던 어린 자신을 떠올렸다.

보니는 그렇게 울고 소리치다가 공기가 서늘해진 것을 느꼈다. 고개를 들어보니 엄마가 옆에 앉아 있었다. 보니는 안심이 되어 엄마에게 안기려고 팔을 벌렸다. 하지만 엄마는 안아주지 않았다. 보니는 엄마의 싸늘한 눈빛에 몸이 얼어붙었다. 엄마의 입이 열리고 잊을 수 없는 말이 흘러나왔다.

'너만 아니었으면 이 집에서 벗어날 수 있었을 텐데. 너만

아니면. 난 이 정원에 평생 갇혀 살다 죽을 운명이지. 다 너 때문이야.'

보니는 깊은 물 속 같은 기억에 잠겼다가 겨우 수면 위로 올라왔다. 그런데 발자국 소리가 들리지 않았다. '내 방으로 오고 있는 거야.' 그게 누구인지는 알 수 없었다. 엄마가 집에 조용히 들어와 위층 방을 걸어 다니고 있을 거라는 상상이 터무니없다는 건 보니도 알았다. 엄마가 아니라 다른 누구도 그럴 사람은 없다.

하지만 실제로 그런 일이 일어날 리가 없다는 걸 알고 있는 것과는 별개로 공포가 밀려들었다. 공포가 목 끝까지 차올라서 숨이 막히고 심장이 멈출 것처럼 두근거렸다. 보니는 겨우 용기를 내어 후다닥 일어나 방 안의 불을 켰다. 방 안이 환해지자 극도에 달했던 공포도 서서히 가라앉았다.

보니는 문을 잠그고 침대로 돌아와 전화를 걸었다. 자정이 넘은 시각이었지만 상관없었다. 둘은 이제 그런 예의를 차리는 사이가 아니었다.

"여보세요, 주을? 지금 통화 괜찮아?"

"보니."

주을의 목소리에 친밀감이 담겨 있었다. 그동안에도 간간이 연락을 주고받았지만, 지난 한 달 동안은 거의 매일 통화했다. 혹시 부담이 될까 싶어서 전화를 걸지 않은 날에는 주을이 먼저 전화를 걸었다. 통화만 했을 뿐이지만 둘은 이번 한 달

동안 무척 친밀해졌다. 주을의 목소리가 전보다 더 다정해진 것으로도 마음의 거리가 한층 가까워졌다는 걸 알 수 있었다.

"그럼 괜찮지. 오늘도 안 들어왔어?"

"응, 잘됐지, 뭐. 이젠 적응이 됐나 봐. 혼자 있는 게 더 편한 것도 같고. 들어오려면 오고, 싫으면 말라지, 뭐. 이러다 자기가 내키면 또 갑자기 나타날 거야. 난 괜찮아."

"목소리는 하나도 안 괜찮은데?"

주을의 웃음소리가 들렸다.

"음……. 사실은 기분이 좀 이상해. 뭐가 나올 것 같기도 하고."

"뭐가 나오다니? 뭐가?"

"방금 위에서 발자국 소리가 들렸어. 내가 잘못 들은 걸 수도 있지만. 아니다. 내가 잘못 들은 게 맞는 것 같아. 누가 여길 들어오겠어. 문 열리는 소리도 안 났는데."

"지금 목소리 떨리는 거 알아? 내가 거기로 갈까?"

"온다고? 이 밤중에?"

"아, 혹시 내가 너무 오버하는 거야?"

"아냐. 와 주면 난 정말 좋지만. 그래도……."

보니는 그것이 언제 올지 생각했다. 주을이 집에 와 있는데 그것이 돌아온다면. '아냐. 그동안 안 돌아왔는데 하필 오늘 오겠어? 오면 또 어때. 걔는 항상 자기 마음대로인데. 나도 내 마음대로 할 거야.'

"가, 말아?"

주을의 목소리가 방금보다 식었다.

"와. 제발 와 줘."

보니는 꺼져 가는 불씨를 불듯 급하게 대답했다. 최근에 주을과 자신 사이에 생긴 친밀감을 잃어버리고 싶지 않았다.

보니는 사택 대문 앞에서 주을을 기다렸다. 주을의 차는 정원에 들어온 지 몇 분 만에 사택 앞에 도착했다. 헤드라이트 불빛이 눈부셔서 보니는 미간을 찌푸렸다.

"안에 있지. 왜 나와 있었어? 날이 이렇게 쌀쌀한데."

차에서 나온 주을은 얇은 캐시미어 코트를 입고 목에는 머플러를 둘렀다. 주을의 말대로 쌀쌀한 밤이었다.

"안 추워. 딱 좋은데. 난 추위에 단련이 돼서 괜찮아. 아주 어릴 때부터 한겨울에도 해가 뜨기 전에 정원에 나가서 일했거든. 이 정도는 아무것도 아냐."

"그럼 그 장갑은 뭔데?"

주을이 보니의 손을 눈짓하며 웃었다. 손가락 색이 변한 걸 감추려고 장갑을 끼고 나온 걸 잊고 있었다. 보니는 허세를 부린 것 같아 머쓱해져서 주을을 사택 안으로 안내했다. 보니가 주을의 코트를 받아서 옷걸이에 거는 동안 주을은 서서 집 안을 둘러봤다.

"여기가 거실이야?"

"그런 셈이지. 엄마는 여길 응접실이라고 불렀지만. 우리 집에 처음 와 봐?"

아무 뜻 없는 질문이었는데 주을은 잠시 멈칫거리다 대답했다.

"처음이지. 여기까진 안 들어와 봤어. 집이……"

주을이 말을 맺지 않고 머뭇거렸다.

"쓸데없이 크지? 썰렁하고. 차라리 여기다 박물관 같은 걸 만들었으면 어울렸을 거야."

정원의 사택은 처음에 아빠의 남매들과 할아버지, 할머니까지 일곱 명의 가족이 여름마다 머물 별장 용도로 만들어졌던 것이라 집이 큰 편이었다.

"뭐부터 해야 하지?"

주을의 코트를 옷걸이에 걸고 나자 갑자기 막막해졌다.

"그걸 나한테 묻는 거야?"

"친구가 집에 온 건 처음이라서. 보통 이럴 땐 뭘 해?"

"차부터 한 잔 줘. 일단 뭐 좀 마시다 보면 다음에 뭘 해야 할지 생각날 거야."

두 사람은 부엌으로 가서 커피를 마셨다. 보니는 냉장고에 있던 초콜릿 케이크도 잘라서 접시에 내왔지만 주을은 먹을 생각이 없는 것 같았다.

"제대로 못 보긴 했는데 오면서 언뜻 보니 정원이 확 달라졌더라. 여기저기 새로운 장식도 많고. 국화 축제 시작한 거야?"

"응, 오늘이 첫날이었어. 어때? 그거 준비하느라 몇 명이 고생했는지 몰라. 나도 열흘 넘게 수면 부족이고."

"낮에 봤으면 훨씬 멋질 것 같던데, 밤에 보는 것도 좋았어. 정원에 요정들이 진짜 깜찍하더라. 국화하고도 잘 어울리고."

"그럼 아예 오늘 여기서 자고, 내일 아침에 정원 좀 둘러보고 가. 개장 시간 전에 나가면 관람객이 없으니까 북적거리지도 않고 조용해서 더 좋을 거야. 내가 가이드해 줄게."

그것에게 받고 싶었던 칭찬을 주을에게 받으니 묘한 기분이 들었다. 그것도 국화 축제에 흥미를 보이기는 하겠지만 장식물들이 얼마나 멋지냐가 아니라 사람들이 왜 그런 이벤트를 여는지에 관심이 있을 거다. 보니는 여러 사람들과 함께 이룬 노력의 결실을 보여 주고 감탄을 받고 싶었다. 주을이라면 국화로 만든 장식들이 미적으로 얼마나 아름다운지는 물론 정원 사람들의 노력까지 알아봐 줄 게 분명했다. 그래서 꼭 주을에게 정원을 보여 주고 싶었다.

주을이 잠시 생각을 해 보는 듯싶더니 대답했다.

"그래, 좋지."

그리고 잠시 침묵이 흘렀다.

"주을이 우리 집에 있다니 기분이 이상하네. 우리가 여기 이렇게 단둘이 있게 되다니."

침묵이 어색해진 보니가 먼저 입을 뗐다. 조용한 집 안에 울리는 자신의 목소리가 어색하게 들렸다. 그 목소리는 절대 크진 않았지만 묘하게 들뜬 기분을 감추려는 느낌이 있었다.

"그러게. 나도 이 집에 너랑 있게 될 줄은 몰랐어."

그러고 나서 다시 침묵이 흘렀다. 통화를 할 때는 이렇게 어색하지 않았다. 오히려 할 말이 끊이지 않아서 일부러 한 번씩 숨을 돌려야 할 정도였는데.

"머드랑은 어떻게 할 거야?"

"응? 어떻게 할 거냐니. 무슨 뜻이야?"

"너랑 머드. 문제가 조금 있잖아. 내가 원래 다른 사람 일에 참견 잘 안 하는 거 알지? 근데 너한테는 이상하게 너무 마음이 쓰여. 나랑 통화할 때 네가 하는 얘기의 반이 그 친구 때문에 힘들다는 말인 거 알아? 아니, 요즘은 그 얘기만 해. 머드가 너한테 어떻게 했고, 그래서 네가 얼마나 힘들었는지. 그런 얘기만 하잖아."

"내가 그랬어? 들어주기 힘들었겠다. 미안해."

보니는 생각지도 못한 말에 당황해서 사과했다. 주을은 심각한 표정이 되어 고개를 단호하게 저었다.

"아니, 내가 힘들었다는 얘기를 하고 싶은 게 아니야. 난 하나도 안 힘들었어. 네 얘기를 하는 거야. 계속 그렇게 힘들게 지낼 건지 궁금해서."

보니는 주을의 말에 기분이 상했다. 도대체 뭘 안다고.

"그럼 내가 어떻게 해야 한다는 건데? 머드랑 헤어져?"

"그럴 수도 있지."

"왜?"

"내가 그걸 원한다는 게 아냐. 널 위해서 좋은 건지 생각해 보라는 거지. 머드가 정말 네게 좋은 사람이야? 그 친구랑 있는 게 행복해?"

"난 행복해지려고 걔랑 함께하는 게 아니야."

"행복해지려는 게 아니라고?"

주을이 답답하다는 표정을 지었다. 하지만 답답하기는 보니도 마찬가지였다. 차라리 주을에게 말해 버리고 싶었다. 머드는 외계인이라고. 그게 진짜 이름도 아니고.

"네가 듣기 싫으면 오늘 이후로는 이 얘기 안 꺼낼게. 근데 마지막으로 하나만 물어보자. 머드는 지금 전적으로 네게 의존해서 살고 있어. 돈도 안 벌고, 다른 일도 안 하고, 정원 사택에 얹혀 지내다가 마음 내킬 때마다 너한테 말도 없이 집을 나가서 며칠이고 몇 달이고 세상을 돌아다니지. 그런 방식이 꼭 나쁘다는 건 아냐. 내가 궁금한 건 네가 계속 그렇게 살 수 있느냐는 거지. 괜찮아? 계속 그렇게 지내도? 부원장님이 돌아오시면 어쩔 건데. 부원장님이 머드랑 같이 사는 걸 허락하실 리는 없고, 그럼 둘이 나가서 살아야 할 텐데 그때도 네가 머드를 계속 책임질 거야? 그 생활을 혼자 감당할 수 있겠어? 내가 보기엔 그건 너한테나 머드한테나 도움이 안 돼."

"나도 그런 생각을 안 하는 건 아니야. 당연히 해 봤지. 근데 내가 힘든 건 그런 현실적인 문제 때문만은 아니야."

"그럼 뭐가 제일 힘든데?"

"웃긴 생각이긴 한데 걔가 정말 존재하는 걸까 하는 생각이 들 때가 있거든. 혼자 텅 빈 집에서 걔를 기다릴 때는 정말 그래. 그 애가 내가 만들어 낸 환상은 아니었을까? 그런 생각이 들어. 왜냐하면 그 애랑 있으면 너무 완벽한 기분이 들거든. 내 모든 걸 이해해 주고, 나도 그 애의 모든 걸 이해할 수 있을 것 같고. 나와 걔는 서로의 외로움을 채워 줘. 그 애가 나타나기 전까지 난 내가 평생 혼자일 줄 알았어. 그런데 어느 날 갑자기 걔가 내 앞에 나타났고 그 뒤로 지금까지 내 삶에 함께 있는 거야. 여전히 서로를 사랑하고. 어떨 때는 내가 그런 존재, 나를 사랑해 줄 존재를 너무 필요로 한 나머지 환상을 만들어 낸 게 아닐까 싶어. 그게 진실일까 봐 두려워."

말을 하고 보니 마음속의 두려움이 선명하게 잘 보였다. '그래, 그게 두려웠던 거야. 걔를 기다리면서 괴로웠던 건 그래서이기도 했어.' 보니는 자신의 마음을 문득 깨닫고 말하는 법을 잊은 듯 조용히 입을 다물고 생각에 빠졌다.

주을은 보니를 잠시 그렇게 놔뒀다가 침묵을 깨는 질문을 건넸다.

"그날이 생각나네. 네가 갑자기 센터로 찾아왔었잖아. 비가 많이 오는 날이었는데 쫄딱 젖어서는. 그날 왜 그런 거야?"

"그냥 그날은 누군가 같이 있을 사람이 필요했어."

"메신저 친구 목록에서 아무나 고른 거야?"

"그런 셈이지. 사실은 타이밍이 좋았어. 그날 머드하고 크게 싸웠던 거 알지? 마침 그날이 음악회 날이었잖아. 그날 거기서 주을을 만나지 않아서 명함을 안 받았으면 우리가 지금 이렇게 같이 있을 일도 없었겠지. 겨우 두 달쯤 전인데 왠지 되게 옛날 일처럼 느껴진다. 우리가 그 짧은 시간 동안 이 정도로 친해졌다는 게 이상해. 친해진 거 맞지?"

"이 정도는 아직 친한 것도 아니지. 더 가까워질 수도 있어."

무슨 의미일까? 보니는 생각했다. 주을은 말을 모호하게 할 때가 많았다. 무슨 다른 의미라도 있는 것처럼. '원래 이런 건 딱 질색인데.' 하지만 주을이 하면 뭐든 괜찮게 느껴졌다.

"주을은 우리 엄마랑 비슷해."

"정말? 나한텐 최고의 칭찬인데. 어떤 점이 비슷해?"

"뭐라고 해야 하나. 뭘 해도 자연스러운 거? 어릴 때부터 난 뭘 하든 다른 사람을 흉내 내는 것 같이 어색했어. 실제로 어떻게 해야 할지 모르겠을 때마다 다른 사람들을 보며 따라 하기도 했고. 그냥 학교에서 누군가에게 말을 걸거나, 웃거나, 그런 사소한 것도 난 왠지 어려웠어. 사회성이 아주 뒤떨어지는 애였지. 크면 좀 달라질 줄 알았지만, 아직도 이래. 그에 비해서 엄마나 주을한테는 모든 게 다 너무 쉬워 보여. 난 엄마가 누군가에게 호감을 사려고 노력하는 걸 본 적이 한 번도 없어. 어떤 사람한테 필요할 게 있을 때는 먼저 다가갔지만, 엄마한테는 그게 전혀 어려운 일이 아니었으니까. 보통은 엄마가 가만히 있어도 사람들이 다가와서 알아서 잘해 주고. 주을도 그렇지 않아?"

"난 아니야. 지금도 이렇게 노력하고 있잖아. 너랑 친해지려고."

"그래, 그런 점이 우리 엄마랑 비슷하다는 거야. 그런 말을 아무렇지도 않게 하는 게. 내가 다른 사람한테 그런 말을 했다간 분위기가 싸해질걸?"

"해 보긴 했어?"

보니는 그저 습관적인 자조를 한 것뿐이었다. 그러나 주을이 정색하고 묻자 민망해서 귀까지 뜨거워졌다.

"이것 봐. 내가 뭔가를 말하니까 분위기가 싸해졌잖아. 예전부터 그랬어. 난 어디까지 솔직하게 말하고, 어떤 걸 감춰야 할지에 대한 감이 없어."

"내가 알려 줄까?"

보니는 주을의 눈빛이 달라진 걸 느꼈다. 뭔가 어떤 일이 일어날 것만 같았다. 작년 여름, 아직 걷는 것이 서툴던 그것을 부축하며 길을 걸을 때 느꼈던 그 열기가 떠올랐다. 이 열기가 자신의 몸에서 발산되는 것인지, 주을의 몸에서 발산되는 것인지 헷갈렸다. 그것이 얼마 전에 했던 얘기가 생각났다.

그 배우에게서는 특별한 진동이 발산되지 않았는데, 그 사람을 둘러싼 여러 사람의 진동 때문에 그 사람이 특별해 보였을 거라고 했던. '지금 우리 둘의 파동이 섞이고 있는 걸까?' 보니는 왠지 두려움을 느꼈다. 여기서 말을 돌린다면 피할 수 있을 것이다. 하지만 보니는 이런 순간에 도망가는 선택을 하고 싶지 않았다.

"뭘 알려 줄 건데?"

"어디까지 솔직해지고, 어디까지 감출지 감을 잡는 법."

"알려 줘."

보니가 속삭이듯 작은 목소리로 중얼거렸다.

"잘 모르겠을 땐 머리로 계산하지 마. 그냥 솔직하게 행동해. 이렇게."

주을이 의자에서 일어나 식탁을 한 손으로 짚고 보니 쪽으로 몸을 기울였다. 두 사람의 입술이 닿았다. 다른 사람의 입술이 닿는 게 이렇게 기분 좋을 줄은 몰랐다. 주을의 입술은 보니의 입술에 달라붙었고, 그 산뜻한 촉감은 곧 따뜻하게 바뀌었다. 주을의 입속은 따뜻하고 복잡하고 깊었다. 보니는 처음 맛보는 다른 사람의 입술과 혀, 치아를 핥고 빨면서 즐겼다. 사람들이 뱀파이어 이야기를 어떻게 생각해 냈는지 알 것 같았다. 입으로 다른 사람의 부드러운 살을 맛보는 기분이 미치도록 좋았다. 치아를 살에 깊숙이 박고 빨면 더 기분이 좋아질 것 같았다. 피를 원해서가 아니라 더 밀착되고 싶어서였다. 키스는 그것의 몸에 감싸일 때의 느낌과는 완전히 달랐지만 뇌에서 이상한 물질이 나오는 듯한 느낌은 비슷했다.

두 사람이 입술이 떨어졌다. 주을은 다시 키스하려고 자신의 입술을 보니의 입술로 가져갔다.

"안 돼."

보니는 물러났다.

"왜? 너도 좋잖아."

"아니, 기분이 안 좋아. 이러면 안 될 것 같아."

"머드 때문에?"

주을이 입가에 웃음을 머금고 물었다. 그러고는 아직 보니 쪽으로 기울이고 있던 몸을 바로 세웠다. 주을이 멀어지자 다시 당겨 입술을 맛보고 싶어졌다. 보니는 그런 욕망을 억누르며 주을을 바라봤다.

"웃지 마. 나한테는 진지한 문제야. 난 몰래 이런 짓 하고 싶지 않아."

"그럼 머드가 허락하면 나랑 할 거야?"

주을은 의자에 앉지 않고 식탁에 걸터앉았다. 주을의 어깨는 보통 여자들보다 크고 단단했다. 그 어깨가 보니를 자극했다. 뱀파이어처럼 주을의 옷을 어깨 밑으로 당겨 내리고 목덜미를 탐식하고 싶었다. 보니보다는 오히려 주을의 눈빛이 침착했다. 보니는 열기를 더 느끼고 싶어 애가 탔다.

"대답해 봐. 머드가 허락하면 나랑 할 거냐고."

"하긴 뭘 해."

"말 돌리지 마. 넌 지금도 할 수 있어. 네가 원하는 건 뭐든 다. 내가 여기 있고, 지금 우리 둘만 있잖아. 난 밤새 너와 여기 있을 건데 참을 수 있겠어? 지금 날 그렇게 원하면서?"

주을이 식탁 위로 몸을 길게 뻗어 무방비로 늘어져 있던 보니의 손을 잡았다. 그 바람에 주을은 식탁에 눕다시피 한 꼴이 되었다. 주을이 식탁에 엎드린 채로 손을 입술로 가져가자 보니의 몸은 의지와 상관없이 나른해졌다. 주을이 보니의 장갑을 벗겼다. 보니의 손은 파랗고 창백했다. 주을은 분명 그것을 봤지만 아무 말도 하지 않고 보니의 손 마디마디에 입을 맞췄다. 주을의 혀가 손가락 끝에 닿자 저릿한 통증과 함께 쾌락이 피어났다.

"다른 사람한테 허락받지 않아도 돼. 그게 너와 어떤 관계를 맺고 있는 사람이든 다른 사람이 네 몸을 어디에 어떻게 쓸지 허락하거나 결정할 수는 없어. 네가 결정해. 네 몸이잖아. 넌 네 몸을 마음대로 사용할 권리가 있어."

"그런 게 아니야. 나도 내 몸이 내 거라는 건 알아. 내가 다른 사람과 이러고 있다는 걸 알면 걔가 상처받을 거야. 난 그냥 그게 싫어."

"그럼 네 옆에 있는 사람에게 상처 주지 않기 위해서 네가 원하는 걸 참는 게 맞는 건가? 내 생각에는 그건 불필요한 희생이야. 자연스럽지도 않고. 왜 다른 사람을 위해 네 욕구를 참고 희생하려고 해? 네가 진짜 원하는 걸 참는 게 왜 사랑이야? 나랑 뭘 하든 너와 머드가 맺고 있는 관계나 네가 머드에게 느끼는 감정과는 별개야. 그렇게 생각할 수는 없어?"

그 말에 고개가 끄덕여지지는 않았다. 가슴속에서 반감도 약간 치밀었다. 하지만 반박할 말도 떠오르지 않았다. 반박할 말을 찾으려면 찾을 수 있겠지만, 그건 그저 지지 않기 위한 말일 것 같았다. 게다가 지금 이 순간에는 주을의 논리에 끌려가고 싶기도 했다. 주을을 원하는 건 사실이었다. 보니는 주을에게 강렬하게 끌렸다. '그러게. 내가 왜 참아야 하지? 이렇게 하고 싶은데.' 그런 생각이 스쳤다. 오늘 밤 주을과 함께 침대에 누워 따뜻한 밤을 보내고 싶었다. 사람이 주는 온기, 쾌락, 웃음, 외롭지 않다는 느낌. 사랑을 주고받는 기쁨. 그런 것들을 실컷 얻을 수 있을 것이다. '이렇게 흔들리는 것만으로도 내가 그것을 배반했다고 할 수 있을까? 마음으로 짓는 죄도 죄라면…….'

그때 식탁이 세게 흔들렸다. 보니는 놀라서 벌떡 일어났다.

"왔나 봐."

"누가?"

"그것. 아니, 머드가 온 것 같아."

9.

식탁부터 시작된 진동은 금세 온 집 안으로 퍼졌다. 식탁 위의 컵들이 달그락거리고, 천장 위에 달린 작은 샹들리에도 흔들리며 짤랑거리는 소리를 냈다. 바닥까지 흔들려서 웬만큼 진동에 익숙해진 보니도 눈앞이 어지러웠다. 일어나 있던 주을은 두 손으로 의자를 붙잡고 불안한 얼굴로 사방을 두리번거렸다.

그때 아치로 된 식당 문으로 그것이 나타났다. 긴 생머리에 리본 블라우스를 입고 갈색 트위드 재킷과 스커트를 입은 그것은 누가 봐도 예쁘게 잘 차려입은 젊은 여자 같았다. 다른 때처럼 선글라스를 쓰고 흰 지팡이를 들고 있었는데, 그 두 가지 말고는 보니가 아는 물건이 없었다.

"저 사람이 머드야?"

주을이 믿기지 않는다는 눈빛으로 보니를 보며 물었다. 보니는 뭐라고 대답할지 몰라 우물거리다 '머드'에게 먼저 말을 건넸다.

"그 리본은 도대체 어디서 났어?"

블라우스의 리본이 아니라 긴 머리를 묶은 커다란 분홍색 리본에 대해 물은 거였다. 그것은 보니의 말에 대답하지 않고 딴소리를 했다.

《오늘 누가 나한테 수수께끼를 냈는데, 너도 맞혀 봐. 아침에는 다리가 하나고, 점심에는 다리가 둘이고, 저녁에는 다리

214

가 셋인 게 뭐게?》

"갑자기 무슨 수수께끼. 손님 온 거 안 보여?"

보니는 당황하기도 하고 초조하기도 해서 목소리가 떨렸다. 주을의 뜨거운 숨이 아직 입술에 남아 있었다. 나쁜 짓을 하다 들킨 아이처럼 심장이 벌렁거렸다. 주을의 안색은 창백했다. 주을도 보니만큼이나 당황한 듯했다.

그것은 주을을 향해 아주 살짝 고개를 끄덕여 아는 체를 한 다음 다시 자기 얘기를 이어 갔다.

《들어 봐. 그 수수께끼의 정답이 뭐였는지 알아? 나였어.》

그것은 그렇게 진동한 뒤 한 바퀴를 빙그르르 돌았다. 어찌나 힘차게 몸을 돌렸는지 주름 스커트가 깃발처럼 펄럭거렸다.

《내 정체를 어떻게 알았을까? 너무 놀라서 그 인간을 쓰러트리고 도망 온 거야.》

보니는 머릿속이 하얘진 와중에도 수수께끼를 낸 사람이 그것의 흰 지팡이를 가지고 놀리려 한 것이라는 사실을 깨닫고 화가 났다.

"그 사람 얼마나 세게 밀었어?"

《아주 잠깐 기절할 만큼?》

"잘했어. 그런 인간은 좀 당해 봐야 정신을 차려."

그것이 만족의 진동을 보냈다.

《칭찬받을 줄은 몰랐네. 혼날까 봐 말 안 하려고 했는데.》

"혼낼 일은 따로 있거든. 그 옷 어디서 났어?"

《옷가게에 들어가서 나한테 어울리는 걸로 달라고 했어. 내가 오늘 입고 나간 옷이 별로였는지 사람들이 자꾸 이상한 진동을 내 쪽으로 보내길래.》

"그래서 한 벌을 그렇게 싹 다 맞춘 거야? 스타킹이랑 구두까지?"

《난 그냥 주는 대로 입은 거야.》

"계산은 어떻게 했는데?"

《늘 하던 대로 했지.》

"마음대로 내 카드 가져가지 말라고 했잖아. 옷에 태그는? 뗐어?"

《잘 모르겠어. 뭘 때 준다고 해서 고개를 끄덕이긴 한 것 같은데.》

스트레스가 치솟았다. 저 한 벌에 또 얼마를 쓴 걸까? 보니는 주을이 옆에 있다는 것도 잠시 잊어버리고 이를 악 물었다.

"당장 그 옷 고이 벗어 두고 와. 새것 같은 중고로라도 팔아야 하니까."

그것은 기가 죽어서 아무 말도 하지 못하고 위층으로 갔다. 집을 흔들던 진동이 잠잠해지자 울렁거리던 속도 조금씩 진정되었다. 주을은 갑자기 피로가 몰려오는지 기운 없이 의자에 앉았다.

적어도 내가 만들어 낸 환상은 아니었구나. 머릿속에 그 생각이 스쳤다.

"요즘은 저런 장치도 나오는구나. 들어 본 적은 없는데. 혹시 정식 출시하기 전에 테스트하는 용도로 받은 거면 소개 좀 해 줄 수 있어? 필요한 아이들이 몇 있어서."

"저런 장치라니?"

"언어 보조 장치 아냐? 어떤 원리인지는 정확히 모르겠지만 파동 같은 걸 이용하는 것 같은데, 맞아? 벌써 이렇게까지 전달력이 높은 장치가 나오다니 신기하다. 난 10년 쯤은 더 걸릴 거라고 생각했어."

오해를 바로 잡아야 하나? 보니는 머릿속이 복잡해져서 말을 아꼈다.

"아, 비밀 계약이야? 그러면 말 안 해도 돼. 나도 어디 가서 말 안 할게. 어쨌든 저 정도로 기술이 개발됐다는 걸 안 것만으로도 힘이 난다. 얼른 상용화가 됐으면 좋겠네."

"외계인이야."

"뭐?"

"외계인이라고. 진동으로 말하는 외계인."

"뭐야, 그 썰렁한 농담은."

주을이 어이없다는 눈빛으로 보니를 쳐다보았다.

"너무 재미없어서 어떻게 반응해야 할지도 모르겠다."

주을이 말을 마치기가 무섭게 다시 집이 흔들렸다. 곧 어둠 속에서 그것의 형체가 어슴푸레하게 보였다. 그것이 가까워 질수록 진동은 더 진하고 강력해졌다. 이제 주을도 그것의 말이 어떤 장치를 통해 전달된 것이 아님을 깨달은 듯했다.

"저게 뭐야?"

"말했잖아. 외계인이라고."

보니는 식당에서 나오는 불빛으로 반쯤만 환한 응접실의 가운데에 멈춰 선 커다란 진흙 덩어리를 향해 다가갔다.

"내 친구 앞에서 이런 모습 보인 적 없잖아."

다른 사람에게 그것과 있는 모습을 보인 건 처음이었다. 주을이 보고 있다고 생각하니 이상하게 등이 따끔거렸다. '지금 내가 어떻게 보일까?' 갑자기 그것이 부끄럽게 느껴졌다. 둘이 있을 때 그것은 귀엽고 사랑스러워 보였다. 그것을 보며 이 세상의 살아 있는 것 중에서 가장 신비롭고 아름다운 생명체라고 생각한 적도 많았다. "넌 정말 최고야. 세상에서 가장 멋져. 세상에서 제일 귀엽고, 제일 예뻐." 그것에게 진심으로 그런 말을 자주 했다. 집에 있다가 그것과 마주치면 너무 사랑스러워서 몸에 전율이 일 정도였다.

하지만 처음으로 다른 사람의 눈으로 그것을 보자 보니는 자신이 어떻게 그것의 외모를 멋지다고 생각했던 건지 알 수가 없었다. 그것은 진흙을 섞어 아무렇게나 빚은 반죽 덩어리처럼 생겼다. 저렇게 괴상하고 못생긴 것을 사랑한다고 안달복달했다니. 주을이 자신을 괴짜나 변태, 아니면 괴물과 어울리는 괴물이라고 생각할까 봐 겁이 났다.

《정원에서는 자주 이렇게 나갔어.》

그것이 차분하게 반박했다.

"식물 친구들 말고. 사람 친구 말이야."

《네가 사람 친구를 데려온 적이 없었지.》

분하게도 그 말에는 반박할 수가 없었다. 보니의 뒤에서 주을도 천천히 걸어왔다.

"지금 이거 꿈 아니지?"

"그냥 꿈이라고 하자. 내 꿈에 들어온 걸 환영해."

"뭐랄까. 이건 너무……."

"알아. 좀 이상해 보이지?"

"신비로워."

내가 잘못 들은 건가? 보니는 주을을 쳐다보았다. 주을은 달콤한 꿈에 빠진 눈으로 그것을 향해 다가갔다.

"실례지만, 만져 봐도 돼?"

주을이 그것에게 예의 바르게 물었다.

《응. 만져 봐도 되는데 성감대를 안 건드리게 조심해 줘. 그럼 내가 널 어떻게 할지 모르거든.》

그것의 진동은 끈적하고 유혹적이며 아주 강렬했다. 보니는 짜증이 치밀어서 팔짱을 끼고 그 꼴을 지켜봤다.

주을은 그것의 몸통에 손을 가만히 댔다.

"너무 아름다운 진동이 느껴져. 너 진짜 멋지다."

진심 어린 감탄이 담긴 목소리였다. 주을이 그 커다란 손으로 그것을 어루만지는 것을 보며 보니는 묘한 질투를 느꼈다. 그것은 주을에게 몸을 맡기고 편안하고 얌전하게 바닥에 늘어졌다. 그것이 바닥에 푹 퍼지자 주을은 웃으며 그 옆에 앉았다. 주을은 그것의 진동 속에 있었다. 보니는 지금 주을의 기분이 어떨지 잘 알았다. 분명 깊게 매료되었겠지. 그것에게는 짧은 시간 동안 상대방을 사로잡는 힘이 있었다.

《네 진동도 꽤 매력적이야. 마음에 들어.》

'얼씨구.' 보니는 그것이 주을에게 보내는 진동을 느끼고 혀를 찼다. '놀고들 있네.'

그것의 몸 한쪽이 촉수처럼 길게 늘어나 주을의 손목을 감았다. 주을도 그걸 알았지만 그것의 움직임이 부드러워서 긴장하지 않고 오히려 다른 쪽 손을 그것에게 주었다. 그것은 주을의 두 손목을 휘감고 끌어당겼다. 주을은 편안하게 그것의 몸 위에 누웠다. 그것이 주을의 몸을 조금씩 덮다 완전히 반으로 접혔다.

'꼭 오므라이스 같네.'

얼마 후에 그것의 몸이 열렸다. 좀 길다 싶었지만 시계를 보니 5분밖에 지나지 않았다. 주을이 그것의 둥글고 납작한 몸 위에 누워 있었다.

'잠든 걸까?'

보니는 그것에게 감싸이면 몸이 이완되면서 잠들기 쉽다

는 걸 알고 있어서 별로 걱정하지 않고 그쪽으로 다가갔다. 그러나 주을의 얼굴이 제대로 보일 정도로 거리가 가까워진 순간 심장이 덜컹 내려앉았다.

"무슨 짓을 한 거야!"

주을의 얼굴이 새하얗게 질려 있었다.

"주을, 주을! 정신 차려 봐."

보니는 주을의 뺨을 손으로 치고 어깨를 조심스럽게 흔들었다. 주을의 팔이 축 늘어졌다. 주을의 몸은 따뜻했지만 그게 주을의 체온인지 아니면 그것의 체온인지 알 수 없었다.

"죽은 건 아니지……?"

보니는 그것을 올려다보았다. 그것은 분개해서 몸을 팽팽하게 늘렸다. 그것의 몸을 감싼 진동은 묵직하고 뜨거웠다. 당장 어떤 식으로든 화를 터트리지 않으면 그것의 몸이 먼저 풍선처럼 터져 버릴 것 같았다.

《약속했잖아. 네 심장이 멈출 때까지 날 사랑하겠다고. 그런데 이건 뭐야?》

"바로 그다음 날 말도 없이 나가서 지금까지 안 돌아온 네가 할 말은 아니지. 그리고 난 약속 어긴 적 없어."

《네가 지금 의미가 다른 두 가지 진동을 쓰고 있다는 건 알아? 한 진동은 약속을 어기지 않았다고 하는데, 다른 진동은 그렇다고 말하네. 그것도 엄청나게 강렬하게. 이 인간 앞에서 왜 날 부끄러워했어?》

할 말이 없었다. 보니는 말보다 순수하게 느껴지는 진동으로 그것과 소통하는 것에 푹 빠졌었다. 그것과 있을 때는 쓸데없는 말을 할 필요도 없고 오직 소리 없는 진동과 스킨십만으로도 충분히 서로를 이해할 수 있다는 것이 자랑스러웠다. 진동으로 하는 의사소통에 비하면 사람들이 말을 통해서 하는 대화 방식은 너무나 오해가 생기기 쉽고 비효율적이라는 생각을 하면서 우리는 특별한 연인이라는 만족감을 느낄 때도 있었다.

하지만 지금처럼 숨기고 싶은 마음마저 너무 쉽게 다 들켜 버릴 때는 그것이 상대방의 감정을 알아차리는 몸의 센서가 지나치게 민감하다는 생각이 들어 짜증이 났다. 그것은 인간은 물론이고 동식물뿐만 아니라 때로는 사물의 감정까지 아는 것 같았다.

《난 이 인간에게 내가 받은 고통을 되돌려 줬어.》

"무슨 뜻이야?"

《끝났다고.》

주을의 몸은 차고 창백했다. 보니는 아주 오랜 시간이 흐른 어느 날 문득, 이때 자신이 그것의 진동에 담긴 뜻을 제대로 이해하지 못했다는 걸 깨달았다. 하지만 이미 예전에 지나간 무의미한 일이었기 때문에 잠깐 생각하고는 곧 잊어버렸다.

그러나 지금은 그것이 한 짓에 속이 비틀어지고 구역질이 나서 이런 말이 입에서 흘러나왔다.

"네가 이렇게 잔인한지 몰랐어. 지금 내 기분이 어떤지 느껴져? 진짜 끔찍해. 네가 너무 끔찍해서 그냥 죽어 버리고 싶어. 너랑 이렇게 같이 있느니 그냥 죽고 싶다고."

《그만해.》

쾅 하는 소리가 집 안을 울렸다. 거대한 망치로 쇠기둥을 내리친 것 같은 진동이었다. 그 인정사정없는 진동에 골이 깨질 것처럼 아팠다. 보니의 몸이 비틀거렸다. 보니는 넘어지지 않으려 다리에 힘을 주고 버텼다. 화가 나서 달아오른 뺨으로 눈물이 흘러내렸다.

그것의 몸이 떨렸다.

《잠깐 기절한 거야.》

그것이 아직 자신의 몸 위에 있는 주을을 밀어내자 주을의 몸이 바닥으로 굴렀다. 보니는 주을의 머리가 다칠까 봐 겁이 나서 얼른 다가가 주을을 자신의 품에 감쌌다.

《이건 비밀 기억으로 해야겠다. 다른 존재들에게 보여 주기에는 너무 수치스럽네.》

그것은 몸을 길게 늘여 계단을 천천히 올라갔다. 계단이 슬픈 진동으로 울리자 보니는 죄책감을 느꼈다. 주을은 얼마 지나지 않아 깨어났다. 깨어난 얼굴은 여전히 하얗게 질려 있었다.

10.

주택 단지 안은 평화로웠다. 길은 결벽증에 걸린 사람들만 사는 곳처럼 깨끗했고, 세련된 단독 주택들이 띄엄띄엄 거리를 두고 서 있었다. 보니는 주을에게서 이곳에 50명 정도 되는 사람이 산다는 말을 들었다. 주을이 그것과 마주쳤던 그날 이후로 일주일이 흘렀다. 긴 일주일이었다. 그날 주을은 보니의 침대에서 몸을 회복하고 아침에 집으로 돌아갔다. 국화 축제는 결국 보여 주지 못했다. 차가 정원을 빠져나가는 동안 주을은 피로한 듯 눈을 감고 있었다.

보니는 주을을 차로 데려다주고 사택으로 가는 길에 문자를 받았다.

그것은 너무 이상해, 보니. 난 그게 널 망가트릴 것 같아서 무서워. 너만 괜찮으면 그 집에서 나와서 여기서 지냈으면 좋겠어. 우리 단지에 네가 지낼 만한 곳이 있어.

보니는 반나절이 지나서야 그 문자에 답을 했다.

물어봐 줘서 고마운데 난 괜찮아. 내 친구가 어제 너한테 한 일은 미안해. 혹시 몸에 이상 있으면 얘기해 줘.

보니는 주을에게 그것을 어떻게 지칭해야 할까 고민하다

그냥 '친구'라고 썼다. 이제 머드는 엉터리 이름이라는 게 드러
났으니.

주을은 그 뒤로 연락이 없었다. 그러다 오늘 전화를 해서
오후에 시간이 되는지 물었다. 시간이 괜찮으면 같이 산책이나
하자는 제안이었다. "그래, 갈게. 저번에는 주을이 와 줬으니
까." 그렇게 해서 지금 두 사람이 함께 주택 단지 안을 걷게 되
었다.

"주을, 안녕!"

한 여자가 인사를 했다. 연주회 날 봤던 백발의 첼리스트
였다. 주을의 파트너, 미진. 조깅 중인데도 짙은 색 립스틱을
바르고 금으로 된 굵은 링 귀걸이를 한 모습을 보니 마돈나가
떠올랐다. 주을과 그녀가 서로를 가볍게 껴안고 입을 맞추는
인사를 하는 동안 보니는 그냥 옆에 서 있었다. 주을에게 들어
서 두 사람의 사이를 알고 있었지만 막상 눈앞에서 입을 맞추
고 있는 걸 보니 좀 어색한 기분이 들었다.

"여기가 보니 씨구나."

첼리스트도 주을에게 뭔가 들은 것이 있는지 눈짓으로
아는 체를 했다. 다정하면서도 강한 인상이었다. 보니가 뭐라
대답할 새도 없이 첼리스트는 금방 사라졌다. 원래 깔끔하고
남에게 질척이는 성격이 아닌 듯했다.

"생각 좀 해 봤어?"

첼리스트의 멀어지는 뒷모습을 멍하니 보고 있었는데 주

을이 불쑥 물었다. 아마도 말을 꺼낼 타이밍을 재고 있었던 것 같았다.

"무슨 생각?"

"여기 와서 지내는 거. 내 친구 중에 피아노를 치는 친구가 있는데 한 달 전에 외국으로 순회공연을 가서 집을 겸해서 쓰던 스튜디오가 비어 있어. 공연이 끝나도 거기에서 머물 예정이라 몇 년은 안 돌아올 거래. 내가 물어봤는데, 네가 와서 지내도 괜찮다고 했어. 지금 네가 사는 집에 비하면 아주 작은 공간이지만 지내기 불편하지는 않을 거야. 웬만한 건 다 갖춰져 있고, 깨끗해. 월세도 최소한만 받겠대. 돈은 별 상관없겠지만."

"돈이 왜 상관없어. 나 그렇게 넉넉하지 않아. 솔직히 얘기하면, 슬슬 걱정을 해야 할 정도야. 그런데 여기서 사는 건 돈 문제하고는 별개야."

"그럼 뭐가 문제인데?"

"뭐가 문제라기보다 집에서 나올 이유가 없어. 하는 일은 별로 없지만 엄마가 나한테 정원을 부탁하고 가기도 했고. 그것도 내가 돌봐야 해. 내가 옆에 없으면 불안해하거든. 챙겨 줘야 할 것들도 있고."

"'그것'이라고 부르네? 원래 그렇게 불러?"

"글쎄. 남들한테는 애초에 불러 본 적이 없지."

"가끔 말이 안 맞는 게 있다 싶었어. 그래서 사정이 있나보다 하긴 했는데. 그런 걸 줄은 생각도 못 했어."

"외계인일 줄은 몰랐다고?"

"외계인이라니. 그것도 너무 이상하게 들려. 어떻게 그렇게 확신해?"

"처음 만난 날 느낀 진동으로. 그 이후로 대화도 많이 했고."

"그러고 보니 예전에 우리가 처음 '오후와 새벽'에서 같이 술 마셨을 때 네가 갑자기 급하게 일어났던 게 생각났어. 진흙 덩어리가 보고 싶었다고 했었나? 그때는 그게 무슨 말인지 몰랐는데……. 그래, 외계인이라고 쳐. 그런데 그게 외계인이든 뭐든 같이 지내는 건 너무 위험해."

"지금까지 아무 일도 없었어."

"아무 일도 없었다고? 내가 저번 주에 너희 집에 들어갔을 때 왜 아무 말도 못 했는 줄 알아? 집 안이 엉망이었어. 사방이 흙 범벅에, 여기저기 물건들이 쓰러져 있고. 그게 말하고 움직일 때마다 온 집 안이 흔들리잖아. 그 집에서 계속 살다간 몸이 진짜 안 좋아질 거야. 아니, 넌 벌써 건강을 잃고 있어. 음악회 날, 널 보고 솔직히 속으로 놀랐어. 네 아버지 추도식에서 부원장님이랑 같이 있을 때 보고, 널 거의 1년 만에 봤는데 다른 사람처럼 변해 있는 거야. 뭔가 심각한 병에 걸려서 치료를 받는 중이 아닐까 했어. 안색도 너무 나쁘고 피부는 창백하다 못해 누런빛이 돌고 몸은 퉁퉁 부어서는. 이런 말 해서 미안하지만, 너 얼굴이 진짜 많이 상했어. 곧 죽을 사람 같다고. 특히 눈빛이……. 베를린에 있을 때 너 같은 눈빛을 한 사람을 딱 두 번 봤어. 한 명은 약에 찌들어서 거리에 사는 사람이었고, 다른 하나는 내 친구의 친구였는데 심각한 알코올중독에 빠져서 치료를 받고 있었어. 내가 왜 나를 찾아오라고 했게. 네가 도움이 필요해 보여서 그랬던 거야."

도움이 필요해 보였다는 말을 듣자 왠지 가슴에 날카로운 통증이 느껴졌다.

"난 누구의 도움도 필요 없어. 멀쩡해."

"손가락이 그 지경이 됐는데도? 네가 그 외계인인지 뭔지 모르겠는 그 친구랑 있는 한 네 손가락은 점점 더 안 좋아질 거야. 아예 손을 못 쓰게 될 수도 있어. 그건 알고 같이 있겠다는 거야?"

주을이 보니를 밀어붙이듯 사납게 말했다. 보니는 자신의 손을 위협에서 지키려는 것처럼 뒤로 감췄다.

"주을은 내 손이 어떻게 될지 어떻게 아는데? 뭐 아는 거 있어?"

보니의 목소리가 불안정했다. 손을 못 쓰게 될 수도 있다는 말을 들으니 내심 품고 있던 불안감이 갑자기 커졌다. 주을은 뭘 알고 있는 걸까?

"비슷한 걸 본 적이 있어. 너희 집에 다녀오고 나니까 생각이 나더라. 나 고등학교 다닐 때 돈을 아주 조금만 받고 레슨

해 주시던 선생님이 있었어. 나이가 좀 있는 여자분이었는데 유명한 연주자는 아니었지만 젊을 때는 이름 있는 콩쿠르에서 입상도 하고, 무엇보다 열정이 대단하셨어. 대회에 나가는 것도 아닌데 학생들을 가르치면서 남는 시간엔 종일 피아노를 치면서 곡을 연구하시는 거야. 난 그분을 정말 존경했어. 그런데 어느 날 보니 선생님 손가락이 하얬어. 손가락 가운데 마디까지가. 피아노 건반을 누를 때 울리는 진동 때문에 그렇게 된 거라고 하더라고. 손가락 색만 변한 게 아니라 마비가 같이 와서 결국 피아노 교실 문을 잠깐 닫으셨는데, 어느 날 보니 학원이 아예 없어져 있었어. 나중에 선생님이 앓으셨던 게 레이노 증후군이라는 걸 알게 됐어. 진동 증후군이라고도 하는데, 알고 보니 피아노를 치는 사람들 사이에서는 꽤 알려진 병이더라. 그 선생님의 하얀 손가락이 지금도 기억에 선명해. 그런 건 처음 봤으니까. 그것 때문에 좋아하던 선생님을 잃어서 더 안 잊히기도 했고. 네 손가락도 그렇게 된 거 맞지?"

"진동 증후군이라고?"

"아직 병원도 안 가 본 거야?"

주을이 기가 찬 듯 되물었다.

"손이 점점 더 이상해. 손만 그런 게 아니라 발가락까지 파랗게 변했어."

보니가 장갑을 벗어 주을에게 손을 보여 주었다. 주을의 표정이 심각해졌다. 보니의 손가락은 마치 죽은 사람의 것처럼 시퍼렇게 질려 있었다. 가운데 마디까지가 아니라 손가락 전체가 그랬다. 일주일 전과 비교해도 상태가 훨씬 나빠졌다.

"알아내려고 하면 금방 알아냈을 텐데 겁이 나서 안 찾아봤어. 그것 때문이라는 게 분명해질까 봐. 주을이 보기엔 너무 바보 같겠지만, 난 그것 없이 살 자신이 없어. 그것이 내 인생에서 사라질까 봐 겁이 나서 지금도 가슴이 떨려. 난 그것과 떨어져서 살고 싶지 않아. 그것이 없어지면 어차피 난 살아도 살아 있는 게 아니야."

"보니, 제발 정신 차려. 겨우 한 번이긴 했지만 나도 그 진동을 경험해 봤잖아. 거기서 나오고 나서 내가 너에게 물어봤던 거 기억나? 시간이 얼마나 지났냐고."

"기억나. 넌 그 속에서 5분 동안 있었어."

"내 체감으로는 몇 시간은 갇혀 있었던 것 같았어. 강한 진동이 내 온몸을 압박하듯 감싸는데 기분이 점점 이상해지면서 내 몸하고 정신이 분리되는 느낌이 드는 거야. 내 정신이라는 게 한 손으로도 들 수 있는 속이 텅 비고 가벼운 유리 볼처럼 느껴졌어. 그게 내 정신을 던져 버리면 가루처럼 산산조각이 나서 흩어져 버릴 것 같아서 너무 무서웠어. 그런데 그것 없이는 살 수 없다고? 계속 그렇게 한집에 같이 살다가는 너도 어떻게 될지 몰라. 몸이 먼저 망가지지 않으면 정신이 망가질 거라고. 그렇게 될까 봐 안 무서워?"

"그땐 걔가 화가 나서 그런 거야. 나한텐 항상 다정해. 조금이라도 공격적으로 군 적이 한 번도 없어. 걔가 너한테 그렇게 한 건 정말 미안하지만, 그렇다고 무조건 위험한 동물이라도 되는 것처럼 얘기하진 마."

보니의 눈이 분노로 활활 불타올랐다. 그 열렬하고 무조건적인 옹호에 주을은 답답한 듯 큰 소리로 외쳤다.

"너 정말 제정신이 아니구나? 그건 위험해. 널 이렇게 만들어 놓은 것 좀 봐. 지금 네가 어떻게 보이는지 알아? 눈이 완전히 돌아갔어. 네가 그렇게 살고 싶다면 나도 더는 참견 안 해. 더 얘기할 거 없는 것 같으니 난 이만 가 볼게. 조심히 들어가."

그러고서 주을은 차가워진 표정으로 등을 돌리고 멀어졌다. 보니는 그 뒷모습을 쳐다보며 몸을 떨었다. 왠지 소리를 내어 흐느끼고 싶어졌다.

주을의 말에도 일리가 있다는 걸 알았다. 보니도 그런 생각을 안 해 본 것은 아니었다. 그것과 너무 오래 함께 있다가는 자신의 어떤 부분이 망가질지도 모른다는 생각을 해 본 적이 있었다. 이미 망가지고 있다는 느낌이 강하게 들 때도 있었다. 몸이나 정신 같은 부분적인 것이 아니라 삶 전체가 가라앉는 느낌이었다. 하지만 왜 그런지는 몰랐다. 구체적인 이유가 떠오르는 날도 있었지만 막상 그것과 헤어진다는 생각을 하면 모든 이유들이 흩어지며 사라졌다. 그것과 함께하는 삶이 조금씩 괴로워지고 있다고 느끼는데도 막상 그것과 함께 있으면 행복했다. 그것과 함께 있을 때는 헤어져야 할 이유가 하나도 떠오르지 않았다.

과연 그것이 사라진다고 삶이 달라질까? 그것이 인생에 나타났던 순간부터 보니의 삶은 복잡해졌다. 인생에서 느껴 본 적 없는 행복과 느껴 본 적 없는 괴로움, 느껴 본 적 없는 외로움이 매일 번갈아 찾아와 마음을 괴롭혔다.

어쩌면 이렇게 괴로운 것은 그냥 사랑 자체 때문인지도 몰랐다. 너무 열렬한 사랑에 빠져서 아픈 것이다. 지나치게 사랑해서. 마치 사랑이라는 밧줄에 거꾸로 매달린 것 같았다. 처음에는 밧줄에 매달린 게 흥분되었고 지금도 재밌긴 하지만 너무 오래 밧줄에 매달려 있었다. 밧줄에 매달린 시간이 길어질수록 몸도 마음도 고통스러워진다. 서서히 한계에 가까워지고 있다.

어느 때보다 그것을 사랑하고 있다는 감각이 선명했다. 보니의 몸과 마음은 '그것과 헤어진다면'이라는 가정을 거부했다. '그것은 내 일부와 같아. 난 그걸 내 삶에서 떼어 낼 수가 없어.' 보니는 그런 생각을 되뇌며 정원의 사택으로 돌아갔다.

11.

머리가 또 지끈거렸다. 어지러워서 벽을 짚으니 손바닥으로 진동이 느껴졌다. 벽이 떨린다. 그것이 화를 낼 때와는 다른 진동이다. 손으로 만져 봐야만 알 수 있는 미세한 진동. 집 안의 물건도 멀쩡해 보이지만 가까이 가서 들여다보면 잔떨림이 보일 것이다.

그것은 가끔 우울해한다. 일주일에 한두 번씩. 때로는 일주일 내내. 아침에 기분이 안 좋을 때도 있고, 저녁에 완전히 기분이 가라앉을 때도 있다. 한두 시간, 아니면 반나절. 그것의 기분은 종잡을 수가 없다. 그것이 우울해지면 집 안은 지금처럼 어둡고 무거운 진동으로 떨린다. 집 안 전체가 그것의 우울한 진동으로 떨릴 때마다 보니는 속이 메슥거리고 머리가 지끈거렸다.

보니는 다시 벽을 두드리며 계단으로 올라갔다. 짜증이 나서 자기도 모르게 벽을 치는 소리가 세졌다. 내버려 두는 게 나을 때도 있지만 일단은 달래 봐야 한다. 계단도 미세하게 떨리고 있다. 슬리퍼를 신은 발이 계단에 닿을 때마다 진동이 느껴져서 속이 울렁거렸다. 토하고 나면 좀 개운해질까? 술을 마신 것도 아닌데 숙취에 시달리는 느낌이었다. 술을 진탕 마신 다음 날 아침처럼.

"들어가도 돼?"

보니는 문을 노크하고 기다리는 동안 문 옆에 걸린 전신 거울에 비친 자신을 힐끗 봤다. 얼굴이 너무 창백하다. 머리카락은 말라죽어 가는 수염틸란드시아 같다. 보니는 지난주에 집에서 혼자 머리카락을 탈색하고 초록색으로 염색했다. 기분 전환을 하려고 충동적으로 한 일이었는데 그날은 분위기가 확 달라진 것 같아서 기분이 좋았지만 며칠이 지나니 자신의 모습이 꼴 보기 싫어졌다.

"아무래도 조만간 머리를 잘라야겠어. 머리도 어두운 색으로 덮고."

보니는 거울에서 눈을 돌렸다.

그것은 대답이 없었다. 다른 날처럼 그것의 기분이 나아지게 하려고 노력할 수도 있겠지만 오늘은 보니도 컨디션이 좋지 않았다. 보니는 도로 계단을 내려와 거실 한쪽에 섰다. 어딘가 앉아서 한숨 돌리고 싶었지만 앉을 만한 곳이 없었다.

마법이 풀린 것 같았다. 처음에는 엉망이 된 집 안이 보였다. 주을의 말대로였다. 계단이며 바닥은 흙 범벅에, 고급 카펫들은 망가져서 걸레짝처럼 너덜너덜했다. 벽에는 곰팡이가 퍼져서 집 안 전체가 형이상학적인 시커먼 무늬로 뒤덮였다. 곰팡이가 핀 응접실 벽을 보자 구역질이 났다.

옷방에 들어가 보니 절반 가까이 되는 옷들에 하얀 곰팡이가 피어 있었다. 그중에서도 엄마가 아끼던 입생로랑의 벨벳 투피스 정장은 초록 곰팡이로 얼룩져서 원상태로 되돌리기는 어려울 것 같았다. 집도 마찬가지였다. 아빠와 엄마가 신혼 때부터 20년 넘게 정성 들여 가꾼 집을 보니가 그것과 함께 망가트렸다. 흙과 얼룩과 곰팡이로 뒤덮인 집. 그게 현실이었다.

집 안 곳곳에 쓰러진 물건들이 나뒹굴었다. 그것이 크게 진동할 때마다 쓰러져서 세워 놓기를 반복하다 지쳐서 방치한 물건들이었다. 바닥에도 앉을 곳이 없었고, 소파며 안락의자에도 전부 곰팡이가 슬어서 앉아 있을 수 있는 데라곤 보니의 침대와 식당 의자 정도였다.

'그동안 어떻게 이런 집에서 살았을까?'

보니는 식당으로 가서 유일하게 곰팡이가 피지 않은 의자에 앉아 응접실을 바라보았다. 집 안이 끊임없이 흔들렸다. 마치 철도 바로 옆에 있는 집에 사는 것 같았다. 그 소리 없는 진동이 보니의 몸을 한시도 편하게 두지 않았다. 머리는 누가 정을 대고 망치로 두드리는 것처럼 아팠다. 그 망치를 쥔 보이지 않는 자는 살인자처럼 무자비해서 집요하게 보니를 고문했다.

'더는 못 참겠어.'

보니는 의자에서 벌떡 일어나 계단을 뛰어 올라갔다. 단단한 나무로 된 계단에 두 발이 닿으며 쿵쿵 울리는 소리에 또다시 머리가 지끈거렸다.

"자기, 미안한데 진동 좀 조금만 약하게 해 줄래?"

보니는 문을 열고 그것을 향해 말했다. 마음 같아서는 그놈의 진동 좀 그만두라고 소리를 지르고 싶었지만 막상 그것을 보니 심하게 화를 낼 수가 없었다.

《여기서 어떻게 더? 아예 죽어 버릴까?》

짜증이 담긴 진동이 날아왔다. 보니는 울컥 치솟는 화를 누르며 다시 이야기했다.

"그런 게 아니잖아. 머리가 너무 아파서 그래."

너무 짜증이 나고 통증이 심해서 눈물이 날 지경이었다. 그것이 가까이 있으니 더 강도 높은 두통이 느껴졌다. 통증이 머리를 터트려 버릴 것 같았다. 손끝은 저릿거리다 못해 풍선처럼 부풀어 오르는 느낌이 들었다.

그것이 천천히 다가왔다. 그것은 요즘 몸집이 커졌다. 그것의 몸이 온실처럼 꾸민 방을 가득 채우고 있는 듯 보였다. 어떻게 보면 누가 조각상을 만들려고 거대한 점토를 가져다 놓은 것도 같았다.

《이리 와.》

그것이 몸을 뻗어 보니를 자신의 안으로 끌어당겼다. 보니는 딱히 내키지 않으면서도 뿌리칠 힘이 없어 그것이 끌어당기는 대로 그것의 품에 안겼다.

그것의 몸 안쪽으로 들어가는 것은 이제 너무나 자연스러운 일이었다. 매일 연습하는 동작이나 다름없었다. 그것의 몸 안쪽으로 들어가자마자 몸이 이완되면서 두통이 서서히 사라졌다. 손끝이 저리지도 않았다. 경직된 줄도 몰랐던 어깨와 목, 종아리의 긴장도 풀어졌다. 잔뜩 긴장했다가 긴장이 풀리고 통증도 물러나니 살 것 같았다. 나른한 졸음이 밀려왔다.

그대로 한숨 푹 자고 싶은 유혹이 강렬했지만 오늘은 왠지 모르게 저항감이 치솟았다. 이다음에 어떻게 될지가 눈에 선했다. 이런 식으로 어영부영 또 화해를 하고, 그다음에는 다시 몸이 아프고 화가 날 테고, 그러면 또 싸움을 하고, 그리고 또 이렇게 화해를……. 요즘은 매일 그런 식으로 같은 일이 반복됐다.

"지겨워."

보니는 이를 꽉 깨물고 말했다. 치아 사이로 짓뭉개진 듯한 말이 비져 나왔다.

"내보내 줘."

보니는 그것의 안에서 그것을 밀어내듯 팔을 쭉 뻗었다.

"나갈 거라니까! 얼른 이거 풀어."

그러나 소용없었다. 공간이 좁아지면서 그것의 진흙 덩이 같은 몸이 보니를 무겁게 덮었다. 숨이 막혔다. 이제 말을 할 수도 없게 되었다. 보니는 힘껏 몸을 비틀고 그것을 꼬집으며 몸부림쳤다. 한참을 씨름한 끝에 그것이 보니를 바깥으로 내팽개쳤다.

"개새끼! 이 나쁜 새끼야!"

보니는 바닥에 쓰러졌다가 비틀거리며 일어나 그것을 주먹으로 마구 쳤다. 그것은 꿈쩍도 하지 않았다. 보니가 그것을 주먹으로 칠 때마다 그것은 절망으로 진동했다. 어떻게 이렇게 됐을까? 둘 다 이런 것을 원한 적은 없었다. 그저 함께 있고 싶었을 뿐인데.

보니는 제풀에 지쳐 마지막으로 그것에게 발길질을 한 번 하고 다시 계단을 달려 내려갔다. 그리고 재빠르게 옷을 갈아입은 뒤 바버 코트를 걸치고 집에서 나갔다. 5월이라 날이 꽤 따뜻해졌지만 오늘은 비가 부슬부슬 내려서 살짝 쌀쌀했다.

보니는 차고에서 포터를 꺼내 정원을 지나 산 아래로 향했다. 멀리 갈 기운은 없어서 산 아래에 카페들이 늘어선 길에 차를 세우고 적당한 곳을 골라 들어가 자리를 잡았다.

카페에 온 것도 오랜만이었다. 이제는 커피 한 잔 마시는 데 돈을 쓰는 것도 마음이 불편했다. 몇 달 후면 전기세를 낼 돈이나 식료품을 살 돈이 없을지도 모르는데 카페에서 커피를 사 마시는 건 사치였다. 하지만 오늘은 그런 것을 신경 쓰고 싶지 않았다. 곰팡이가 핀 저택에 그것과 나란히 누워 배를 쫄쫄 굶다가 함께 하늘나라에 가게 될지도 모른다. '그렇게 되기 싫으면 나가서 먹을 걸 구해 오라지, 뭐. 자기가 돈을 펑펑 써 댄 탓이니까.' 보니는 그것을 떠올리며 생각했다. '하긴 걘 정원에 있는 흙을 먹으면 그만이잖아. 내가 문제지.'

보니는 카페에 앉아 주을에게 전화를 걸어 그것과 헤어졌다고 말하는 자신을 상상했다. '아직 헤어진 건 아니지만. 조만간 그럴 수 있을지도 몰라. 이대로라면 그것도 곧 나한테 질릴 거야. 먼저 날 떠날지도 모르지.' 하지만 사실은 그것이 절대 먼저 자신을 떠나지 않을 거라는 걸 알았다. '내가 그것과 헤어졌다고 하면 주을은 뭐라고 말할까?'

네가 그 말을 하길 기다리고 있었어. 이제야 그때가 왔네. 걱정하지 마. 잘됐어. 내가 행복하게 해 줄게. 그런 일이 일어날 리 없다는 걸 알면서도 머릿속에 주을이 그렇게 말하며 안아

주는 모습이 떠올랐다. '그러면 정말 좋을 텐데.'

여하간 커피를 시키고 혼자 앉아 있으니 기분이 좀 나아졌다. 머리는 여전히 아팠지만 견딜 수 있을 정도로는 상태가 괜찮아졌다.

보니는 망설이다 주을에게 전화를 걸었다. 물론 상상을 실행에 옮기려는 건 아니었다. 그저 잠깐 주을과 얘기하고 싶었다. 신호음이 세 번 가고, 주을의 목소리가 들렸다.

"보니."

"주을, 오랜만이야. 잘 지냈어?"

"나야 잘 지냈지. 무슨 일이야?"

주을의 목소리는 건조하고 차가웠다. 보니는 언제 마지막으로 주을과 통화를 했는지 떠올렸다. 넉 달 전이었다. 주을이 처음 그것의 정체를 알게 되고 정원의 사택에서 나와 주택 단지로 오라고 말한 뒤로는 여덟 달이 흘렀다. 그때가 국화 축제가 열렸던 시월쯤이었고 이제 5월이 됐으니.

주을은 얼마간은 보니를 설득하려 했고, 보니가 힘들 때 전화를 걸면 받아 주었다. 보니는 결단을 내리지 못하고 그것과의 생활을 견디다가 한 번씩 더는 참을 수 없을 정도로 괴로워질 때만 주을에게 연락을 했다. 통화 내용은 언제나 비슷했다. 보니는 그것과 지내는 게 힘들다고 토로하고, 주을은 그렇다면 관계를 정리하고 일단 집에서 나오라고 말했다. 그러다 나중에는 주을이 전화를 받지 않게 되었다. 보니는 주을을 이해했다. 반대의 입장이었어도 지쳤을 거다. 넉 달이면 징징거림을 충분히 많이 받아 준 것이다. 그래서 보니도 주을에게 전화하는 걸 그만뒀다. '그래, 힘든 건 나 하나면 족해. 다른 사람까지 힘들게 할 거 없지.' 그러나 오늘은 주을과 너무 이야기를 나누고 싶었다. 그래서 참지 못하고 전화를 건 거였다. 주을의 반응이 차가운 건 당연했다.

보니는 할 말도 없고 긴장도 돼서 안부를 또 물었다.

"잘 지내?"

"잘 지냈다니까."

잠시 침묵이 흐르다 주을이 내키지 않는 듯 말했다.

"넌?"

"난 잘 있지. 아니, 사실은 잘 못 지내. 너무 힘들어."

"나 때문이야?"

"그건 아니야. 주을 때문은 아니지. 주을 빼고 모든 게 다 문제야. 집이 돼지우리야. 돼지우리보다 더 심하지. 돼지들은 깨끗하잖아. 돼지들이 우리 집에 오면 더럽다고 한 발도 안 들어올 것 같아. 주을은 우리 집에 왔던 날 어떻게 그 꼴을 참았어? 나라면 안 들어갔을 거야."

"지금 만날래?"

"지금?"

"안 그래도 네 걱정 하고 있었어. 횡설수설하는 거 보니 많이 힘든 것 같은데 역시 여기 와서 지내는 게 어때? 네 애인과 끝내고 나한테 오라는 건 아니야. 난 누가 누굴 가질 수 있다거나 책임질 수 있다고는 생각 안 해. 그냥 네가 그 친구와 거리를 두고 쉴 곳이 필요하면 여기서 잠깐 쉬어도 된다는 거지. 그게 다야. 결정은 온전히 너의 몫인 거고."

"생각해 볼게."

통화는 이렇게 끝났다. 주을의 이성적인 목소리를 들으니 현실 감각이 더 또렷해졌다. 그것이 있는 집으로 돌아가고 싶지 않았다. 집은 망가졌다. 그 악취 나고 더럽고 곰팡이가 핀 집에서 오늘 밤도 그것과 뒤엉켜 있게 될 거라 생각하니 너무 싫었다. 그것의 진동으로 떨리는 집에 있으면 자꾸 멍해졌다. 이성이 마비되고, 정신이 여러 갈래로 쪼개지는 느낌이 들어 미칠 것만 같았다.

'하지만…… 그것에겐 어떻게 말을 꺼내야 하지?'

엄두도 나지 않았다. 그것이 화를 내면? 울부짖듯 진동하면 마음이 약해질 거다. 애원하고 붙잡으면 뿌리칠 수 없을 거고. 게다가 정말로 그것과 끝내고 싶은 건지 확신이 서지 않았다. 아니, 확신은 섰다. 다만 자신이 없을 뿐이었다. 그것과 헤어지고 사랑 없는 아침을 맞이할 자신이 없었다. 매일 느낄 공허감은 어쩌고?

보니는 고민으로 무거운 머리를 유리창에 댔다. 그러고 있으니 유리창이 떨리는 게 느껴졌다. 카페 바깥에는 차도가 있었다. 차들이 지나갈 때마다 유리창이 떨렸다. (모든 사물에는 진동이 있어. 각자가 자기만의 고유한 진동을 가졌지. 우린 그걸로 서로를 알아봐. 그게 우리의 이름이자 얼굴이야.》 언젠가 그것이 했던 얘기가 떠올랐다.

'나한테 그런 얘기를 해 줄 수 있는 존재는 이 세상에 그 애밖에 없을 거야.'

그 생각을 하니 좋았던 순간들이 줄줄이 이어서 떠올랐다. 그것과 처음 만나고 이틀째 되던 날 걷는 게 서툰 그것을 부축하며 초조하고도 달콤한 열망을 느꼈던 것, 그것을 매번 다르게 변장시키고 시내 여기저기를 놀러 다녔던 것, 그것에게 처음 감싸였던 순간. 그리고 숲에서의 낭만적인 결혼식. 지금까지 얼마나 많은 추억을 쌓았던가. 그것의 좋은 점들도 떠올랐다. 그것은 따뜻하고, 섹시하고, 순수했다. 그것의 진동을 대체할 수 있는 건 이 세상에 없다.

그런 생각을 하고 있을 때 유리창이 독특한 진동으로 떨렸다. 그것이었다.

《어디야? 얼른 나한테 와. 네가 필요해.》

보니는 짜증이 나서 유리창에서 얼굴을 뗐다. 예전에는 그것이 그렇게 오라고 부르면 기뻐서 주변에 알록달록한 비눗방울들이 떠다니는 듯한 기분이 들었지만, 지금은 지긋지긋했다. 좀 가라앉았던 두통이 다시 날카롭게 일어나 속까지 메슥거렸다.

보니는 손을 테이블 아래에 두고 장갑을 벗었다. 파란 손가락이 보였다. 혹시 몰라서 병원에 가 봤는데, 주을의 말이 맞았다.

"만약에 치료를 안 받거나 해서 증상이 더 심해지면 어떻게 되나요?" 보니는 의사에게 물었다.

"글쎄요. 병원에 오셨으니 그렇게까지 될 가능성은 크지 않다고 보는데, 만약에 치료를 안 받으시고 지금 하시는 일을 계속 지나친 강도로 하게 된다면 괴사나 괴저까지 갈 수도 있죠. 괴저가 생기면 손가락이나 발가락을 절단해야 할 수도 있어요."

치료를 받고 있지만 그것과 계속 함께 지내는 한 크게 호전되지는 않을 것이다. 손가락이나 발가락을 자르는 수술을 받게 될 수도 있다고 생각하면 너무 무서웠다. 양자택일의 문제는 아니었지만, 보니는 병원에 다녀온 후부터 그것과 자신의 손가락을 저울에 올려놓고 재 보게 되었다. 손가락이 있는 쪽에 발가락을 올리고, 고통스러운 두통과 그것과의 잦은 다툼, 그것이 써 대는 엄청난 돈까지 올려놓고 나니 저울이 점점 기울었다.

'끝내야 해. 그냥 헤어지는 것뿐이잖아. 내가 죽는 일도 아니고, 그것이 죽는 일도 아니야. 하지만 고작 그런 일이, 원래의 상태로, 그것이 나타나기 전으로 돌아가는 것이 왜 이렇게 어려운 일처럼 느껴질까. 왜 그것이 나타나기 전에는 내 삶이 진짜 인생이 아니었던 것처럼 느껴질까. 왜 그것이 나타난 뒤에야 내 인생이 비로소 시작된 것처럼, 그것과 있을 때만 내가 진정으로 살아 있다는 생각이 드는 것일까, 왜?'

다시 유리창이 진동했다. 이번에는 테이블과 의자까지 떨렸다. 집으로 돌아가야 할 시간이었다.

12.

보니는 집 안으로 들어갔다. 그것은 어둠 속에서 TV를 보고 있었다. 그것에게 TV는 빛을 뿜어내는 라디오나 다름없다. 거울이 그것에게는 그냥 판자에 불과한 것처럼. 그래도 그것은 영화 보는 걸 좋아한다. 007 시리즈나 〈미션 임파서블〉, 〈매드맥스〉처럼 총소리와 자동차 엔진 소리가 요란한 영화들도 좋아하고 〈비긴 어게인〉과 〈라라랜드〉 같은 음악 영화들도 좋아한다. 그중에서 제일 좋아하는 건 〈시카고〉다. 죄를 저질러서 좁은 공간에 갇힌 사람들 이야기가 재미있고 거기서 나오려고 주인공이 분투하는 것도 흥미를 끈다고 했다. 게다가 신나는 음악도 많이 나오고 말이다.

마침 그것이 가장 좋아하는 장면이 나오고 있었다. 감옥에 갇힌 여자들이 한 명씩 자신이 죄를 지은 이유를 말하며 노래하는 장면. 사연을 들어 보면 저마다 그럴 만한 이유가 있다. 심지어 살인조차도.

'저 노래 제목이 〈셀 블록 탱고(Cell Block Tango)〉던가? 그

러고 보니 저기도 손끝으로 두드리는 소리가 나오지. 저기서 두드리는 건 감옥의 쇠창살이지만.'

"또 그거 봐?"

《네가 집에 없으니까 심심해서. 같이 볼래?》

둘이 같이 영화를 볼 때 보니는 화면에서 무슨 일이 일어나고 있는지 그것에게 얘기해 준다. "방금 톰 크루즈가 기차 위로 올라갔는데 악당이 그를 떨어트리려고 다가오고 있어." 하는 식으로.

"지금 저 죄수의 과거가 나오는데 저 사람이 남편 위로 올라가서 목을 조르고 있어."

《알아.》

"저 장면 설명해 준 적이 있었나? 기억이 안 나네."

《해 줬어.》

"기분이 안 좋아 보이네. 무슨 일 있어?"

《아니. 아무 일도 없어.》

'혹시 내가 주을과 통화하는 걸 들은 걸까? 설마.'

그것이 뭔가 알지도 모른다는 느낌이 들어서 말을 꺼내기가 더 어려웠다. 이런 순간에는 정말 솔직해지기가 어렵다.

"배고프다. 나 먹을 것 좀 챙겨 올게."

잠깐 혼자 있으려고 꺼낸 핑계지만 말을 하고 보니 정말 배가 고팠다. 냉장고에 샌드위치가 있었다. 요즘은 손이 아파서 직접 요리를 해 먹지 못했다. 그 전에도 자주 뭘 만들어 먹었다고는 할 수 없지만.

'같이 먹으면 좋을 텐데. 그러고 보니 우리 둘이 같은 음식을 같이 먹어 본 적이 한 번도 없네.'

대수롭지 않은 일이었지만 오늘은 이상하게 그게 마음에 걸렸다. 그것과 못 해 본 게 얼마나 많은지. 놀이동산에 가 본 적도 없고, 환한 낮에 손을 잡고 정원을 걸어 다녀 본 적도 없다. 그것의 존재가 알려질까 봐 조심스러워서 함께 사진을 찍어 본 적도 없었다. 그것과 함께하는 한 보니는 그것의 존재를 숨길 수밖에 없었다.

가끔 보니는 그것을 평생 숨기며 산다는 게 불가능하게 느껴졌다. 엄마가 돌아오면? 아마 같이 다른 곳으로 이사를 할 수도 있겠지만, 정원의 사택만큼 그것이 숨어 살기 좋은 곳을 찾기는 어려울 거다. '내가 그럴 수 있을까? 그것을 끝까지 책임질 수 있을까? 어쩌면 난 내가 감당할 수 없는 것을 견디기 위해 너무 애쓰고 있었는지도 몰라.'

나가야 한다. 혼자 있으면 생각만 끝없이 이어진다. 보니는 샌드위치를 접시에 옮겼다. 샌드위치를 반으로 자르려고 칼을 꺼내는데 이 집에 깃든 기억이 또 보니를 건드렸다. 누가 목에 손을 대고 있는 것처럼 숨이 갑갑했다. 엄마가 정원을 알리기 위해 여러 가지 시도를 시작하고 1년쯤 지났을 때 잡지사에서 취재를 하러 온 적이 있었다. 주부 잡지였는데 엄마가 그 잡지의 기자에게 세심하게 공을 들인 끝에 페이지 하나를 얻은 것이었다. 광주에서 가 볼 만한 공원과 식물원을 소개하는 특집 기사에 햇살과 그림자 정원이 엄마의 인터뷰와 함께 실릴 예정이었다. 하지만 그날 아빠가 정원을 취재하러 온 기자와 사진기사에게 고래고래 소리를 지르며 그들을 내쫓는 바람에 그 기회는 날아가 버렸다.

어렵게 얻은 기회가 날아가 버리자 엄마는 폭발했고, 아빠는 엄마가 자기 몰래 "더러운 짓"을 꾸몄다며 불같이 화를 냈다. 그런 싸움이야 평소에도 자주 있었지만 그날은 뭔가 날랐다. 엄마는 아빠의 구속 때문에 질식할 것 같은 상황 속에서 정원에서 날아오를 준비를 하고 있었고, 아빠는 그것을 예민하게 알아차리고 극심한 불안을 느끼고 있었다. 아빠는 엄마가 정원 밖으로 나가는 것을 매우 싫어했다. 엄마가 결혼한 뒤에 혼자서 외출한 횟수가 손에 꼽힐 정도였다.

'엄마는 왜 아빠와 헤어지지 않을까?' 보니는 오랫동안 생각한 끝에 나름대로 결론을 내렸다. 엄마는 결국 정원을 사랑하게 되었고 한국의 타샤 튜더로 유명해지면서 햇살과 그림자 정원과 떨어질 수 없는 사이가 됐다. 그러나 정원의 소유권은 아빠가 쥐고 있었다. 아빠를 떠나려면 정원을 떠나야 했다. 엄마는 정원에 머물기 위해 아빠를 견뎠다.

엄마는 외부와 폐쇄된 수도원에 들어간 수녀처럼 행동했다. 그런 고립을 자신이 선택한 것처럼. 그게 사실이 아니라는 것은 정원에서 오래 일한 사람들만 알고 있었다. 진실을 가장 정확히 아는 건 보니였다. 어쩌면 엄마는 나중에 스스로까지 속이게 됐는지도 모른다. 정말 자신이 그런 삶을 선택했다고.

취재 기회가 허무하게 날아간 그날, 엄마는 완전히 폭발해서 집으로 들어가 짐을 싸기 시작했다. "당신만 안 보고 살 수만 있다면 아무것도 필요 없어." 보니는 엄마가 그렇게 소리를 질렀던 걸 기억했다. 아빠는 짐 가방을 든 엄마를 말리려고 했고 그러다 몸싸움이 벌어졌다. 보니는 자신의 방에서 숨을 죽이고 두 사람이 싸우는 소리를 듣고 있다가 심상치 않은 비명에 밖으로 나가 보았다. 부엌에서 아빠가 생선을 자를 때 쓰는 커다란 칼을 쥐고 벌벌 떨고 있었다.

아빠는 자신과 엄마 중에 누구를 겨냥할까 고민하고 있었던 것 같다. 밖으로 나온 보니와 그의 눈이 마주쳤다. 그 순간 아빠는 타깃을 정했다. 아빠는 순식간에 보니를 붙들고 칼을 턱밑으로 바짝 가져다 댔다. 턱에 차가운 날이 닿는 감각이 너무 생생해서 보니는 순간 숨이 멎는 듯했다.

"집 밖으로 한발이라도 나가기만 해."

아빠가 필사적인 목소리로 엄마를 협박했다. 보니는 열 살이었다. 엄마는 지친 눈으로 보니를 흘깃 봤다. '또 네가 걸림돌이 되는구나.' 그런 눈빛이었다. 이번에는 엄마가 그냥 나갈지도 모른다는 생각이 들었지만, 엄마는 짐을 내려놓고 방으로 들어갔다.

진짜 사건이 벌어진 건 며칠 후였다. 보니는 침대 밑에 숨겨 놓았던 통조림통을 꺼내고 코코아를 탔다. 그 통 안에는 엄마와 따서 말린 잎과 꽃들이 들어 있었다. 엄마는 몇 년 동안 몰래 주목 잎을 따서 말려 두고 있었다. 주목만이 아니라 은방울꽃이나 수선화, 히아신스도 말려서 보관했다. 어떤 것은 잎만 모았고 어떤 것은 뿌리만 모아 놨다. 엄마는 그 일에 보니를 동참시켰다. "이거 뭐에 쓰려는 거야?" "아빠한테 선물하려고." 처음에 보니는 그 의미를 몰랐다. 그러던 어느 날 정원에서 오래 일했던 한 원예사에게 수선화, 히아신스, 은방울꽃, 주목 잎의 공통점이 뭔지 아냐고 묻고 그 답을 들었을 때, 보니는 엄마가 무엇을 하려는지 이해했다. 원예사는 질문의 의미를 모른 채 어린 보니에게 알려 주었다. "그것들의 공통점은 독이 있다는 거지." 그 말을 들은 순간 보니는 비밀의 문 하나를 연 기분이 들었다. 솔직히 기분이 나쁘지 않았다. 엄마가 자신을 동지로 생각한다는 사실이 좋았다.

우리는 아빠를 잠들게 하고 둘이서 평화롭게 정원에서 살아갈 것이다. 아빠가 자신의 목에 칼을 들이댄 날 밤 목소리도 보니를 부추겼다. "때가 왔어, 보니. 네 아빠를 빨리 어떻게 하지 않으면 엄마랑 너 둘 다 죽을 거야."

보니는 통 안에 있던 가루를 찻숟가락으로 한 스푼 떠서 코코아에 넣었다. 그리고 한 스푼을 더 넣었다. 아빠는 의심 없이 보니가 건넨 따뜻한 코코아를 마셨다. 쌀쌀한 날, 영원의 아치에서였다. 아빠는 저녁이 되기 전부터 앓기 시작했다. 어린아이였던 보니는 무서운 일을 실행한다고 생각하면서도 그게 현실에서 실제로 어떤 결과를 불러올지는 잘 모르고 있었다. 의사가 집으로 찾아왔고 아빠는 밤새 사경을 헤맸다.

자신이 한 일이 그렇게 바로 아빠를 죽음 가까이 끌고 갔다는 사실에 보니는 겁을 먹었다. 더 충격적이었던 것은 엄마의 반응이었다. 보니는 엄마에게 자신이 한 짓을 털어놓았다. 보니는 엄마가 칭찬을 하지는 않더라도 고마워하기는 할 거라고 생각했다. 엄마가 하고 싶어 하던 일을 대신 해 줬으니까.

하지만 보니가 무슨 짓을 했는지 알게 된 순간 엄마는 소리를 지르며 보니의 뺨을 세차게 내려쳤다. 그렇게 따귀를 많이 얻어맞기는 처음이었다. 두 뺨이 얼얼한 것은 물론이고 고막이 터질 것처럼 아팠다.

엄마는 날이 밝을 때까지 한숨도 자지 못하고 아빠의 곁을 지켰다. 의사도 아침이 되어서야 떠났다. 이제 고비는 넘겼으니 괜찮아질 거라고 하며 구석에서 혼자 울먹이고 있던 보니에게도 너무 걱정하지 말라고 어깨를 토닥인 후 집에서 나갔다. 의사가 떠나자 집 안이 고요해졌다. 보니는 발소리를 죽이고 안방 앞으로 가서 슬쩍 안을 들여다보았다. 그 안에서 엄마가 누워 있는 아빠의 머리를 껴안고 무슨 말인가를 속삭이고 있었다. 아빠는 두 팔을 뻗어 엄마를 껴안았다. 둘 다 울고 있었다.

그걸 본 순간 보니는 자신의 심장을 휘감았던 감정이 무엇인지 천천히 이해하게 됐다. 소외감. 두 사람 사이에 보니가 끼어들 틈은 없었다. 두 사람은 강한 애증으로 묶여 있었다. '내 존재는 희미하기만 했지.' 그날 아침에 두 사람이 서로를 껴안고 울고 있던 그 장면은 보니의 마음 안에 오래도록 또렷하게 남았다. 시간이 지나면서 보니는 그 장면을 떠올릴 때 자신의 안에 소외감 말고 다른 감정이 작게 소용돌이친다는 것을 깨달았다. '나도 저런 존재가 있었으면 좋겠다. 나도 누군가와 아무도 끼어들 수 없을 정도로 끈끈하게 얽힌 관계이고 싶어. 혼자는 너무 허전하니까.'

그것이 보니의 인생에 들어온 순간, 보니가 그것에게 감싸였던 그 밤에 보니는 오래전 그날 아침의 풍경을 떠올렸었다. '내 인생에 드디어 그런 존재가 나타난 거야. 나는 이제 혼자가 아니야. 나는 무슨 일이 있어도 이 사랑을 지킬 거야.'

보니는 1년 전에 했던 다짐을 떠올리면서 샌드위치가 든 접시를 들고 그것이 TV를 보고 있는 응접실로 돌아갔다.

"내가 너무 오래 걸렸지?"

그런데 분위기가 이상하다. 거실이 어두운 진동으로 윙윙 댄다. TV 속에서는 보이처럼 입은 변호사가 헌팅캡을 벗어던지며 빨간 깃털 옷을 입은 댄서들 사이에서 노래를 부르고 있다. "올 아이 케어 어바웃 이즈 러브(ALL I CARE ABOUT IS LOVE)." 내 관심은 사랑이 전부야.

《결정했어?》

질문이 담긴 진동이 보니의 발밑을 흔들었다. 거실이 묵직하게 흔들렸다. 서로 바짝 붙어 있는 토분들이 떨리는 소리를 냈다. '내 작은 식물들. 겁먹지 마, 금방 괜찮아질 거야.' 보니는 몬스테라 화분을 쓰다듬었다.

"무슨 소리야?"

《그 인간이랑 통화한 거 알아. 날 버리고 자기한테 오라고 널 부추기고 있잖아. 그날 죽여 버릴 걸 그랬어. 네가 그 인간이랑 그런 얘기를 속닥거릴 때마다 내가 어떤 기분인지 알기는 해?》

그동안 계속 주을과의 통화를 듣고 있었다는 건가? 그것이 받았을 상처를 생각하니 미안함이 밀려들었지만 한편으로는 소름이 끼쳤다.

"왜 남의 통화를 엿들어?"

《날 버리고 그 인간한테 갈 거야?》

"그런 게 아니야. 들었으면 알겠네. 네 진동이 날 아프게 하고 있대. 넌 내 열 손가락이 시퍼렇게 된 것도 모르지? 더 심해지면 잘라 내야 할 수도 있어."

《네 손가락이 없어지면 내가 네 손가락이 되어 주면 되잖아.》

"말도 안 되는 소리 하지 마. 넌 인간으로 안 살아 봐서 손가락이 없으면 얼마나 불편한지 몰라. 네가 내 손가락이 되어 줄 수는 없어. 그건 대체 불가능해."

《넌 날 잘라 내려 하고 있잖아. 나는 다른 존재로 대체될 수 있는 거야? 그 인간이 이제부터 날 대체하는 건가?》

"그런 거 아니라니까."

《거짓말하지 마. 네 진동이 그 인간을 향해 끌리는 걸 느꼈어. 그 인간의 진동도 네게 끌리고. 그래서 이제 날 버리려는 거잖아. 내가 너한테 주던 걸 줄 새로운 존재가 나타났으니까.》

"솔직히 조금은 흔들려. 난 네가 좋아. 널 아직 좋아해. 근데 너무 힘들어. 네 진동이 감당이 안 돼. 머리도 아프고, 손도 아프고, 발도 너무 아파. 이러다 못 걷게 되면 어떡해? 열 손가락을 다 못쓰게 되면? 너랑 있으면 내가 세상과 고립되는 것 같아. 너랑 나만 있는 세계에서 사는 것 같아. 현실 감각이 점점 희미해져. 이러다 미쳐 버릴 것 같아. 너무 무서워."

《난 좋아. 너랑 나만 있는 세계. 너만 있으면 난 행복해. 넌 안 그래?》

"그럴 줄 알았어. 나도 너만 있으면 행복할 줄 알았어. 근데 아니야. 너랑 있으면 내가 점점 사라져. 나라는 존재가 없어지는 느낌이야."

《마음을 정했나 보네.》

"그런 것 같아."

《난 떠나기 싫어. 너랑 같이 있고 싶어.》

"잠깐만 시간을 갖자. 넌 여기 그대로 살면 돼. 내가 나갈게. 혹시 엄마가 오면 일단 숨어 있어. 그땐 네가 있을 곳을 알아볼게."

《난 너와 떨어져 있고 싶지 않아.》

"미안해. 난 이제 너랑 못 있겠어."

바닥이 잔잔하게 떨렸다. 보니는 바닥에 손바닥을 댔다가 진동에 담긴 감정을 느끼고 놀랐다. 우울이 아니라 슬픔이었다. 슬픔의 진동은 우울할 때의 진동보다 더 가늘게 떨리지만 보니의 마음을 훨씬 더 깊게 건드렸다.

"나 갈게. 나중에 짐 챙기러 한 번 더 올 거야. 그땐 위층 방에 있어 줘."

그것의 슬픔을 느끼면서도 이렇게 잔인해질 수 있다니. 보니는 자기 자신 때문에 한 번 더 놀랐다. '고통 없이 하루만 지내 보고 싶어.' 보니는 그것을 만나기 전의 자신에 대해 생각했다. 그때 보니의 몸은 지금보다 훨씬 건강했었다. 외로웠을지는 몰라도 심한 두통은 겪지 않았다. 지금처럼 온몸이 퉁퉁 붓지도 않았고, 피부와 머릿결도 매끄러웠다.

지금은 온몸이 오염된 기분이었다. 뇌가 더러운 물에 잠긴 듯하고, 온몸이 더러운 연못에 잠겨 있는 듯했다.

'다시 건강하고 깨끗해질 수 있다면 난 잔인해질 수 있어. 나를 위해서.'

그것이 몸을 펼치고 일렁거린다. 그것의 몸에 반짝이는 푸른빛이 번졌다. 푸른 별들이 그것의 몸 안으로 쏟아져 들어가 반짝거리는 것 같았다. 어두운 거실을 밝히는 그 빛이 너무 아

름다워서 보니는 그것의 눈물이나 다름없다는 걸 알면서도 그
빛에 홀렸다.

《영원히 네 옆에 있어 달라고 했잖아. 네가 그걸 원했어.
난 네가 해 달라는 대로 다 해 줬어.》

"알아. 그동안 고마웠어."

《넌 약속을 깬 거야. 날 배반했어.》

그것의 몸이 활짝 펼쳐져서 천장까지 닿았다. 새로 나타난
검은빛이 반짝이는 푸른빛을 덮으며 그것의 몸 전체를 물들였
다. 그것을 만난 이래로 처음 보는 색깔이었다.

《내 고통의 크기만큼 되돌려 줄게. 안녕.》

보니가 아무 말도 못하고 그것을 바라보고 있는 사이 그
것이 빠르게 몸을 축소하고 밖으로 획 빠져나갔다. 그리고 문
이 쾅 닫혔다.

그것이 남기고 간 슬픔과 분노의 감정으로 집 안의 물건들
이 비틀거렸다. 그것이 떠나면서 큰 지진이라도 일으킬 줄 알았
지만, 곧 흔들림이 가라앉고 잠잠해졌다.

'내가 무슨 짓을 한 거지?'

그것이 눈앞에서 사라지고 나서야 보니는 그것이 자신에
게 주던 행복들이 떠올렸다. '이런 식으로 끝내지는 말았어야
했어.' 자신이 방금 잃은 것이 무엇인지 생각하니 아득해지며
가슴이 아팠다.

오늘은 목소리도 곁을 맴돌지 않았다. 완전한 고독이 보니

를 덮쳤다. 보니는 새벽녘에 어두운 거실에서 〈시카고〉를 다시 처음으로 되돌려 보고 있다가 어느 순간 깜빡 잠이 들었다.

***

보니는 오전 9시가 되어서야 눈을 뜬다. 보니가 눈을 떴을 때 환한 햇살이 거실에서 일어난 일을 보여 준다. 작은 식물들이 어제와 달라 보인다. 한눈에 보기에도 전부 심상치가 않다. 가장 아끼던 몬스테라라도 무사하길 바라지만 그 화분이 눈에 들어오자마자 희망이 무참히 깨어진다. 몬스테라는 조금의 희망도 가질 수 없을 만큼 비참한 모습이다. 어제까지만 해도 윤기로 맨들거리던 잎들은 모두 떨어졌고 가지와 기둥은 검게 메말랐다. 아마 뿌리도 똑같을 것이다. 집 안의 모든 식물이 손으로 살짝 만지기만 해도 바스러질 정도로 바짝 말랐다. 초록이었던 것들은 흑갈색이 되었고, 생생한 생명이 느껴지던 빛나는 윤기가 죽음을 나타내는 건조한 메마름으로 변했다.

'정원은?'

그 생각이 스치자마자 보니는 바깥으로 달려 나갔다. 제발. 제발, 정원은 무사하길. 그러나 그것과 한가로운 한때를 즐기던 초록빛 잔디가 시커멓게 변한 것을 보고 마음이 무너진다. 지혜의 길로 달려가는 동안 옆을 스치는 모든 것이 보니에게 절망을 준다. '제발, 느티나무만은 안 돼.' 그것이 그렇게까지 잔인할 리는 없다고 생각하면서 오랜 친구의 앞에 다다랐을 때 보니의 입에서 울음이 터져 나온다. 한자리에서 수백 년간 세찬 비바람을 맞으면서도 살아남았던 강인한 나무가 잎들을 모두 떨구고 아래 기둥부터 썩어 들어가고 있다. 그것은 잔인함을 잔인함으로 되돌려 주었다. '하지만 어젯밤 내가 이 정도로 잔인했나? 내 오랜 친구들을 다 잃을 정도로?'

보니는 두려움에 떨면서 햇빛의 방으로 가서 자신의 눈으로 하나하나씩 확인했다. 살아날 가능성이 있는 식물이 있을까 봐. 그것이 실수를 했을 수도 있으니. 아빠가 그토록 아끼던 드로세라 자매들은 검보랏빛이 되어 흙 위로 쓰러졌고, 귀염둥이 파리지옥들은 벌들에게 뒤덮였다. 벌들이 파리지옥을 공격한다니 풍문으로 들어 본 적도 없는 일이다. 달콤한 독 있는 식물들 주변을 매일같이 팔랑거리던 나비들은 바닥에 떨어져 잎사귀처럼 나뒹군다.

온실 안쪽 문을 열기가 두려운데 이미 활짝 열려 있어서 안이 들여다보인다. 이국에서 온 식물들을 보모처럼 돌보던 정원사들과 자원봉사자들이 삼삼오오 모여 망연자실해 있다. 훌쩍이는 사람도 보인다. 누군가가 보리수에 손을 짚고 눈물을 떨구고 있다. 캡틴이다. 얼굴을 보니 캡틴도 보리수를 친구로 여기며 의지하고 있었던 게 분명했다. 보리수는 이 정원에서 일하는 사람들의 수호신 같은 존재였다.

보니는 등을 돌렸다. 저 안에 있는 사람들과 슬픔을 나누며 이 현실을 받아들일 자신이 없다. 이게 현실이라는 걸 믿을 수가 없다. 의심할 것도 없이 그것의 짓이다. 그것이 아니면 이런 일을 할 수 있는 존재는 없다. 그것이 누구도 못 살리는 식물을 살려 놓을 수 있다면 정원 안의 식물들을 하룻밤 만에 모두 죽일 수도 있다는 것을 알았어야 했다. 살의가 치솟았다. 아름다운 정원이 하룻밤 만에 식물들의 황폐한 무덤이 되어 버렸다.

'절대 용서 못 해. 나에게 복수하기 위해 내가 사랑하는 것들의 목숨을 빼앗다니. 어떻게 그렇게 치졸하고 잔인할 수가. 그것이 지금 내 진동에 촉각을 기울이고 있기를. 그렇다면 내가 그것을 얼마나 증오하고 경멸하게 됐는지 알게 될 테니. 오늘 아침 눈을 뜰 때만 해도 그것을 그렇게 보내 버린 것을 후회하고 그것을 배반했다는 것이 미안해서 가슴이 미어졌는데 이제는 그렇지 않아. 난 너를 증오해. 너를 미친 듯이 경멸해. 널 절대 용서하지 않을 거야.'

3부
도피

1.

"주을, 여기 와 봐!"

창밖에 눈이 흩날렸다. 주을은 보니가 부르는 소리에 욕실에서 나왔다. 방금 샤워를 해서 머리가 젖어 있었다. 습관대로 옷은 다 입고 나왔다. 얇은 살구색 티셔츠와 다리에 착 달라붙는 검은색 벨벳 바지. 주을은 남에게 벌거벗은 몸을 보여 주는 걸 좋아하지 않아서 사랑을 나눌 때가 아니면 옷을 다 벗고 있는 일이 없다.

"뭔데 그래?"

"창밖 봐. 눈이 와."

주을은 침대에 앉아 있는 보니의 뒤로 와서 볼에 입을 맞췄다. 보니는 방금 따뜻한 물로 샤워를 마친 주을의 체온을 느끼며 창밖에 날리는 함박눈을 감상했다. 편안한 순간이었다. 모든 것이 완벽하게 느껴지는 그런 순간. 그대로 시간을 멈추고 싶었다.

"화이트 크리스마스네."

주을이 그 깊고 아름다운 목소리로 말했다. 보니는 자신의 쇄골을 만지작거리고 있는 주을의 손을 잡았다. 반지를 모두 빼서 걸리는 것 없이 매끄러웠다. 보니는 자신이 얼마나 주을을 좋아하는지 생각했다. 주을의 크고 멋진 손과 깊게 울리는 목소리, 우아한 태도, 언제나 세련된 차림새. 자신과 다르게 또렷하고 선이 굵은 이목구비와 까부잡잡한 피부도 좋았다.

보니는 주을과 다른 관계가 되면서 주을이 얼마나 섬세한 사람인지 알게 되었다. 주을은 매일 해가 뜨기 전에 일어나 몸을 오래 씻고 머리를 공들여 손질한다. 옷은 오래 다닌 세탁소에 맡기고 구두는 직접 관리한다. 스케줄표를 보며 하루 일과를 외운 다음 그날 만날 사람들에 대해 써 둔 노트나 수첩을 읽으며 오늘 만나서 해야 할 말을 적어 두기도 한다.

보니는 주을이 사람들과 잘 어울리는 게 타고난 성향인 줄만 알았다. 워낙 타고날 때부터 그런 사람이라 특별히 애쓰지 않아도 사람들의 사랑을 쉽게 얻는다고 말이다. 세련된 멋도 몸에 완전히 배여서 자연스럽게 풍겨져 나오는 것이라 생각했다.

하지만 보니의 오해였다. 주을은 사람들에게 세심하게 관심을 기울였다. 자신의 수업을 받는 아이들에 대해 꼼꼼하게 일지를 남기고, 주택 단지 안에 사는 사람들도 무척 잘 챙긴다. 주을에게는 만난 사람들에 대해 기록하는 버릇이 있다. 자주 만나는 사람들은 물론이고 스쳐 지나간 사람들에 대해서도 적는다. 어떤 사람들은 수업 일지에 적혀 있고, 어떤 사람들은 노트에, 또 어떤 사람들은 휴대용 수첩에 적혀 있다. 보니는 자신은 어디에 적혀 있을지 궁금했다. 이마 작은 수첩에서 노트로 옮겨 가지 않았을까?

보니는 주을이 자신에 대해서는 어떤 기록을 남겼을지 알고 싶었지만, 주을에게는 그에 관해 입도 벙긋하지 않았다. 주을은 자신이 무언가에 그렇게 신경을 쓴다는 것을 숨기고 싶어 한다. 자신의 몸에 걸칠 장신구를 얼마나 공들여 고르고, 누가 봐도 부끄럽지 않을 만한 고급품을 사기 위해 얼마나 돈을 쓰는지, 얼마나 자주 피부과에 가는지, 최신 시술을 얼마나 잘 꿰고 있는지, 균형 잡힌 몸을 유지하기 위해 음식을 얼마나 엄격하게 가려 먹는지. 그런 것들을.

보니는 은밀히 주을을 관찰하면서 전에는 모르던 주을의 습관이나 생활 패턴들을 천천히 익혀 갔다. 보니가 그런 것에 대해 얼마나 잘 알게 됐는지 조금이라도 알게 된다면 주을은 몹시 수치스러워하면서 화를 내고 그날로 보니를 자신의 인생에서 밀어낼 것이다. 보니가 주을을 지켜본 바로는 그건 자신의 불안이 만들어 낸 막연한 추측이 아니라 실제로 일어날 가능성이 매우 큰 일이었다. 그래서 보니는 자신이 주을에 대해 새롭게 알게 된 것들에 대해 입을 다물었다.

"이제 가 봐야겠다. 이따 '오후와 새벽'에서 크리스마스 파티 있는 거 알지? 오게 되면 거기서 봐."

훌쩍 보니와 멀어진 주을은 옷장에서 겨울용 양털 재킷을 꺼내 걸쳤다. 겨우 오후 1시였다. 식탁에는 두 사람이 마트에서 사 온 식료품들로 불룩한 장바구니가 있었다. 주을과 보니는 집으로 들어오자마자 장바구니를 풀지도 않고 침대로 직행해서 너무도 즐겁게 사랑을 나눴다.

주을과 사랑을 나누는 것은 그것과 할 때와는 달랐다. 그것과는 쾌감이 사라진 뒤에도 그것의 몸에 감싸여서 잠들고는 해서 오히려 사랑을 나눈 뒤에 더 그것과 한 몸이 된 것 같은 기분이 들었다. 하지만 주을은 일이 끝나고 나면 곧바로 떨어졌다. 그렇게 하지 않고 계속 붙어 있으면 갑갑한 느낌이 든다고 했다. 보니는 어쩔 수 없이 주을의 뜻을 받아들였지만 사랑을 나눈 뒤에 다시 혼자가 되는 느낌이 너무나 서늘해서 가슴이 얼어붙었다.

"조금만 더 있다 가면 안 돼? 저녁이라도 먹고 가. 같이 장까지 봐 놓고선."

보니는 조르는 기색 없이 말하려 애썼다.

"왜? 혼자 있기 싫어?"

주을이 보니를 귀엽다는 듯 쳐다봤다. 이럴 때면 보니는 자신이 외출하는 주인에게 나가지 말라고 떼를 쓰는 강아지가 된 것 같았다. 강아지가 애처로운 눈빛으로 바라본다고 해서 외출 약속을 취소하는 사람은 거의 없다. 주을은 매번 보니를 남겨 두고 나갔고, 이번에도 그럴 게 분명했다.

"크리스마스이브잖아."

다른 때라면 금세 체념해서 "그래, 알았어"라고 말했을 테지만 오늘은 혼자 있고 싶지 않았다. 같이 장을 봐 온 음식을 혼자 요리해서 먹으면서 창밖을 멍하니 바라보고 싶지 않았다. 오늘 보니에게는 타인의 체온이 필요했다.

"저녁에는 사람들하고 늦게까지 어울려야 하잖아. 그 전에 혼자 에너지를 충전할 시간이 필요해."

'나랑 보내면서 충전할 수는 없는 걸까?' 지금 같은 순간에는 주을에게 유일한 사람이 아니라는 게 쓸쓸하게 느껴졌다. 주을이 사랑하는 여러 사람 중에 하나라는 게.

작년 크리스마스에는 그것과 꼭 붙어서 지냈다. 보니는 크리스마스가 종교적인 것이지만 이제는 종교와 상관없이 많은 사람이 즐기게 된 날이라는 걸 그것에게 알려 주었다.

《이곳 사람들이 크리스마스를 어떻게 보내는지 직접 보고 싶어.》

그것이 보니를 감싸며 말했다. 보니는 몸으로 느껴지는 진동으로 그것이 자신과 함께 이동하려 한다는 걸 알았다. "너무 멀리 가면 내 몸에 안 좋다며?"(오늘 하루 만이야.) 그것은 자신이 이동하는 방식대로 순식간에 다른 나라로 갔다. 보니와 그것은 그날 프랑스와 독일, 핀란드에서 크리스마스를 보내고 집으로 돌아왔다. 그것에게 감싸여 여행을 한 건 그날 하루가 유일했다. 아름답고 따뜻한 크리스마스였다. 작년에는 크리스마스이브도, 크리스마스도, 연말도 그것과 꼭 붙어서 보냈다. 그것에게 감싸여 크리스마스에 대한 이야기를 주고받던 밤을 떠올리자 기분이 가라앉았다.

"그런 표정 하지 마. 내가 나쁜 사람이 된 것 같은 기분이 든단 말이야."

"오늘은 그냥 나랑 있어 주면 안 돼? 3시까지만 같이 있어. 아니, 한 시간만 있다가 가."

주을은 어쩔 수 없다는 표정으로 도로 침대에 와서 앉았다.

"이 어린 양을 어쩌면 좋아."

주을이 보니의 머리를 쓰다듬었다. 보니는 주을의 어깨에 머리를 기댔다.

"혼자 있으면 생각이 너무 많아져. 괜찮은 것 같다가도 나쁜 생각이 밀려들어서 미칠 것 같아."

보니의 눈에서 흐른 눈물이 주을의 양털 재킷에 떨어졌다. 보니는 재킷에 묻은 눈물을 소매로 닦아 냈다.

"비싼 건데 얼룩지면 안 되지."

"상관없어."

"거짓말."

갑자기 걷잡을 수 없이 눈물이 쏟아졌다. 보니는 얼굴을 가리고 흐느꼈다.

"그냥 가. 미안해. 잡지 말았어야 했는데. 그게 잘 안 돼. 이렇게 주을한테 가지 말라고 붙잡을 때마다 너무 비참해. 주을은 나랑 있기 싫어? 내가 여기 온 뒤로 나랑 다섯 시간 이상 같이 있어 본 적이 없는 거 알아? 왜 항상 이렇게 가 버리는 거야?"

"지금 힘든 거 알아. 정원이 그렇게 된 거 나도 속상해. 부원장님이랑 너랑 또 많은 사람이 열심히 가꾸고 돌보던 곳인데. 특히 너한테는 아주 의미 있는 곳이었잖아. 네가 이렇게 상심하고 힘들어하는 건 당연한 거야. 근데, 보니. 내가 종일 네 옆에 있을 수는 없어. 내가 위로를 해 줄 수는 있어도 네 몫의 슬픔까지 내가 어떻게 해 줄 수는 없는 거잖아. 네 슬픔은 네가 품고 다스려야 해."

보니는 팔로 얼굴을 닦고 주을을 바라봤다. 눈 주변은 벌써 빨개졌고, 얼굴은 서운함과 분노, 슬픔이 뒤섞여 엉망이었다.

"그런 소리 할 거면 가. 내가 가라고 했잖아. 잡아서 미안하니까 얼른 가라고. 다신 같이 있어 달라고 안 할 테니까."

주을이 보니의 두 팔을 잡아 뜨거운 이마에 입을 맞추고 자기 쪽으로 부드럽게 끌어당겨 안았다. 보니의 거친 숨이 주을의 얇은 티셔츠에 닿아 습기가 생겼다.

"보니, 난 그것처럼 널 내 몸에 감싸고 며칠씩 같이 있어 줄 수가 없어. 네가 그걸 그리워하는 거 알아. 내가 널 그만큼 채워 주지 못한다는 것도 알고. 그걸 너무 빨리 잊어버리려고 애쓰지 마. 그걸 그리워하는 마음도 그대로 두고, 나에 대한 마음도 그냥 놔두면 돼. 그걸 원망하는 마음도 그냥 두고, 좋아하는 마음도 그냥 둬. 감정을 하나로 만들려고 너무 애쓰지 마. 감정은 원래 복잡한 거니까. 네 마음속의 모순된 감정들을 다 그냥 그대로 놔둬. 그 복잡하고 시끄러운 애들이랑 싸우지 말고. 그냥 놀게 놔두면 알아서 조용해질 거야."

보리수와 느티나무가 없는 때에 주을에게 이런 말을 들으면 마음이 한없이 약해졌다.

"주을이 자꾸 그런 말을 하니까 내가 더 기대게 되잖아. 어차피 오늘 같이 있어 줄 것도 아니면서. 그런 말 들을 때는 위로가 되는 것 같지만 주을이 가 버리고 나면 더 쓸쓸해진다는 거 알아? 나한테 필요한 건 그런 말이 아니야. 지금처럼 날 껴안고 옆에 있어 주는 거지."

"그래, 알았어. 그럼 한 시간만 있다가 갈게."

주을은 시계를 계속 보고 있었던 것처럼 정확히 한 시간 뒤에 보니에게서 몸을 뗐다. 보니는 주을의 옷자락을 잡았다. 그러면 주을이 얼굴을 찌푸릴 걸 알았지만 절박했다. 지금은 정말 혼자 있고 싶지 않았다.

"내가 분리 불안이 있는 강아지를 데려온 모양이야."

'맞아. 그러니까 가지 마.' 보니는 주을을 올려다봤다. 주을은 농담으로 분위기를 풀려고 했지만 눈에는 피곤이 가득했다. 그 피곤한 눈빛을 볼 때면 이상한 모멸감이 가슴을 옥죄었다.

"한 곡만 연주해 줘. 한 곡만 쳐 주면 더 안 잡을게."

옷자락을 붙잡힌 주을은 난처하다는 듯 보니를 보며 한숨을 쉬었다.

"알았어. 한 곡만이야."

보니가 심한 불안을 호소하면 주을은 피아노를 연주해 줬다. 주을의 연주를 들으면 신기하게 신경이 가라앉았다. 주을의 피아노 연주에는 독특한 힘이 있다. 그 연주는 듣는 사람을 온전히 혼자가 되게 해 주었다. 혼자라는 게 삭막한 외로움이 아니라 자기 자신의 아름다운 힘을 가장 제대로 느낄 수 있는 상태라는 걸 알려 주었다.

주을은 피아노로 가서 연주를 시작했다. 이 스튜디오의 주인인 친구가 주을에게 피아노를 관리해 달라고 부탁했다고 했다. 보니는 그 얘기를 듣고 재밌다고 생각했다. '여행 갈 때 친구한테 화분을 맡기고 가는 거랑 비슷하네. 혼자 방치해 두면 금방 죽어 버리니까.'

피아노 소리가 스튜디오 안을 채웠다. 보니는 침대에서 일어나 피아노 아래에 앉아 연주를 들었다. 옆에 앉아 있으니 피아노가 울리는 게 더 잘 느껴졌다. 한 공간 안에서 연주되는 피아노 소리는 라디오에서 나오는 소리와는 달랐다. 피아노 근처에 앉아 연주되는 소리를 들으면 마치 그 소리가 살아 있는 것처럼 느껴진다. 보니는 피아노 다리에 몸을 기대고 최대한 많은 진동을 느끼려 온 신경을 곤두세웠다.

연주가 끝나기 전에 침대로 가서 누웠다. 10분 넘게 이어지는 긴 곡을 고른 건 주을의 배려인 듯했다. 마침내 연주가 끝나자 주을이 침대 가까이로 다가왔다.

"잘 자."

주을이 눈을 감은 보니를 향해 속삭였다. 보니는 머리맡에서 주을이 빼놓았던 반지들을 끼우는 기척을 느꼈다.

문이 열렸다가 닫히고 도어록 소리가 들리자 곧바로 마음이 공허해졌다. 높은 곳이라면 창문을 열고 뛰어내리고 싶었지만 스튜디오는 천장이 높은 1층 건물이었다.

보니는 무릎을 세우고 앉아 두 팔에 얼굴을 묻었다. 이럴 때 몰두할 취미라도 있으면 좋으련만. 보니는 어릴 때부터 취미가 없었다. 다른 아이들이 유치원에 다닐 때 보니는 부모님을 따라다니며 정원 일을 도왔다. 처음에는 물이 담긴 양동이를 나르는 일부터 시작했다. 나이가 들면서 맡은 일들도 늘어서 학교에 있는 시간 외에는 전부 정원에 쏟았다. 정원을 가꾸는 것이 보니의 일이자 취미였다.

그런데 이제는 돌볼 정원이 없다. 찾아갈 친구들도 없어졌다. 그 생각만 하면 눈앞이 캄캄해지면서 숨이 막혔다. '식물들이 그렇게 죽은 건 다 내 탓이야. 내가 그런 식으로 그것을 자극하지만 않았어도. 말만 좀 더 조심했더라도.' 후회가 끝없이 밀려온다. 그러다 보면 옛날에 자주 하던 생각이 떠올랐다. 왜 살아야 하지? 삶에 아무런 의미가 없고 희망도 없는데.

"넌 한심한 쓰레기야. 이 세상에서 넌 아무것도 아니고 아무짝에도 쓸모없어. 차라리 죽어. 죽어 버려."

이럴 줄 알았다. 오늘은 혼자 있으면 목소리가 다가와 나쁜 말을 속삭일 거라는 걸 아까부터 느끼고 있었다.

피아니스트를 위해 설계된 이 스튜디오는 천장이 높은 직육면체 건물로 작고 조용하다. 창문도 특수 방음 처리가 되어 있어서 바깥의 소리가 전혀 들리지 않는다. 보니는 이 방이 처음 본 순간부터 좋았다. 창문이 커서 채광이 좋고 가구들은 필요한 것들만 있다.

보니는 조심스럽게 침대 헤드에 손바닥을 대 보았다. 그것이 진동을 보내고 있다면 분명 침대가 떨릴 것이다. 특수 설계가 된 이 방에 그것의 진동이 들어올 리 없는데도 자꾸만 확인하게 된다. 방금 피부에 진동이 닿은 것 같은데. 손끝이 떨리는 것 같은데. 그런 식으로.

이 방에 처음 왔을 때는 더 심했다. 낮에 방에서 음식을 만들다가, 밤에 침대에 누워 있다가, 욕실에서 몸을 씻다가 진동이 온몸을 감싸는 느낌에 집 바깥으로 뛰어나가 주변을 두리번거리고는 했다. 그러나 모두 보니의 착각이었다.

이런 얘기를 주을에게 했더니 주을은 배를 오래 탄 선원들이 겪는 증상에 대해 말해 주었다.

"배를 오래 탄 사람들은 흔들리는 배에 있는 게 익숙해져서 배에서 내리면 멀미를 한대. 배를 타고 있을 때는 아무렇지도 않은데 땅에 서 있으면 땅이 흔들리는 것 같다나? 육지 멀미라고 너도 들어 본 적 있지 않아?"

그때부터 진동이 느껴질 때마다 보니는 생각한다. '나는 지금 육지 멀미를 하는 거야.' 바닥이 흔들릴 때마다, 침대가 흔들릴 때마다, 온몸이 흔들릴 때마다 그렇게 생각한다. 적어도 손가락의 색은 돌아오고 있다. 하지만 불면과 이명, 두통, 손 떨림 증상은 여전했다. 두통은 오히려 심해져서 한 번씩 머리가 깨질 것처럼 아팠다. 그럴 때는 자기도 모르게 그것을 생각하게 됐다. '그것에게 감싸이기만 하면 다 나을 텐데. 두통이 싹 가실 텐데.' 보니는 이곳에 들어온 후로 그것이 자신의 진통제이자 신경 안정제였다는 걸 깨달았다.

주을은 뱃사람들이 금방 육지 멀미를 극복한다고 했다. 그건 단지 단기적인 증상이라고. 그것과 함께 보낸 시간은 겨우 2년쯤이었다. 2년에서 한 달이 모자란 시간을 그것과 함께 했다. 평생 배를 탄 사람들도 육지에 내리면 결국은 적응하는데 겨우 1~2년 바다에 나갔던 선원이 육지 멀미를 극복하지 못한다는 것은 말이 안 된다.

보니는 바다를 항해하다 육지로 돌아온 사람에 자신을 이입하게 됐다. 사랑이라는 바다에서 그것은 보니의 배였다. 그 배는 파도 속에서 항상 보니를 지켜 주었다. 파도가 치는 게 그것의 잘못은 아니지 않은가. 바다가 흔들리는 게 그것의 잘못은 아니지 않나. 그런 생각이 들 때도 있다.

'그것과 있을 때가 더 행복했던 것 같아.' 바보 같지만 그런 생각이 들기도 한다. 가장 괴로운 날도 오늘처럼 쓸쓸하지는 않았다.

'그래, 취미를 가져 보는 것이 좋겠어. 그런데 무엇을 해야 하지? 눈앞이 자꾸 흔들려서 책도 읽을 수 없는데.'

2.

그날 저녁 6시에 보니는 '오후와 새벽'으로 갔다. 가게 벽에는 루돌프가 끄는 마차를 타고 웃고 있는 산타 모양의 가렌드가 붙었고 커다란 크리스마스 양말도 곳곳에 걸려 있었다. '참 행복한 크리스마스네. 나만 빼고.' 보니는 벽에 걸린 HAPPY CHRISTMAS(해피 크리스마스) 장식을 보며 생각했다.

사람들은 테이블을 세 개 이어 붙인 자리에 사이좋게 앉아 있었다. 물론 다른 자리에도 또 다른 손님들이 있었다. 언제나 한 몸처럼 붙어 다니는 사이좋은 세 사람이 오늘도 구석의 테이블에 나란히 앉아 편안한 얼굴로 서로의 어깨에 머리를 기대고 있었고, 한 사람이 혼자 앉아서 책을 읽고 있는 테이블도 있었다. 바 테이블도 꽉 찼다.

주을은 테이블을 붙여 만든 자리의 정 가운데에 있었다. 보니가 들어가자 사람들이 엉덩이를 움직여 빈자리를 만들어 주었다. 주을의 왼편 옆자리였다. 주을의 연인이 보니뿐은 아니었지만 공동체의 사람들은 아직 적응 중인 새로운 사람을 챙겨 주려 했다. 그들은 보니의 사정도 대충 알았다. 그 유명한 한국의 타샤 튜더라고 불리는 여자의 딸인데 무슨 일인지 정원이 하루아침에 쑥대밭이 되어서 견디지 못하고 이곳으로 왔다더라. 알려진 건 그 정도인 것 같았다.

"어때요?"

보니가 칠면조 고기를 한 입 삼키고 오늘 밤에 체하고 말리라는 걸 직감하고 있을 때 맞은편 대각선에 있던 여자 하나가 물었다. 비즈가 붙어서 반짝거리는 핑크색 원피스를 입은 여자였다.

"뭐가……?"

보니는 그 여자를 제대로 쳐다보지도 못하고 말끝을 흐렸다. 스튜디오에서 반칩거 생활을 하면서 원래도 최악이었던 사교성이 이제는 바닥을 기고 있었다. 여자는 보니의 바보 같은 반응을 비웃지 않고 인내심 있게 말해 주었다.

"그냥 다요. 여기서 지내는 거나 오늘 이 파티나. 맞다. 정원은 요즘 어때요? 복구가 잘되어 가고 있는 거예요? 햇살과 그림자 정원이 그렇게 된 거 정말 안타까워요. 저도 좋아하는 장소였는데."

그냥 하는 말이 아니라 진심 같았다. 멀찍이 앉은 다른 남자가 여자의 말에 맞장구를 쳤다. 구불거리는 갈색 머리를 어깨까지 기른 남자였는데 눈빛이 진지해 보였다.

"안타까운 정도가 아니지. 저는 뉴스를 보는데 눈물이 다 나더라고요."

남자의 말에 테이블에 앉은 열 명 남짓한 사람들이 키득거렸다. 사람들의 반응에 남자는 민망한 듯 얼굴을 붉혔지만, 진짜로 기분이 상한 건 아닌 것 같았다. 그는 스무 살 때 광주를 떠나 서울에서 자리를 잡고 살다가 그곳에서 우유부단한 바람둥이로 소문이 나는 바람에 도피하듯 고향으로 돌아왔다. 그러다 이 주택 단지로 흘러들어 자기 자리를 찾았다. 보니는 그가 안도하고 있다는 걸 눈치챘다. 여기서 나쁜 사람이 되지 않고 사람들에게 섞여든 것에 기뻐하고 있는 것이다.

보니가 보기에 그는 미모사였다. 미모사는 부끄럼을 타는 것처럼 손으로 만지면 쉽게 움츠러든다. 하지만 은근히 적응력이 강해서 고향이 아닌 다른 지역에서도 잘 산다. 환경에는 잘 적응하지만 스트레스에는 약하기 때문에 자꾸 건드리면 죽을 수도 있다.

"우리 진석이가 은근히 감수성이 풍부해."

남자의 옆에 앉은 단발머리 여자가 장난스러운 웃음을 가득 머금은 채 그를 토닥이면서 머리에 입을 맞췄다. 단발머리 여자는 난초다. 난초는 자신에게 먹을거리가 있는 것처럼 달콤한 향기를 풍겨 벌을 유인하지만 사실 난초의 꽃 안에는 꽃가루 주머니밖에 없다. 벌은 먹을거리를 기대하고 난초의 꽃 안으로 들어가지만 결국은 아무것도 얻지 못하고 꽃가루만 묻히고 나와 난초의 수분을 돕게 된다. 원래 꽃은 벌이 자신의 꽃가루를 다른 꽃에 옮겨 주는 심부름 값을 치르는데, 난초는 벌에게 줄 것도 없으면서 가짜로 만들어 낸 냄새만 풍기는 것이다.

　단발머리 여자는 자신이 잘나가는 의상 디자이너에 집안도 좋고 애인과 친구도 많은 것처럼 얘기하면서 자신과 가까워지면 콩고물이라도 떨어질 거라는 식의 뉘앙스를 풍기지만, 사실은 전부 허풍이다. 여자는 월세가 밀려서 곤란을 겪고 있는데 보니에게도 한번 돈을 빌려 달라고 말했다가 거절을 당하고는 그 뒤로 태도가 차가워졌다.

　"아니, 내가 감수성이 풍부해서가 아니라 진짜 애석한 일이잖아. 그 정원에 오래된 나무가 얼마나 많았는데. 몇백 년씩 그 숲에 살던 나무들이 하룻밤 만에 까맣게 말라 죽었다니까? 수명이 아주 오래된 보리수도 있었죠? 인도에서 온."

　남자의 물음에 보니는 고개를 끄덕였다. 보리수라는 말을 듣자마자 가슴이 찢어지는 통증에 목이 메었다.

"그런데 정말 어떻게 된 거예요? 어떻게 그런 일이 일어날 수가 있지? 그 전에 전조 같은 건 없었어요? 지진이 나기 전에 곤충이나 새들이 대이동을 한다고 하잖아요."

또 나른 누군가가 말했다. 목이며 팔, 다리가 모두 길쭉한 모델 같은 여자였다. 짧게 친 머리와 보라색 립스틱을 바른 입술 때문에 더 모델처럼 보인다. 하지만 그녀의 실제 직업은 회계사다. 회계사는 붓꽃을 닮았다. 꽃대가 길고, 우아하고 존재감이 강한 보라색 꽃이 피니까. 붓꽃은 주택 단지 안에는 만나는 사람이 없다. 여행지에서 짧은 사랑에 빠지고는 한다는 얘기를 들은 적이 있는데 보니는 그 외에는 아는 것이 없다.

"전조도 없었대. 새들이 갑자기 날아올랐다는 것 말고는. 근데 그것도 일이 이미 일어난 후였다고 하니까 전조라고는 볼 수 없지. 이런 일이 일어난 적이 없어서 외국에서까지 학자들이 와서 연구도 하고 있다고 하잖아. 지질학자, 생태학자, 나무학자, 별별 학자들이 다 왔다던데."

테이블 끝에 앉아 있는 나이 든 부부 중 남편이 말했다. 남편은 화가고, 부인은 은퇴한 교수다. 일흔이 넘은 두 사람은 이곳으로 함께 들어와서 각자 다른 집에서 살고 있다. 두 사람 다 매력적이고 몸에서 좋은 향기가 난다. 보니는 부인은 모과나무고, 남편은 향나무라고 생각했다. 모과나무는 향나무가 근처에 있으면 병에 걸려서 약해지기 쉽다. 두 사람이 한집에서 살 때 부인은 자유로운 화가 남편의 자기중심적이고 무책임

한 면과 여성 편력, 모험을 즐기는 성격 때문에 반평생을 우울 중에 빠져 살았다. 지난번에 사람들이 모인 자리에서 부인은 남편과 거리를 두고 지내면서 제자리를 찾은 느낌이 든다고 말했다. 지금 부인에게는 여덟 살 연하의 애인이 있다.

"그래도 뭐, 보니 씨는 곤란할 거 없죠. 정원 토지가 몇 평 이죠? 몇백 평 되는 그 땅이 나중엔 다 보니 씨 것이 될 테니 정원이 문을 닫아도 그렇게 큰 손해는 아닐 것 같은데."

변호사가 말했다. 변호사는 이 단지 안의 사람들과 자주 어울리지 않는다. 그는 유칼립투스다. 유칼립투스는 햇볕을 많이 받는 좋은 자리를 선점하려고 다른 나무들을 제치고 가장 빨리 높게 자란다. 뿌리도 여러 갈래로 뻗어서 화재를 당해 손실이 생겨도 모든 것을 잃지 않도록 철저히 대비한다. 만약에 눈앞에 좋은 조건을 가진 여자가 나타난다면 그는 지체 없이 이곳에서의 생활을 정리하고 결혼해서 가정을 꾸릴 것이다. 아내 몰래 이곳에 돌아올 여지는 남겨 두겠지만 말이다.

식물은 생존을 위해 속임수를 쓰기도 하고 약삭빠르게 굴기도 한다. 많은 영양분을 얻으려고 다른 식물을 죽이기도 하고, 독을 쓰기도 하며, 남에게 기생하기도 한다. 식물은 대부분 이기적으로 행동한다. 생물학적 한계나 환경을 극복하고 살아남기 위해 그들이 체득한 삶의 방식이다. 보니는 인간도 마찬가지라고 생각했다. 다른 존재의 생존 방식에 대해 옳고 그름을 따지고 싶지는 않았다.

하지만 자신이 이곳 사람들에 대해 지나치게 냉소적으로 판단을 내리고 있는 건 마음에 들지 않았다. 이 게임은 원래 이렇게 악의적이지는 않다. 사실 보니는 낯선 사람 앞에서 긴장을 풀려고 이 게임을 만들어 낸 거였다. 하지만 지금은 이런 게임도 소용이 없다. 보니에게는 지금 사람들의 좋은 면을 찾아낼 만한 에너지가 없었다.

"그래도 새들은 몸을 피해서 다행이야. 식물들은 다 죽었는데, 동물이나 곤충은 거의 피해가 없었대."

분홍색 원피스를 입은 여자가 말하자 정력적인 첼리스트인 미진이 포크를 쥔 손을 흔들었다.

"바보 같은 소리. 당장 죽지는 않았어도 자기들 살던 터전이 없어진 건데 피해가 없다니. 집이 무너졌는데 목숨을 보전했다고 다행이라 해야 해? 그리고 여기도 크게 피해를 입은 사람이 있지. 이제 그 얘기는 그만해. 사람 염장 지르는 거야, 뭐야?"

백발의 첼리스트는 떡갈나무를 연상시킨다. 떡갈나무는 잎이 두껍고, 건장하고, 도토리 열매가 달려서 여러 동물의 배를 채운다. 주을이 그녀와 오래 잘 지내고 있는 건 그런 건강하고 강인한 면 때문이다. 반면, 불문과 교수는 강인함과는 거리가 멀다. 불문학 교수는 사람들의 대화에 열심히 끼면서 잘 어울리고 있지만 한 번씩 먹이를 든 주인을 바라보는 개의 눈빛으로 주을을 본다. 주을은 그가 자신을 보고 있다는 걸 뻔히 알면서 모른 척했다. 두 사람은 사귄 지 5년이 넘었다고 했다. '저럴 거면, 왜 파트너 관계를 유지할까? 차라리 깔끔하게 끝내는 게 낫지 않나?' 보니는 불문과 교수를 보면 수선화가 떠올랐다. 왠지는 모르겠다. 그는 나르시시스트와는 거리가 먼 사람인데도 어딘지 나르키소스와 겹쳐 보일 때가 있다.

떡갈나무가 호통을 쳐 준 덕분에 화제가 바뀌었다. 여기에 모인 사람들은 남의 말에 귀를 기울일 줄 아는 사람들이라 한 사람이 대화를 독점하는 일이 없다. 대화 주제도 다양하다. 주제가 빠르게 바뀌며 정치, 사회, 예술, 문화에 관련된 이야기들이 활발하게 오고 갔다. 직업이나 경험도 다양해서 평생 들어 본 적 없는 엄청난 에피소드들이 이 사람 저 사람의 입에서 툭툭 튀어나왔다. 보니는 그 이야기들을 들으며 웃기도 하고 눈물을 글썽이기도 했지만 한편으로는 점점 더 외로워졌다.

이곳 사람들이 서로를 위해 차리는 말끔한 예의가 보니에게는 선을 긋는 것처럼 느껴졌다. 이 자리에 있는 사람 모두가 외로워 보였다. 보니가 보기에는 외로움을 즐기느냐 아니냐의 차이가 있을 뿐이었다. 파트너가 몇 명이나 있는 사람이나 파트너 없이 많은 사람과 사랑을 나누는 사람이나 각자의 외로움을 안고 사는 건 마찬가지다.

주을은 자리를 떠나지는 않지만 마음이 딴 데 가 있는 듯했다. 주을은 이 자리에 있는 누구에게도 흥미가 없는 것처럼 보였다.

'이제는 주을이 어떤 사람인지 잘 모르겠어.'

처음에 만났을 때는 주을이 느티나무를 닮았다고 생각했지만 이제는 아니었다. 보니는 사람들 속에서 멍하니 시간을 보냈다. 이곳에 들어와서 보니, 생각했던 것과는 달랐다. 모두에게 애인이 여럿 있는 것도 아니고, 사귀는 사람이 없는 사람도 있다. 모든 관계의 형태를 존중한다. 그게 이 공동체의 모토인 것 같았다. 보니는 이곳 특유의 자유로운 분위기가 마음에 들었다. 하지만 오늘은 계속 겉돌기만 했다. 어릴 때부터 친구가 되어 주었던 정원의 식물들이 자신 때문에 목숨을 잃었다는 사실을 생각하면 미칠 것 같았다. '나만 아니었더라도 정원의 식물들은 내년을 맞이하려 평화롭게 겨울잠을 자고 있었을 텐데. 어디서부터 잘못된 걸까?' 자꾸 그런 생각만 맴돌았다.

"주을, 나 먼저 갈게."

보니는 더 참지 못하고 주을에게 말을 걸었다. 목이 잠겨서 소리가 크게 나오지 않았다. 이대로 아무렇지 않게 사람들과 앉아 있을 수가 없었다. 차라리 혼자 있는 게 나을 듯했다. 주을은 보니에게서 등을 돌리고 다른 사람들과 이야기를 나누는 중이었다. 주을이 보니를 흘긋 뒤돌아봤다가 다시 원래 얘기를 나누던 사람들 쪽으로 고개를 돌렸다. 주을이 자신을 돌아봤을 때 주을의 눈에 스친 감정 때문에 보니는 정말로 이곳에서 나가고 싶어졌다. '난 널 돌봐 줄 생각이 없어.' 주을의 눈은 정확히 그런 말을 했다.

보니는 당혹감을 느끼며 자리에서 일어나 그대로 슬쩍 밖으로 나갔다. 단지 내에서 열린 파티라 가방도 안 가지고 나와서 챙길 것이 없었다. 보니를 잡는 사람은 없었다. 보니가 일어나는 걸 본 사람도 잠깐 바람을 쐬러 나가는 것이겠거니 하고 별 관심을 가지지 않는 듯했다.

인생에서 이토록 비참했던 적이 있던가? 겨우 주을의 눈빛 하나로 자존심이 무참하게 뭉개졌다. 주을이 이해되지 않는 건 아니었다. 정원에서 나와 주택 단지로 들어온 이후로 보니는 줄곧 우울하고 불안정했다. '그런 나와 시간을 보낸다는 게 즐거운 일은 아니었겠지.'

하지만 보니는 주을이 자신을 돌봐 주길 바란 게 아니었다. 그저 존중해 주길 원했다. '날 조금이라도 존중했다면 그런 눈빛으로 무시하지는 않았을 거야.' 주을이 자신을 그렇게 바라본 순간 보니의 안에서 뭔가가 무너졌다. 고작 눈빛 한 번으로 무너지는 자신의 마음이 너무 하찮아서 슬펐다.

보니는 거기서 서둘러 나올 때 그 자리에 있던 사람들이 자신을 보는 시선에서 동정을 느꼈다. 주을에게 상처받은 애가 또 하나 늘었네. 그런 눈빛이었다. 그건 언젠가 보니가 불문학 교수를 보던 시선이었다. 자신이 그와 같은 처지가 됐다는 것이 너무 비참해서 세상에서 사라지고 싶었다.

겨우 한 달 전까지만 해도 보니에게는 자신을 사랑해 주는 존재가 있었다. 그것과 있을 때 보니는 자신이 그것에게 유일한 존재라는 걸 느낄 수 있었다. 그것이 그리웠다. 그것이 그리운 것인지 그것에게 감싸여 있을 때의 그 안정감이 그리운 것인지 알 수 없었다. 어쨌든 보니를 그렇게 감쌀 수 있는 존재는 그것이 유일했다.

그런 생각이 들자 눈물이 났다. 당장 울 곳이 필요했다. 타인이 있는 공공장소에서 운다는 것은 보니에게 있을 수 없는 일이었다. 보니는 길이나 공중화장실, 심지어는 지하철 플랫폼에서 우는 여자들을 보면 속으로 혀를 차고는 했다. 애도 아니고 감정 조절이 저렇게 안 되나? 아니면 자기 감정을 과시하고 싶은 걸까? 어느 쪽이든 미성숙한 일이라고 생각했다. 그런데 이 순간에는 바로 자신이 거리에서 울고 있었다.

보니는 눈에 보이는 대로 사람이 없는 골목을 찾아 들어가서 팔에 얼굴을 묻고 눈물을 흘렸다. 원망이 치밀었다. '어딜 간 거야. 날 내버려 두고. 어떻게 날 혼자 이렇게 버려 둘 수가 있어? 네가 아니면 난 세상에서 이렇게 혼자인데.'

말도 안 되는 원망이었다. '떠난 건 나였잖아.' 헛웃음이 났다. '너 진짜 이기적이고 한심하구나.'

청승 그만 떨고 돌아가자. 그런데 어디로? 주택 단지 안의 스튜디오는 멋진 곳이지만 집처럼 느껴지지는 않았다. 보니는 골목에 주저앉은 채로 그것을 생각했다.

그것에게 감싸였을 때 보니는 집을 찾은 것 같았다. 바로 그곳이 자신이 머물 곳이라고 생각했다. '보고 싶어.' 보니는 그리움으로 차올라서 바닥을 손가락으로 두드렸다. 골목 벽에도 손가락을 대고 신호를 보냈다. 톡톡. 톡톡. 톡톡.

발밑이 흔들렸다. '너야?' 보니는 벌떡 일어나 골목 밖으로 달려나갔다. 그러나 나가자마자 실망으로 가슴이 무겁게 내려앉았다.

도로에 커다란 화물 트럭이 지나가고 있었다. 길을 흔든 것은 그 트럭이었다. 그 순간 자신이 느낀 실망의 크기 때문에 보니는 자신이 그것을 그리워한다는 것을 인정할 수밖에 없었다. 그것은 보니가 사랑하는 것들을 잔인하게 해쳤다. 그것은 잔인하고 치졸했다. 그것의 진동은 보니를 아프게 했다. 그런 사실들에도 불구하고 보니는 그것이 미치도록 그리웠다.

보니는 몇 시간 동안 추운 거리를 걷다가 결국 다시 주택단지의 스튜디오로 들어갔다. 스튜디오에는 주을이 기다리고 있었다.

"왜 전화 안 받았어?"

비난하는 목소리는 아니었다. 차라리 화를 내 주면 좋을 텐데. 눈앞의 주을은 너무 차분했다. 보니는 그 차분함이 냉정하게 느껴졌다. 어떻게 사랑하면서 차분할 수가 있지? 그 차분함이 사랑하지 않는다는 증거 같았다.

"어차피 관심도 없잖아. 왜 전화했는데?"

"갑자기 사라졌는데 그럼 안 찾아?"

이번에는 주을의 목소리가 약간 흐트러졌다. 새벽 2시였다. 주을의 미간은 피곤으로 구겨진 듯 주름이 잡혔다.

"나 때문에 서운해서 나간 거야?"

"그런 거 아냐."

"아니긴. 지금도 목소리가 그런데. 난 네가 이러는 게 싫어. 너도 그 자리에서 네 나름대로 시간을 보낼 수 있었잖아. 처음 본 사람들도 아니고. 내가 꼭 일일이 챙겨야 해?"

"챙겨 달라고 한 적 없어. 난 그 자리가 재미없었고, 그래서 나온 거야. 밖에 나와서 걸으니까 좋더라. 눈이 아직 쌓여서 거리가 온통 하얘. 정말 크리스마스 분위기가 나."

보니는 밝게 말하려 애썼다. 언젠가부터 주을과 있으면 이런 식으로 애를 쓰게 됐다. 주을의 피곤한 얼굴을 보는 게 싫었다. '또 힘들어? 내가 또 달래 줘야 해?' 하는 표정을 보는 게 정말 죽을 만큼 싫었다.

"미안해."

주을이 그렇게 말했다. 성가신 일을 처리하는 듯한 사과였다.

"뭐가 미안해. 너 때문에 나간 게 아니라니까. 정말 좀 걷고 싶어서 나간 거야. 걱정시킨 거라면 내가 미안해."

보니는 자신이 아직 현관에 서 있다는 것을 의식하고 신발을 벗었다. 그리고 주을이 서 있는 침대 쪽으로 걸어가서 이불 안으로 들어갔다.

"몸 좀 녹여야겠어. 너무 오래 걸었더니 발이 꽁꽁 언 것 같아."

주을은 뒤를 돌아 보니를 봤다. 표정이 좋지 않았지만 무슨 생각을 하는지는 알 수 없었다. 왠지 얼굴에 죄책감이 어린 것 같았다.

"괜찮아?"

"뭐가?"

"여기서 이렇게 지내는 거 어떠냐고. 지낼 만해?"

"알잖아. 난 지금 좋을 수가 없는 상태야. 내가 항상 기분 좋아 보이는 걸 원한다면…… 그건 불가능해. 그냥 주을도 나한테 너무 신경 쓰지 마. 내가 알아서 할게."

"힘들면 안 해도 돼."

"뭘 안 해?"

모르는 척했지만 들은 순간 무슨 말인지 알았다. 뱃속에서부터 화가 치밀어올랐다. 끝내자는 거야? 이제 내가 귀찮나?

"넌 이곳과 맞지 않는 것 같아, 보니. 억지로 맞출 필요 없어."

"말 좀 정확히 하는 게 어때? 내가 이곳에 안 맞는 게 아니라, 너한테 안 맞는 거겠지. 다른 사람들은 너랑 잘 맞대? 무슨 전쟁 때 배급받듯이 네가 주는 만큼만, 아주 조금씩 굶어 죽지 않을 만큼만 네 관심과 사랑을 받는 거. 다른 사람들은 그걸로 충분할지 모르겠는데 난 아니야. 난 너무 부족해서 말라 죽을 지경이야. 정말 지겨워."

"이래서 네가 안 맞는다는 거야. 사랑은 주는 것도 아니고 가질 수 있는 것도 아니야. 그냥 하는 거지. 왜 네가 기대하는 걸 안 준다고 날 비난해? 네 말대로 사랑이 먹을 걸 배급하는 것처럼 양을 계산해서 줄 수 있는 거라면 말해 봐. 얼마큼을 원해? 내가 얼만큼을 주면 만족할래?"

"얼마큼인지 말하면 줄 수는 있고? 이딴 말장난 더 하기 싫어. 오늘은 여기까지만 하자. 시간도 너무 늦었고, 주을도 피곤해 보여. 나도 자고 싶고. 이제 주을도 집에 가서 쉬어."

"아니, 보니. 난 이대로 못 가. 얘기 끝내고 갈래. 우리 이제 이런 거 그만하는 게 좋겠어. 난 이제 이런 감정 낭비 더 하고 싶지 않아."

"뭘 그만하자는 거야? 똑바로 말해."

"그래, 똑바로 얘기할게. 헤어지자."

주을은 더 지칠 수 없을 만큼 지쳐 보였다. 자신이 그 말을 유도한 것이나 다름없는데도 막상 직접적으로 헤어지자는 말을 들으니 보니의 심장도 송곳으로 찔린 듯 아렸다.

"헤어지고 말고 할 게 있긴 한지 모르겠네. 나 사랑한 적 없잖아."

보니의 눈에 눈물이 고였다. 사랑에 빠지면 처음에는 행복하다가 나중에는 싸우게 된다. 왜 자꾸 이런 일이 반복될까? 나한테 문제가 있는 걸까? 내가 사랑에 너무 많은 기대를 하는 걸까?

　"미안해. 널 여기 데려오면 안 됐던 것 같아. 내 실수야. 난 네가 이해하는 줄 알았어. 나하고 비슷한 방식으로 관계를 맺는 걸 원하는 줄 알았고. 그런데 나 때문에 네가 그동안 그렇게 힘들었다니 나도 마음이 안 좋네. 이기적인 생각인지 모르겠지만 난 너와 나쁘게 되고 싶지는 않아. 계속 친구로 지냈으면 좋겠어. 그래도 될까?"

　"그건 나중에 얘기해. 지금은 너무 피곤해서. 오늘은 정말 이만 가 줘."

　"알았어. 쉬어. 혹시라도 오늘 일 때문에 이 집에서 나가야겠다고 생각하진 말고. 네가 불편하면 난 여기 얼씬도 안 할 거야. 집주인이 돌아올 때까지 여긴 네 집이야. 그러니 난 아예 신경 쓰지 말고 편하게 지내. 안 그러면 내가 너무 마음이 불편할 것 같아."

　"그것도 생각해 볼게. 지금은 얼른 가. 난 좀 잘게."

　보니는 주을에게서 등을 돌리고 이불을 머리끝까지 덮어 썼다. 주을이 얼른 사라졌으면 했다. 혼자서 실컷 울고 싶었다. 만약 지금 주을이 밖으로 나가지 않고 침대로 들어와 안아 준다면, 그렇게 밤새 옆에 있어 준다면 마음이 풀릴 것이다. 그러면 다시 사랑할 수 있다. 보니는 그런 화해에 익숙했다. 그런 면에서 보니와 그것은 잘 맞았다. 그러나 주을은 머뭇거리지 않고 스튜디오를 나갔다. 보니가 먼저 허락하지 않는다면 주을은 약속한 대로 스튜디오 근처에도 오지 않을 것이다. 오늘 밤에는 그런 배려 깊은 예의가 잔인하게 느껴졌다.

3.

어느 날 밤, 오후와 새벽에서 커피를 마시다 주을이 자신의 집으로 가자고 했을 때 보니는 잘못 들었나 하고 되물었다.

"주을 집? 누가 집에 오는 거 싫어하잖아."

주을은 보니가 집에 오는 걸 싫어했다. 항상 주변에 사람이 많다 보니 집은 혼자만의 공간으로 남겨 두고 싶다는 이유였다. 그래서 두 사람은 항상 보니가 지내는 스튜디오에서만 만났다.

"넌 괜찮아. 줄 것도 있고."

주을의 태도가 하도 자연스럽고 스스럼없어서 보니는 하마터면 주을이 자신을 진정한 친구로 여긴다고 착각할 뻔했다. 주을이 자신에게 차갑게 굴었던 적은 한 번도 없는 것처럼 말이다. 슬프게도 보니의 마음은 주을의 친절에 곧바로 반응했다. 솔직히 기분이 좋았다.

'어쩌면 내가 너무 예민했던 것이 아닐까?'

보니는 주을의 집으로 가면서 생각했다. 주을의 집은 '오후와 새벽' 바로 위에 있어서 계단만 올라가면 됐다. '크리스마스 파티 때는 내가 주을의 눈빛을 너무 내 멋대로 해석했던 건지도 몰라. 그냥 지쳐서 그랬던 걸 수도 있고, 그 순간에만 내가 귀찮게 느껴졌던 걸 수도 있는데. 누구나 그럴 때가 있잖아.'

주을의 집으로 들어가자 그런 기분이 강해졌다. 주을은 보니를 소파에 앉히고 욕실로 들어갔다.

"좀 씻어야겠다. 오늘 여기저기 너무 많이 돌아다녔더니 몸에서 냄새가 나는 것 같아."

"주을 냄새 좋은데."

보니는 소파에 얌전히 앉아 말했다. 주을의 냄새는 정말로 좋았다.

"됐어. 귀엽긴. 편하게 있어. 내 침대에는 올라가지 말고."

마지막 말은 농담 같지 않았다. 주을이 씻으러 들어간 후 보니는 집 안을 두리번거렸다. 주을의 집은 생각보다 작았다. 작은 부엌과 아담한 거실이 있고 방은 하나였다. 거실 소파 아래에는 털이 북슬북슬한 하얀 깔개가 깔렸다. 전체적으로 모던한 인테리어였지만 귀여운 가구들이 섞여 있었다. 오래된 나무 벽시계 같은 빈티지 소품들도 많았다. 보니가 생각했던 것보다 아기자기한 집이었다. 그러나 죽은 식물들이 눈에 띄어서 보니는 금방 기분이 가라앉았다. 자세히 보니 이 집에 있는 식물들은 모두 이미 죽었거나 죽어 가고 있었다. 주을의 말대로 백 개는 되는 화분들이 있었지만, 그중에서 건강하고 생기 있는 식물은 하나도 없었다.

주을은 평소대로 욕실에서 오래 나오지 않았다. 보니는 지루해져서 소파에서 일어나 집 안을 돌아다녔다. 방문은 닫혀 있었다. 살짝 문을 열어 보니 침대가 보였다. 퀸 사이즈 침대 하나, 서랍장, 그림 액자 두어 개. 특별히 구경할 것도 없는 평범한 침실이었다. 보니는 조용히 문을 닫고 거실 탐방으로 돌아갔다.

그러다 그걸 봤다. 거실 구석에 있는 책장 맨 아래 칸에 가죽 노트들이 가지런하게 꽂혀 있었다. 아마 사람들에 대해 기록한 노트들인 것 같았다. 욕실에서는 아직 물소리가 들렸다. 보니는 노트 한 권을 빼서 펼쳤다. 손으로 쓴 글씨가 빽빽해서 알아보기 힘들었다. 거실에는 스탠드 조명 하나만 켜져 있어서 어두웠지만 글을 읽을 수 있을 정도는 됐다.

잘 들여다보니 그 노트는 수업 일지였다. 주을은 학교나 기관 같은 곳을 여러 군데 돌면서 장애 아동들을 대상으로 음악 치료를 했다. 별것 없는 사무적인 기록이라 보니는 노트를 도로 꽂아 두고 다른 노트들을 하나씩 빼서 훑어봤다. 귀는 욕실 쪽으로 바짝 세웠다.

'주을이 지금 내가 하는 짓을 본다면 날 죽일지도 몰라.'

노트들은 대부분 수업 일지거나 사실 위주의 정보가 적힌 기록이어서 별로 재밌지 않았지만 보는 걸 멈출 수가 없었다. 재밌는 걸 찾고 말겠다는 오기였다.

여섯 번째 노트를 펴서 몇 장 넘기는데 익숙한 이름이 눈에 들어왔다. "딸. 보니." 다시 앞쪽으로 페이지를 넘겨 보니 맨 첫 장에 "부원장님(정원)"이라고 적혀 있었다. 보니는 빠르게 페이지를 넘겼다. 노트 한 권이 모두 엄마에 대한 기록이었다. 페이지마다 날짜가 있었다. 기록은 3년 전에 처음 시작됐다. "4. 24. 첫 상담. 만성 우울. 불면."

엄마는 첫 상담을 한 뒤부터 정기적으로 주을 만났다. 장소도 기록되어 있는데 엄마가 센터로 왔을 때도 있고, 정원에서 만났을 때도 있었다. 시간은 보통 밤 10시에서 자정 사이. 남들의 눈을 피해서 상담을 해 온 것 같았다. 혹은 남편의 눈을 피해서였거나.

첫 달에는 두 번, 다음 달에는 한 번이 기록되어 있고, 세 번째 달에는 세 번 만났다. 네 번째 달부터는 요일을 정해 일주일에 한 번씩 상담을 했다.

기록은 파편적이고 어지러웠다. 문맥을 완전히 파악하려면 시간을 들여 꼼꼼히 읽으면서 조각을 짜 맞춰야 할 것 같았다. 하지만 그럴 시간이 없었다. 보니는 조각 맞추기를 포기하고 페이지를 넘기며 알아볼 수 있는 것만 읽었다. 엄마는 주로 우울감에 대한 이야기를 많이 했다. 남편과의 갈등, 고립감, 정기적으로 찾아오는 심한 우울.

보니에 관한 이야기도 있었다. 환청 증상, 식물과 대화를 함, 어색한 관계, 아버지와 사이가 좋지 않음, 성적 우수, 학창 시절에 심한 따돌림, 외로운 아이……

보니는 아빠에 대한 이야기를 찾으려 노트를 뒤졌다. 엄마가 아빠에 대해서는 어떤 이야기를 했을지 알고 싶었다. 하지만 엄마는 그에 대해서는 조심스러웠던 것 같다. 노트 앞쪽에 아빠 이야기는 거의 나오지 않았고, 있어도 추상적이었다. 기록은 뒤로 갈수록 길고 복잡해졌다.

상담 2년째부터는 간간히 주을이 자신의 생각을 써 놓기도 했다. 그러던 것이 뒤로 갈수록 엄마가 한 말을 쓴 것보다 주을의 생각이 적힌 부분이 훨씬 많아졌다. 엄마에 대한 묘사도 꽤 있었다.

오늘은 부원장님이 검은색 목폴라 원피스를 입고 왔다. "웬일로 검은색 옷을 입으셨어요? 원래 어두운 색은 별로 안 좋아하시잖아요" 내가 물으니 "이제 나이가 든 것 같아서" 하고 말하며 웃었는데, 그 미소가 씁쓸해 보였다. 말도 안 돼. 나는 속으로 생각했다. 그녀는 자신의 외모에 자신이 있지만, 자기 자신이 얼마나 아름다운지 제대로 알지는 못한다. 자신의 아름다움을 100분의 1도 이해하지 못한다.

'이건 뭐지?' 보니가 보기에 그건 명백한 사랑의 기록이었다. 주을은 사랑에 빠진 눈으로 엄마를 보고 있었다. 그게 3년째의 기록이었다. 보니는 그 후에 일이 어떻게 됐는지 보려고 뒷장을 넘겼다. 그때 물소리가 그쳤다. 보니는 깜짝 놀라서 자기도 모르게 노트를 덮었다. 탁 하고 노트 덮이는 소리가 고요한 집 안에 울렸다.

주을은 물소리가 그치고도 한참이 지나서야 나왔다. "뭐 하는데 이렇게 조용해?" 주을이 욕실을 나오며 묻다가 무릎에 노트를 올려놓고 앉아 있는 보니를 발견하고는 표정이 굳었다. 노트를 도로 책장에 꽂아 둘 시간은 충분했다. 하지만 묻고 싶은 게 있었다.

"뭘 읽은 거야?"

보니는 대답하지 않았다.

"창피하네. 다른 사람에게 보여 줄 만한 글이 아닌데. 그걸 읽은 거지? 부원장님 상담 일지."

"그냥 상담 일지는 아니던데?"

"그래? 네가 보기엔 그랬나 보네. 그래서 뭘 알게 됐는데?"

주을이 서서 수건으로 머리를 털었다. 평소의 주을이라면 하지 않을 행동이었다. 아무 데서나 머리를 털며 바닥에 물을 뚝뚝 떨어트리다니. 표정을 감추려는 행동이었다. 안 그런 척 하려고 애쓰고 있지만 목소리에서 긴장이 느껴졌다.

"예전에 우리 아빠가 나한테 자주 하던 말이 있어. 넌 엄마를 어설프게 닮았다고. 엄마는 젊을 때 엄청난 분위기를 풍겼는데 나한테는 그런 게 없대. 이목구비는 비슷한데 뭔가 핵심적인 게 빠진 것 같다나. 그랬겠지. 난 사진을 보면 엄마랑 꽤 닮았는데, 실제로 볼 때는 아빠도 많이 닮았어. 표정이나 분위기 같은 게. 겉은 엄마를 닮고, 속은 아빠를 닮게 태어난 것 같아. 아빠가 나한테 넌 엄마를 어설프게 닮았다고 말할 때 보면 항상 눈에 아쉬움이 가득했어. 아빠는 엄마에게 첫눈에 반해서 처음 만났던 날 이 여자를 평생 사랑할 거라고 생각했다니까. 실제로 평생 그랬고. 사랑이라기보다는 집착이었지만. 주을이 보기에는 어때? 주을이 보기에도 내가 엄마를 어설프게 닮았어?"

"처음에 부원장님을 잘 몰랐을 땐 솔직히 좀 꼬아서 봤었어. 예쁜 여자가 부잣집 남자랑 결혼해서 득 보며 산다고 생각했지. 자기가 하고 싶은 거 다 하고, 어딜 가든 잘 대접받으면서 사는 것 같다고. 근데 부원장님을 알게 되니까 존경심이 생겼어. 그분이 가진 모든 게 그분의 힘으로 얻어낸 거라는 걸 알게 됐거든. 여자와 남자를 통틀어서 그렇게 강한 분을 본 적이 없어. 그런데 한발 더 다가가니 부원장님의 약한 면이 보였어. 은근히 외로움을 많이 타서 옆에 항상 누군가가 있어야 하는 분이지. 그래서 옆에 있는 사람이 아무리 힘들게 해도 절대 떠나지 못해. 어떤 때 보면 굉장히 독립적인데, 실은 의존적인 성격도 강한 사람이야. 두 가지가 자꾸 부딪히면서 모순이 생기지. 보니, 넌 네가 생각하는 것보다 부원장님을 많이 닮았어. 외모보다는 오히려 내면이 비슷하지."

"날 만나면서 그런 생각을 하고 있었던 거야? 그렇게 분석하는 게 재밌어?"

"이러지 마. 네가 물어봐서 대답한 거잖아."

주을이 또 그 지쳤다는 눈빛으로 보니를 봤다. 그 눈빛을 보자 그동안 주을을 만나며 모멸감을 느꼈던 순간들이 한꺼번에 떠올랐다. 주을과의 관계가 기만으로 가득 차 있다는 느낌이 들었다. 보니는 가방을 챙겨 일어났다.

"나 갈게. 내가 나가는 게 맞는 것 같아."

"아예 나간다는 거야?"

"그동안 고마웠어. 친구분에게도 고마웠다고 전해 줘."

"어디로 갈 건데? 다시 그 이상한 진흙 덩어리한테 돌아가려고? 넌 정말 너희 엄마랑 똑같아. 같이 있으면 괴롭고 숨이 막혀 죽을 것 같다면서 나한테는 불만을 쏟아 내놓고 할 얘기가 끝나면 바로 자길 그렇게 괴롭게 한다는 상대에게 돌아가지. 그러다 참을 수 없어지면 다시 날 찾아오고. 너한테 난 대체 뭐였어? 네 쌓인 감정을 털어 넣고 마음을 비워 내는 쓰레기통?"

"그러는 주을한테는 내가 뭐였는데? 우리 엄마의 대체재? 엄마를 닮은 내가 네 말을 잘 듣고 널 좋아하는 눈으로 보면서 쫓아다니는 게 마음에 들어서 날 네 옆에 뒀던 건 아니고?"

말을 하다 보니 화가 치밀어서 말투가 격해졌다. 보니가 쏘아붙이자 주을은 주춤거렸다. 그러고는 한풀 꺾인 목소리로 말했다.

"맞아. 어느 정도는 그랬다는 거 인정할게. 미안해."

주을의 말이 보니의 가슴을 찔렀다. 이제 더 하고 싶은 말도 듣고 싶은 말도 없었다. 보니는 가방 지퍼를 열고 노트를 넣었다. "이건 내가 가져갈게."

"그건 안 돼."

현관으로 걸어가는 보니를 주을이 붙잡았다. 절박한 얼굴이었다.

"그건 나 혼자 간직하고 싶어. 내가 갖고 있는 게 싫으면 태워 버릴게."

"아무도 몰라? 엄마도?"

"아무한테도 얘기한 적 없어."

"왜 고백 안 했어?"

"부원장님이 나에게 우정 말고 다른 감정은 없다는 거 알았으니까. 괜히 그런 얘기를 해서 사이가 어색해질까 봐 무서웠어."

"그런 거 무서워하지 않는 줄 알았는데."

"난 겁이 많은 사람이야. 특히 누군가를 좋아할 때는."

"나한테는 진심이 아니었다는 걸로 들리네."

"아니야. 넌 다른 마음으로 좋아했어. 처음엔 부원장님 생각이 나서 호기심이 있었던 것도 맞지만, 넌 너대로 매력적인 면이 있어."

"나대로 매력이 있어? 칭찬해 줘서 고맙네. 노트는 놓고 갈게. 네 물건이니까 내 마음대로 할 권리는 없지."

보니는 노트를 도로 꺼내 주을에게 건넸다. "미안해." 주을의 눈빛에 정말로 미안한 감정이 담겨 있었다. 보니는 그 눈빛이 보기 싫어서 서둘러 신발을 신었다. 문을 열고 나가려는데 문득 그게 생각났다.

"나한테 줄 거 있다며. 중요한 거야?"

주을은 자기가 했던 말을 까맣게 잊고 있었는지 거의 놀란 표정을 지으며 대답했다.

"아니, 아냐. 별건 아니고. 잠깐만."

주을은 정신없이 집 안을 돌아다니며 구석구석을 뒤지더니 책 한 권을 가져왔다.

"이거 전에 읽고 싶다고 했었잖아."

어렴풋이 기억이 났다. 몇 달 전에 주을이 그 책 얘기를 하기에 예의상 읽어 보고 싶다고 말한 적이 있는 것 같았다.

"이걸 주려고 집까지 같이 오자고 한 거야?"

"사실은 오늘 네가 자고 갔으면 했어."

주을이 책을 들지 않은 손을 입고 있는 청바지에 비비며 머쓱하게 말했다.

"그런 핑계 안 댔어도 네가 같이 가자고 했으면 왔을 거야."

"알아. 그래도 명분이 있는 게 더 좋잖아. 그런데, 보니."

주을은 다음 말을 더 할지 말지 망설이는 듯했다. 보니는 말해 보라는 듯 주을을 쳐다봤다.

"난 우리 관계가 이렇게 끊어지지는 않았으면 좋겠어. 관계라는 게 꼭 끊거나 맺거나 둘 중 하나를 선택해야 하는 건 아니잖아. 무슨 일 있으면 나한테 연락해. 언제든지 여기로 돌아와도 괜찮고. 알지?"

"그건 내가 알아서 할게. 내 몸이잖아. 필요하면 연락할게. 잘 지내."

보니는 그대로 문을 열고 나와 건물 1층으로 걸어 내려갔다. 밖으로 나와 찬 공기를 마시자 정신이 단번에 맑아졌다. 이제는 정말로 끝이라는 생각이 들었다. 그 길로 스튜디오로 가서 짐을 싸고 다시 밖으로 나왔다. 짐이라고는 트렁크 하나가 다였다. 차에 짐을 넣는데 센터 건물 맨 위층인 주을의 집에 불이 켜져 있는 게 보였다.

살짝 열린 커튼 사이로 주을이 보니를 보고 있었다. 이곳에 있는 동안 보니는 주을의 눈치를 많이 봤다. 주을은 자신에게 절대적인 영향을 미치는 반면, 자신은 주을에게 아무런 의미도 없고 자신이 주을의 마음에 들어간 적도 없을 거라는 생각을 하면 거대한 벽에 부딪힌 듯 답답하고 괴로웠다. 자신이 가치 없는 사람처럼 여겨졌다.

하지만 이제 상관없었다. 적어도 주을의 마음속에 뭐가 있었는지는 알게 됐으니까. 주을도 자신처럼 사랑에 겁을 먹고 괴로움을 겪으며 이상한 짓을 하고 있었다는 걸 알게 되니 이상하게 마음이 편해졌다.

문득 주을이 가진 것이 별로 없는 사람이라는 생각이 들었다. 센터도, 집도 주을이 아니라 주을의 파트너인 첼리스트의 소유였고, 이곳에 있는 모두가 주을의 친구라지만 주을은 누구도 진정으로 사랑하지 않았다. 주을에게 이곳은 임시 거처였다. 지난 세월 동안 거쳐 온 여러 장소가 그랬던 것처럼 이곳도 주을이 평생 머물 집이 아니다. 지금 이 순간 주을이 무척 외로울 것 같았다. 어쩌면 보니 자신보다 더.

보니는 포터에 시동을 걸고 주택 단지 정문을 빠져나왔다. 처음에는 정원으로 돌아갈 생각이었지만 막상 그쪽으로 가려고 하니 겁이 났다. 마지막으로 본 그 처참한 광경을 아직은 다시 마주할 용기가 없었다.

"어디로 가지? 나야말로 지금 갈 곳이 없네."

보니는 혼잣말을 중얼거렸다. 막막한 와중에 문득 어디로 가든 상관없다는 생각이 들었다. 어차피 갈 곳이 정해져 있지 않다면 발길 가는 데로 가면 그만이다. 잠은 오지 않았고, 배도 고프지 않았다. 보니는 주유소에 들러 기름을 가득 채우고 본격적으로 출발했다. 어디든 새로운 곳에 가 볼 생각이었다. 혼자 있을 수 있는 곳에.

4.

보니는 계단을 올라 어두운 복도를 걸어갔다. 이 모텔에는 엘리베이터가 없었다. 계단을 오르는 동안 카운터에서 받은 열쇠에 달린 긴 막대가 달랑거렸다. 호수가 표시된 막대였다. 203호. 보니는 복도에 달린 하나밖에 없는 조명 불빛에 의지해 방을 찾아 들어갔다. 조명이 붉은빛이라 복도가 한층 음산해 보였다. 얼른 방으로 들어가고 싶었지만 열쇠가 너무 뻑뻑했다. 보니는 문고리와 한참이나 씨름을 벌인 끝에 문을 열었다.

방에서는 퀴퀴한 냄새가 났다. 들어가자마자 스위치를 켰지만 그리 밝아지지는 않았다. 보니는 곰팡이가 살짝 핀 벽지를 외면하며 트렁크를 한쪽에 내려 두고 침대에 앉았다. 이불은 역시 눅눅했다. 호텔에 흔히 있는 하얀 침구가 아니라 호랑이와 커다란 꽃이 그려진 두툼한 이불이었다. '트렁크 안에 담요가 있으면 좋으련만.' 사 올 수만 있다면 바깥으로 나가서 이불과 베개를 사 오고 싶었다. 하지만 근처에는 편의점밖에 없었고 그나마 걸어서 가기에는 너무 멀었다.

'차라리 신문지를 깔고 자는 게 낫겠어.'

그런 생각이 들었지만 어쩔 수 없었다. '죽기야 하겠어?' 벌써 피부가 간지러웠지만 기분 탓이라 믿기로 했다. 보니는 입고 있던 패딩점퍼를 벗지 않은 채 점퍼에 달린 모자까지 쓰고 침대에 누웠다. 이불 속으로는 들어가고 싶지 않았다. 몸은 피곤했지만 눈이 말똥말똥했다. 중간에 휴게소에서 샷을 추가한 커피를 마신 탓인지도 몰랐다.

어두침침한 방에 누워 있으니 한기가 들었다. 방에 있는 온방 기구는 낡아빠진 라디에이터뿐이었다. 라디에이터를 켜긴 했지만 방이 따뜻해지지는 않았다. 보니는 몸을 웅크렸다. 목소리가 그리울 지경이었다. 한동안 목소리가 들리지 않았다. 그러나 사라지지 않은 건 분명했다. 보니는 목소리가 자신을 따라다니는 것을 느낄 수 있었다. 지금도 방 한켠에 목소리가 숨어 있을 것이다.

보니는 뻣뻣한 손을 번갈아 주물렀다. 오늘은 운전대를 오래 잡고 있어서 손이 더 굳었다. 손이 심하게 저려서 피가 전혀 안 통하는 느낌이었다. 그것에 대한 원망이 다시 불쑥 솟아올랐다.

'왜 그런 잔인한 짓을 한 거야? 어떻게 나한테 그럴 수 있어? 식물들을 해치면 내가 죽을 만큼 괴로워할 거라는 걸 알고 그렇게 한 거잖아. 걘 그게 나한테 가장 큰 타격이 될 거라는 걸 알았어. 그래서 내 식물들을 해친 거야. 그래도 그렇지, 어떻게 그렇게 잔인한 짓을. 난 걔도 식물들을 친구로 생각하는 줄 알았는데. 매일 나랑 같이 정원을 걸으면서 식물들을 돌보고 대화를 나눴는데 어떻게 그 애들을 한꺼번에 다 그렇게 만들 수가 있지? 너무 잔인해. 정말 잔인한 짓을 한 거야.'

보니의 마음속에서 분노가 부글부글 끓어올랐다. 원래는 한숨 자고 기운을 내 볼 생각이었지만 화가 치밀어서 잠을 잘 수가 없었다. 갑자기 주을에게도 화가 났다. 몇 시간 전에 주택단지를 떠날 때만 해도 모든 게 용서되고 마음이 홀가분해진 것 같았지만 좁고 춥고 더러운 모텔 방에 혼자 누워 있으니 생각이 점점 어두워졌다.

"그년은 널 이용한 거야. 너희 엄마는 감히 넘보지도 못하겠으니까 만만한 널 가지고 논 거지. 근데 널 가지고 놀아 보니 별 재미가 없어서 내팽개친 거고."

어둠 속에 숨었던 목소리가 다가와 속삭였다.

주을의 일기장에서 본 글이 눈앞에 선했다. 주을은 엄마가 자신의 아름다움을 100분의 1도 이해하지 못한다고 썼다. 아빠가 그랬던 것처럼 엄마에게 푹 빠져서 아름다움을 찬양하고 있었던 거다.

"너희 엄마가 정말 걔 마음을 몰랐을 것 같아? 그렇게 눈치가 빠른 사람이? 그랬을 리가 없지. 그런데 왜 계속 걜 찾아갔을까? 어려운 문제가 아니야. 너희 엄마도 걜 이용한 거지. 편하잖아. 자기 이야기를 얼마든지 다 들어 주고, 이해해 주고. 아마 걔가 너희 엄마를 꽤나 아련한 눈으로 봤을 거야. 걔도 꽤 반반하잖아. 또 모르지. 둘이 더러운 짓을 했는지도. 네가 걔랑 했던 것처럼. 침대 속으로 들어가서 혀와 입으로……."

보니는 더 듣고 싶지 않아 두 손으로 귀를 꽉 막았다. 이제 옛날처럼 목소리 앞에서 몸이 굳지는 않았다. 예전만큼 목소리가 두렵지 않았다. 그저 성가실 뿐이었다.

'사랑이라는 게 결국은 인간이 서로를 이용하는 수단일 뿐일까?'

보니는 잔뜩 화가 난 채로 웅크려서 생각했다.

목소리는 보니가 귀를 막든 말든 굴하지 않고 계속 속삭였다. "내가 말했잖아. 몇 번이나 말했는데 넌 항상 안 들어 먹었지. 이제는 내 말이 들리겠지. 이 꼴이 났으니. 개는 널 사랑했던 게 아니야. 지낼 곳이 필요해서 우리 집에 눌러앉았던 거지. 먹을 만한 신선한 흙도 넘쳐 나고, 다른 인간들의 눈을 피해 깊이 숨어 지내기도 좋으니 우리 집만 한 곳이 어디 있었겠어? 게다가 네가 호구처럼 다 퍼 줬잖아. 모자란 게 있을까 봐 노심초사하면서 뭐든지 다 해 줬지. 그건 네 돈도 펑펑 썼어. 덕분에 넌 지금 호텔에서 지낼 돈도 없어서 싸구려 모텔 방에 있지. 네가 그동안 퍼 준 사랑의 대가가 고작 이거야? 네 걸 다 빼앗기고 빈털터리로 혼자가 되어서 집에 돌아가지도 못하고 이 더럽고 작은 방에 막막하게 누워 있는 거? 진짜 우습다. 네 꼴이 너무 우스워. 내 말 안 듣더니, 잘됐다."

목소리가 키득거렸다.

'하지만 나도 받은 게 많았어.'

보니는 목소리의 말을 흘려보내고 생각했다. 그것은 보니의 옆에 있을 때는 보니가 해 달라는 대로 다 해 주었다. 매일 밤 침대맡을 지키며 목소리를 쫓아 주었고, 보니가 외로울 때면 자신의 몸으로 감싸 주었다.

정서적인 것 이상의 것도 받았다. 보니는 그것 덕분에 성적인 즐거움을 알게 되었다. 그것과 있는 동안 그런 즐거움을 실컷 누렸다. 어떤 면에서는 보니가 그것에게 준 것보다 그것이 보니에게 준 것이 더 많았다. 그것은 보니에게 헌신했다.

'그것이 나한테 잘해 주긴 했어. 세상 누구도 그것이 나에게 해 준 만큼 잘해 주지는 못할 거야.'

그런 생각을 하니 그것이 무서운 보복을 하고 떠난 것이 이해할 수도 있는 일 같았다.

'내가 먼저 그것을 배반한 거야. 그것이 떠나기 전에 나한테 자기가 받은 고통의 크기만큼 되돌려 주겠다고 했었지.'

그것이 그날 밤에 얼마나 슬퍼했었는지 떠올리니 미안한 마음이 들었다. 그것의 몸은 푸른빛으로 번쩍거렸고, 슬픔의 진동이 집 안 전체를 흔들었다.

그것이 어떤 마음으로 정원의 식물들을 죽이고 떠났을지 생각하니 가슴이 미어졌다. '다 내 잘못이야. 나한테 그렇게 잘해 줬는데. 그렇게 매정하게 떠나라고 하면 안 됐어.' 지겨운 눈물이 또 베개를 적셨다. 보니는 도저히 견딜 수가 없어서 벽을 손으로 몇 번이나 세게 내리쳤다.

"나 여기 있어! 들려? 당장 여기로 와. 여기로 와서 나한테 왜 그랬는지 얘기 좀 해 봐. 네가 자꾸 생각나서 미치겠어. 그러니까 여기 와서 나랑 얘기 좀 해. 내가 여기 있다는 거 알잖아."

처음에는 소리쳤지만 뒤에 이어진 말은 흐느끼느라 속삭임이 되었다. 건너편에서 벽을 쾅 치는 소리가 들렸다. 옆 방에 있는 사람이 벽을 친 것 같았다. 보니는 진동하는 벽에 뺨을 가져다 댔다. 그것의 진동과는 조금도 비슷하지 않았지만 어떤 진동이든 느끼고 싶었다.

5.

보니는 아침 일찍 잠에서 깨어 모텔 밖으로 나왔다. 동네의 작은 집들 너머로 바다가 보였다. 자기 전에 침대에 누워 느꼈던 원망과 분노는 아침이 되자 한풀 수그러들었다.

'어젯밤에는 왜 그렇게까지 화가 났을까?'

광기에 사로잡혔다가 갑자기 정신이 든 느낌이었다. 몇 시간이지만 한숨 푹 자고 나니 기분이 한결 나아졌다. 보니는 잠이 덜 깨어 몽롱한 채로 어둑한 길을 걸었다. 멀리까지 온 김에 바다를 보고 가고 싶었다. 모래사장에 앉아 질릴 때까지 바다를 보다가 모텔로 돌아가 트렁크를 들고 나올 것이다. 낡은 모텔을 얼른 떠나고 싶었다.

그러나 기대와 달리 해변에는 모래사장이 없었다. 이곳에는 모래사장 대신 갯벌이 있었다. 고운 진흙으로 이루어진 펄 갯벌이었다.

보니는 아쉬운 대로 서서 바다를 바라봤다. 바다 구경을 하는 게 오랜만이었다. 그러고 보니 초등학생 때 가족 나들이 삼아 엄마 아빠와 함께 정원에서 가장 가까운 바다에 다녀왔던 이후로는 처음 와 봤다. 정원이 지금처럼 유명해지기 전까지는 가족 모두가 정원 일에 매달려야 해서 여유가 없었고, 직원과 자원봉사자가 많아져 일을 하루 이틀쯤 빠져도 될 만큼 일손이 늘어난 후에는 엄마와 아빠의 관계가 너무 악화되어 있었다.

혼자 훌쩍 바다에 다녀올 수도 있었을 테지만 보니는 일탈해 본 적이 없었다. 반항심은 가득했지만 왠지 정원을 벗어날 수가 없었다.

'나도 엄마만큼이나 정원에 묶여 살았구나.'

아빠가 세상을 떠나고 엄마도 여행을 가기 전까지 보니는 집과 정원밖에 모르고 살았다. 엄마와 아빠가 지긋지긋했지만 정원을 떠나 사는 것은 상상할 수도 없었다. 이 세상에서 정원 식물들만큼 자신을 이해해 주고 모든 것을 받아 줄 존재는 없을 것 같았다. 정원 식물들과 맺은 것과 같은 깊고 친밀한 관계를 이 세상의 누구와도 맺을 수 없을 거라 생각했다.

하지만 어느 날 갑자기, 정말로 난데없이 그것이 앞에 나타났다. 그날부터는 그것이 세상의 중심이자 전부였다. 그것이 떠난 뒤에는 바로 주을에게 가서 주을이 내어 준 곳에서 살았다.

부모님, 그것, 주을. 차례로 그들에게 기대어 지금껏 살아온 것이다. 보니는 자신이 그동안 한 번도 온전히 혼자 서 본 적이 없다는 것을 깨달았다. 언제나 누군가를 필요로 했고, 옆에 있는 존재가 사랑을 주기를 안달하며 기다렸다. 식물들에게도 마찬가지였다. 정원 식물들이 죽은 것보다 이제 기댈 존재가 없어졌다는 게 슬프고 서러웠다.

그러나 이제 아무도 없다. 기댈 존재도, 당연하게 사랑을 요구할 상대도 없다. 고민이나 하소연을 들어 줄 존재도 없고, 기다릴 존재도 없다. 지금 이 순간 보니는 혼자였다. 지금은 그 사실이 외롭다기보다는 편안하게 느껴졌다. 사랑이라는 밧줄에서 풀려난 기분이 들었다. 밧줄에 힘겹게 거꾸로 매달려 있다가 이제야 풀려나 땅에 발을 딛고 선 듯했다.

얼마 지나지 않아 해가 지평선 위로 떠올랐다. 보니는 떠오르는 해를 더 가까이 보려 갯벌로 걸어 들어갔다. 발이 갯벌에 푹푹 파묻혀서 균형을 잡기가 어려웠다. 보니는 두 팔을 벌리고 갯벌에 잡힌 발목과 종아리를 빼내기를 반복하며 나아갔다. 신발은 물론 패딩점퍼 밑단과 바지까지 순식간에 더러워졌지만 상관없었다.

갯벌에 들어와 보니 움직이는 것들이 보였다. 작은 물고기 같은 것도 보이고, 조개와 백합도 있었다. 새들은 아침 식사를 하느라 분주했다. 숲에 사는 새들은 나무 사이에 숨어 있고 사람이 다가가면 금방 날아가 버려서 모습을 보기가 어려운데 바다에 머무는 새들은 수줍음이 없어서 신기했다.

추운 겨울 바닷바람이 꽤나 매서웠지만 어쩐지 그럴수록 머리가 맑아졌다. 해가 높게 떠오를수록 바다와 갯벌은 한층 아름다운 빛으로 물들며 눈부시게 번쩍거렸다. 해를 가까이서 보고 싶었지만 다리가 진흙에 무릎까지 단단하게 파묻혀서 더 걸을 수가 없었다. 보니는 자신의 다리를 빨아 당기는 진흙과 싸우지 않고 그대로 천천히 뒤로 누웠다. 언젠가 갯벌에 빠졌을 때는 당황하지 말고 뒤로 누워 팔을 저으며 육지로 나오라는 말을 들은 적이 있었다.

누운 채로 팔을 노처럼 젓자 진흙이 밀리며 다리가 서서히 빠져나왔다. 얼굴 옆으로 게 한 마리가 보였다. 다리 한쪽이 하얀 게가 고운 진흙 사이로 나오고 있었다. 게가 보니를 바라봤다.

"무슨 말을 하고 싶은 거야?"

보니가 게를 향해 물었다. 게는 무슨 말인가 하고 싶은 듯했지만 보니는 게의 말을 알아들을 수가 없었다.

갯벌에서 빠져나왔을 때 보니의 몸은 진흙 범벅이었다. 보니는 일어났다가 다시 허리를 굽혀 금빛으로 빛나는 진흙을 손으로 떠서 얼굴에 문질렀다. 진흙에서 신선하고 향긋한 냄새가 풍겼다. 지금 거울을 보면 진짜 우스꽝스러울 거라는 생각이 스치며 웃음이 났다. 이상하게 자유로운 기분이 들었다.

보니는 잠시 그대로 서서 태양을 바라보다가 등을 돌려 바다를 떠났다. 모텔로 돌아가는 길은 추웠지만 몸속에서 알 수 없는 힘이 솟아서 추위가 오히려 상쾌하게 느껴졌다. 난생처음으로 다른 누군가가 아닌 자기 자신이 가진 힘에 몸이 떨렸다.

6.

"그렇게 흙 잔뜩 묻은 채로 들어가면 안 돼요. 목욕하고 들어가요. 외투는 벗어서 나 주시고."

어제 카운터에서 열쇠를 줬던 여자가 보니의 앞을 막아섰다. 덩치가 크고 짧은 퍼머 머리에 안경을 쓴 중년 여자였다. 깐깐한 말투에 눈빛도 살짝 날카로웠지만 차분한 분위기가 인상을 누그러뜨렸다.

카운터 옆에 목욕탕 입구가 있었다. 보니는 주인 여자에게 패딩점퍼를 맡긴 뒤 목욕탕 안으로 들어갔다. 목욕탕은 온탕에 받아진 온수가 아까울 정도로 텅 비었다. 보니는 샤워기 아래에 서서 물을 틀고 머리카락과 얼굴에 말라붙은 진흙을 씻었다. 진흙이 섞인 황토 색깔 물이 하수구로 콸콸 흘러들어 갔다. 추운 바깥에 있다가 뜨거운 물로 몸을 씻으니 황홀했다. 몸이 녹아내리는 것 같았다.

진흙이 묻은 바지는 사물함에 넣기가 주저되어서 탈의실 의자에 걸쳐 뒀다. '주인이 보고 뭐라고 하는 건 아니겠지?' 보니는 소심한 걱정을 하며 물줄기를 맞았다. 할 수만 있다면 몇 시간이고 뜨거운 물줄기 아래에 서 있고 싶었다.

김 서린 거울에 얼굴이 뿌옇게 비쳤다. 아직 진흙이 군데군데 묻었다. 보니는 얼굴을 깨끗이 닦으려고 물 묻은 손으로 김 서린 거울을 닦았다. 손이 거울에 닿았을 때 떨림이 느껴졌다. 이런 착각에는 익숙해졌다. 진동이 없는데 진동을 느낀다. 비슷한 증상도 찾았다. 유령 진동 증후군. 실제로는 휴대폰이 울리지 않았는데 메시지가 왔다는 걸 알리는 진동을 느낀 것 같은 착각을 수시로 느끼는 사람들이 있다고 했다. 현대에 와서 생긴 신종 증후군이다. 그 증상은 타인과의 연결을 바라는 마음에서 시작되는 것일까, 아니면 단지 진동에 길들여진 것일까?

보니는 진동을 무시하고 얼굴과 몸을 마저 닦은 뒤 온탕으로 걸어갔다. 바닥이 미세하게 떨리는 느낌이 있었지만 착각인 듯했다.

자꾸 존재하지도 않는 진동이 느껴지니 그것에게서 벗어나지 못한 것 같아 기분이 좋지 않았다. 갯벌에 서 있을 때만해도 모든 것에서 풀려난 것 같았는데. 보니는 온탕에 들어가 몸을 깊숙하게 담갔다. 처음에는 공중목욕탕이 낯설어서 어색했지만 온탕에 앉아 있으니 목욕탕을 잠시 전세 낸 기분이었다.

물 떨어지는 소리가 고요한 목욕탕 안에 울렸다. 보니는 탕 안에서 등을 기대고 잠시 눈을 감았다. 수면이 잔잔하게 떨리는 게 느껴졌다. 보니는 물장난을 치고 싶어서 팔을 저었다. 물이 한층 더 강하게 흔들리며 보니의 팔을 휘감았다. 마치 누가 팔을 잡은 것 같았다.

그러다 수면이 점점 더 세게 흔들렸다. 보니는 몸의 움직임을 멈추고 물을 가만히 살폈다. 보니가 미동도 하지 않는데도 물은 계속 강하게 흔들렸고 이내 소용돌이가 생겼다.

《보니!》

탕 안의 물이 소용돌이치며 보니를 불렀다. 보니는 벌떡 일어나 탕 바깥으로 나갔다. 갑자기 일어나니 현기증이 일었다. 보니는 겨우 넘어지지는 않았지만 발이 미끄러져서 무릎이 욕탕에 세게 부딪혔다. 누군가에게 야구방망이 같은 것으로 얻어맞은 것 같은 강렬한 통증에 눈물이 핑 돌았다. 아마 멍이 들 것 같았다. 꽤 크게.

목욕탕 벽에 붙은 거울들이 일제히 떨리는 소리를 냈다. 보니에게는 그 소리가 자신을 놀리는 것처럼 들렸다.

"장난 그만해!"

보니가 화가 나서 외쳤다. 분명 그것이었다. 그것이 아니면 누가 이런 장난을 치겠는가. 하지만 그것은 장난을 멈추지 않았다. 바닥에 놓인 앉은뱅이 의자들이 떨리면서 요란한 소리가 났다. 보니는 머리끝까지 화가 나서 탈의실로 나가 수건으로 몸을 닦고 거친 동작으로 옷을 입었다.

카운터는 여자가 자리를 비운 듯 비어 있었고 "잠시 외출 중"이라는 말과 휴대폰 번호가 적힌 종이가 붙어 있었다.

보니는 씩씩거리며 계단을 올라갔다. 계단이 흔들다리처럼 출렁거리는 느낌에 속이 뒤집혔다. 보니는 계단 난간을 붙잡고 겨우 균형을 잡으며 3층까지 올라갔다. 복도에 들어섰을 때 잠깐 그것이 보였다. 사람의 모습으로 변한 그것이 보니에게 손을 흔들며 203호 문을 열고 안으로 들어갔다.

"잡히면 죽었어."

복도가 흔들리는 배처럼 기울어졌다. 보니는 벽을 손으로 짚으며 간신히 203호 문을 열고 안으로 들어가 문을 잠갔다. 모래를 밟는 느낌에 아래를 바라보니 분홍색 모래가 깔려 있었다. 주변에는 풀이 우거지고 나무들이 분주히 오고 갔다.

'나무들이 움직이다니.' 보니는 아득해졌다. 뿌리 달린 나무들이 길을 걸어가듯 움직이고 있었다. 어떤 나무는 뿌리와 바닥 사이가 겨우 몇 센티 떠 있었고 어떤 나무는 좀 더 높이 떠올라 둥실둥실 떠다녔다. 나무들 사이에서 뿌리를 개성적으로 다듬는 게 유행인 듯 다들 뿌리 모양이 달랐다. 뿌리를 짧게 다듬은 나무도 있었고, 잔뿌리가 무성한 나무가 있는가 하면 뿌리에 세밀한 무늬를 새긴 나무도 있었다.

'이건 진동 기억이야.'

그것에게 감싸여 진동으로 된 기억을 공유받을 때와 느낌이 똑같았다. 진동 기억 속에서 마음대로 움직이는 건 불가능했다. 실제 상황에 들어온 것 같아도 사실은 다른 존재의 기억을 보는 것이라 이미 정해진 대로 기억을 따라가는 것뿐이다. 이곳은 정글 숲 같았다. 모래 색깔이 좀 독특하긴 했지만 나뭇잎이 초록색이고 나무 기둥이 갈색인 것은 똑같았다. 다만 풀들은 색이 화려했다.

시선이 앞으로 이동했다. 기억의 원래 주인이 이곳에 도착해 멍하니 주변을 두리번대다 걸음을 옮기기 시작한 것 같았다. 아마 걷는 게 아니라 기어갔을 테지만. 드넓은 숲에서 거대한 나무들이 떠다니는 가운데, 동쪽으로는 우주가 보였다.

"땅에서 우주가 보이네?"

보니는 놀라서 중얼거리지만, 그 중얼거림을 들을 존재는 없었다. 마치 거대한 테라리엄 안에 들어온 듯했다. 평평한 바닥이 있는 반구 모양의 유리 볼 테라리엄. 올려다보면 지구에서처럼 하늘이 보였지만 동쪽 끝에는 우주가 있었다. 사다리를 타고 하늘로 올라갈 수 없는 것처럼 걸어도 걸어도 동쪽 끝의 우주에는 다다를 수 없을 것 같았지만 우주의 풍경만은 선명했다. 짙고 검은 우주에 무수한 빛들이 보였다. 숲은 어둑했지만 눈앞의 사물들이 잘 안 보일 정도로 어둡지는 않았다. 초여름 저녁 8시쯤 같은 분위기가 감돌았다.

《넌 누구지?》

나무 하나가 다가와 물었다. 나무의 말은 진동과 전기로 되어 있었다. 기둥은 일자로 곧게 뻗고 껍질은 짙은 갈색인 나무였다. 잎은 무성했고, 뿌리는 깔끔하게 다듬는 것 외에 다른 치장은 하지 않았다. 엄격한 관리자 느낌이 풍기는 나무였다. 다른 나무들도 호기심이 일어난 듯 다가와서 기억의 주인을 둘러쌌다. 이미 옛날에 일어난 일이 기록된 기억이어서 보니가 할 수 있는 것은 없었다.

《우리는 진리를 탐구하는 지혜의 구슬에서 왔습니다. 이

곳을 탐험하고 세계의 지도를 완성할 수 있도록 도와주시겠습니까?》

그러고 나서 기억의 원 주인은 더 자세한 사항들이 담긴 진동을 자신을 둘러싼 모든 나무들에게 보냈다.

"얘도 우리라는 말을 쓰네. 자기 혼자 있으면서. 하여튼 진흙 덩이들."

보니는 괜히 못마땅해서 툴툴거렸다. 나무들은 경계심이 크지 않고 합리적인 성격인 듯 우선 낯선 이에게 받은 진동을 탐색했다.

진동을 살펴보고 있는 나무들 사이에서 또다시 그것이 언뜻 보였다. 보니가 그것을 발견하자 그것은 손을 흔들었다. 약을 올리는 게 틀림없었다.

당장 달려가 한 대 쥐어박고 싶었지만 기억 속에 있어서 움직이기가 어려웠다. 나무들은 진동을 살펴보는 일을 끝내고 자기들끼리 의논에 들어갔다. 진동과 전기로 이루어진 나무들의 말이 더 많은 나무들에게 퍼져 나가며 정글 숲이 일렁거렸다.

보니는 진동 기억에서 빠져나오려 소리를 질렀다. 좋은 방법이 아니라는 건 알았지만 그것 외에는 다른 방법이 떠오르지 않았다.

문득 커다란 울림이 느껴지며 등 뒤쪽이 흔들렸다. 그 진동이 문을 두드리는 노크라는 걸 알았을 때 그것이 마지막으로 보니에게 손을 흔들어 보였다. 순식간에 분홍색 모래가 깔린 정글 숲이 낡고 지저분한 모텔 방으로 돌아왔다.

보니는 심호흡을 할 틈도 없이 문을 열었다. 주인 여자가 패딩점퍼를 든 채 서서 의심스러운 눈초리로 보니를 바라봤다.

"무슨 일 있어요?"

"아니요. 너무 무서운 꿈을 꿨어요. 목욕하고 방에 들어왔다가 잠깐 침대에 누웠는데 깜빡 잠이 들었나 봐요."

급한 대로 둘러댔지만 주인 여자는 여전히 의심을 거두지 않은 눈빛이었다.

"퇴실 시각 11시인 거 아시죠? 천천히 준비하고 나오세요."

말은 그랬지만 얼른 나가 줬으면 하는 눈치였다. 신분증을 확인하긴 했지만 고등학생으로도 보이는 앳된 여자애가 혼자 이런 낡고 외진 모텔에 와 있는 게 수상쩍은 듯했다.

주인 여자는 패딩점퍼를 돌려주고 등을 돌렸다. 문을 닫고 보니 점퍼가 깨끗했다. 흙을 닦아 준 모양이었다. 얼룩은 심했지만 그래도 모텔에 막 돌아왔을 때보다는 훨씬 나았다. 적어도 진흙으로 축축하지는 않아서 차를 탈 수는 있겠다 싶었다. '무서운 줄 알았는데 친절한 분이었네.' 주인 여자에게 고마운 마음이 들었다.

시계를 보니 퇴실 시각까지 아직 한 시간 반 정도가 남아 있었다. 하지만 그때까지 기다릴 필요는 없을 것 같았다. 그것은 도발을 해 왔고 보니는 피할 생각이 없었다.

"기다려. 내가 곧 찾아갈 테니까."

보니는 그것이 서 있던 방향을 향해 말했다. 그것이 지금 어디에 있든 자신의 말을 들을 수 있을 거라고 확신했다.

7.

왜 세상일은 생각처럼 풀리지 않을까? 변수는 왜 발생할까? 보니는 카센터에서 차의 점검이 끝나기를 기다리며 생각했다. 모텔에서 나와 포터에 탔는데 시동이 걸리지 않았다. 어젯밤만 해도 별문제가 없던 차였다. 어쩌면 그것이 차에도 장난을 쳤을 거라는 생각이 스쳤다. 심증에 불과했지만 시간이 지날수록 점점 그 의심이 사실처럼 여겨져 약이 올랐다.

"제가 원래 보면 금방 아는데 이건 희한하게 문제가 잘 안 보이네요. 일단 두고 가세요. 연락드릴 테니."

카센터에는 사장과 직원 둘이 있었다. 셋이서 포터 보닛을 열고 논쟁을 하는가 싶더니 사장이 와서 그렇게 말했다.

"그럼 점검이 언제쯤 끝날까요? 제가 지금 다른 지역으로 가 봐야 해서요."

"글쎄요. 저희가 최대한 연구해 보고 가급적 빨리 연락을 드릴 텐데 그게 언제가 될지는 장담을 못 드리겠네요."

보니가 난감한 표정을 짓자 사장이 직원 둘을 돌아봤다가 말을 덧붙였다.

"일단 내일 안에 전화는 드릴게요. 급한 일 있으신 거면 갔다가 다시 오셔야 할 것 같은데."

"제가 급한 일 끝내고 나면 알아서 고쳐져 있을 거예요. 그럼 며칠만 있다가 다시 올게요. 그때까지 차 좀 맡아 주세요."

보니는 무슨 말인지 모르겠다는 얼굴을 한 사장에게 연락처를 적은 쪽지를 건네고 카센터 사무실 테이블에 놓인 콜택시 명함을 챙겨 밖으로 나갔다.

***

보니는 보성역에서 무궁화호 열차를 탔다. 기차가 바로 없어서 역에서 꽤 기다려야 했다. 역에서 기다리는 동안에는 짜증이 났지만 자리에 앉으니 점차 마음이 편해졌다. 열차에서 사람의 온기가 느껴졌다. 출장을 왔다가 돌아가는 것 같은 사람, 도시에 볼일을 보러 나가는 듯한 할아버지, 나란히 앉은 노부부, 보니 또래의 젊은 여자애도 있었다. 보니는 그들이 오래 알고 지낸 사람이기라도 한 것처럼 정답게 느껴졌다.

열차가 출발하고 얼마 안 돼서 한 사람이 보니의 옆자리에 와서 앉았다. 그 사람은 앉기 전부터 보니를 다정하게 쳐다봤다. 보니는 그 사람이 그것이라는 걸 깨달았다.

"네가 여기 왜 있어?"

《네가 보고 싶어서 왔지.》

그것의 두 눈은 외국 사람처럼 파란색이었다. 그것은 그 파란 눈으로 보니를 바라봤다.

"눈이 생겼네?"

《의안이야. 친구가 구해 줬어. 어때? 진짜 같아?》

누가 그것에게 의안을 해 줬을까 생각하니 질투가 났다. 새로 자신을 돌봐 줄 사람을 찾은 걸까? 다른 사람에게 자신의 역할을 빼앗긴 기분이었다.

"아니, 이상해. 그냥 없는 게 나아. 내가 준 선글라스는 어쨌어? 그거 너한테 빌려준 건데. 안 쓸 거면 돌려 줘."

보니는 그것의 얼굴에서 파란 눈을 빼서 자신의 외투 주머니에 넣었다. 그것이 보니의 손을 잡았다. 보니는 다른 사람이 그것의 눈 없는 얼굴을 보고 이상하게 여길까 봐 겁이 나서 가슴이 두근거렸지만 그것의 손이 너무 좋아서 아무것도 하지 않고 가만히 있었다. 분명 그것에게 잔뜩 화가 나 있었는데 지금은 이상하게 머리가 마비된 것처럼 아무 생각이 나지 않았다. 그저 그리운 기분만 들었다.

그것의 손과 팔이 뭉개지면서 하나가 되어 보니의 팔을 덮었다. 그러더니 그것의 몸이 완전히 허물어져서 보니의 몸을 감쌌다. 어깨와 허리, 다리 그리고 마지막에는 머리를. 열차 안의 다른 사람들은 그 광경을 보지 못한 듯 무심했다. 대부분의 사람은 자고 있거나 휴대폰이나 책을 보고 있었다. 보니는 처음 공원에서 그것에게 완전히 감싸였을 때처럼 두려웠지만,

그것을 거부하지는 않았다. 안 된다고 하면 그것이 떠나 버릴 것 같아서 조바심이 났다.

그것의 몸은 평소보다 따뜻했다. 그것의 몸에 완전히 감싸이고 나니 서서히 다른 것들이 잊혔다. 이제 열차 안의 사람들도 별로 신경 쓰이지 않았다. 그것의 몸은 푹신하고 따뜻했다. 말랑말랑한 동굴 안에 들어와 누운 것 같았다. 보니는 그 안에서 자기도 모르게 잠이 들었다. 그것의 진동이 보니를 감싸고 아이를 어르듯 가볍게 흔들었다. 보니는 그것이 사라질까 봐 그것의 살을 손으로 움켜쥐고 잠들었다.

곧 광주역에 도착한다는 안내 방송이 들렸다. 보니는 잠에서 깨어나 허전함에 몸을 떨면서 내릴 준비를 했다. 꿈에서 느낀 진동은 열차의 덜컹거림이었던 것 같았다.

**

보니는 역 바깥으로 나와 버스를 타고 시내로 가서 하릴없이 시간을 보냈다. 정원 방문객들이 모두 나가고 직원들까지 퇴근하려면 밤이 깊어야 했다. 사람 많은 가게 몇 군데에 들어가 구경을 하고, 극장에 가서 영화도 한 편 본 다음, 저녁을 먹고, 서점까지 들렀더니 금세 저녁 8시가 가까워졌다.

보니는 택시를 잡아타고 목적지를 불렀다.

"햇살과 그림자 정원으로 가 주세요."

"거긴 지금 아예 문 닫았는데? 운영할 때도 원래 이 시간에는 문 안 열어요."

"거기가 제 직장이에요. 무슨 일이 생겼다고 급하게 연락이 와서 퇴근했다가 다시 들어가는 거예요."

기사에게 설명하려니 피곤해서 카센터에 두고 온 포터가 생각났다. '차만 있었으면 훨씬 쉽게 왔을 텐데. 괜히 시내를 돌아다닐 필요도 없었을 거고.' 다시 그것에게 화가 났다.

'그러고 보니 정원이 문 닫을 시각까지 기다릴 필요가 없었구나. 깜빡했어.'

그걸 잊었다는 게 어이가 없어서 피식 웃음이 났다.

그래도 운이 좋았는지 기사는 더는 군말 없이 어두운 산 중턱에 있는 정원 앞까지 보니를 데려다주었다. 보니는 택시에서 내려 정원 대문 자물쇠를 풀고 안으로 들어갔다.

보니의 머릿속에서 정원의 모습은 집을 떠나기 전에 마지막으로 본 풍경으로 고정되어 있었다. 잎이 떨어진 빈 가지들과 시들어 버린 드로세라 자매들, 기둥이 썩어 버린 나무들. 그 충격적으로 황폐한 풍경.

그러나 실제로 와 보니 정원은 생각보다 참혹하지는 않았다. 우선은 어둠이 정원의 모습이 적나라하게 드러나지 않도록 가려 주었다. 보니가 도망가던 사이에 사람들이 많은 것을 정리해 놓은 덕분이기도 했다. 여기서 일어난 일을 모르는 사람의 눈에는 평범한 겨울 숲의 풍경처럼 보일 수도 있을 것 같았다.

지혜의 숲으로 들어가자 숨이 막혔다. 다른 나무들은 못 본 척한다고 해도 느티나무만은 모른 척 그냥 지나갈 수가 없었다. 보니는 느티나무의 껍질에 손을 대고 말을 걸었다.

"안녕? 잘 지냈어? 그동안 못 와 봐서 미안해. 널 보는 게 겁이 났어."

보니는 느티나무가 바보처럼 왜 겁을 냈느냐고 웃으며 가볍게 나무라 주기를 속으로 간절히 빌었다. 그러나 느티나무는 아무 대답도 없었다. 마치 보니와 얘기를 나눴던 적이 한 번도 없었다는 듯 과묵했다.

원래 느티나무의 멋진 껍질은 한겨울에도 이상하게 그리 차갑지 않았다. 언제든 느티나무의 껍질에 손바닥을 대면 이 나무에게서만 느낄 수 있는 특별한 온기가 전해졌다. 하지만 지금 느티나무는 죽은 사람처럼 조금의 온기도 없이 싸늘했다.

"미안해."

보니는 느티나무의 기둥에 이마를 댄 채로 고개를 떨구고 속삭였다. 가슴이 너무 아팠다. 이번에는 친구를 잃어서 서러운 것이 아니었다. 이제까지 느끼던 자책에는 자기 연민이 섞여 있었지만 지금은 그런 감정도 깨끗이 사라졌다. 그저 느티나무의 죽음이 애통해서 눈물이 났다. 누군가 나타나서 너의 목숨을 내놓으면 느티나무를 살려 주겠다고 한다면 조금도 망설이지 않고 그러겠다고 말할 수 있을 것 같았다.

"복수해."

어느새 뒤를 따라온 목소리가 보니의 귀에 대고 부추겼다.

"그냥 가만히 있을 거야? 미안하면 다야? 네 친구를 이렇게 만든 그 진흙 덩어리가 아직 살아 있는데 그 꼴을 눈 뜨고 볼 거야? 복수해, 보니. 복수해야지. 그걸 그냥 내버려 두면 넌 사람도 아니야. 너도 개랑 똑같은 쓰레기지."

보니는 목소리에게 대꾸하지 않았다. 하지만 이번에는 목소리가 맞았다. 그것을 그냥 둘 수는 없었다. 꿈이긴 했지만 기차 안에서 그것을 보고 애틋해했다는 게 모욕적으로 느껴졌다.

"가자, 보니. 내가 그것한테 데려다줄게. 그것이 지금 어디 있는지 알아."

보니도 그것이 지금 어디 있는지 알았다. 정원 땅 전체에서 그것의 진동이 희미하게 느껴졌다. 그것이 지나간 뒤의 여진이었다.

'어떻게 이렇게 뻔뻔할 수 있지? 어떻게 여기에 자기 흔적을 남기면서 돌아다닐 수가 있어?'

보니는 치를 떨면서 그것의 진동이 느껴지는 쪽으로 걸었다. 목소리는 신이 나서 뒤를 졸졸 쫓아왔다.

"그래, 보니. 복수해. 복수하는 거야. 오늘은 복수의 날이야."

연못가에 가까워지자 그것의 진동이 조금 더 강해졌다. 그러나 보통 때처럼 강렬한 진동은 아니었다. 진동했던 흔적에 가까웠다. 그것은 희미한 냄새로 누군가를 유인하듯이 미약한 진동으로 보니를 자신이 있는 쪽으로 끌어당겼다.

보니는 좁은 길에서 나와 연못가에 들어섰다. 연못은 수면이 얼어서 가로등 불빛으로 번들거렸다. 오늘 달은 크지 않았다.

연못 앞에 서 있으니 그날의 기억이 떠올랐다. 지금 같은 상황에서는 별로 되새기고 싶지 않은 추억이었지만 기억이 떠오르는 걸 어쩔 수가 없었다. 그 가을날에 그것은 지혜의 길에서 가벼움과 진지함을 동시에 품고 청혼했다. 보니는 그걸 진짜 결혼식이라고 하고 싶지는 않았다. 그건 장난이었다. 꽤 낭만적인 장난.

그날 보니와 그것은 결혼식 행진을 하듯이 손을 잡고 정원 안을 거닐었다. 밤에 피지 않는 꽃들이 둘의 걸음에 따라 활짝 피어났고, 연못은 빛나는 왕관처럼 보이는 색색의 수련들로 꽉 차서 거의 넘칠 것 같았다. 그날 보니와 그것은 사랑으로 가득 차서 서로의 손을 꽉 잡고 있었다. 그런데 지금 수련은 흔적도 없고 연못은 꽝꽝 얼어붙었다.

보니는 그날 그것과 주고받은 느티나무 잎을 가진 것 중에서 가장 두꺼운 책에 끼워 놓았다. 마음 같아서는 지금 그 책을 나뭇잎과 함께 통째로 연못에 던져 버리고 싶었다. 책이 얼어붙은 수면을 깨고 연못 아래에 잠기는 걸 보면 속이 시원할 듯했다.

《보니.》

진동이 보니를 불렀다. 그것의 진동이었다. 보니는 목을 뻗어 주변을 두리번거렸다. 그것이 풀숲 가운데서 나타났다가 눈 깜짝할 사이에 연못 가운데로 이동했다. 그것은 사람의 모습을 한 채로 싱긋 웃으며 손을 흔들었다. 그 모습을 보니 확신이 들었다. 그것이 낡은 모텔에 장난을 친 게 맞았다. 차를 고장 낸 것도 역시 그것이었다.

보니는 말없이 그것을 노려보며 얼어붙은 연못에 발을 올려놓았다. 그리고 한 걸음 두 걸음 천천히 나아갔다.

"복수해, 보니. 죽여 버려."

목소리가 소름 끼치는 높은 톤으로 속삭였다. 얼굴에 열이 올라서 눈까지 뜨거워졌다. 방금 뒤로하고 온 느티나무가 생각났다.

"도대체 왜 그런 거야? 느티나무가 너한테 뭘 어쨌기에?"

보니는 참지 못하고 그것을 향해 소리 질렀다.

"보리수에게는 왜 그랬어? 보리수가 나한테 어떤 존재인지 누구보다 잘 알았잖아!"

그것은 아무 대답도 하지 않았다. 보니는 점점 더 열이 받아서 속도를 내어 연못 가운데로 걸어갔다. 아무것도 눈에 보이지 않고, 아무것도 들리지 않았다. 그러다 심상치 않은, 뭔가가 터지는 소리가 갑자기 귓속을 파고들었다. 그와 동시에 그것이 사라졌다.

'당했다.'

그것의 도발에 넘어가 어리석은 실수를 했다. 무턱대고 연못에 들어오다니. 연못은 그리 단단하게 얼지 않았을 것이다. 보니는 숨을 들이마시고 최대한 무게를 실지 않으려고 조심하면서 뒤로 돌았다. 뒤를 돌자 숨이 턱 막혔다. 땅이 너무 멀어 보였다.

보니는 살금살금 연못 위를 걸어갔다. 어느 순간 퍽 하고 얼음 터지는 소리가 한 번 나더니, 곧 사방에서 그 소리가 들렸다. 아주 작은 소리였지만 주변이 너무 적막해서 다 들렸다. 보니는 더 움직이지 못하고 서서 주변을 두리번거렸다. 목소리는 일이 재밌게 됐다는 듯 킥킥거렸다.

언 볼에 눈물이 흘러서 피부가 뜨겁게 녹는 느낌이 들었다. 발밑이 한 번 크게 흔들리는 듯하더니 몸이 휘청이며 한 발이 얼음보다 더 차가운 것 같은 물속으로 미끄러졌다. 몇 초의 간격도 없이 하반신부터 몸이 물로 푹 빠졌다. 보니는 허우적거렸다. 질식하기 전에 심장이 마비되어 죽을 것 같았다.

'정신 차려! 이대로 죽을 수는 없어.'

보니는 몸에 힘을 빼고 팔과 다리를 움직였다. 고등학생 때까지 종종 연못에서 수영을 해서 막상 헤엄을 치면 육지까지 금방이라는 걸 잘 알고 있었다.

누군가의 손이 보니의 발목을 잡았다. 보니는 놀라서 발을 버둥거렸다. 발목을 잡은 손은 힘이 너무 세서 아무리 발길질을 해도 떨쳐 낼 수가 없었다. 다른 손이 종아리를 잡았다. 보니는 두 손에 붙잡혀서 절망적으로 소리를 질렀다.

"보니야, 여긴 너무 추워. 나랑 같이 있어 줘. 여기서 나랑 같이 살자."

목소리였다. 목소리가 간계를 부리고 있었다.

'이건 진짜가 아니야. 내 발을 잡고 있는 건 아무도 없어. 내 공포가 만들이 낸 가짜 느낌이라고.'

그러나 누가 다리를 단단히 붙잡고 있는 느낌은 쉽사리 사라지지 않았다. 보니는 무시무시한 공포 속에서 다리를 붙잡힌 채로 필사적으로 헤엄쳤다. 가까스로 물에서 빠져나왔을 때는 온몸이 벌벌 떨리고 숨을 쉴 때마다 하얀 입김이 연기처럼 솟아올랐다. 차라리 그 자리에서 정신을 잃고 싶었지만 그랬다가는 내일 사람들에게 동사한 채로 발견될 것이다. 이대로 앉아 있는 건 위험했다. 보니는 연못에 들어가기 전에 벗어 놓았던 두꺼운 패딩코트를 입고 지퍼를 끝까지 채운 뒤 코트에 달린 모자를 머리에 덮었다. 모자가 커서 뒤통수와 얼굴이 다 가려졌다. 눈만 겨우 보이게 모자로 머리를 감싸고 보니는 정원의 사택으로 향했다.

사택 마당에 있는 작은 창고에 가을에 패 뒀던 장작이 몇 꾸러미 있었다. 보니는 장작 두 꾸러미를 챙겨 팔에 안았다. 장작더미 옆에 놓인 도끼가 눈에 들어와 그것도 챙겼다.

보니는 사택에 들어가자마자 응접실의 벽난로에 장작을 넣고 불을 지폈다. 처음에는 외투를 벗을 엄두가 안 났지만 얼마 안 지나 옷을 말려야겠다는 생각이 들어 용기를 냈다. 외투를 벗었어도 난롯불이 워낙 따뜻해서 생각보다 춥지는 않았다. 몸이 훈훈해지자 졸음이 확 밀려왔다. 잠이 필요해서 졸린 게 아니라 몸이 얼었다가 녹으면서 느끼기 마련인 나른한 졸음이었다. 연못 위를 걸어갔던 게 벌써 아득해서 꿈속에서 일어났던 일 같았다.

***

보니는 깜빡 졸았다가 누군가 등을 툭 친 것 같은 느낌에 눈을 번쩍 떴다. 아직 얼떨떨했지만 생각할 수 있을 정도로는 머리가 돌아갔다. 등 뒤로 그것의 진동이 느껴졌다. 바닥에 손을 대 보니 확실했다. 그것이 여기 있었다. 보니는 모른 척 불을 좀 더 쬐었다. 그러면서도 바로 옆에 있는 도끼를 의식하고 있었다.

《괜찮아?》

그런 뜻이 담긴 진동이 느껴진 것과 동시에 그것의 몸이 보니에게 닿았다. 보니는 벌떡 일어나서 도끼를 집어 들고 그것의 몸을 내리쳤다. 그것은 왜인지 사람의 모습을 하고 있었다. 보니가 전에 본 적 없던 사람의 모습이었다. 낯선 사람의 가슴에 도끼가 꽂혔다. 순간 보니는 겁에 질렸다. '저게 정말 사람이면 어떡하지?' 하지만 분명 뜻이 담긴 진동을 느꼈다. 그것만이 보낼 수 있는.

가슴에 도끼가 꽂힌 그 낯선 사람은 경악한 얼굴로 무릎을 꿇고 쓰러졌다.

"이봐요, 괜찮아요?"

보니는 아래를 향해 조심스럽게 물었다. 얼음물에 빠졌다 불을 쬐었더니 머리가 어질거렸다. 혹시 이 모든 게 환상은 아닐까? 만약 진짜 사람을 죽인 거라면? 인생이 끝장난 것 같은 느낌에 심장이 강하게 조여들었다.

그러나 그다음 순간 보니는 쓰러진 사람의 얼굴이 지나치게 매끄럽다는 걸 알았다. 그것이 사람으로 변했을 때의 피부였다. 하지만 여전히 확신은 없었다. 쓰러진 사람은 눈을 감고 있다. 이 사람에게 안구가 있을지 없을지는 눈꺼풀을 열어 보기 전에는 알 수 없다. 최근에 겪은 스트레스와 충격 때문에 완전히 정신이 나가 버려서 다른 사람을 그것이라고 착각하고 살해해 버린 건지도 모른다.

"일어나. 장난치지 말고."

보니는 일부러 단호하게 쓰러진 사람에게 말을 걸었다. 그 사람은 움직이지 않았다.

"일어나라니까?"

한 번 더 재촉하자 그 사람의 눈꺼풀이 깜빡이듯 움직였다. 역시 눈이 없었다. 불안으로 좁아졌던 혈관이 다시 천천히 늘어났다. 그 사람은 일어나 자기 가슴에 있는 도끼를 아무렇지도 않게 손으로 뽑았다.

《이런 걸로 안 죽는다는 거 알잖아.》

"그럼 어떻게 하면 죽는데?"

《죽기 직전이었어. 네가 없어서.》

"나 농담하는 거 아니야. 어떻게 하는지만 알면 잘할 수 있을 것 같아. 요즘 매일 그 생각만 했거든."

《나도 농담한 거 아니야. 지금 네가 발산하는 이 복잡하고 강렬한 진동을 다시 느끼고 싶어서 정말 죽을 뻔했어.》

보니는 너무 어이가 없어서 '하!' 하는 소리를 냈다. 정말 기가 찼다.

"웃기고 있네. 방금 날 얼음물에 빠트려 죽이려고 해 놓고는."

《오해야. 그냥 조금 복수를 하고 싶었던 거야. 마지막에 네가 나한테 어떻게 했는지 생각해 봐. 나한테 너무 잔인했잖아.》

"마지막이라는 소리 입에 담지도 마. 넌 나한테 어떻게 했는데? 네가 정원에 무슨 짓을 했는데? 정원은 나의 모든 것이었어. 내가 화나는 건 네가 그 사실을 잘 알았다는 거야. 정원이 나한테 어떤 의미인지, 내가 그 나무들을 얼마나 사랑했는지. 넌 그걸 나보다 더 잘 알았어. 그걸 알면서 그 아무 죄도 없는 애들을 해쳤지. 넌 선을 넘은 거야. 난 절대 너

용서 못 해."

《그게 내 고통의 크기였어. 난 딱 그만큼을 되돌려 준 것뿐이야.》

그것이 오늘 열차 안에서 꾼 꿈속에서 본 것처럼 허물어져 내렸다. 허물어져서 본래의 모습으로 돌아간 그것의 몸은 가만히 서 있던 보니의 몸이 덩달아 떨릴 정도로 강하게 진동했다. 보니의 머리카락은 심하게 정전기가 나는 것처럼 붕붕 떠서 흔들렸다.

오랜만에 그 강력한 진동을 느끼자 보니는 자신이 그 느낌을 얼마나 필요로 했는지 온몸으로 깨달았다. 바싹 목이 말라 있다가 시원한 물을 마신 듯했다. 아니, 그것과는 비교도 안 된다. 그늘에 방치되어 있던 식물이 갑자기 한낮의 햇볕을 쬐면 이런 느낌일까? 마지막으로 그것의 진동을 느낀 지 몇 달이 흘렀다. 진동에 휘둘리고 싶지 않았지만 몸이 그것의 진동을 너무나 반겼다.

《여기에 와서 내가 항상 이상하게 생각하는 게 있어. 어떻게 사람들은 상반된 뜻이 담긴 두 가지의 진동을 동시에 보낼 수 있는 거야? 두 가지가 아니라 세 가지, 네 가지일 때도 있어. 네가 지금 그래. 넌 날 사랑하면서 미워해. 맞지? 나한테 가 버리라고 하면서 내가 널 감싸 주길 바라잖아. 네 진동은 나한테는 항상 어려웠어. 내가 어떻게 해 주길 바라?》

보니는 대답하지 못했다. 입을 열 수가 없었다. 뇌와 심장 그리고 피가 진동의 느낌을 기억했다. 뇌는 멍청히 서 있지 말고 그것에게 걸어가 안기라고 외쳤고, 심장은 그것에게 감싸이지 않으면 곧 멈출 거라고 협박했다. 그것의 진동은 보니의 피를 자석처럼 끌어당겼다. 온몸의 피가 그것에게 쏠리는 느낌이 들어 어지러울 지경이었다.

피부도 그것에게 감싸였을 때의 감촉과 느낌을 기억했다. 그것의 살은 무엇과도 비교할 수 없을 정도로 매끈하고 부드럽고 푹신했으며 기분 좋은 온기가 있었다. 보니의 피부는 그것의 진동하는 살이 자신을 누를 때의 황홀한 압박감을 그리워했다.

보니의 몸은 그것에게 감싸였을 때의 즐거움을 또렷이 기억했다. 실컷 즐거움을 맛본 뒤에는 최고로 안락한 휴식을 취할 수 있다는 것도 기억했다. 그 휴식은 인간의 몸이 누릴 수 있는 최고의 사치였다. 그래서 보니의 몸을 이루는 그 많은 것들은, 그러니까 뇌와 심장 그리고 피뿐만 아니라 아주 작은 세포들까지 포함한, 그들은 자기들을 움직이는 유일한 영혼인 보니가 왜 당장 그것에게 감싸이려고 하지 않는지 의아해하며 화를 냈다. 마치 회사 대표가 좋은 기회를 앞에 두고 멍청히 서 있다가 놓치기 직전이 된 것을 보며 화를 내고 한숨을 쉬고 발을 동동 구르는 직원 같았다. '이 바보! 한 걸음만 가면 되는데, 뭘 멍청하게 서 있는 거야? 이 기회를 잡기만 하면 모두가 행복해질 수 있는데 뭘 망설이는 거야?'라고 속으로 외치며 몰래 대표를 잡아먹을 듯 노려보는 직원 말이다.

그것에게 감싸이면 편해질 거다. 논리적인 이성이나 윤리 같은 건 모두 내려놓고 본능에 따른다면. 배고픈 사람이 배부르게 먹으면 신경이 차분해지고 힘이 나는 것처럼, 지독한 불면증을 앓던 사람이 깊게 잠들어 푹 자고 일어나면 몸이 한결 가뿐해지는 것처럼, 그렇게 편안해질 거다.

'하지만 그런 후에는? 다시 자기혐오에 휩싸여 죽고 싶어지겠지. 나는 인간이니까.'

"말했잖아. 널 절대 용서할 수 없다고."

보니는 간신히 몸의 요구에 버티며 그 말을 했다. 보니의 말에 온몸이 야유를 보냈다. 그 말을 밖으로 내보낸 입술과 혀마저도 비틀린 웃음을 지었다. 고상한 척하기는.

《왜? 그냥 솔직해져. 넌 날 원해.》

"아니, 난 널 증오해. 네가 너무 경멸스러워. 할 수만 있다면 널 갈기갈기 찢어 죽이고 싶어. 그렇게 해도 원이 절대 다 안 풀려. 내 전부를 빼앗아 간 널 내가 원한다고? 착각하지 마. 지금 내 몸이 들썩이는 건 그냥 육체적인 반응이야. 내 마음과는 아무 상관도 없는 생리적인 증상."

보니는 증오에 차서 한마디 한마디를 살벌하게 내뱉었지만 마음 한구석이 흔들리는 걸 스스로도 느꼈다. 전에는 싸움을 하면 그것이 보니가 마음이 약해지는 순간을 정확히 알고 그 순간에 보니를 감쌌다. 그것에게 감싸이면 더는 화를 낼 수가 없었다. 화를 낸다고 해도 사실상 무의미했다. 어차피 그것에게 감싸여 하룻밤만 지나면 싸우기 전의 관계로 돌아갔다.

그러나 오늘은 그것도 전처럼 약삭빠르게 굴지 않았다. 그것은 기다리고 있다. 보니가 마음을 정할 때까지. 보니는 그것이 조금도 강제적으로 자신을 어떻게 할 생각이 없다는 걸 느꼈다. 그걸 느끼자 한껏 치솟았던 반감이 아주 살짝 누그러졌다.

그것의 진동이 서서히 약해졌다. 그것의 진동이 약해질수록 보니의 신경도 안정되어 갔다. 보니의 몸은 여전히 아쉬워하고 있었지만, 조금 전처럼 분개해서 씩씩대지는 않았다. 몸의 욕망이 너무 거세지면 보니는 때때로 자신의 몸에게 졌다. 설탕이나 지방, 카페인에 달려드는 몸을 막을 수 없을 때가 있는 것처럼. 잠에 이기지 못할 때처럼. 사실은 몸에게 자주 지고 살았다.

보니는 자신을 이루는 것들 중에서 영혼이라는 것은 실재하는지도 의심쩍은 매우 불분명하고 희미한 존재라는 걸 알고 있었다. 그러나 지금은 몸과 다른 어떤 것, 아마 영혼이라고 할 법한 어떤 것이 이 상황의 중심에 서서 유일하게 반대표를 던지고 있었다. 영혼은 평소에는 몸의 권력에 밀려 이리 치이고 저리 치이며 무력하게 굴 때가 많았지만, 지금은 달랐다. 몸이 아무리 강력하고 몸을 이루는 것들의 수가 많다고 해도, 영혼이 자신의 강력한 결정권을 쓰면 몸은 툴툴거리며 물러날 수

밖에 없었다.

곧 그것의 몸은 완전히 진동을 멈췄다.

그리고 시간이 한참 흘렀다.

보니는 그 지루한 시간을 견디지 못하고 그것에게 다가가 그것의 몸을 손가락으로 가볍게 찔러 보았다. 그것은 바위처럼 단단해져 있었다.

"야, 자는 거야?"

보니의 손가락이 닿은 부분이 아주 작게 진동했다.

《자는 거 아니야. 네게 보여 주려고. 내가 진동을 멈출 수 있다는 걸. 이렇게 오래 버틸 수도 있어. 네가 그걸 원한다면.》

"그렇게 쓸데없는 짓을 왜 한다는 건데?"

보니는 침착하려고 애쓰면서 냉소적으로 물었다.

《많이 생각해 봤어. 사실은 후회도 많이 했어. 바깥을 떠돌다가 너와 화해하려고 집에 돌아왔는데 네가 없더라. 이 집에서 혼자 널 계속 기다렸어. 기다리면서 네가 했던 말들을 생각하고 또 생각해 봤지. 내 진동 때문에 네가 아프다며. 그러면 내가 진동 안 하면 되는 거 아냐? 너와 함께 있을 수만 있다면 난 그럴 수 있어. 그게 내 결론이야. 앞으로는 진동하지 않을게. 그냥 내 옆에 있어 줘, 제발. 나한테는 너밖에 없어. 이 우주에서 소중한 건 너뿐이야. 나한테 의미 있는 존재는 네가 유일해.》

"말도 안 되는 소리 하지 마. 내가 숨을 쉬지 않고 살 수 없는 것처럼 넌 진동하지 않고는 살 수 없어. 네가 더 잘 알잖아."

《내가 진동하지 않으면 내 옆에 있어 주겠다는 뜻이야?》

"아니. 내 마음은 안 바뀌어."

보니는 단호하게 말하려 했지만 목소리가 흔들렸다. 그것은 목소리가 흔들리는 걸 놓치지 않았을 게 분명했다.

《네 욕망은 복잡해. 아주 복잡하지. 하지만 내가 원하는 건 단순해. 우리치고는 꽤 복잡한 편이지만. 그래도 너보다는 훨씬 쉬워.》

"네가 원하는 게 뭔데?"

《넌 내가 원하는 걸 알아. 말해 봐. 내가 원하는 게 뭔지.》

보니는 미심쩍어하면서도 손가락을 떼지 않고 그것의 진동에 집중했다. 그것의 진동이 한순간 무척 강해졌고, 보니는 그것이 원하는 것을 말할 수 있었다.

"나랑 같이 있는 거. 언제까지나."

《맞아. 바로 그게 내가 원하는 거야.》

더는 버틸 수가 없었다. 그 순간 보니의 영혼이 힘없이 반대표를 내렸다. 그것의 진심이 담긴 진동이 보니를 뒤흔들었다. 그것의 진동에는 알 수 없는 힘이 있었다. 어느 때고 자신을 엉망으로 뒤흔들어 놓는. 보니는 자신이라는 존재가 그것을 향해 무너져 내리는 걸 느꼈다.

"며칠만 시간을 줄게. 널 용서하는 건 아니야. 정원을 원래대로 해 놓고 가. 네가 한 짓이니 네가 수습해야지."

그게 할 수 있는 최선이었다. 지금은 그것을 더 밀어낼 수도 없고, 그렇다고 그것에게 다가갈 수도 없었다. 이상한 끌림과 증오가 동시에 격렬하게 샘솟으며 뒤섞였다.

《그건 불가능해. 우리도 이미 죽은 걸 되살려 낼 능력은 없어.》

그것이 힘없는 진동을 보냈다.

"그래도 해. 최선을 다해 봐. 정원을 돌아다니면서 살려 낼 수 있는 애들이 있는지 보고, 아직 완전히 죽지 않은 애들은 살려 내. 널 용서할지 말지는 네가 얼마나 최선을 다하는지, 얼마나 많은 애들을 살려 냈는지 본 다음에 다시 생각해 볼 거야."

《알았어. 기회를 줘서 고마워.》

그것은 마지막으로 한 번 더 작게 진동하고 기운 없이 위층 방으로 가는 계단을 기어 올라갔다. 보니는 그 뒷모습을 보며 부정하고 싶은 감정을 느꼈다. 보니의 영혼은 그것이 눈앞에 있다는 기쁨에 신이 나서 작게 비명을 질렀고, 몸의 깊은 곳은 그것에게 곧 다시 감싸일 거라는 기대로 들썩였다. 보니는 지친 왕처럼 자신의 침실로 들어가 문을 닫았다.

4부

붕괴

1.

마치 돌과 사는 것 같았다. 시간이 지날수록 보니는 그것과 있는 게 지겨워졌다. 그것은 집에 있을 때는 몸을 둥글게 말고 잠만 잤다. 깊은 생각에 빠져 있을 때도 있는 것 같았지만, 그 생각을 보니와 공유하는 일은 없었다.

그것은 보니가 조르고 졸라야만 함께 밖으로 나갔다. 그것은 그렇게 좋아하던 쇼핑에도 흥미를 잃은 듯 아무것도 사고 싶어 하지 않았다. 그것은 카페나 식당에 가서도 그저 보니의 맞은편에 맥없이 앉아 있었다. 그러다 가끔 무언가로 인해 테이블이 흔들리거나 갑자기 다른 테이블에서 진동 벨이 울리기라도 하면 화들짝 놀라 주변을 두리번거렸다.

한번은 카페 직원이 컵이 든 쟁반을 들고 가다 떨어트리는 바람에 큰 소리가 났는데, 보니가 놀라서 그쪽으로 고개를 돌린 사이 그것이 사라졌다. 집에 가 보니 그것은 위층 방에 숨어 벌벌 떨고 있었다.

"왜 그래? 요즘 너 이상해. 무슨 걱정 있어?"

보니는 그것을 부드럽게 달래려 했지만, 그것은 바위처럼 딱딱하게 굳어서 구석에서 나오지 않았다.

자연스레 보니와 그것의 사이는 시들해졌다. 각자 따로 방에서 시간을 보내는 날도 많았다. 하지만 그것은 여전히 다정해서 밤이 되면 보니가 두려움에 떨까 봐 보니의 침대로 와서 곁을 지켰다.

잠이 오지 않는 밤이면 생각이 많아졌다. 그것이 바로 옆에 있었지만 혼자 있는 것과 똑같이 느껴졌다. 보니는 깊이 잠들어서 아무 반응도 하지 않는 그것에게 몸을 바짝 붙이고 그것의 진동을 조금이라도 느껴 보려 애썼다. 그러나 아무것도 느낄 수 없었다.

'왜 이렇게 외롭지? 바로 옆에 있는데.'

보니는 자신이 그것이라는 존재를 사랑하는 게 맞긴 한지 스스로에게 묻게 되었다. 그것이 아니라 그것의 진동을 사랑한 건 아니었을까? 그것이 다시 자신을 완전히 감싸고 진동해 줬으면 했다. 그 느낌이 너무나 그리웠다. 그것이 진동을 멈추니 예전처럼 그것을 볼 때마다 애정이 솟아오르지도 않았다. 애정은커녕 한 번씩 그것이 정원의 식물들에게 한 짓이 생각나 분노가 치밀었다. 그것은 매일 밤 정원으로 나가 몇 시간씩 식물들을 돌봤지만 사실은 쓸데없는 짓이었다. 오히려 보니는 식물들이 정말로 죽었다는 걸 확인하게 되어서 괴로웠다. 살아날 가능성이 있는 식물은 거의 없는 것 같았다. 보니는 자신이 그렇게 잔인한 짓을 저지른 존재와 다시 함께하고 있다는 것이 기가 막혔다. 그런데 이상하게도 바로 그게 자신이 그것을 사랑한다는 증거처럼 여겨지기도 했다.

'그 일이 용서가 안 되는데도 앨 못 떠나고 있잖아. 내가 앨 사랑하는 게 아니라면 왜 그러겠어.'

한 번 크게 싸우고 떨어졌다 다시 만나니 다시 헤어질 엄두가 나지 않았다. 헤어짐은 고통스럽기만 했다. 그걸 또 한 번 겪고 싶지는 않았다. 둘 다 그 일로 너무 큰 타격을 입었다.

보니는 집 안을 청소하며 하루하루를 보냈다. 답도 없는 생각을 하고 앉아 있느니 몸을 움직이는 게 차라리 나았다. 정원에는 죽은 식물들을 연구하러 온 사람들이 종일 돌아다녀서 나가고 싶지 않았다. 보니는 못쓰게 된 물건들을 분류해서 봉투에 담아 버리고, 바닥과 계단을 걸레로 문질러 닦고, 걸레를 손수 빨고 말렸다. 곰팡이가 난 옷들은 제거제를 뿌리고 마른 천으로 닦아 말리고 그걸로 안 되는 것은 전부 버렸다. 곰팡이가 퍼진 벽지는 뜯어냈다. 혼자서 도저히 안 되는 일은 사람을 불러서 상의하고 고쳤다. 그렇게 시간이 흘렀다.

＊＊＊

2월의 어느 아침에 보니는 일찍 잠에서 깨어 사택 마당으로 나갔다. 해가 뜰 때쯤 일어나 정원을 한 바퀴 도는 규칙적인 생활 리듬을 어느 정도 되찾은 덕분에 기분이 상쾌했다. 몸도 꽤 가뿐했다. 대문을 열고 나가 평소처럼 주변을 한 번 둘러보는데 사택 뒤쪽이 뭔가 달라 보였다.

'저쪽에 원래 저런 언덕이 있었던가?'

보니는 의아해하며 그쪽을 바라봤다. 원래 매일 보던 게 낯설게 보이는 날이 있다. 그런 걸 거라 생각하며 본격적으로 산책을 나서려는데 땅이 흔들렸다. 언덕이 움직이고 있었다. 보니는 물러나는 대신 그쪽으로 천천히 걸어갔다. 언덕이 보니 쪽으로 다가오고 있었다. 풀 한 포기 없는 흙색 언덕이었다.

'저게 뭐야?'

언덕이 가까워지자 보니는 그 크기에 오싹해져서 걸음을 멈췄다. 언덕이 세 개의 둔덕으로 나누어지더니 그중 하나가 앞으로 나왔다.

(안녕하세요.)

언덕이 인사를 건넸다.

"안녕하세요."

보니는 얼떨결에 마주 인사를 하고, 그것을 바라봤다. '그것이 기다리던 동료들이 온 거구나.' 언덕으로 보이는 그 존재는 보니가 사랑하는 그것보다 훨씬 커다랬다. 그 커다란 존재가 발산하는 진동에서 풍부한 지성이 느껴졌다.

《'우리 존재'를 알죠?》

'우리 존재'란 그들을 가리키는 게 아니라 집 안에 있는 보니의 그것을 말하는 듯했다. 나머지 두 '언덕'은 앞에 있는 커다란 존재를 호위하듯 뒤를 지켰다. 왠지 모를 위계질서가 느껴졌다. 대장 격인 듯한 커다란 존재의 태도는 지극히 우아했지만 무언가 거스를 수 없는 분위기를 풍겼다.

《저 안에 있나요?》

"무슨 일이신데요?"

《'우리 존재'를 되찾으러 왔어요. 우리를 '우리 존재'에게 데려다주시겠어요?》

"여기서 기다리세요. 제가 가서 물어보고 올게요."

《우리를 의심하는군요. 그럴 필요 없어요. '우리 존재'는 우리에게 되돌아와야 해요. 그래서 우리가 직접 데리러 온 거고요. 그게 다예요.》

"그 친구한테 가고 싶은지 물어보고 올게요. 여러분들을 만나고 싶은지 알아야 하잖아요. 여기서 기다리세요."

《우리는 '우리 존재'가 돌아가고 싶은지는 관심 없어요. '우리 존재'는 돌아가야만 해요. 당신이 그걸 원하는지도 중요하지 않아요. 우리가 들어가서 데리고 나올게요.》

"아니요. 여기서 기다리세요. 내 허락 없이는 내 집에 한 발도 못 들어가요."

보니는 그 커다란 존재의 일방적인 태도에 화가 나서 말했다.

《우리는 싸우려는 게 아니에요. 우리가 할 일을 하러 왔을 뿐이죠. '우리 존재'는 죄를 저질렀어요.》

커다란 존재의 진동에서는 감정이 전혀 느껴지지 않았다.

"무슨 죄를 저질렀는데요?"

《자기 형제를 죽였어요. 우리의 역사에서 한 번도 없었던 일이죠. 그 애는 자신이 한 일에 대한 대가를 치러야만 해요.》

"전 못 믿겠어요. 직접 확인할래요."

《같이 가서 확인해요.》

커다란 존재의 진동에 뒤에 있던 두 존재가 앞으로 나와 보니를 잡았다. 보니는 도망치려 했지만 그들보다 빠를 수는 없었다. 보니를 단단히 감싼 그들은 몸집을 줄여서 사택 안으로 들어갔다. 한 존재는 보니를 잡아 놓고 기다리고, 다른 두 존재는 집 안을 뒤졌다. 보니는 내색하지 않으려 했지만 겁에 질려서 몸이 벌벌 떨렸다.

그들은 곧 돌아왔다.

《벌써 도망갔네요. 그 애가 어디로 갔는지 알아요?》

"내가 어떻게 알겠어요. 당신들이 올지도 몰랐는데."

커다란 존재는 보니의 말이 진실인지 알아내려는 듯 보니의 몸을 진동으로 더듬었다.

《거짓말은 아니네. 알겠어요. 우리가 찾아볼게요. 너무 걱정하지 말아요. 그 애가 우리와 돌아가는 걸 아쉬워할 필요도 없어요. 그럴 가치가 없는 존재니까. 그 애는 어릴 때부터 열등했어요. 타고나긴 그랬죠. 그 애를 세상에 내보낸 존재에게서 열등함을 물려받은 거죠.》

보니는 그것의 기억 속에서 봤던 커다란 존재를 떠올렸다. 그 커다란 존재가 발산했던 따뜻한 사랑은 열등한 것과는 거리가 멀었다. 그 커다란 존재와 그 몸에서 나온 그것은 열등하지 않았다. 그것은 사랑스러운 존재였다. 복잡하고 아름답고 골치가 아픈. 세상에서 가장 사랑스러운 진흙 덩어리.

"우리 집에서 나가요. 원래 이렇게 무례해요?"

보니는 화가 나서 그들에게 거칠게 화를 냈다. 커다란 존재는 다시 보니의 진동을 더듬었다.

《감정이 이렇게 지나치면 옳은 생각을 할 수가 없어요. '우리'는 감정이 해야만 하는 일을 방해하기만 한다는 걸 일찍 깨달았고, 감정을 '우리'에게서 물러나게 하는 법을 배웠어요. 하지만 '우리 존재'는 그러지 못했죠. 그 결과는 돌이킬 수 없는 죄를 저지른 거였고. 우린 우리가 해야 할 일을 하는 것뿐이에요. 기분 상했다면 미안해요. 잘 있어요.》

그들은 몸을 돌려 열린 문으로 나갔다. 보니는 달려 나가서 그들을 향해 물었다.

"잠깐만요. 돌아가면 어떻게 되는 건데요? 대가라는 게 뭐예요?"

《당연히 죽음이죠. 다른 존재를 죽였으니까.》

그리고 그들은 사라졌다.

2.

그것은 어디로 갔을까? 보니는 초조해하며 생각했다. 그것이 어디로 갔든 적어도 한 번은 집으로 돌아올 거라는 건 분명했다. '우리는 한번 이어진 존재와 언제든지 이어질 수 있어. 죽거나, 진동을 숨기지만 않으면.' 그것이 했던 얘기가 기억났다. 그것을 데리러 온 자들은 아마 그것과 이어져 있었을 거다. 그러면 그것이 그들로부터 진동을 숨기고 있었던 걸까? 그들이 자신을 잡으러 오는 걸 피하려고? 그렇게 생각하니 아귀가 맞았다. 그것은 동료들을 기다리고 있던 게 아니었다. 그들이 자신에게 올 날을 두려워하고 있던 거다.

그것이 쉽게 잡힐 것 같진 않았다. 겁이 많아서 진동 한 번 하지 않고 꼭꼭 숨어 있을 테니까. 그것은 이미 지구의 이곳저곳을 많이 돌아다녀서 숨을 곳을 잘 알고 있을 거다. 그런 면에서는 그들보다 유리했다.

'걜 죽게 둘 수는 없어.'

그것이 자기 형제를 죽였다는 얘기는 충격이었다. 보니가 커다란 존재의 몸에서 같이 나온 그 형제에 대해 물었을 때, 그것은 자기들에게는 형제라는 게 별 의미 없는 것이라고 얘기했었다. 그게 거짓말이었나? 보니는 배신감을 느꼈다. 왜 그런 짓을 했을까? 아니, 이유는 중요하지 않다. 어떤 이유에서든 자기와 같은 존재를 죽인다는 건 있을 수 없는 일이었다. 사람으로 치자면 그는 살인을 한 것이다.

하지만 그들의 말이 정말일까?

그것이 자기의 형제 같은 존재를 죽였다고?

보니는 흔들렸다. 그것은 정원의 식물들도 죽였다. 그 잔인한 행동으로 봐서는 그것이 다른 죄를 저지르지 않았다고 확신하기가 힘들었다. 새삼 자신이 그런 짓을 한 그것을 받아들이고 다시 함께 살고 있었다는 게 한심스럽고 미친 짓처럼 여겨졌다. 그것은 너무 잔인했다. '자기 형제를 죽였다면, 언젠가 나도 해칠 수 있지 않을까?' 그들의 말대로 그것은 대가를 치러야 하는지도 모른다.

어떤 쪽이든 속단할 수는 없다. 그것에게 직접 듣고 싶었다. 그게 변명이든 뭐든. 그들의 말은 거짓 같지 않았지만 어쩌면 속은 걸 수도 있었다. '그들이 나쁜 쪽이면?' 그것을 다시 만나기 전에 그들이 먼저 그것을 찾으면 그것의 이야기를 들을 기회는 영영 없을 것이다. 보니는 진실이 무엇이었는지 평생 의문을 품고 살고 싶지 않았다.

'아무래도 걔한테 직접 들어봐야겠어. 그들의 말이 진짜인지. 진짜 그랬다면 왜 그랬는지. 걔가 죽어야 할 정도로 잘못한 게 있는지 알아야겠어.'

보니는 그날 오후에 자신이 떠났던 주택 단지에 가서 주
을을 만났다. 주을에게 부탁할 것이 있었다.

3.

며칠 동안 보니의 신경은 온통 그것이 어디 있을지에 쏠려
있었다. 그들에게 벌써 잡힌 건 아닐까? 그들을 만나고 보니 그
것이 왜 그렇게 외로웠는지 알 것 같았다. '그들'은 그것과 너무
달랐다. 그것은 인간처럼 감정이 풍부했다. 그러나 그들의 진
동에서는 감정이 거의 느껴지지 않았다. 그들은 인간과 전혀
달랐다. 인간보다는 오히려 컴퓨터와 닮은 듯했다.

보니는 라디오를 들으며 집 안 곳곳을 청소했다. 그것이 없
으니 집이 텅 빈 것 같았다. 집 안의 불은 모두 켜 두었다. 목소
리가 두려워서 그런 것이기도 했지만, 그것이 불빛을 보고 자
신이 기다리고 있다는 걸 알아 줬으면 하는 마음도 있었다.

몸이 지칠 때까지 집 안을 쓸고 닦은 후 샤워를 하고 침대
에 눕자 모든 게 귀찮아졌다. 보니는 쿠션에 등을 기대고 앉아
책을 읽었다. 그렇게 혼자 여유로운 시간을 가진 건 오랜만이
었다. '정원은 폐허가 되고, 그것은 자기 고향의 어른들에게 쫓
기다 잡히면 사형을 당할 판인데 난 지금 이렇게 평온하다니.'
집 안은 적당히 조용했고, 라디오에서 흘러나오는 진행자의
목소리는 활기찼다. 죄책감이 느껴졌지만 지금은 이 평화로움

을 그냥 즐기고 싶었다.

보니는 어느새 책 속의 미스터리에 몰입해 주변 상황을 잊어버렸다. 책 속의 주인공이 중요한 증거를 찾아 어떤 집에 들어가는 대목을 읽고 있을 때 문 열리는 소리가 났다. 저벅거리는 발소리가 보니의 청각을 건드렸다. 보니는 반사적으로 몸이 굳어서 귀를 기울였다. '또 환청이 들리는 걸까?'

자신의 방문을 두드리는 소리가 들리자 보니는 너무 놀라서 소리를 질렀다. 노크 소리가 환청으로 들린 적은 없었는데. "보니? 집에 있어?" 엄마의 목소리였다. 소름이 돋았다. '내가 진짜 미쳤나 봐.' 그것이 간절히 보고 싶어졌다. 문고리가 돌아가는 소리가 들렸다. 보니는 침을 삼켰다. 문이 열렸다. 거기에 엄마가 서 있었다. 등에 커다란 배낭을 메고.

"엄마? 진짜 엄마예요?"

"무슨 소리야. 그럼 내가 진짜가 아니면 뭔데?"

보니는 보던 책을 덮어 옆에 놓고 엄마를 멍하니 바라봤다. 어느 한편으로는 엄마가 영영 안 돌아올 거라 체념하고 있었다. 정원의 식물들이 전부 망가졌다는 소식을 캡틴이 메일로 보냈는데도 몇 달이 지나도록 답장도 없었으니. 엄마가 이제 정원에 관심을 접고 새로운 인생을 시작하고 있는 걸 거라 생각했다.

"정원이 어쩌다 저 지경이 됐다니."

"보셨어요?"

"내 눈으로는 아직 못 보고 보고서만 읽었어. 내일 제대로 살펴봐야지. 넌 이 시간까지 안 자고 뭐 해? 집 안 불은 죄다 켜 놓고. 가구들은 왜 다 저렇게 된 거야? 수납장이랑 찬장은 텅텅 비었고. 집이 안팎으로 다 엉망이 됐어. 속상해 죽겠다, 정말."

"지진이 있었어요. 밤에 저 혼자 있을 때."

반은 사실이었다. 엄마가 떠난 뒤로 이 집은 거의 항상 흔들리고 있었으니까. 보니는 약간 멍한 눈으로 엄마를 쳐다봤다. 엄마가 자신을 탓하고 있는 것 같지는 않았다.

"네가 안 다쳤으면 됐어. 난 일단 얼른 씻고 잘 거야. 열네 시간이나 비행기를 탔더니 피곤해서 죽을 것 같아. 너도 얼른 자. 늦었어."

"네, 이제 자려고요. 안녕히 주무세요."

문이 다시 닫히고, 엄마가 집 안을 걸어 다니는 소리가 들렸다. 그리고 곧 욕실에서 씻는 소리가 났다. 그 소리를 들으니 이상하게 마음이 편안해졌다. 일상으로 돌아온 기분이었다. 그 것과 함께한 지난 시간이 꿈에서 일어났던 일 같았다. 이제 꿈에서 깨어나 현실로 돌아온 거다. 하지만 그럴 리가 없었다. 아직 창백한 손가락 하나가 그게 꿈이 아니었다는 증표였다. 손가락은 차차 원래대로 색이 돌아왔지만, 아직 한 손가락만은 창백한 빛이 다 안 없어졌다.

다음 날 보니는 오전 10시가 넘어서야 눈을 떴다. 오랜만에 푹 자서 개운했다. '어제 엄마가 돌아왔던 게 꿈이 아닐까?' 보니는 그런 생각을 하며 침실 밖으로 나갔다. 집 안은 변한 게 없었다. 엄마도 없었다. '그게 꿈이었다고?' 깊은 밤에 일어난 일인 데다 욕실에서 나는 소리를 들으며 잠들어서 기억이 아득하긴 했지만 분명 현실감이 있었다.

보니는 옷을 갈아입고 정원으로 나갔다. 괜히 어슬렁거리다 베이커리 카페가 가까워졌을 때 카페의 유리창 안으로 사람들이 모여 있는 것이 보였다. 하룻밤 만에 죽어 버린 정원의 식물들을 연구하러 온 학자들이었다. 큰 테이블에는 음식들이 넓은 접시에 담겨 보기 좋게 차려져 있었고, 와인 병도 여러 개 있었다.

'저기 있겠구나.'

역시 꿈이 아니었다. 유리창에 가까이 가서 보니 엄마가 테이블 가운데에 서 있었다. 거기서 뭔가를 말하고 있는 엄마는 중요한 사람처럼 보였다. 뺨에 밝고 화사한 블러셔를 바르고 입술에는 빨간 립스틱을 발라서 젊고 생기 있어 보였고, 미소 짓는 얼굴은 뭔가 재밌는 이야기를 하는 듯 느껴졌다. 사람들은 엄마의 말을 경청하고 있었다. 보니에게는 익숙한 풍경이었다.

보니는 마음을 놓고 다시 사택으로 돌아왔다. 엄마는 한참이 지나서야 집으로 돌아왔다. 그것도 아예 들어온 게 아니라 잠깐 들른 거였다.

"보니, 잠깐 와 봐. 네 선물도 있어."

엄마 방에 들어가 보니 선물 꾸러미가 한가득이었다. '저걸 다 어떻게 가져왔을까?' 엄마는 남에게 베푸는 걸 좋아했다. 특히 정원 사람들에게는 한없이 나눠 주려 했다.

"베네치아에서 가방을 사 왔는데 네 마음에 들지 모르겠네. 한번 봐."

보니는 엄마가 건넨 포장 백을 열어 가방을 꺼냈다. 녹색 가죽으로 만든 닥터백이었다. 작은 포장도 있어 뜯어 보니 가방과 세트인 지갑이 들어 있었다.

"별로야?"

"아뇨, 마음에 들어요. 고마워요, 엄마."

"그럼 다행이고. 오랜만에 왔더니 정신이 없네. 얘기를 듣긴 했지만 직접 보니 속이 상해. 저렇게까지 망가졌을 줄은 몰랐어."

보니는 꾸러미를 양손에 들고 나가려는 엄마를 불렀다.

"엄마, 잠깐 얘기 좀 할 수 있어요?"

"무슨 얘기?"

엄마가 영문을 모르겠다는 눈빛으로 보니를 빤히 봤다. '도대체 나한테 무슨 볼일이 있다는 거야?' 그런 눈빛이었다.

"완전히 돌아온 거예요?"

"나 바빠. 무슨 말인지 알아듣게 얘기해. 당연히 완전히 돌아온 거지. 반쯤만 돌아왔겠어?"

"그런 게 아니라, 돌아오고 싶어서 온 거 맞냐고요. 이왕 이렇게 된 거 이제 쉬어도 되잖아요. 엄마가 정말 하고 싶은 걸 하면서."

"정말 무슨 소린지 모르겠네. 내가 하고 싶은 거라니? 그게 뭔데?"

"정원 일 싫어했잖아요. 난 엄마가 편해졌으면 좋겠어요."

"이게 내가 하고 싶은 거야. 우리 정원을 돌보는 거. 그게 내가 평생 해 온 일이잖아. 올해는 바쁠 거야. 식물들을 다 되살려야 하니까. 한참 걸리겠지만 처음부터 정원을 만들었을 때를 생각하면 못 할 것도 없지. 내가 꼭 하고 말 거야."

보니는 머뭇거렸다. 엄마와 대화라고 할 만한 걸 해 본 지가 몇 년은 됐다는 생각이 들었다. 고등학교를 졸업하고 나서는 처음인 것 같았다. 밝은 곳에서 얼굴을 마주하고 있으니 엄마가 예전보다 나이가 들었다는 게 보였다. 눈가에는 주름이 졌고, 머리숱도 예전만큼 풍성하지 않았다. 머리카락도 그렇고 피부도 윤기 없이 메말랐다. 기억 속에서 엄마는 항상 젊고 아름다웠다. 그리고 아빠의 집요한 영향력에 갇혀 괴로워하면서 노역하듯 정원 일을 했다. 엄마는 집에 갇힌 사람이었다. 그러나 지금 보니의 눈앞에 있는 엄마는 너무나 생생하고 활기차고 의욕이 넘쳐서 가녀리고 고통받는 피해자와는 거리가 멀어 보였다. 아빠가 없어졌기 때문일까?

보니는 엄마가 올해로 쉰하나라는 사실을 깨달았다. 아빠가 없어졌기 때문만은 아니다. 보니가 고등학생 때와는 다른 인간이 된 것처럼 엄마도 달라진 것이다.

주을은 엄마가 자신이 본 중에 가장 강한 사람이라고 말했다. 엄마가 눈앞에서 움직이며 말하고 있으니 주을의 말이 와닿았다. 현재의 엄마, 살아 있는 엄마는 강해 보였다.

어쩌면 옷이 달라져서 그런 것일 수도 있었다. 보니가 고등학생 때까지 엄마는 거의 매일 풍성한 원피스에 앞치마를 두른 차림이었다. 책이나 다큐멘터리 속에서도 항상 그런 차림이었기 때문에 보니의 머릿속에도 엄마의 그런 모습이 각인되어 있었다. 마지막으로 봤을 때는 검은 상복에 베일을 두르고 있었다. 그날 엄마는 남편을 잃고 슬퍼하는 여자였다.

하지만 눈앞에 있는 엄마는 청바지에 품이 넉넉한 니트 스웨터를 입고 있었다. 엄마는 가녀린 미망인이 아니었다. 더는 원장의 아내도 아니었다. 이제 엄마가 햇살과 그림자 정원의 원장이었다. 이 정원과 저택. 모든 것의 주인.

"전 엄마가 정원에 있는 걸 싫어하는 줄 알았어요."

"내가? 왜?"

"정원에 나가 있으면 표정이 항상 안 좋으셨잖아요."

"그건 정원 일이 힘드니까 그렇지. 한겨울에는 추워 죽겠고, 여름에는 땡볕 때문에 쓰러질 것 같잖아. 근데 정원 일이라는 게 다 그렇지. 어쩌겠어."

"엄마가 예전에 짐을 챙겨서 나가려고 한 적이 있었잖아요. 아빠랑 싸우다가. 그때 제가 열 살쯤 됐었는데 아빠가 칼을 들고 절 위협했었죠. 엄마를 협박하려고요. 기억나요?"

없었던 일처럼 덮어 두고 지내던 이야기를 하려니 심장이 두근거렸다. '대답해 봐요. 기억은 해요?' 보니는 엄마가 모른 척할지도 모른다고 생각했다. 벌컥 화를 내거나. 하지만 엄마는 대수롭지 않은 표정으로 말했다.

"그래, 그린 일이 있었지. 하여튼 네 아빠는 진짜 성질이 불같다니까. 평소에는 얌전한데 화만 나면 무섭게 돌변해 버려. 나도 그거 때문에 참 고생 많이 했어."

엄마는 지난 추억을 얘기하듯 웃는 얼굴이었다. 그날의 기억은 보니의 마음속에서 수없이 반복되면서 점점 더 무거워졌다. 무거운 기억은 고통스러웠다. 그런데 그날에 대한 기억을 웃으며 말하는 엄마를 보니 갑자기 그 오래전의 일이 별것 아닌 것처럼 느껴졌다. 그래, 그 일은 오래전에 일어난 일이었다. 벌써 12년이나 흘렀다. 그때로부터.

"그럼 그 일도 기억나요? 제가 아주 어릴 때였는데, 초등학교도 들어가기 전이었으니까 진짜 어릴 때죠. 엄마를 찾으려고 집 안을 돌아다니다 위층 방까지 갔는데, 문이 열려 있어서 들어가 보니 엄마가⋯⋯. 이 얘긴 하기 힘드네요. 죽으려고 하셨잖아요. 그때 엄마가 했던 말이 아직까지 귓가에 생생해요. 그 말을 듣고 환청까지 생긴 거잖아요. 지금까지도 가끔 밤에

그 소리가 들려요. 나 때문에 엄마가 이 집을 못 떠나는 거라
고. 나 때문에 평생 여기 갇혀 있을 거라고. 그런데 이제는 안
그래도 되잖아요. 떠나요, 엄마. 나 때문에 여기에서 못 벗어나
는 거라고 하지 말고요."

한번 이야기를 하기 시작하니 그동안 속에 쌓였던 묵은
말들이 한꺼번에 쏟아져 나왔다. 이렇게 쉽게 할 수 있는 이야
기를 왜 지금까지 속에만 담고 있었을까? 과거의 기억이 속에
서 곪다가 터진 것 같았다. 꺼내 놓은 말에서 진물이 흐르는
듯했다.

"보니, 네가 뭔가 잘못 기억하고 있는 것 같아."

엄마는 그 자리에서 움직이지 않고 당혹스러운 표정으로
서 있었다. 어찌할 바를 모르겠다는 듯이.

"네가 그걸 기억할 줄은 몰랐어. 네가 아직 아기였을 때니
까. 넌 그때 네 살이었어. 그보다 더 어렸을 수도 있겠다. 서너
살이었지. 그리고 위층 방이 아니었어. 넌 응접실에 있었고, 우
린 안방에 있었지. 혹시 무슨 일이 생길까 봐 안방 문을 열고
있었어. 그날 유독 네 아빠랑 심하게 다퉜는데 너한테 싸우는
소리가 들릴까 봐 우리 둘 다 그 와중에도 언성을 안 높이고
목소리를 최대한 죽이고 싸웠어. 네 말대로 난 그날 집을 나가
려고 했어. 네 아빠가 구속이 심했잖아. 이 산속에 갇혀서 죽
어라 일만 하면서 네 아빠하고만 지내는 생활을 더는 참을 수
가 없겠더라고. 근데 내가 나간다고 하니까 네 아빠가 내 목을

조른 거야."

"아빠가 엄마 목을 졸랐다고요?"

"그래, 네 기억이 어떤지는 모르지만 내가 죽으려던 게 아니야. 근데 네 아빠도 정말 날 죽이려던 건 아니었을 거야. 홧김에 그런 거지. 네가 그걸 기억하고 있을 줄은 몰랐네."

갑자기 어지럽던 퍼즐 조각들이 완벽하게 맞춰진 것 같았다. 그동안 품었던 의문이 있었다. 엄마는 위층 방에 어떻게 목을 매달았던 길까? 사다리를 타고 올라갔던 걸까? 그러나 기억 속에는 사다리도 밧줄도 없었다. 그리고 밧줄에 목을 매달았던 사람이 어떻게 혼자 내려왔을까? 이제야 모든 의문이 풀렸다. 아빠의 손이 엄마의 목을 조르던 밧줄이었던 거다.

"그리고 난 너 때문에 이 집을 못 떠난다고 한 적이 없어. 물론 네가 아주 어렸으니까 널 돌보느라 이 집에 갇혀 산 것도 있지만, 난 널 데리고 친정으로 가려고 했어. 너도 알잖아. 너희 아빠한테는 너랑 나, 우리가 전부였던 거. 그 인간 같지도 않은 형은 자길 못 잡아먹어서 안달이고, 누나하고도 사이가 별로였고. 아버지랑은 관계가 괜찮았지만, 금방 돌아가셨지. 친구도 없는 사람이었고. 그래서 더 나한테 매달렸던 거야."

"하지만 전 또렷하게 기억나요. 그 소리가. 평생 그 소리가 절 붙어 다녔어요."

"네가 얘기하니 기억이 어렴풋하게 나는데, 그건 아마 네 아빠가 나한테 한 소리였을 거야. 내가 너 때문에 여길 떠날 수 없을 거라고. 너랑 자기랑 나 셋이서 여기서 평생 살다 죽어야 한다고. 그냥 화가 나서 되는 대로 아무 소리나 지껄인 거야. 아무 의미도 없는 말이었어, 그건. 그야말로."

보니의 머릿속에서 기억이 다시 맞춰졌다. 저벅거리는 발소리. 다 너 때문이야. 난 너 때문에 여기 평생 갇혀 살 운명이지. 다 너 때문에. 엄마의 빨갛게 부푼 얼굴. 억센 밧줄은 손으로 변하고, 엄마의 차가운 눈빛은 사라졌다. 엄마의 날카롭고 차가운 목소리가 아빠의 고함으로 바뀌었다. 기억나지는 않지만 아빠의 고함을 상상할 수는 있었다. '넌 여길 절대 못 떠나. 애를 데려간다고? 그렇게는 안 될걸? 넌 가진 것 한 푼 없는데 어떻게 저 애를 혼자 키울 건데? 넌 절대 못 나가. 여기서 평생 나랑 살아야 해. 우리 애랑 나랑 너랑 평생 여기서 살아야 된다고. 그게 네 운명이야. 알겠어?'

"한 번이 아니었죠? 아빠가 엄마한테 그런 게."

데이터 저장소 아래에 파묻혀 있던 사진이 복원되어 되살아나는 것처럼 기억들이 천천히 하나씩 떠올랐다. 엄마와 아빠는 싸움 장소를 위층 방으로 옮겼다. 보니가 자려고 침대로 들어가서 문을 닫으면, 부모님은 위층 방으로 가서 소리를 죽여 다퉜다. 계단을 올라가는 두 사람의 발소리. 천장 위에서 나는 저벅거리는 발소리.

"지금 그런 얘기를 다시 꺼내 봐야 무슨 의미가 있겠어. 이제 네 아빠도 세상에 없는데. 그냥 묻고 살아야지."

그 말에 화가 치밀어 올라서 몸이 떨렸다. 뜨거운 덩어리가 올라와 목이 멨고, 눈도 뜨거워졌다.

"내가 왜 평생 환청에 시달렸는 줄 알아요? 자려고 내 방에 누워 있으면 문밖에서 소리가 들렸어. 엄마랑 아빠가 계단 올라가는 소리. 그럼 그다음에는 무슨 소리가 들렸게? 둘이 말다툼하는 소리가 나고 아빠가 엄마를 죽이겠다고 소리를 지르면서 밀쳐서 쓰러트린 다음에 목을 조르는 소리가 들려. 엄마가 고통스러워하면서 아빠한테 비는 소리, 꺽꺽 숨이 넘어가는 소리가 다 들렸어. 엄마가 발버둥을 치는지 두 발이 마룻바닥에 부딪히는 소리가 쾅쾅. 아무리 귀를 막아도 그 소리들을 막을 수가 없었어. 얼마나 자주 그랬는지 기억은 해? 그런 밤이 몇 번이나 있었는지는 아냐고요!"

"여섯 달에 한 번. 어떨 땐 두세 달 건너 한 번. 네가 우리 싸우는 소리를 들을까 봐 위에 가서 싸웠던 건데, 네가 그걸 다 듣고 있을 줄은 몰랐어."

엄마의 손에 들려 있던 보따리들이 바닥으로 툭툭 떨어졌다. 엄마의 목소리가 떨렸다. 두 손은 초조하게 맞잡았다. 희미하게나마 억지로 짓고 있던 미소가 사라지고 엄마의 맨 얼굴이 드러났다.

"다 들렸어, 다. 엄마가 힘들어서 숨 몰아쉬는 것까지, 다. 숨소리 하나까지 다 들렸다고. 그걸 묻고 산다고? 왜? 왜 그래야 하는데? 아, 그 잘난 체면 때문에? 꼴랑 체면이니 명예니 하는 것 때문에 그 일들을 다 덮고 살아야 하는 거야? 정원의 전설적인 사랑 이야기가 망가지면 안 되겠지. 엄마는 남편에게 평생 사랑받았던 행복한 여자로 남아야 하니까. 난 정말 이해가 안 돼. 도대체 그 따위 게 뭐가 그렇게 중요한데? 고작 남들한테 행복해 보이려고 평생 가면 쓰고 사는 거, 행복한 척 거짓말을 하면서 사는 거, 그게 불행이야. 이제 좀 솔직해져 봐요. 엄마는 불행했어. 아빠 때문에 이 집에 갇혀서 노역하듯 정원 일을 하고 한편으로는 어떻게 떠날까 그 궁리만 했잖아. 나랑 이 집을. 나 때문에 이 집을 못 떠난다고 날 짐처럼 여겼어. 근데 그거 알아요? 난 그렇게 평생 엄마한테 짐 취급 받으며 사는 게 더 괴로웠어. 차라리 엄마가 이 집을 나가서 원하는 대로 훨훨 자유롭게 살았으면 좋겠다. 내가 자라면서 그 생각을 얼마나 많이 했는지 알기나 해요? 그게 어떤 기분인 줄 알아? 그러면서도 엄마가 진짜 날 떠날까 봐 무서워서 떠나라는 말을 할 수가 없었어. 미안해, 엄마. 그냥 그 말을 할걸. 그랬으면 엄마가 자유로워졌을 텐데. 무서워서 그 말을 못 했어. 미안해."

보니는 어린아이처럼 엉엉 울었다. 눈물을 쏟고 어깨를 들썩이면서. 온몸이 울음으로 울렸다. 그 와중에 어쩌면 그것이 이 요란한 울음이 만드는 진동을 느끼고 집으로 돌아올지도 모른다는 생각이 들었다. '내가 지금 이렇게 힘든데 넌 어디서 뭘 하고 있는 거야? 진동이 멎는 날까지 내 옆에 있겠다며. 근데 왜 지금 내 옆에 없어?' 그런 생각을 하자 더 서러워져서 울음을 그칠 수가 없었다. 엄마는 보니를 바라보고만 있었다. 이 상황이 당혹스러워서 뭘 어떻게 해야 할지 생각이 안 나는 듯했다. 그러나 엄마 역시 감정이 북받쳐 올랐는지 눈가가 붉어졌다. 엄마는 가까운 거리에서 한참이나 보니를 쳐다보다가 어렵게 입을 뗐다.

"너 때문이 아니야. 방금 말했잖아. 너 때문이 아니었다고. 엄만 언제라도 나갈 수 있었어. 네 아빠가 날 쇠창살로 가두거나 수갑 채워 묶어 놓은 것도 아니었잖니. 난 그냥 이 집에 있고 싶어서 있었던 거야. 누구 때문에 못 나간 게 아니야."

엄마의 말을 듣는 사이 울음이 조금 가라앉았다. 하지만 아직 흥분이 다 가시지 않아 가슴은 오르락내리락했다. 보니는 눈물을 닦고 엄마에게 물었다.

"왜? 왜 안 나갔는데? 아빠가 엄마한테 그러는 거 싫지 않았어? 힘들지 않았어?"

엄마는 보니의 눈물로 젖은 머리카락을 손으로 쓸어 넘겼다. 오랜만에 느껴 보는 따뜻한 손길이었다. 엄마 냄새가 났다. 그 냄새가 보니를 진정시켰다.

"힘든 적도 많았지만 행복할 때도 많았어. 정원 일이 너무 힘들어서 도망치고 싶다가도 정원에 꽃이 흐드러지게 펴서 나랑 오명 씨가 생각했던 풍경이 눈앞에 펼쳐지면 정말 그 순간에는 힘들었던 게 싹 잊히고 너무 기뻐서 가슴이 벅차올랐어. 오명 씨가 자주 하던 말대로 진짜 마법 같았지. 그 사람이 미울 때도 많았지만 그런 마법을 보여 준 사람을 어떻게 미워할 수만 있었겠니? 그 사람이랑 나는 평생 파트너였어. 같이 마법을 만드는 파트너. 그 사람이 마법을 꿈꾸고 설계도를 그리면 나는 그걸 현실로 만들어 냈지. 네 아빠는 불쌍한 사람이야, 보니. 평생 마음을 의지할 데가 아무 데도 없었고 뭔가가 빠져 있어서 사람을 사귈 줄도 몰랐어. 네 아빠한테 내가 전부였던 거 너도 알잖아. 그 사람도 너무 불안해서 그랬던 거야. 그 사람한테 날 잃는다는 건 전부를 잃는 거랑 똑같았으니까. 내가 이 집에 있었던 건 그 사람이 모든 걸 잃게 할 수가 없어서였어. 내가 이 집을 나갔으면 그 사람은 죽었을 거야. 모르겠다, 보니. 나한테는 그게 사랑이었어. 그게 사랑이 아니면 도대체 뭐였겠니? 안 그래?"

그게 사랑이라고? 고작 그런 게 사랑이야? 보니는 벌떡 일어나서 뒷걸음질 쳤다. 엄마의 말 한마디 한마디가 너무 끔찍해서 뱃속이 뒤틀리는 것 같았다. 속이 메스꺼워서 구역질이 치밀었다. 몸이 부들부들 떨리고 눈물이 의지와 상관없이 줄줄 흘러내렸다. 흐릿한 눈으로 엄마가 이쪽을 그냥 바라보고만 있는 것이 보였다.

그것이 보고 싶었다. 그것이 여기 있다면 분명 감싸 주며 모든 게 다 괜찮다고 하는 진동으로 온몸을 어루만져 줬을 텐데. 분노로 윙윙대는 몸을 편안하게 가라앉혀 줬을 텐데.

'아니, 아니야.'

내면에서 목소리가 솟아올랐다. '보니, 넌 네가 생각하는 것보다 부원장님을 많이 닮았어. 외모보다는 오히려 내면이 비슷하지.' 주을은 그렇게 말했다.

'그것과 있는 동안 너 정말 행복했어?'

보니는 스스로에게 물었다. 분명 행복한 순간들도 많았다. 하지만 그것과 함께하면서 삶이 고통스러워졌다. 그것이 삶으로 들어오고부터 보니는 모든 걸 그것에게 맞췄다. 그것이 옆에 있을 때는 그것과 시간을 보내느라 아무깃도 하지 못했고, 그것이 없을 땐 종일 그것만 기다렸다. 그것의 진동이 고통스러웠고, 그것의 진동이 없는 것이 고통스러웠다. 그것과 함께하는 삶은 행복하지 않았지만, 함께 있는 순간은 행복해서 그것을 삶에서 떼어 낼 수가 없었다. 그것을 만나 행복했던 순간들 때문에 그보다 고통스러운 시간이 훨씬 더 많다는 사실을 외면하려 애썼다. 그것은 이제 보니를 행복하게 해 주지 않았다. 그것은 보니를 번민에 휩싸이게 했다. 게다가 그것은 보니의 모든 것이었던 정원의 식물들을 한 번의 경고도 없이 몰살했다. 주을의 목숨을 가지고 보니를 두렵게 만든 적도 있었다. 그것은 자신의 형제를 죽였다. 그것을 데리러 온 커다란 존재의 이야기는 아마 사실일 것이다. 하지만 무엇보다 중요한 사실은 따로 있었다.

보니는 구석에 주저앉아 숨을 몰아쉬고 있다가 눈물을 닦고 일어났다. 다리가 비틀거렸다. 엄마는 아직 그 자리에 앉아 있었다.

"엄만 이제 가 봐야 해. 사람들이 기다리고 있어서."

엄마가 선물이 든 보따리들을 챙겨 나가려다가 문가에서 걸음을 멈췄다.

"평생 누굴 무서워해 본 적도 없고 어려워해 본 적도 없는 내가 내 배로 낳은 내 딸을 세상에서 가장 어렵고 무서워하게 되다니 정말 이상해. 난 네가 아기일 때부터 네가 어려웠어. 정원에 있는 나무보다도 속을 모르겠으니까. 넌 아기일 때부터 날 그렇게 쳐다봤어. 뭘 다 아는 것처럼, 내 속을 빤히 다 들여다보는 것처럼. 그래서 가끔은 널 쳐다보지 못하고 고개를 돌릴 때도 있었어. 내 속을 너한테 다 들킬까 봐 무서워서. 네가 너무 예쁜데도 맘껏 안아 보지를 못했어. 내가 너무 모자라서 그랬던 거야. 당장은 어렵겠지만 조금씩 응어리를 풀어 보자. 그러게 도와줄래?"

보니는 어렵게 고개를 끄덕였다. 엄마도 그럼 됐다는 듯이 미소를 짓고 문밖으로 나갔다. 엄마가 눈물을 훔치는 것이 보였다.

보니는 엄마가 현관문을 나가기를 기다리고 있다가 문이 닫히는 소리가 들리자마자 자신의 방으로 달려가 침대에 몸을 파묻었다. 그것과 함께했던 날들이 주마등처럼 지나갔다. 가슴이 찢어질 듯 아팠다. 한때 보니는 사랑으로 빛났다. 그것의 진동이 보니를 아프게 하지 않던 때가 있었다. 서로가 반으로 쪼개어졌다가 다시 맞춰진 거울처럼 느껴지던 시간이 있었다. 보니와 그것은 서로의 결핍을 채워 주었다. 그것은 보니에게 행복을 느끼게 해 주었고, 보니도 그것에게 행복을 주었다.

그것이 옆에 있으면 보니는 자신이 눈부신 빛처럼 느껴졌다. 그것이 보니를 그렇게 대했기 때문이다. 보니는 그것이 있어 행복했다. 보니는 그것 역시 벅찬 행복을 느끼고 있다고 확신할 수 있었다. 보니와 그것은 서로가 있다는 것에 행복을 느끼며 사랑으로 빛났다. 그것과 있으면 즐거웠고, 둘이 함께하는 시간이 무엇보다 중요했다. 그것에게 감싸여 있을 때는 세상에 둘만 남은 듯했다. 바깥세상이 사라졌다. 외로움도 위험도 사라졌고, 완벽한 평온만 남았다. 그 시간이 영원할 것처럼 느껴졌다.

그러나 무엇보다 중요한 사실은 그 시간은 이미 예전에 지나갔다는 것이다.

'난 이제 걜 사랑하지 않아. 그냥 익숙해졌을 뿐이지. 그리고 걔도 날 사랑하지 않아. 우리의 사랑은 이미 예전에 끝나 있었던 거야.'

보니와 그것은 이미 사랑이 지나간 줄도 모르고 사랑을 놓쳐 버릴까 봐 두려움에 떨며 서로를 꼭 껴안고 있었을 뿐이다. 보니는 허무함과 상실감으로 한참을 울었다. 울음이 멎자 마음이 고요하게 가라앉았다. 이제 그것을 떠나보낼 준비가 됐다. 보니는 그것과 자신이 한 번도 하나의 존재인 적이 없었

머드   367

다는 걸 깨달았다. 둘은 다른 존재였다. 그러니 떨어져도 살아갈 것이다. 각자 자기 자신이라는 하나의 존재로서. 아무 문제 없이.

4.

풀숲에서 진흙 덩어리가 움직였다. 보니는 깜짝 놀라 몸을 떨었다. 진흙 덩어리는 일어나서 몸을 펴고 서서히 사람의 모습으로 변했다. 그것이 검지를 입에 댔다. 그리고는 다른 손으로 사택을 가리켰다. 보니와 그것은 발소리를 죽이며 걸었다. 보니의 침실로 들어갈 때까지 그것은 한 번도 진동하지 않았다. '그동안 날 위해서 진동을 참았던 게 아니구나. 그들이 가까워진 걸 알고 있었던 거야.' 보니는 그 사실을 깨닫고 그것에게 실망감을 느꼈다.

《시간이 별로 없어. 나랑 같이 가자. 멀리 떠나기 전에 널 데리러 온 거야.》

그것이 보니의 손을 잡고 아주 작게 진동했다. 진동에서 두려움이 느껴졌다.

"난 안 가."

《지금 같이 안 가면 우리가 언제 다시 만날 수 있을지 몰라. 아니, 다시는 못 보겠지. 그래도 상관없어?》

"너랑 평생 도망 다니면서 살라고?"

《날 위해서 그래 줄 수는 없어? 난 너만 있으면 뭐든 견딜 수 있어.》

그것의 얼굴이 절박했다. 그 얼굴을 보자 마음이 냉정해졌다. 그것은 그저 인간의 감정 표현법을 흉내 내고 있는 것뿐이었다.

"난 안 가. 그렇게 살고 싶지는 않아. 널 잡으러 다니는 그 존재들이 오기 전에 얼른 가. 네가 잡히는 꼴은 못 보겠어."

《그 존재들이 너한테 뭐라고 했어?》

"네가 형제를 죽였다고. 정말이야? 네가 정말 그런 일을 했어?"

그것은 한참 만에 머뭇거리는 진동을 보냈다.

《보여 줄게.》

그것이 보니에게 손을 내밀었다.

《널 감싸도 돼?》

보니는 그것의 손을 잡았다. 그것의 체온은 따뜻했다. 그것이 허물어지며 보니를 감쌌다. '이 느낌이 너무 그리웠어.' 보니는 자기도 모르게 눈물을 조금 흘렸다.

그것의 살은 인간의 살과 너무도 비슷했다. 그것을 처음 만났을 때 보니는 그것의 이질성에 혐오감을 느낄 정도였지만 이제 그것은 보니가 세상에서 가장 가깝게 여기는 존재가 되어 있었다.

땅덩어리들이 보였다. 보니는 여느 때처럼 그것이 되어 기억 속으로 들어갔다. 그것의 기억이기 때문에 그것의 모습은 볼 수 없다. 사람이 평생 자신의 모습을 한 번도 직접 볼 수 없는 것처럼.

그것의 옆에는 그것을 닮은 다른 존재가 있다. 그것과 함께 커다란 존재의 몸에서 나온, 그것의 형제다. 그 존재는 그것과 크기가 비슷하다. 그것과 그것의 형제는 또래에 비해서도 몸집이 작은 편이다. 그들은 납작하고 커다란 심해어들 같다. 눈이 보이진 않지만 진동으로 모든 것을 느낀다.

그것의 형제가 그것의 위로 올라가 그것을 감싸기 시작한다. 형제의 몸이 유연하게 늘어나 그것의 등을 덮는다. 그것은 깔린 채로 몸의 일부를 뻗어 형제의 몸을 휘감는다. 그것과 형제가 진동하며 엎치락뒤치락한다. 싸우는 것은 아니다. 그렇다고 애정이 담기지도 않았다. 그들은 생식해야 한다. 둘 다 각자의 어린 존재를 품게 될 것이다. 하지만 아직은 연습에 불과하다. 생식은 몇백 년 후에나 진행될 것이다. 그것과 형제가 너무 늙어서 세상에서 소멸되기 직전에.

그것은 형제에게 진동으로 말을 건다.

《난 외로워. 넌 안 그래?》

이미 수백 번은 해 본 말이다. 그러나 형제는 이해하지 못한다. 형제는 그것의 감정에 반응하는 법이 없다. 둘은 이곳에서 가장 가까운 존재지만 진짜 대화를 나눠 본 적이 없다.

보니는 그것의 기억 속에서 그것이 되어 그것의 감정을 전부 느꼈다. 이 상황이 답답하고 절망적이다. 더 절망적인 것은 이렇게 수백 년을 살아야 한다는 것이다. 죽는 날까지 계속.

보니가 느끼기에 그것은 컴퓨터로 이루어진 세상에 잘못 떨어진 한 사람 같다.

그들의 행성에도 밤과 낮이 있다. 지구의 생물들처럼 그들도 해가 지고 어두워지면 잠이 든다. 하지만 그들은 매일 잠들지는 않는다. 며칠에 한 번씩 자면 충분하다. 밤이 되어도 잠들지 않는 존재들의 진동이 사방에서 바쁘게 오고 간다. 그것은 그 속에서 끝없이 생각한다. 밤이면 밤마다. '이곳을 벗어나야 해. 언젠가 이 지긋지긋한 곳을 꼭 나가고 말 거야. 기회가 오기만 하면.'

그것이 지구의 나이로 쉰 살이 된다. 그들은 보통 500년에서 1000년을 산다. 그것은 청년에 속한다. 어린아이였던 때는 예전에 지났다. 형제도 자랐다. 그것보다 조금 더 크긴 하지만 여전히 둘 다 또래보다 훨씬 작다. 그래도 형제는 그것처럼 열등한 취급을 받지는 않는다. 그것의 형제는 엉뚱하게 감정에 사로잡혀 시간을 낭비하는 일이 없기 때문이다. 열등함을 발산하는 건 그것뿐이다.

그것은 몇 년 전에 자신과 비슷한 존재들이 있다는 것을 알게 되어 그들과 진동을 주고받는 일에 심취했지만 이제는 그 일도 시시해졌다. 어차피 평생 그들과 만날 수 없는 운명이니. 그들은 태어난 자리에서 평생을 살아야 한다. 만약 땅덩어리 같은 그들이 제멋대로 옮겨 다닌다면 행성이 어떻게 되겠는가? 이 작은 행성은 무질서하고 어지러워질 것이다. 붕괴될지도 모른다. 어른들은 그런 이유로 행성 안에서 이동을 금지했다. 그러나 애초에 이동하고 싶어 하는 존재들이 별로 없다. 그들은 다른 행성으로 가는 것이 아니면 이동할 필요를 느끼지 않는다.

그들은 욕망이 하나로 집중되는 방향으로 진화했다. 우주의 모든 행성을 찾아 전체의 지도를 만드는 것. 우주의 지도를 찾는다는 건 진리를 깨달음을 의미한다. 진리를 깨닫고 나면 그들은 자유로워질 것이다.

물론 그들에게도 소소한 취미가 있다. 다른 존재와 엎치락뒤치락하는 걸 즐기거나, 다른 행성에 대한 진동 기록을 읽거나, 새로운 진동을 만드는 걸 좋아하는 존재들도 있다. 그들은 단순한 존재가 아니다. 그러나 우주의 지도를 만드는 일은 끝이 없어서 그들은 매일 바쁘다. 영감을 받아 다른 행성에 갔던 존재가 새로운 진동 기록들을 가지고 돌아오기라도 하면 그들은 다시 한동안 일에 매달려야 한다.

어느 날, 그것의 형제가 그것을 깨운다. 형제가 그것을 깨우는 건 흔치 않은 일이다. 그것은 얼떨떨해하며 깨어난다. 형제가 강렬하게 진동하고 있다. 아주 강렬한 진동이다. 그것은 잠시 그 진동이 기쁨이라고 착각한다. 하지만 아니다. 그 진동은 기쁨이 아니다.

《영감을 받았구나.》

그것의 진동이 불안정하게 떨린다.

《응. 어젯밤에 영감이 왔어. 네게 처음으로 알려 주는 거야.》

순간 그것의 몸이 질투로 달아오른다. 몸이 너무 뜨겁다.

《내가 가면 안 될까?》

《무슨 소리야. 영감은 선택받은 자가 가는 거야. 영감이 나한테 왔으니 당연히 내가 가야지.》

《넌 영감을 바란 적도 없잖아.》

《이곳에 영감을 바라지 않는 존재가 어딨어? 너도 알잖아. 영감을 받는다는 게 얼마나 특별한 일인지. 영감을 받고 다른 행성에 가서 새로운 진동 기록을 가져오면 평생 존경받으며 살 수 있어. 커다란 영광이기도 하고.》

형제에게서 희미하게 자랑스러움이 느껴진다. 하지만 형제는 자신이 어떤 감정을 느낀다는 걸 자각하지 못한다.

《난 그래서 가고 싶은 게 아냐. 난 존경이나 영광 같은 거에는 아무 관심도 없어.》

《그럼 뭐 때문인데? 혹시 너도 그런 거야?》

《그런 거라니.》

《우리의 커다란 존재가 남긴 거 있잖아.》

《비밀 기록? 넌 본 적 없다고 했잖아. 관심 없다고.》

《그냥 귀찮아서. 네가 그 얘길 하고 싶어서 하도 달싹거리니까. 나도 본 적은 있어. 그런데 난 네가 왜 그렇게 거기에 집착하는지 이해가 안 가. 그것들은 그냥 쓰레기잖아. 아무 의미도 없는.》

《그건 쓰레기가 아니야.》

《아니, 그건 아무짝에도 쓸모없는 쓰레기야. 남들이 널 열등하다고 할 때 난 한 번도 동의의 진동을 보낸 적 없어. 너랑 난 한 몸에서 나왔으니까. 그런데 사실은 알고 있었어. 네가 열등하다는 걸. 넌 이 행성의 누구보다 열등해. 나 대신 다른 행성에 다녀오겠다고? 웃기지 마. 이 영감은 너같이 열등한 존재를 위해 온 게 아니야. 넌 그냥 여기서 내가 돌아오길 기다리고 있으면 돼. 알겠어?》

그것이 한순간 형제를 덮친다. 형제는 이처럼 거세고 강렬한 진동을 전달받아 본 적이 없다. 그것의 분노가 형제를 짓누른다. 그것은 형제를 완전히 감싸 영감을 훔친다. 그리고 곧바로 영감을 통로로 해서 떠난다. 형제가 어떻게 되었는지 돌아볼 시간은 없었다.

"그냥 돌아가서 대가를 치르는 게 어때?"

보니가 그것의 몸 밖으로 나와 말했다.

《내가 죽었으면 좋겠다는 뜻이야?》

"여기서 이렇게 꾸무럭대다가는 어차피 그렇게 될 것 같은데?"

《나랑 같이 가자.》

"싫어. 너 혼자 가. 난 여기서 내 삶을 살 거야."

《날 사랑하는 거 아니었어?》

"넌 돌이킬 수 없는 일을 너무 많이 저질렀어. 네가 우리 관계를 망친 거야. 알아?"

그 말을 하자 가슴이 미어졌다. 더는 그것을 사랑하지 않았지만, 영원할 것 같았던 사랑이 겨우 이런 식으로 끝이 난다는 게 마음이 아팠다.

《미안해.》

그것의 몸이 푸른빛으로 반짝였다. 보니는 그것이 내는 울음 같은 진동을 느꼈다. 그것이 깊게 울리자 보니의 가슴도 슬픔으로 떨렸다.

"내가 네 진동을 견딜 수 있었다면 뭔가 달라졌을까?"

보니가 복잡한 회한에 잠겨 물었다. 처음 공명 재난에 대해 알게 되었을 때가 생각났다.

모든 물체는 자신만의 고유 진동수를 가지고 있다. 그리고 자신의 진동수와 똑같은 진동수를 가진 음파가 와서 부딪히면 그 물체는 같은 진동수로 진동하기 시작한다.

처음으로 그것의 진동 기억 속으로 들어갔을 때 보니는 그것과 자신의 외로움이 같다는 것을 이해했다. 그것의 외로움은 보니가 품은 외로움과 크기가 같았고, 그것이 애정을 갈구하는 만큼 보니도 사랑을 필요로 했다.

그것과 보니는 오랫동안 특별한 존재를 만나기를 기다렸다. 보니에게 그것은 자신을 진동시킬 수 있는 유일한 존재였다. 하지만 자신과 똑같은 진동수를 가진 진동을 계속 받으면 물체 내부의 진동은 점점 커지고, 물체는 진동을 견디지 못하고 무너지고 만다. 예전에 그것이 무너뜨렸던 그 뒤뜰의 하얀 건물처럼. 그리고 지금은 보니와 그것의 사랑이 무너질 차례였다.

《네가 잘못한 건 하나도 없어, 보니. 다 내 탓이야. 미안해. 난 이제 진짜 가 봐야 해. 그들이 너무 가까워졌어.》

이제 보니에게도 그들의 진동이 느껴졌다. 그것은 아까 전부터 그들이 다가오고 있는 걸 느끼고 있었을 터였다.

《잘 있어.》

"너도."

보니와 그것은 간단히 인사를 주고받았다. 보니는 그것의 진동이 자신을 끌어당기고 있음을 느꼈다. 아마 보니의 진동도 그것을 끌어당기고 있을 터였다. 보니는 진동의 영향력에서 벗어나기 위해 그것에게서 떨어져 물러났다. 그것은 보니를 향해 있다가 창문 쪽으로 돌아섰다. 창문으로 뒤뜰로 나가서 산 위로 올라갈 생각인 것 같았다.

"거기가 아니야. 위층으로 가. 내가 잠깐 주의를 끌 수 있어. 그 틈에 도망가야 해. 기회가 두 번은 없을 거야."

보니는 말을 하는 동시에 침대맡에 둔 리모컨을 들어 재생 버튼을 눌렀다. 집 안이 커다란 소리로 울렸다. 그것은 보니의 뜻을 깨닫고 얼른 사람의 모습으로 변해 위층 방으로 달아났다. 진동은 완전히 감췄다. 겉보기에 그것은 벌거벗은 인간처럼 보였다.

"보니! 이게 대체 무슨 소리야?"

엄마가 외치는 말소리가 들렸다. 보니가 변명하려고 방에서 나가려는 순간, 집이 흔들렸다. 그들이 도착했다. 도어록은 그들에게는 잠금 장치가 되지 못했다. 현관문이 열리고 그들이 들어왔다. 그들은 인간의 모습을 하고 있었다. 어디서 구한건지 셋 다 검은색 코트를 입고 검은 모자를 쓴 똑같은 복장이었다. "당신들 뭐예요?" 낯선 사람 셋이 들어온 걸 보고 엄마가 공포에 질려 소리쳤다. "보니, 얼른 문 닫고 들어가서 경찰에 연락해!"

집 안 곳곳에 설치된 우퍼 스피커에서 음악이 쾅쾅 울려 퍼졌다. 주을에게 부탁해서 만든 소리였다. 그것의 진동수에 맞춰서 만든 그 음악은 낯설고 기묘했다. 그들은 벌써 이 음악이 그것의 진동과 다르다는 걸 눈치챈 듯했다. 하지만 보니는 음악이 너무 크고 복잡해서 그들이 그것의 진동을 찾아내는 데 방해가 될 거라고 확신했다.

보니의 예측은 정확히 맞아떨어졌다. 그들은 응접실 가운데에 서서 움직이지 못했다. 셋이서 그것의 진동이 어디 있는지 촉을 기울였지만, 쉽지 않은 것 같았다. 그들은 그렇게 우왕좌왕하다가 다시 바깥으로 나갔다. 보니는 그들을 따라 나갔다. 뒤에서 엄마가 휴대폰을 귀에 대고 있는 게 보였다. 신고 전화를 하고 있는 것이리라.

집 바깥으로 나가니 어쩔 수 없이 음악 소리가 약해졌다.

보니가 선 땅이 흔들렸다.

그들이 그것을 추적하려 사방에 강한 진동을 보내고 있었다. 세 존재의 힘이 합쳐진 진동은 그것의 진동과 비교할 수 없을 정도로 강했다. 집이 흔들거렸다. 보니는 급하게 집 안으로 들어가 엄마의 손목을 끌었다. "엄마, 지금 나가야 해요. 얼른요!"

보니는 엄마의 손을 잡고 달렸다. 벌써 벽 여기저기에 균열이 일어나고 있었다. 보니가 엄마와 함께 집 밖으로 뛰어나오자마자 집이 한쪽으로 기울며 무너져 내렸다. 그 순간 보니는 분명 비명을 들었다. 목소리였다. 목소리는 울부짖으며 보니를 불렀다. 보니! 나도 데려가. 나도 데려가 줘, 제발.

하지만 보니는 그 오랜 친구를 외면했다. 이제 그 친구는 보니에게 아무런 영향력을 끼치지 못했다. 보니는 무너진 집 쪽을 보며 어깨를 한 번 떨고는 뒤돌아섰다. 더 여유를 부릴 수는 없었다. 땅은 무섭게 흔들렸고, 죽은 나무들도 휘청거렸다.

그들 중 하나가 보니에게 다가왔다.

《'우리 존재'를 내놔요. 그 애는 대가를 치러야 해요.》

"진동부터 멈춰요. 남의 집을 저렇게 만들어도 되는 거예요?"

급작스럽고 강한 진동에 엄마는 쇼크에 빠진 듯했다.

《우리도 이러고 싶지 않아요. 그 애가 어디 있는지 알려줘요. 그러면 이럴 필요 없겠죠.》

"나도 이제 어딨는지 몰라요. 걔가 한번 숨으면 찾기 어렵다는 거 아시잖아요."

땅이 너무 심하게 흔들려서 서 있을 수가 없었다. 보니는 넘어져서 이리저리 뒹굴었다. 바로 눈앞의 땅이 금이 가며 갈라졌다. 큰 균열은 아니었지만 공포스러워서 정신을 잃을 것 같았다.

《숨겨도 소용없어요. 그 애가 갈 곳은 이 행성이 아니면 우리 행성 둘 중 하나예요. 찾는 건 시간문제죠. 그 애가 한 번만 진동해도 우리는 그 애를 찾아낼 수 있어요.》

"알았어요. 찾든 말든 마음대로 해요! 지금 진동을 안 멈추면 이 산이 다 무너질 수도 있어요. 그러니까 제발 그 진동 좀 멈춰요!"

한계였다. 너무 어지러워서 더는 아무 말도 할 수가 없었다. 정신을 잃기 직전에 커다란 소리가 들렸다. 헬리콥터 소리였지만 보니에게는 이미 아무 소리도 들리지 않았다. 사방에 진동이 너무 많았다.

5.

보니는 침대에서 나오기 전에 체온을 한 번 더 나누고 주택 단지를 나왔다.

"가는 거야?"

"응, 오늘이 정원 재개장하는 날이라 가 봐야 해. 어제오늘 고마웠어. 하루 잘 보내."

"그래, 너도. 오고 싶을 땐 언제든지 와."

아무 죄책감도 없이 다른 사람의 집에서 제대로 된 인사를 나누고 나오는 일은 왠지 홀가분했다. 보니는 가벼운 발걸음으로 걸어 나와 자신의 포터 트럭을 타고 정원으로 돌아왔다. '다음에 갈 때는 꽃 몇 송이를 챙겨 가야겠어.' 곧 4월이라 봄꽃들이 점점 더 많이 피어날 것이다. 정원에 있는 꽃은 한 송이도 함부로 건드리면 안 되지만, 뒤뜰에 피는 건 괜찮았다.

요 몇 달간 보니는 주택 단지에 사는 한 친구와 가까워졌다. 단지 안에서 서로 식물 이름을 지어 주는 게 잠깐 유행이 되었는데, 그때 그 친구는 자긴 나팔꽃을 하겠다고 말했다. 파란 나팔꽃. "왜?" 어떤 사람이 묻자 그 친구가 대답했다. "난 아침에만 잠깐 쌩쌩하고, 해가 중천에 뜨면 기운이 없어지니까. 여름을 좋아하기도 하고." 보니는 파란 나팔꽃이 마음에 들었다. 이끼와 파란 나팔꽃.

파란 나팔꽃은 집에 친구들이 오는 걸 좋아했다. 파란 나팔꽃은 집에 오는 친구는 누구든지 재워 주고, 몇 년 만에 찾아온 친구라도 기리낌 없이 반긴다. "사람들이 왔다 가면 외롭지 않아?" 아직 집에서 자고 가는 사이가 아니었을 때 보니는 그 친구에게 물었다. "난 이게 좋아. 오래 혼자 있는 건 너무 적막해서 싫고, 한 사람이랑 너무 오래 같이 있으면 숨이 막혀서. 너도 혼자 있기 싫을 땐 우리 집으로 와. 난 언제든지 환영이야."

그 뒤로 보니는 한 달에 두어 번씩 파란 나팔꽃의 집에 갔다. 파란 나팔꽃의 집에 이미 다른 친구가 와 있어도 상관없었다. 파란 나팔꽃의 집은 언제나 여름 아침 같았다. 그곳에 있으면 혼자 있는 동안 어둡게 고였던 외로움이 환한 빛 속에서 녹아서 사라졌다. 그렇지만 파란 나팔꽃의 집에서 나오면 혼자라는 사실이 더 선명해졌다. 보니는 파란 나팔꽃에게 애정을 느꼈고, 나팔꽃도 보니에게 잘해 주었지만 둘 다 그 이상의 감정은 없었다. 보니가 원하는 것은 충만함이었다. 그러나 지금은 뱃속이 뒤틀리는 외로움을 타인의 작은 애정을 빌려 한 번씩 녹이는 게 할 수 있는 일의 다였다.

보니가 정원에 도착했을 때, 정원은 아직 문을 열기 전이었다. 정원 문은 아침 9시 반에 열리기로 예정되어 있었다. 아직 6시 10분이었다. 보니는 사택에서 옷을 갈아입고 나와 관수 작업에 합류했다. 지난 2년은 정신없이 지나갔다. 정원이 다시 문을 열기까지 그만큼의 시간이 필요했다. 매일 할 일이 산더미라 아침에 눈 떠서 다시 잠들 때까지 정원에서 쉬지 않고 몸을 움직였다. 처음에 정원은 살아날 가망이 없어 보였지만 첫 한 해가 지나자 회복의 증표로 작은 싹들이 올라왔고 그 후부터는 매일 눈에 보이게 달라졌다. 보니는 정원이 보여 주는 마법에 빠져들어 최면에 걸린 듯이 식물들을 돌보는 데만 힘을 쏟고 온 신경을 거기에 기울였다. 그러다 가끔 외롭다는 느낌이 들면 주택 단지로 가서 사랑을 나누고 돌아와 다시 정원 일에 매달렸다.

학자들은 죽은 식물의 표본들을 가져갔다. 하지만 아직 아주 강한 스트레스가 원인이 됐다는 것 말고는 밝혀진 게 없었다. 문제는 죽은 나무들이었다. 정원 사람들은 살아날 가망이 없는 나무도 몇 그루는 정원에서 뽑아내지 않고 그래도 남겨 두기로 결정했다. 그 나무들은 그 자리에 남아서 정원의 역사와 생의 덧없음을 알려 주는 표지가 될 것이다. 느티나무도 그중 하나였다. 보니는 언젠가 그 느티나무가 살아날 거라 믿고 있다.

사택은 복구되지 않았다. "어차피 집이 너무 오래돼서 손볼 데가 많았었는데 잘됐어. 이번 참에 내 마음에 들게 새로 지어야지." 엄마는 무너진 집을 그 자리에서 싹 치우고 친하게 지내던 건축가에게 부탁해서 집을 새로 지었다. 넓고 환한 집이었다. 사각 형태의 2층집 가운데에 정원 공간을 만들었는데, 아직은 잔디만 깔려 있다. 그리고 작은 나무뿌리가 하나 뾰족하게 나와 있다. 보리수의 일부였다. 보리수의 몸에서 살아남은 조각. 보니는 그 작은 뿌리를 정원에 심고 시간이 날 때마다 말을 걸었다. 작은 뿌리는 조용했다. 작은 뿌리의 대답을 들으려면 아직 좀 더 기다려야 할 것 같았다.

집 건물 벽에는 전면 유리창을 달아서 집 안에 있어도 정원이 보이는 구조였다. 엄마는 새로 지은 사택에 정원 사람들과 친구들을 불러 파티를 할 생각에 부풀었다.

집을 새로 지은 이후로 목소리가 찾아온 적은 없었다. 너무 빛이 잘 드는 집이라 목소리가 숨을 곳이 없는지도 모른다. 집이 무너질 때 잔해에 깔려서 세상을 떠났거나.

보니는 정원에 물 주는 일을 마치고 천천히 걸으며 정원을 둘러봤다. 곧장 지혜의 길로 갔다가 정원에 온 지 얼마 안 된 새로운 나무들과 인사를 나누고, 다시 나와서 연못으로 갔다. 봄볕을 담은 연못은 잔잔했다. 그 연못 속에 사는 붕어들은

2년 전의 지진에서 살아남은 물고기들이었다.

　지진의 여파는 꽤 컸다. 사람들이 햇살과 그림자 정원이 저주에 걸린 게 아니냐고 쑥덕댈 정도였다. 식물들이 한꺼번에 갑자기 시든 데 이어서 그렇게 큰 지진까지 일어나다니.

　엄마는 절망하지 않고 정원 복구에 나섰다. 엄마가 돌아온 데다 정원의 연이은 불행이 알려지자 자원봉사자가 어느 해보다 많이 와서 일손이 모자란 날이 없었다. 그중에는 앞치마에 겨우살이 꽃 마크를 단 여자들도 있었다. 화장실에서 보니에게 말을 걸었던 여자도 자주 정원에 왔다. 보니는 그 여자에게 다가가 그날 자신에게 했던 말이 무슨 뜻이었는지 물어보려다 그만두었다. 여자가 일하는 모습을 보면 그날 했던 말이 무슨 뜻인지 알 것 같았다. 여자는 정말 정성을 다해 정원의 복구를 도왔다. 엄마는 요즘 "정원의 부활"이라는 제목으로 지난 2년간 사람들과 함께 초토화되었던 정원을 살려 낸 이야기를 쓰고 있다. 그 책에는 가정 폭력 피해자들과 연대하는 공동체에 관한 이야기도 함께 들어갈 것이다. 여성의 삶이 복구되는 이야기와 정원이 복구되는 이야기가 맞물리는 야심 가득한 책이다.

　보니는 연못을 지나 아무 생각 없이 걷다가 영원의 아치까지 다다랐다. 영원의 아치는 정원의 가장 안쪽에 있어서 그곳을 기점으로 정원을 한 바퀴 돌게 되어 있었다. 아직 장미가 필 철은 아니라 정원은 잔잔한 초록빛이었다. 영원의 아치 한

쪽에 이번 겨울에 설치한 흉상이 서 있었다. 보니는 그 동상을 보고 싶지 않아 그동안 영원의 아치에 오는 걸 일부러 피하고 있었다.

흉상은 무덤 뒤에 있었다. 아빠의 얼굴을 조각한 청동 흉상은 금빛으로 윤이 났다. 점토로 만들어 청동 쇳물을 부어서 굳힌 그 얼굴은 분명 아빠의 얼굴이었지만 전혀 아빠처럼 보이지 않았다. 그것이 흉내 냈던 보니의 얼굴이 전혀 보니 같지 않았던 것처럼.

흉상을 보면 싫어서 진저리가 날 거라 생각했지만, 의외로 아무렇지도 않았다. 보니는 흉상 앞에 잠시 서 있다가 영원의 아치에서 나왔다. 거기에 흉상을 세우자고 고집한 건 엄마였다. '엄마는 무엇을 추억하고 싶었던 걸까?' 보니는 자신이 이곳에 애도를 하러 올 일은 없을 거라 생각했다. 애도는 4년 전, 추도식에서 한 것으로 충분했다.

보니는 관람객들이 올 시간이 되기 전에 숲으로 들어갔다. 정원은 산속에 있어서 어느 길로 가도 숲이었다. 뒤뜰과 이어진 길을 따라가도 깊은 숲이 있었다. 외부 사람들이 보기에는 희한하게도 정원의 식물들이 죽었을 때 정원 밖에 있는 식물들에게는 아무 일도 없었다. 정원의 범위에 속하지 않은 숲의 나무들은 건강하게 살아 있었다.

평소에는 정원에서 할 일이 많다 보니 정원 밖에 있는 숲에는 잘 가게 되지 않았다. 하지만 보니는 어쩌다 한 번씩 일부러 시간을 내어 숲을 돌아다녔다. 새들은 제각각의 소리로 지저귀다가 발소리가 들리면 멀리 날아가거나 더 깊이 숨었다. 새들은 눈으로 보기 힘든 존재다. '그것이라면 새들이 어디 있는지, 어떻게 생겼는지 한자리에서도 훤히 알았겠지.' 보니는 그것의 기억 진동에서 새들에 대한 기록들을 찾아 읽고 싶었다.

그것이 떠난 후에 보니 흰 지팡이와 선글라스가 없었다. 그것이 사택을 떠나면서 챙겨 간 듯했다. 그것은 여전히 외모를 바꿔 가며 흰 지팡이를 들고 세계 곳곳의 거리를 돌아다니고 있을까? 그러다 떠돌아다니기도 지치면 혹시 이곳에 와서 이 땅의 일부인 척 몸을 숨기고 한숨 자고 가지는 않을까?

3월이라 어떤 나무든 가지에 작고 귀여운 새순이 돋았다. 하늘은 시간이 갈수록 해가 조금씩 높이 떠올라서 점점 환해지고 있었다. 구름이 있긴 했지만 흐린 날은 아니었다. 바람은 아직 쌀쌀했다. 한 달이 지나고 벚꽃이 피었다가 지고 비가 몇 번 내리면 날이 따뜻해질 것이다. 그리고 여름이 오면 그것과 처음 만났던 때가 떠오를 것이다.

보니는 자신의 친구였던 느티나무와 닮은, 윤이 나는 고동색 껍질을 가진 나무를 발견하고 그 나무의 기둥에 등을 대고 앉았다. 가만히 눈을 감고 집중하면 그것의 진동이 느껴질 것 같았다. 보니는 기둥에 대고 손가락을 두드렸다. 한 번이면 부르는 말, 두 번이면 보고 싶다는 뜻이었다. 똑똑똑. 세 번이면 구해 줘. 따라라. 경쾌하게 세 번 두드리면 사랑해.

어느 여름에 보니는 그것과 뒤뜰에 누워 있었다. 볕이 좋은 날에는 그렇게 뒤뜰로 나가서 일광욕을 했다. 수레에 화분들을 몽땅 싣고 나가서 뒤뜰에 늘어놓고 볕을 쪼이고, 보니와 그것도 해 구경을 한다. 그러다 갈망으로 몸이 달아오르면 늦여름 볕에 데워진 몸을 서로에게 겹쳤다.

볕에 달궈진 그것의 몸에 감싸이면 숨이불에 들어간 깃처럼 숨이 답답해졌다. 보니는 도저히 참을 수 없을 때까지 숨막힘을 견뎠다. 가볍게 한번 절정을 맛본 후 그것의 몸에서 나오면 숨이 갑자기 탁 트이고 몸에서 땀이 증발하면서 잠깐 시원해졌다.

한번은 타이밍 좋게도 보니와 그것의 몸이 떨어지자마자 소나기가 쏟아졌다. 그것은 몸을 넓게 펴고 비를 즐겼고, 보니는 그것의 위에 등을 대고 누웠다. 빗방울들이 그것의 몸에 부딪히고, 나무들이 빗속에서 흔들리고 있을 때 그것이 자신의 몸에 귀를 대 보라고 했다.

《느껴 봐. 세상이 만드는 이 멋진 진동을. 네가 사는 이곳은 참 아름다워.》

그것의 몸에서 아름다운 진동이 느껴졌다. 그것은 하나씩 알려 주었다. 어떤 것이 빗방울이 나뭇가지에 떨어지면서 나는 진동인지, 나뭇가지에 튀어 올랐다가 땅으로 떨어진 빗방울이 만든 진동은 어떤 것인지, 또 어떤 것이 비를 피해 땅속으로 들어가 서성이고 있는 딱정벌레의 진동인지. 희미하게 섞인 새들과 청설모의 진동들도.

그 소리 없는 오케스트라가 보니를 감동시켰다.

"사랑해."

사랑한다는 말을 입 밖으로 내어 본 건 처음이었다. 비가 그치고 해가 나자 모든 것이 반짝거렸다. 보니는 자신이 누군가를 그렇게 사랑하고 있다는 것이 뭉클했다. '내 안에 사랑이 있는 게 느껴질 때 왜 가슴이 이렇게 뭉클할까?'

보니는 자신이 그때로 돌아가고 싶은 것인지 생각했다. 그렇지는 않았다. 하지만 딱 한 번만 더 그것에게 감싸여 진동을 느껴 보고 싶었다. 두 개의 심장이 하나가 된 것 같은 그 진동을.

보니는 한 손은 나무에, 다른 한 손은 땅에 대고 기다렸다. 문득 손에서 진동이 느껴졌다. 심장이 그리움으로 떨렸다.

2019년 9월 2일(월) 19:52

'내게 쓴 메일함'에 "새 소설"이라는 제목의 문서가 처음 들어간 순간이다. 이전 메일이 "계절은 시간을 보여 주는 선"인 것을 보면 '앨리바바와 30인의 친구친구'(메일링 서비스)에 연재하던 이야기의 결말부를 쓰던 중에 새로운 이야기가 떠올랐던 것 같다. 왜 갑자기 그런 이야기를 쓰기 시작했는지는 기억이 안 난다. 그냥 어느 날 진동으로 소통하는 외계인과 대책 없는 사랑에 빠져 온갖 괴로움을 겪는 한 여자애가 떠올랐고, 어떻게 될지는 모르겠지만 한번 써 보자 싶었다.

그렇게 쓴 글이 9월 20일까지 200매가 넘는 분량이 되었다. 나는 순식간에 쌓여 가는 원고지 매수(물론 한글 문서를 원고

지로 환산한 것이다)를 보며 이 이야기에 강력한 에너지가 있다고 느꼈고, 계속 더 써야겠다는 생각을 했다. 하지만 그 후로는 더 쓸 수가 없었다. 227매에서 이야기가 갑자기 멈춰 버린 것이다(진동하는 외계인에게 인간의 옷을 입히고 외출하기 직전이었다).

급할 것은 없었고 다른 할 일들도 있었기 때문에 나는 그 원고를 한동안 멈춘 상태로 두기로 했다. 다른 고민도 있었다. 원고를 완성한다고 해도 진동하는 외계인과 사랑에 빠져서 파탄이 나는 여자의 이야기를 어느 출판사에서 내 줄까?

그런데 한 달 만에 이 괴상한 이야기를 책으로 내 줄 출판사를 만나게 됐다. 안전가옥에서 나의 동료 작가에게 연락처를 받았다며 나와 어떤 이야기든 만들어 보고 싶다는 연락이 온 것이다. 나는 진동으로 소통하는 외계인 이야기를 했고, 그쪽에서도 좋다고 했다. 그렇게 227매에서 멈춰 있던 원고를 안전가옥에 보냈고, 그때부터 이야기가 다시 흘러가기 시작했다.

처음 트리트먼트 회의를 할 때 나는 상업적인 이야기를 만들어야 한다는 부담감에 막장 아침 드라마 같은 플롯을 짰는데, 이은진(Hayden) 피디가 냉철하게 그 사실을 지적하며 훨씬 나은 아이디어들을 제시해 주었다. 특히 그것이 정원을 초토화하고 떠나는 부분은 나 혼자 이야기를 짰다면 나오지 못했을 것이다. 단순한 조력자 역할이던 '주을'의 역할을 더 강하게 끌어 올려야 한다고 주장한 것도 그였다.

이야기를 본격적으로 다시 시작하면서 내가 가장 먼저 했던 일은 매주 도서관에 가서 도움이 될 만한 책들을 닥치는 대로 빌려 오는 것이었다. 그 후에도 메리 레이놀즈의 『생명의 정원』(목수책방, 2018), 로빈 월 키머러의 『이끼와 함께』(눌와, 2020), 포트리샤 월트셔의 『꽃은 알고 있다』(웅진지식하우스, 2019) 등등의 책을 또 닥치는 대로 사서 읽었지만, 결국은 초반에 도서관에서 빌려 읽었던 책들이 가장 도움이 되었다.

조너선 밸컴의 『물고기는 알고 있다』(에이도스, 2017)를 읽으며 물고기들이 진동으로 소통한다는 것을 알고 흥분했던 기억이 생생하다. 이 세상에 정말 진동으로 소통하는 생물들이 있구나! 하지만 생각해 보니 초음파를 사용할 줄 아는 박쥐나 돌고래 등의 생물도 진동으로 소통하고, 인간 역시 소리가 진동으로 전달되기에 들을 수 있는 것이었다. 스티븐 부크먼의 『꽃을 읽다』(반니, 2016)를 읽으며 벌과 꽃도 전기와 진동으로 소통한다는 것을 배웠다. 또, 멜리사 코크의 『말하는 나무들』에서는 나무들끼리 전기 신호로 의사소통을 한다는 것을 알았다. 언어가 완전히 다른 두 종족이 어떻게 서로를 이해하고 사랑할 수 있는지는 사이 몽고메리의 『문어의 영혼』(글항아리, 2017)이 많은 영감을 주었다. (그러나 '머드'가 문어인 것은 아니다. 절대로.)

원예사가 하루를 어떻게 보내는지에 대해서는 박원순의 『나는 가드너입니다』(민음사, 2017)를 많이 참고했다는 것을 밝혀 둔다. 나는 사람을 직접 만나서 하는 인터뷰나 취재에는 젬 병이라 주로 책이나 영상으로만 자료 조사를 한다. 만약 원예사가 직업인 분이 이 소설을 읽는다면 모자란 부분이 많이 보일 텐데 부디 너그러운 마음으로 읽어 주셨으면 좋겠다. 카렐 차페크의 『원예가의 열두 달』은 직접 참고한 부분은 거의 없지만 무척 재밌게 읽었다. 이 역시 내게 영감을 준 책이다.

이 이야기를 시작하기 훨씬 전에 읽었지만 호프 자런의 『랩 걸』(알마, 2017)도 원고를 쓰면서 자주 떠올린 책이다. 피터 톰킨스, 크리스토퍼 버드의 『식물의 정신세계』(정신세계사, 1993)도 빼놓을 수 없다. 이 책을 과학책이라 말한다면 말이 안 되는 부분이 너무 많을지 모르겠지만, 나는 이 책이 식물광들에 대한 기록이라고 생각한다. 식물과 깊은 사랑에 빠져서 그들에게 영혼이 있다고 믿게 된 사람들에 대한. 소설 속에서 보니의 아빠가 백합을 놓고 보니에게 성적인 이야기를 하는 부분은 이 책에서 영감을 받은 것이다.

한국과학소설작가연대의 '세상을 여는 숲' 2기 모임에서 이 소설에 대한 피드백을 받을 때, 왜 하필 광주를 배경으로 했느냐는 질문을 하신 분이 있었는데, 그건 내가 여행객으로서 광주를 사랑하게 됐기 때문이었다. 2019년에 처음 광주에 가 보고 나서 나는 그 도시와 사랑에 빠졌고, 그 후로 가능한 자주 그곳에 가서 시간을 보냈다. 하지만 광주를 사랑하게 된 것만큼 그 도시를 제대로 쓰지는 못한 것 같아 아쉬움이 남는

다. 언젠가 광주에서 살며 이 도시를 더 깊이 이해하고 싶다.

소설에 이름을 빌려주신 지음책방의 두 분께 감사드린다. 광주에서 SF와 소설, 과학적인 것과 초자연적인 것에 대해 재밌는 이야기를 많이 나눠 주셨던 SF 소설 워크숍의 참여자 분들께도 따뜻한 감사를 전하고 싶다.

집중해서 원고를 써야 했을 시기에 좋은 공간을 내어 주신 호텔 프린스에도 감사드린다. 주을과 보니가 창밖으로 눈 내리는 풍경을 바라보는 장면은 호텔 프린스에서 시낸 한 달이 없었다면 쓰지 못했을 부분이다.

안전가옥 출판사의 여러 분들, 특히 한 줄로 감사를 전하는 것이 민망할 정도로 많은 역할을 하신 이은진 피디님과 정지원(Remy) 피디님께 감사드린다. 원고가 엉망진창일 때부터 거듭 읽어 주며 정확하고도 아름다운 피드백을 주신 지혜 님과 '세상을 여는 숲' 2기 여러 분(K.A.S., K.H.L., L.K.L., J.Y.O., H.J.J., J.Y.H., M.G.H. — 실명이 나오는 걸 원치 않는 분들이 있을 것 같아 알파벳 약자로 이름을 적습니다)이 없었다면 나는 이 소설에서 영원히 탈출하지 못할 것이다. 신뢰하는 편집자 김미래 님 덕분에 이 원고가 이대로 세상으로 나가도 될까 하는 불안을 잠재울 수 있었다.

처음에 너무나 강렬하고 빠르게 이야기가 쏟아져 나와서 나는 이 소설을 쉽게 쓸 수 있을 것이라고 생각했다. 하지만 이번에도 착각이었다. 2019년 9월에 시작한 원고를 2021년 4월에야 끝맺을 수 있었으니 말이다. 그 속에 빠져 있었을 때는 영원처럼 긴 시간이었는데, 빠져 나오고 나니 겨우 1년 반 남짓이다. 사랑도 그런 것 같다. 빠져 있을 때는 영원 같지만 그 속에서 나오고 나면 그저 인생의 일부분일 뿐이다. 그 짧고도 긴 시간 동안 함께 고생해 주신 많은 분들에게 진심으로 감사를 전한다.

《머드》는 보니가 진동하는 외계인을 만나 사랑했던 시간을 회고하는 이야기입니다. 이종 간의 사랑 이야기에서 우리가 기대하는 것은 인간들의 사랑과는 다른 경험을 대리하는 것일 터입니다. 그러나 그와 동시에 우리의 경험과 동떨어져 있어서도 안 될 것이라고도 생각합니다. 그런 의미에서 이 이야기는 이종 간의 사랑을 통해 인간적 사랑을 되돌아보게 되기도 하는 이야기입니다.

《머드》 속 그것의 형태가 진흙처럼 비정형적이고, 그의 주 언어가 진동이 된 데에는 그것이 지닌 형식 자체가 주는 재미를 넘어, 캐릭터가 가진 특성이 사랑의 어떤 측면을 드러낼 것인가를 고민한 결과이기도 합니다.

그것은 몸의 형태를 자유자재로 바꿀 수 있다는 특성 때문에 보니에게 이제껏 느껴 본 적 없는 안락함을 선사해 주었지만 한편 자신의 모습을 바꿀 수 있기 때문에 그만큼 자유로운 개체로 존재할 수 있습니다. 또한 그것은 진동이라는 또 다른 언어를 통해 즉각적으로 자신의 마음을 전달합니다. 이 특성은 보니로 하여금 매력을 느끼게도 했지만 그만큼 폭발력을 가지고 있어서 보니를 위험에 빠지게도 했고, 크나큰 절망감을 안기기도 했습니다.

이 이야기는 사랑이 가진 폭력성을 담고 있기도 합니다. 함께 있어만 달라는 보니의 단순하고도 간절한 바람은 오히려 속박이 되어 사랑이 때론 폭력으로 기능할 수 있음을 역설합니다.

그것은 보니를 통해 인간의 사랑을 '배운' 존재입니다. 어쩌면 이야기가 진행됨에 따라 보니에게 있어서 그것이 어떤 존재로 변모하는지를 보면 인간적 사랑의 빈틈을 볼 수 있지 않을까요. 어쩌면 그것은 인간이 아닌 또 다른 존재로서 인간의 사랑을 바라보며, 우리에게 다른 시각을 선사하는 역할을 하는지도 모릅니다.

이 이야기는 인간적 사랑의 빈틈을 그것이 만물에 가지는 애정으로 채우고 있습니다. 만물이 저마다의 진동수를 가진다는 것을 몸소 느끼는 그것은 보니가 미처 알아채지 못한 보니만의 울림을 온전히 느낍니다. 온전히 느낀다는 것은 보니의 속성 자체를 오해 없이 받아들인다는 의미가 아닐까요. 저는 그것이 보여 준 외계인다운 사랑의 방식을 통해 인간적 사랑이 어떤 형태로 나아갈 수 있을지, 그 가능성을 본 것 같습니다.

보니가 회고하는 사랑 이야기 안에는 폴리아모리 공동체를 이루고 있는 주을과 그곳 사람들, 폭력적인 면모를 가진 남편에게 애증과 연민을 반복하지만 그 나름의 사랑을 이뤄 나가고 있는 매력적인 보니의 엄마 등 다양한 방식으로 사랑을 대하는 인물들의 이야기도 함께 녹아 있습니다.

이종산 작가님의 자유분방하고 독특한 상상력으로 쓰인 기묘한 사랑 이야기를 가장 먼저 읽을 수 있었던 것은 큰 기쁨이었습니다. 긴 시간 동안 함께 이야기를 고민해 온 정지원 피디에게 깊이 감사드리고, 부족한 피드백에도 불구하고 과정의 고비마다 프로페셔널한 면모를 보여 주시며 돌파해 나가신 이종산 작가님께 깊은 감사의 마음을 전합니다.

보니의 사랑 여정에 함께해 주신 귀한 독자님, 감사합니다.

안전가옥 스토리 PD

이은진 드림

메 도

1판 1쇄 발행 2021년 8월 27일

지은이 이종산

기획 안전가옥
프로듀서 이은진, 정지원
         박혜신, 반소현, 윤성훈, 이지향, 임미나
편집 김미래
디자인 이경민
사업개발 김보경, 이기훈
경영지원 홍연화

펴낸이 김홍익
펴낸곳 안전가옥
출판등록 제2018-000005호
주소 04779 서울특별시 성동구 뚝섬로1나길 5,
      헤이그라운드 성수 시작점 203호
대표전화 (02) 461-0601
전자우편 marketing@safehouse.kr
홈페이지 safehouse.kr

ISBN 979-11-91193-17-6 (03810)
값 13,000원